W0022733

MICHAEL CRICHTON · AIRFRAME

MICHAEL
CRICHTON

*A*IRFRAME

Aus dem Amerikanischen
von Klaus Berr

Karl Blessing Verlag

Titel der Originalausgabe: Airframe
Originalverlag: Alfred A. Knopf, New York

Umwelthinweis:
Dieses Buch und sein Schutzumschlag wurden auf
chlorfrei gebleichtem Papier gedruckt.
Die Einschrumpffolie (zum Schutz vor Verschmutzung)
ist aus umweltschonender recyclingfähiger PE-Folie.

Der Karl Blessing Verlag ist ein Unternehmen
der Verlagsgruppe Bertelsmann.

1. Auflage
© Copyright der deutschsprachigen Ausgabe
Karl Blessing Verlag, München 1997
© Copyright by Michael Crichton
Umschlaggestaltung: Network, München
Satz: Filmsatz Schröter GmbH, München
Druck: Graphischer Großbetrieb, Pößneck
Printed in Germany
ISBN 3-89667-004-2

Für Sonny Mehta

Airframe – die Flugzeugzelle. Das ist die Gesamtheit eines Flugzeugs ohne Triebwerke, also Rumpf, Tragflächen, Leitwerk und die in diesem Buch so wichtige mechanische und elektronische Ausstattung. Es ist der Teil des Flugzeugs, den der Hersteller entwirft und baut und für den er die Verantwortung trägt.

Das vorliegende Werk ist, auch wenn es auf Tatsachen basiert, eine Fiktion. Figuren, Firmen, Organisationen und Behörden in diesem Roman sind entweder fiktiv oder, wenn real, in einem fiktiven Zusammenhang verwendet, ohne jede Absicht, ihr tatsächliches Verhalten zu beschreiben. In einigen Fällen wurde die Darstellung von Flugzeugsystemen verändert, um Eigentumsrechte zu wahren. Beschreibungen tatsächlicher Vorfälle, die Aloha Airlines, American Airlines, Continental Airlines und USAir betreffen, wurden den Untersuchungsergebnissen des National Transportation Safety Board entnommen.

Diese verdammten Dinger wiegen eine halbe Million Pfund, können in einer Strecke ein Drittel des Erdumfangs zurücklegen, und sie befördern Passagiere in größerer Bequemlichkeit und Sicherheit als irgendein Fahrzeug in der Geschichte der Menschheit. Und jetzt wollt ihr Jungs euch wirklich hinstellen und uns erzählen, ihr wißt, wie man die Sache besser macht? Wollt ihr wirklich so tun, als wüßtet ihr Bescheid? Für mich sieht's nämlich so aus, als wolltet ihr die Leute nur zu euren eigenen Zwecken aufhetzen.

> Luftfahrtlegende Charley Norton, 78, vor
> Reportern nach einem Flugzeugabsturz 1970.

Die Ironie des Informationszeitalters besteht darin, daß es die uninformierte Meinung gesellschaftsfähig gemacht hat.

> Journalistenveteran John Lawton, 68, vor der
> American Association of Broadcast Journalists
> im Jahr 1995.

Montag

AN BORD DES FLUGS TPA 545   5 *Uhr 18*

Emily Jansen seufzte erleichtert auf. Der lange Flug näherte sich dem Ende. Morgendliches Sonnenlicht strömte durch die Fenster des Flugzeugs. Die kleine Sarah auf Emilys Schoß blinzelte, als es plötzlich hell wurde, saugte glucksend den letzten Rest aus ihrem Fläschchen und schob es dann mit winzigen Fäusten weg. »Das war gut, mh?« sagte Emily. »So ... und jetzt hoch mit dir ...«

Sie legte sich das Baby an die Schulter und klopfte ihm auf den Rücken. Die Kleine rülpste, und ihr Körper entspannte sich.

Tim Jansen im Sitz daneben gähnte und rieb sich die Augen. Er hatte die ganze Nacht durchgeschlafen, den ganzen Weg von Hongkong. Emily konnte in Flugzeugen nie schlafen, sie war zu nervös.

»Morgen«, sagte Tim und sah auf die Uhr. »Nur noch ein, zwei Stunden, Liebling. Schon was vom Frühstück zu sehen?«

»Noch nicht«, erwiderte Emily kopfschüttelnd. Sie hatten Trans-Pacific Airlines gebucht, eine Chartergesellschaft mit Sitz in Hongkong. Das Geld, das sie so sparten, würde ihnen bei der Einrichtung eines neuen Haushalts an der University of Colorado helfen, wo Tim eine Stelle als Dozent antreten sollte. Der Flug war relativ angenehm gewesen – sie saßen im vorderen Teil der Maschine –, aber die Stewardessen wirkten ein wenig desorganisiert, und die Mahlzeiten kamen zu merkwürdigen Zeiten. Das Abendessen hatte Emily ausfallen lassen, weil Tim schlief und sie mit Sarah auf dem Schoß nicht essen konnte.

Und auch jetzt war Emily überrascht über das sorglose Verhalten der Crew. Die Tür zum Cockpit war während des ganzen Flugs geöffnet. Sie wußte, daß asiatische Crews das oft machten, dennoch erschien es ihr unangemessen, zu zwanglos, zu entspannt. In der Nacht waren die Piloten durch die Maschine geschlendert und hatten mit den Stewardessen geschäkert. Gerade jetzt kam einer aus dem

Cockpit und ging in den Fond der Maschine. Wahrscheinlich vertraten sie sich einfach nur die Beine. Um wach zu bleiben und so. Daß die Crew chinesisch war, machte Emily auf jeden Fall nichts aus. Nach einem Jahr in China bewunderte sie die Effektivität und Detailversessenheit der Chinesen. Aber irgendwie machte der ganze Flug sie nervös.

Emily legte Sarah wieder auf ihren Schoß. Das Baby sah zu Tim hoch und strahlte.

»He, das nehme ich auf«, sagte Tom, wühlte in der Tasche unter seinem Sitz und zog eine Videokamera heraus, die er auf seine Tochter richtete. Er winkte ihr mit der freien Hand, damit sie zu ihm hinsah. »Sarah... Sa-rah... Ein Lächeln für Daddy. Lä-cheln...«

Sarah lächelte und gab glucksende Geräusche von sich.

»Wie ist es denn, nach Amerika zu kommen, Sarah? Bist du bereit für das Land deiner Eltern?«

Sarah gluckste noch einmal und wedelte mit ihren winzigen Händen.

»Für sie wird wahrscheinlich jeder in Amerika komisch aussehen«, sagte Emily. Ihre Tochter war sieben Monate zuvor in Hunan geboren worden, wo Tim chinesische Medizin studiert hatte.

Emily sah, daß das Objektiv jetzt auf sie gerichtet war. »Und was ist mit dir, Mom?« fragte Tim. »Bist du froh, wieder nach Hause zu kommen?«

»Ach, Tim«, sagte sie. »Bitte.« Ich muß ja furchtbar aussehen, dachte sie. Nach so vielen Stunden.

»Na komm, Emily. Woran denkst du?«

Sie mußte sich die Haare kämmen. Sie mußte zur Toilette.

Sie sagte: »Also, was ich wirklich will – wovon ich schon seit Monaten träume –, ist ein Cheeseburger.«

»Mit scharfer Xu-xiang-Bohnensoße?« fragte Tim.

»O Gott, nein. Ein Cheeseburger«, sagte sie, »mit Zwiebeln und Tomaten und Salat und Pickles und Mayonnaise. Mayonnaise, mein Gott. Und French's Senf.«

»Willst du auch einen Cheeseburger, Sarah?« sagte Tim und richtete die Kamera wieder auf seine Tochter.

Sarah zupfte mit ihrer winzigen Hand an ihren Zehen. Sie schob sich den Fuß in den Mund und sah zu Tim hoch.

»Schmeckt's?« fragte Tim lachend, und die Kamera geriet ins Wackeln. »Ist das dein Frühstück, Sarah? Hast wohl keine Lust, bei diesem Flug auf die Stewardeß zu warten?«

Emily hörte ein leises Rumpeln, fast wie eine Vibration, das vom Flügel zu kommen schien. Sie riß den Kopf herum. »Was war das?«

»Ganz ruhig, Em«, sagte Tim immer noch lachend.

Sarah kicherte und sah besonders niedlich aus.

»Wir sind fast zu Hause, Liebling«, sagte Tim.

Doch als er das sagte, schien das Flugzeug unvermittelt zu erzittern, die Nase neigte sich nach unten. Plötzlich kippte alles steil nach vorn. Emily spürte, wie Sarah ihr vom Schoß rutschte. Sie packte ihre Tochter und drückte sie an sich. Jetzt war es, als würde die Maschine senkrecht nach unten rasen, und plötzlich stieg sie wieder hoch. Emilys Bauch wurde in den Sitz gepreßt, ihre Tochter lastete wie ein Bleigewicht auf ihr.

»Was soll denn das?« sagte Tim.

Plötzlich wurde sie aus dem Sitz gehoben, der Sicherheitsgurt schnitt ihr in die Oberschenkel. Sie sah Tim aus seinem Sitz hochschnellen, sein Kopf knallte gegen das Gepäckfach, die Kamera flog an ihrem Gesicht vorbei.

Aus dem Cockpit hörte Emily ein Summen, schrille Alarmtöne und eine metallische Stimme, die sagte: »*Stall! Stall!*« Sie sah die blaubekleideten Arme der Piloten hastig über die Steuerkonsole huschen; sie schrien auf chinesisch. Überall im Flugzeug schrien Menschen hysterisch. Das Splittern von Glas war zu hören.

Wieder ging die Maschine in einem steilen Sturzflug. Eine ältere Chinesin rutschte schreiend auf dem Rücken den Mittelgang hinunter. Ein Junge purzelte kopfüber hinter ihr her. Emily drehte sich zu Tim um, aber ihr Mann war nicht mehr auf seinem Platz. Gelbe Sauerstoffmasken fielen aus der Deckenverkleidung, und eine baumelte direkt vor ihrem Gesicht, aber sie konnte nicht danach greifen, weil sie mit beiden Händen ihr Baby festhalten mußte.

Sie wurde in den Sitz gedrückt, als die Maschine steil nach unten tauchte, ein Sturzflug, der von einem unglaublich lauten Heulen begleitet wurde. Schuhe und Brieftaschen schnellten durch die Kabine, prallten von den Wänden ab; Körper schlugen gegen Sitze, auf den Boden.

Tim war verschwunden. Emily drehte sich um, suchte nach ihm, und plötzlich traf eine schwere Tasche sie am Kopf – ein plötzlicher Schlag, Schmerz, Schwärze und Sterne. Sie fühlte sich benommen und schwach. Die Sirenen schrillten weiter. Die Passagiere schrien. Das Flugzeug war noch immer im Sturzflug.

Emily senkte den Kopf, drückte ihre kleine Tochter an ihre Brust und begann, zum erstenmal in ihrem Leben zu beten.

SOCAL APPROACH CONTROL 5 *Uhr* 43

»Socal Approach, hier TransPacific 545. Wir haben einen Notfall.«

In dem abgedunkelten Gebäude, in dem sich die Southern California Air Traffic Approach Control, das Luftüberwachungs- und Flugverkehrskontrollzentrum von Südkalifornien, befand, hörte der Cheflotse Dave Marshall den Funkruf des Piloten und warf einen Blick auf seinen Radarschirm. TransPacific 545 befand sich auf dem Flug von Hongkong nach Denver. Erst vor wenigen Minuten war ihnen der Flug von Oakland ARINC, dem dortigen Kontrollzentrum, übergeben worden: ein vollkommen normaler Flug. Marshall berührte das Mikrofon an seiner Wange und sagte: »Berichten Sie, 545.«

»Erbitte Dringlichkeitsfreigabe für Notlandung in Los Angeles.«

Der Pilot klang ruhig. Marshall starrte die sich bewegenden grünen Datenblöcke an, die auf seinem Schirm jedes Flugzeug in der Luft identifizierten. TPA 545 näherte sich der kalifornischen Küste. In Kürze würde es Marina Del Rey überfliegen. Es war noch etwa eine halbe Stunde von LAX, dem internationalen Flughafen von Los Angeles, entfernt.

Marshall sagte: »Okay, 545, verstehe Ihre Bitte um Dringlichkeitsfreigabe zur Landung. Beschreiben Sie Art Ihres Notfalls.«

»Wir haben einen Notfall mit Passagierbeteiligung«, sagte der Pilot. »Wir brauchen Ambulanzen auf dem Boden. Ich würde sagen, dreißig oder vierzig Ambulanzen. Vielleicht mehr.«

Marshall erschrak. »TPA 545, sagen Sie das noch einmal. Verlangen Sie vierzig Ambulanzen?«

»Korrekt. Es gab heftige Turbulenzen während des Flugs. Wir haben Verletzte bei Passagieren und Crew.«

Warum hast du mir das nicht gleich gesagt, dachte Marshall. Er drehte sich in seinem Stuhl herum und winkte seiner Supervisorin,

Jane Levine, die sich das zweite Kopfhörerset aufsetzte, es einstöpselte und zuhörte.

Marshall sagte: »TransPacific, bestätige Ihre Anforderung von vierzig Ambulanzen auf dem Boden.«

»Mein Gott«, sagte Levine und verzog das Gesicht. »Vierzig?«

Der Pilot klang noch immer ruhig, als er antwortete: »Ah, Roger, Approach. Vierzig.«

»Brauchen Sie auch ärztliches Personal? Welcher Art sind die Verletzungen, die Sie hereinbringen?«

»Ich bin mir nicht sicher.«

Levine drehte die Hand in der Luft: Halt den Pilot am Reden. Marshall sagte: »Können Sie uns eine ungefähre Einschätzung geben?«

»Tut mir leid, nein. Eine Einschätzung ist nicht möglich.«

»Ist jemand ohnmächtig?«

»Nein, ich glaube nicht«, antwortete der Pilot. »Aber zwei sind tot.«

»Verdammte Scheiße«, sagte Jane Levine. »Nett von ihm, daß er uns das sagt. Wer ist dieser Kerl?«

Marshall drückte einen Knopf auf seiner Konsole und öffnete in der linken oberen Ecke seines Bildschirms ein Datenfenster. Es enthielt das Manifest von TPA 545, das Verzeichnis sämtlicher Informationen über diesen Flug. »Der Kapitän ist John Chang. Chefpilot bei TransPacific.«

»Ich will nicht noch mehr Überraschungen«, sagte Levine. »Ist das Flugzeug in Ordnung?«

Marshall fragte: »TPA 545, wie ist der Zustand Ihres Flugzeugs?«

»Wir haben Schäden in der Passagierkabine«, sagte der Pilot. »Allerdings nur geringe Schäden.«

»Wie ist der Zustand des Cockpits?«

»Cockpit ist voll funktionstüchtig. FDAU zeigt Normwerte.« Das war das Flight Data Acquisition Unit, ein Datenrecorder, der alle Fehler innerhalb der Maschine aufspürte und aufzeichnete. Wenn dieses Gerät sagte, daß die Maschine in Ordnung sei, dann war sie es wahrscheinlich auch.

»Verstanden, 545«, sagte Marshall. »Wie ist der Zustand der Crew?«

»Kapitän und Erster Offizier in guter Verfassung.«

»Ah, 545, Sie sagten doch, Sie hätten Verletzte in der Crew.«
»Ja. Zwei Stewardessen sind verletzt.«
»Können Sie Genaueres über die Art der Verletzungen sagen?«
»Tut mir leid, nein. Die eine ist bewußtlos. Was mit der anderen ist, weiß ich nicht.«
Marshall schüttelte den Kopf. »Er hat doch eben gesagt, daß niemand bewußtlos ist.«
»Ich glaube ihm kein Wort«, sagte Levine. Sie griff zum roten Telefon. »Eine Löschmannschaft auf Alarmstufe eins. Holen Sie die Ambulanzen. Neurologische und orthopädische Einsatzteams zur Landebahn, und die medizinische Abteilung soll die Westside-Krankenhäuser alarmieren.« Sie sah auf die Uhr. »Ich rufe das FSDO in LA an. Die werden sich freuen.« Damit meinte sie das Flight Standards District Office, die für die Flugsicherheit verantwortliche Behörde dieses Bezirks.

LAX 5 Uhr 57

Daniel Greene war der diensthabende Beamte im FSDO am Imperial Highway, eine halbe Meile von LAX entfernt. Die örtlichen FSDOs oder »Fizdos«, wie sie auch genannt wurden, überwachten sämtliche Flugoperationen ziviler Fluggesellschaften und kontrollierten alles von der Flugzeugwartung bis zum Pilotentraining. Greene war früh ins Büro gekommen, um den Papierkram auf seinem Schreibtisch zu erledigen; seine Sekretärin hatte eine Woche zuvor gekündigt, und der Büroleiter hatte ihm mit Hinweis auf eine Anordnung aus Washington zur Effizienzsteigerung einen Ersatz verweigert. Greene machte sich grummelnd an die Arbeit. Der Kongreß strich das Budget der FAA – Federal Aviation Association, der Nationalen Flugaufsichtsbehörde – zusammen und verlangte von ihnen, mit weniger mehr zu leisten, ging man doch in Washington davon aus, daß das Problem mangelnde Produktivität und nicht Arbeitsüberlastung hieß. Aber der Passagierverkehr nahm pro Jahr um vier Prozent zu, und die Zivilflotte wurde nicht jünger. Diese Kombination sorgte für beträchtliche Mehrarbeit auf dem Boden. Natürlich waren die FSDOs nicht die einzigen, die in der Zwickmühle steckten. Sogar das einflußreiche NTSB – National Transportation Safety Board, die Nationale Flugsicherheitsbehörde – war pleite, es bekam nur eine Million Dollar pro Jahr für Flugzeugunfälle, und...

Das rote Telefon auf seinem Schreibtisch läutete, die Notfalleitung. Er nahm ab; eine Mitarbeiterin der Flugverkehrskontrolle meldete sich.

»Wir wurden eben über einen Vorfall an Bord einer ausländischen Maschine im Anflug auf LAX informiert«, sagte sie.

»Aha.« Greene griff nach einem Notizblock. »Vorfall« hatte bei der FAA eine genau umrissene Bedeutung; gemeint war damit die untere Kategorie von Problemen an Bord, die eine Flugzeugbesatzung melden mußte. »Unfälle« bedeuteten Tote und strukturelle Schäden am Flugzeug und waren immer ernst, aber bei Vorfällen konnte man nie wissen. »Schießen Sie los.«

»Es ist TransPacific 545 auf dem Flug von Hongkong nach Denver. Der Pilot erbittet Notlandung in LAX. Sagt, er sei während des Flugs in starke Turbulenzen gekommen.«

»Ist die Maschine flugtüchtig?«

»Pilot sagt ja«, erwiderte Jane Levine. »Sie haben Verletzte, und sie haben vierzig Ambulanzen angefordert.«

»Vierzig?«

»Außerdem haben sie zwei Leichen.«

»Toll.« Greene stand auf. »Wann kommt er rein?«

»Achtzehn Minuten.«

»In achtzehn Minuten – mein Gott, warum erfahre ich das erst so spät?«

»He, der Kapitän hat's uns eben erst gemeldet, und wir sagen's Ihnen. Ich habe Notarztteams und Löschmannschaften alarmiert.«

»Löschmannschaften? Ich dachte, Sie sagten, die Maschine sei in Ordnung.«

»Wer weiß?« erwiderte die Frau. »Der Pilot redet ziemlich wirres Zeug. Klingt, als hätte er einen Schock. Wir übergeben in wenigen Minuten an den Kontrollturm.«

»Okay«, sagte Greene. »Ich bin unterwegs.«

Er schnappte sich seine Dienstmarke und sein Handy und eilte zur Tür hinaus. Als er an Karen, der Empfangsdame, vorbeikam, fragte er: »Haben wir jemanden am internationalen Terminal?«

»Kevin ist dort.«

»Piepsen Sie ihn an«, sagte Greene. »Sagen Sie ihm, er soll sich TPA 545 vornehmen, im Anflug aus Hongkong, Landung in fünfzehn Minuten. Sagen Sie ihm, er soll am Flugsteig bleiben – und auf keinen Fall die Crew gehen lassen.«

»Kapiert«, sagte sie und griff zum Telefon.

Greene raste den Sepulveda Boulevard hinunter zum Flughafen. Kurz bevor die Straße unter der Landebahn hindurchführte, schaute er hoch und sah den Großraumjet von TransPacific Airlines, unverkennbar dank seines leuchtendgelben Heck-Logos, auf den Flugsteig zurollen. TransPacific war eine Chartergesellschaft mit Sitz in Hongkong. Die meisten Probleme, die die FAA mit ausländischen Gesellschaften hatte, traten mit Charterfirmen auf. Viele waren Billiganbieter, die den rigorosen Sicherheitsstandards der großen Linienfluggesellschaften nicht entsprachen. Aber TransPacific hatte einen hervorragenden Ruf.

Wenigstens ist der Vogel schon auf dem Boden, dachte Greene. Und er konnte sehen, daß der Großraumjet keine strukturellen Schäden aufwies. Das Flugzeug war eine N-22, gebaut von Norton Aircraft in Burbank. Es wurde seit fünf Jahren im Zivilflugverkehr eingesetzt und wies beneidenswerte Abfertigungs- und Sicherheitsprotokolle auf.

Greene trat aufs Gas, und während er durch den Tunnel rauschte, rollte über ihm das riesige Flugzeug dahin.

Er rannte durch das internationale Terminal. Durch die Fenster sah er den TransPacific-Jet am Flugsteig stehen, auf dem Beton darunter war eine Reihe Krankenwagen vorgefahren. Einer davon raste mit heulender Sirene bereits wieder weg.

Greene erreichte den Flugsteig, zeigte seine Marke vor und lief die Rampe hinunter. Die Passagiere stiegen eben aus, sie waren blaß und verängstigt. Viele humpelten, ihre Kleidung war zerrissen und blutig. Zu beiden Seiten der Rampe kümmerten sich Sanitäter um die Verletzten.

Je näher er dem Flugzeug kam, um so stärker wurde der ekelerregende Gestank von Erbrochenem. Eine verängstigte TransPacific-Stewardeß hielt ihn an der Tür zurück und redete in hastigem Chinesisch auf ihn ein. Er zeigte ihr seine Marke und sagte: »FAA! In offizieller Mission. FAA!« Die Stewardeß machte ihm Platz, Greene drückte sich an einer Mutter mit einem kleinen Kind im Arm vorbei und betrat die Maschine.

Er warf nur einen kurzen Blick ins Innere und blieb stehen. »Mein Gott«, sagte er. »Was ist denn mit dieser Maschine passiert?«

GLENDALE, KALIFORNIEN 6 *Uhr 00*

»Mom, wen magst du lieber, Mickey Mouse oder Minnie Mouse?«

Casey Singleton stand, noch in Sportshorts nach ihrem allmorgendlichen Fünf-Meilen-Lauf, in der Küche ihres Bungalows und machte ein Thunfisch-Sandwich, das sie ihrer Tochter ins Provianttäschchen packen wollte. Casey war sechsunddreißig Jahre alt und Vizepräsidentin bei Norton Aircraft in Burbank. Ihre Tochter saß am Frühstückstisch und aß Müsli.

»Und?« fragte Alison. »Wen magst du nun lieber, Mickey Mouse oder Minnie Mouse?« Sie war sieben Jahre alt und wollte alles bewerten und einordnen.

»Ich mag sie beide«, sagte Casey.

»Ich weiß das, Mom«, entgegnete Alison entrüstet. »Aber wen magst du lieber?«

»Minnie.«

»Ich auch«, sagte Alison und schob den Müslikarton beiseite.

Casey steckte eine Banane und eine Thermosflasche mit Saft ins Proviantäschchen und schloß die Klappe. »Iß auf, Alison, wir müssen uns fertigmachen.«

»Was ist ein Quart?«

»Ein Quart? Ein altes Flüssigkeitsmaß.«

»Nein, Mom, Qua-irt«, sagte sie.

Casey sah zu ihrer Tochter und bemerkte, daß sie Caseys neues, plastikbeschichtetes Namensschildchen in der Hand hatte, auf dem ihr Foto zu sehen war. Darunter stand »C. Singleton« und in großen blauen Buchstaben: QA/IRT.

»Was ist Qua-irt?«

»Das ist mein neuer Job in der Firma. Die Buchstaben stehen für Quality Assurance und Incident Review Team. Das heißt, ich bin jetzt die Vertreterin der Qualitätssicherung bei dem Team, das die

Untersuchungen durchführt, falls es einen Unfall oder ähnliches gegeben hat.«

»Machst du noch Flugzeuge?« Seit der Scheidung achtete Alison ganz genau auf jede Veränderung. Schon winzige Variationen in Caseys Frisur hatten wiederholte Diskussionen zur Folge, das Thema wurde über viele Tage hinweg immer wieder zur Sprache gebracht. So war es nicht verwunderlich, daß sie das neue Namensschildchen bemerkt hatte.

»Ja, Allie«, sagte Casey, »ich mache noch immer Flugzeuge. Es hat sich nichts verändert, das ist nur eine Beförderung.«

»Bist du immer noch ein BUM?« fragte Alison. Mit großem Vergnügen hatte sie ein Jahr zuvor erfahren, daß Casey Fachbereichsleiterin war, ein Business Unit Manager oder eben BUM. »Mom ist ein *bum*«, ›ein Trottel‹, hatte sie zu den Eltern ihrer Freundinnen gesagt und damit für große Heiterkeit gesorgt.

»Nein, Allie. Jetzt zieh deine Schuhe an. Dein Dad wird dich jede Minute abholen kommen.«

»Nein, wird er nicht«, sagte Alison, »Dad kommt immer zu spät. Was ist das für eine Beförderung?«

Casey bückte sich, um ihrer Tochter die Turnschuhe überzustreifen. »Na ja«, sagte sie. »Ich arbeite noch immer bei der Qualitätssicherung, aber jetzt kontrolliere ich die Flugzeuge nicht mehr in der Firma. Ich kontrolliere sie, nachdem sie die Firma schon verlassen haben.«

»Um sicherzugehen, daß sie auch fliegen?«

»Ja, Liebling. Wir kontrollieren sie, und falls es ein Problem gibt, beheben wir das.«

»Ist auch besser, wenn die fliegen«, sagte Alison, »sonst stürzen sie ab.« Sie fing an zu lachen. »Sie fallen vom Himmel. Und krachen den Leuten in die Häuser, während sie ihr Müsli essen. Das wäre nicht gut, was, Mom?«

Casey lachte mit ihr. »Nein, das wäre überhaupt nicht gut. Die Leute in der Firma würden sich sehr, sehr darüber aufregen.« Sie band die Schnürsenkel zu und schob dann die Füße ihrer Tochter zur Seite. »So, und wo ist dein Sweatshirt?«

»Ich brauch es nicht.«

»Alison...«

»Mom, es ist doch gar nicht kalt!«

»Aber im Lauf der Woche wird's vielleicht kälter. Bitte hol dein Sweatshirt.«

Von der Straße kam Hupen, und sie sah Jims schwarzen Lexus vor dem Haus stehen. Jim saß am Steuer und rauchte eine Zigarette. Er trug Jackett und Krawatte. Vielleicht hat er ein Bewerbungsgespräch, dachte Casey.

Alison stampfte durch ihr Zimmer und ließ Schubladen knallen. Mit unglücklichem Gesicht kam sie zurück, das Sweatshirt hing aus ihrem Rucksack. »Warum bist du nur immer so nervös, wenn Daddy mich abholt?«

Casey öffnete die Tür, und sie gingen nebeneinander durch das flirrende morgendliche Sonnenlicht zum Auto. Alison rief: »Hi, Daddy!« und fing an zu rennen. Jim winkte ihr, ein alkoholisiertes Grinsen auf dem Gesicht.

Casey ging zu Jims Fenster. »Nicht rauchen, wenn Alison im Auto sitzt, okay?«

Jim starrte sie mürrisch an. »Dir auch einen guten Morgen.« Seine Stimme klang heiser. Er sah verkatert aus, sein Gesicht war aufgedunsen und blaß.

»Wir haben etwas ausgemacht, was das Rauchen in Gegenwart unserer Tochter angeht, Jim.«

»Siehst du mich rauchen?«

»Ich sag's dir ja nur.«

»Und das nicht zum erstenmal, Katherine«, bemerkte er. »Ich hab's schon hunderttausendmal gehört. Herrgott noch mal.«

Casey seufzte. Sie war fest entschlossen, vor Alison nicht zu streiten. Der Therapeut hatte gesagt, das sei der Grund, warum Alison angefangen habe zu stottern. Das Stottern hatte inzwischen wieder nachgelassen, und Casey gab sich immer Mühe, mit Jim nicht zu streiten, auch wenn er ihr in dieser Richtung nicht entgegenkam. Im Gegenteil: Es schien ihm Spaß zu machen, jede Begegnung so schwierig wie möglich zu gestalten.

»Okay«, sagte Casey und zwang sich zu einem Lächeln. »Bis Sonntag dann.«

Es war vereinbart, daß Alison eine Woche pro Monat bei ihrem Vater verbrachte. Sie wurde am Montag von ihm abgeholt und am folgenden Sonntag wieder zurückgebracht.

»Sonntag.« Jim nickte knapp. »Selbe Zeit wie immer.«
»Sonntag um sechs.«
»O Gott.«
»Ich wollte nur sichergehen.«
»Nein, wolltest du nicht. Du willst mir nur wie immer alles vorsagen...«
»Jim«, sagte sie. »Bitte nicht.«
»Ist mir nur recht«, blaffte er.
Sie beugte sich ins Auto. »Wiedersehen, Allie.«
Alison sagte »Wiedersehen, Mom«, aber ihr Blick war distanziert und ihre Stimme kühl: Kaum war der Sicherheitsgurt eingerastet, hatte sich Alison schon auf die Seite ihres Vaters geschlagen. Jim trat aufs Gas, der Lexus fuhr davon, und Casey blieb alleine auf dem Bürgersteig zurück. Das Auto bog rasch um die Kurve und war verschwunden.

Unten am Ende der Straße sah sie die leicht gebückte Gestalt ihres Nachbarn Amos, der wie jeden Morgen seinen knurrenden Hund ausführte. Amos arbeitete wie Casey bei Norton Aircraft. Sie winkte ihm, und er winkte zurück.

Casey wollte eben wieder ins Haus gehen, um sich für die Arbeit anzuziehen, als ihr eine blaue Limousine auffiel, die auf der anderen Straßenseite stand. In dem Auto saßen zwei Männer. Einer las eine Zeitung, der andere sah zum Fenster hinaus. Sie blieb stehen. Vor kurzem war bei Mrs. Alvarez, ihrer Nachbarin, eingebrochen worden. Wer waren diese Männer? Irgendwelche Gang-Mitglieder wohl nicht; sie waren Mitte Zwanzig, und ihre kantigen Gesichter wirkten irgendwie militärisch.

Casey überlegte gerade, ob sie sich die Autonummer notieren sollte, als ihr Piepser sich mit einem elektronischen Pfeifen meldete. Sie hakte ihn von ihren Shorts los und las:

*** JM IRT 0700 WR BTOYA

Sie seufzte. Die drei Sterne bedeuteten höchste Dringlichkeitsstufe: Ihr Chef, John Marder, berief für sieben Uhr morgens ein IRT-Treffen in den War Room ein, den Besprechungsraum, in dem bei wichtigen Entscheidungen Kriegsrat gehalten wurde. Das war eine volle

Stunde vor der normalen morgendlichen Besprechung; irgend etwas war im Busch. Das letzte Kürzel bestätigte dies, in Firmenslang: BTOYA.

Be There Or It's Your Ass – Nichterscheinen kostet den Kopf.

FLUGHAFEN BURBANK *6 Uhr 32*

Der Stoßverkehr quälte sich im blassen Morgenlicht vorwärts. Casey drehte den Rückspiegel zu sich, um ihr Make-up zu überprüfen. Mit ihren kurzen dunklen Haaren war sie auf eine burschikose Art attraktiv – langgliedrig und sportlich. Im Softball-Team der Firma spielte sie am ersten Mal. Männer gingen ungezwungen mit ihr um, sie behandelten sie wie eine jüngere Schwester, und das war ihr in der Firma nur recht.

Genau genommen hatte sie dort sowieso noch keine großen Probleme gehabt. Aufgewachsen war sie in einem Vorort von Detroit, als einzige Tochter eines Redakteurs der *Detroit News*. Ihre beiden älteren Brüder waren Ingenieure bei Ford. Ihre Mutter war gestorben, als sie noch ein kleines Kind war, sie wuchs also in einem Männerhaushalt auf. Sie war nie ein »Püppchen« gewesen, wie ihr Vater das nannte.

Nach Abschluß eines Journalistikstudiums an der Southern Illinois war sie ihren Brüdern zu Ford gefolgt. Da es ihr aber bald langweilig wurde, Pressemitteilungen zu schreiben, nutzte sie das Weiterbildungsprogramm der Firma und machte das Betriebswirtschaftsdiplom an der Wayne State. Zwischendurch heiratete sie Jim, einen Ingenieur bei Ford, und bekam ein Kind.

Aber Alisons Ankunft hatte auch das Ende ihrer Ehe bedeutet, denn konfrontiert mit Windeln und festen Fütterungszeiten begann Jim zu trinken und abends nicht nach Hause zu kommen. Schließlich hatten sie sich getrennt. Als Jim verkündete, er werde an die Westküste zu ziehen, um für Toyota zu arbeiten, beschloß Casey, ebenfalls umzuziehen. Sie wollte, daß Alison mit ihrem Vater in Kontakt blieb. Sie hatte die Nase voll von den Machenschaften bei Ford und den tristen Wintern in Detroit. Kalifornien bot ihr einen neuen Start: Sie würde ein Cabrio fahren und in einem sonnigen Haus am Strand mit

Palmen vor dem Fenster wohnen; und ihre Tochter würde sonnengebräunt und gesund aufwachsen.

Doch statt dessen wohnte Casey nun in Glendale, eine halbe Stunde vom Strand entfernt. Sie hatte sich zwar tatsächlich ein Cabrio gekauft, nahm aber das Verdeck nie ab. Und obwohl das Viertel von Glendale, in dem sie lebte, seine Reize hatte, begann bereits wenige Blocks entfernt das Territorium der Straßengangs. Manchmal hörte sie nachts, wenn ihre Tochter schon schlief, das schwache Knallen von Schüssen. Casey machte sich Sorgen um Alisons Sicherheit. Sie machte sich Sorgen um die Ausbildung ihrer Tochter in einem Schulsystem, in dem Schüler mit fünfzig verschiedenen Muttersprachen unterrichtet wurden. Und sie machte sich Sorgen um die Zukunft, weil die kalifornische Wirtschaft noch immer in einer Depression steckte und Arbeit rar war. Jim war seit zwei Jahren ohne Job, seit Toyota ihn wegen seiner Trinkerei gefeuert hatte. Und auch Casey hatte nur knapp diverse Entlassungswellen bei Norton überlebt, wo die Produktion wegen der weltweiten Rezession auf Sparflamme lief.

Sie hatte sich nie vorgestellt, je für eine Flugzeugfirma zu arbeiten, aber zu ihrer Überraschung merkte sie bald, daß ihr unverblümter Pragmatismus des Mittelwestens perfekt zu dem Klima paßte, das zwischen den Ingenieuren der Firma herrschte. Jim hielt sie für steif und übertrieben korrekt, aber ihre Detailversessenheit hatte ihr bei Norton gute Dienste geleistet, so daß sie seit einem Jahr Vizedirektorin der Qualitätssicherung war.

Sie mochte die Qualitätssicherung, auch wenn diese Abteilung einen beinahe unmöglichen Auftrag zu erfüllen hatte. Norton Aircraft war in zwei große Bereiche geteilt – Produktion und Verkauf –, die sich ständig bekriegten. Die Qualitätssicherung hatte einen schweren Stand als Puffer zwischen den beiden. Die QA, so das Kürzel für diese Abteilung, war mit allen Aspekten der Produktion befaßt, sie überprüfte jeden Schritt der Fertigung und der Montage. Wenn ein Problem auftauchte, wurde von der QA erwartet, es zu lösen. Das machte die Abteilung nicht gerade zum Lieblingskind der Mechaniker oder Ingenieure.

Gleichzeitig wurde von der QA erwartet, daß sie sich um Probleme des Kundendienstes kümmerte. Kunden waren oft unzufrieden mit Entscheidungen, die sie selbst einmal getroffen hatten, und gaben Norton die Schuld, wenn sich die Bordküchen, die sie bestellt hatten, an der falschen Stelle befanden oder wenn es nicht genügend Toiletten in der Maschine gab. Man brauchte Geduld und taktisches Geschick, um alle zufriedenzustellen und die Probleme zu lösen. Casey, eine geborene Friedensstifterin, war darin besonders gut.

Als Gegenleistung für diesen beständigen Hochseilakt hatten die Leute der QA in der Firma das Sagen. Als Vizedirektorin hatte Casey mit jedem Aspekt der innerbetrieblichen Arbeit zu tun, sie hatte viele Freiheiten und weitreichende Verantwortung.

Sie wußte, daß ihr Titel eindrucksvoller war als der Posten, der dazugehörte. Bei Norton wimmelte es von Vizedirektoren. Allein in ihrer Abteilung gab es vier Vizes, und die Konkurrenz zwischen ihnen war hart. Aber jetzt hatte John Marder sie zur Repräsentantin der Qualitätssicherung beim IRT gemacht. Das war eine Position von beträchtlicher Reputation und machte sie zur Anwärterin auf die Führungsspitze der Abteilung. Marder vergab solche Beförderungen nicht nur aus einer Laune heraus. Sie wußte, daß er einen guten Grund dafür hatte.

Casey bog mit ihrem Mustang Cabrio vom Golden State Freeway in die Empire Avenue ein und folgte dem Maschendrahtzaun, der die südliche Grenze des Flughafens Burbank markierte. Sie fuhr auf das industrielle Areal zu, wo sich Rockwell, Lockheed und Norton Aircraft befanden. Schon aus der Entfernung konnte sie die Reihen der Hangars sehen, jeder mit dem geflügelten Norton-Logo auf dem Dach...

Ihr Autotelefon klingelte.

»Casey? Norma hier. Sie wissen von der Besprechung?«

Norma war ihre Sekretärin. »Ich bin schon unterwegs«, sagte Casey. »Was ist denn los?«

»Kein Mensch weiß irgendwas«, sagte Norma. »Aber es muß was Schlimmes sein. Marder hat die technischen Leiter angeschrien und die IRT-Sitzung vorverlegt.«

John Marder war bei Norton Chief Operating Officer, also Betriebsleiter. Außerdem war er Programmanager der N-22 gewesen, was bedeutete, daß er die Produktion dieses Flugzeugs überwacht hatte. Er galt als skrupelloser und gelegentlich rücksichtsloser Mann, aber er hatte Erfolg. Und er war mit Charley Nortons einziger Tochter verheiratet und hatte in den letzten Jahren großen Einfluß auf den Verkauf gehabt. Das machte ihn zum zweitmächtigsten Mann in der Firma nach dem Präsidenten. Es war Marder, der Casey gefördert hatte, und es war...

»... mit Ihrem Assistenten tun?« sagte Norma.

»Meinem was?«

»Ihrem neuen Assistenten. Was soll ich mit ihm machen? Er wartet in Ihrem Büro. Sie haben das doch nicht vergessen?«

»Ach ja, richtig.« Den hatte sie tatsächlich vergessen. Irgendein Neffe der Norton-Familie, der sich durch die Abteilungen hocharbeiten sollte. Marder hatte Casey den Jungen zugewiesen, was bedeutete, daß sie ihn für die nächsten sechs Wochen am Hals haben würde. »Wie ist er denn, Norma?«

»Na ja, er sabbert nicht.«

»Norma.«

»Er ist besser als der letzte.«

Das hieß nicht viel: Der letzte war in der Montagehalle von einem Flügel gefallen und hätte sich am Funkgerät durch einen Stromschlag beinahe selbst umgebracht. »Wie viel besser?«

»Ich sehe mir gerade seinen Lebenslauf an«, sagte Norma. »Jurastudium in Yale und ein Jahr bei General Motors. Aber in den letzten drei Monaten war er in der Marketingabteilung. Hat von der Produktion keine Ahnung. Sie werden mit ihm ganz von vorne anfangen müssen.«

»Na gut«, sagte Casey mit einem Seufzen. Wahrscheinlich erwartete Marder, daß sie ihn zu der Besprechung mitbrachte. »Sagen Sie ihm, wir treffen uns in fünf Minuten vor dem Verwaltungsgebäude. Aber sehen Sie zu, daß er sich nicht verläuft, okay?«

»Soll ich ihn hinbringen?«

»Ja, ist wahrscheinlich besser.«

Casey legte auf und sah auf die Uhr. Der Verkehr floß zäh. Noch zehn Minuten bis zur Firma. Sie trommelte ungeduldig mit den Fingern aufs Armaturenbrett. Worum konnte es bei der Besprechung nur gehen? Vielleicht hatte es einen Unfall oder einen Absturz gegeben.

Sie schaltete das Radio an, um zu hören, ob die Nachrichten etwas dazu brachten. Auf dem ersten Sender lief eine Talkshow. Ein Anrufer sagte gerade: »...nicht fair, Kinder zu zwingen, in der Schule Uniformen zu tragen. Es ist elitär und diskriminierend.«

Sie drückte einen Knopf, um den Sender zu wechseln.

»...versuchen, uns allen ihre persönlichen Moralvorstellungen aufzuzwingen. Ich glaube nicht, daß ein Fötus ein menschliches Wesen ist...«

Sie drückte den nächsten Kopf.

»...diese Angriffe auf die Medien kommen doch alle von Leuten, die etwas gegen die Redefreiheit haben...«

Wo sind denn bloß die Nachrichten, dachte sie. War ein Flugzeug abgestürzt oder nicht?

Sie sah plötzlich ihren Vater vor sich, wie er jeden Sonntag nach der Kirche einen großen Stapel Zeitungen aus dem ganzen Land las und dabei vor sich hin murmelte: »Das ist nicht die Story, *das* ist nicht die Story«, während sich um seinen Sessel herum ein unordentlicher Haufen Zeitungsseiten türmte. Aber ihr Vater war natürlich Zeitungsjournalist gewesen, damals in den Sechzigern. Doch die Welt hatte sich verändert. Jetzt kam alles im Fernsehen. Fernsehen und dieses hirnlose Geplapper im Radio.

Vor sich sah sie das Firmentor von Norton Aircraft. Sie schaltete das Radio ab.

Norton Aircraft war einer der großen Namen der amerikanischen Luftfahrt. Gegründet wurde die Firma 1935 von dem Luftfahrtpionier Charley Norton, während des Zweiten Weltkriegs baute sie die legendären B-22-Bomber, die P-27-»Skycat«-Jagdflugzeuge und den C-12-Transporter für die Air Force. In den letzten Jahren hatte Norton schwere Zeiten durchgemacht, doch im Gegensatz zu Lockheed, das aus dem zivilen Transportgeschäft ausgestiegen war, hatte es sich behauptet. Jetzt war Norton eine von nur noch vier Firmen, die große Flugzeuge für den Weltmarkt bauten. Die anderen waren Boeing in Seattle, McDonnell Douglas in Long Beach und Airbus, das europäische Konsortium mit Sitz in Toulouse.

Casey fuhr über hektargroße Parkplätze zum Tor 7 und hielt an der

Schranke an, bis der Wachtposten ihre Erkennungsmarke kontrolliert hatte. Es erfüllte sie immer mit einem gewissen Hochgefühl, wenn sie in die Firma einfuhr. Hier pulsierte ein Drei-Schichten-Betrieb, gelbe Schlepper transportierten die Kisten mit Einzelteilen von Halle zu Halle. Es war weniger eine Firma als eine kleine Stadt, mit eigenem Krankenhaus, eigener Zeitung und Polizeieinheit. Als Casey in der Firma angefangen hatte, waren dort sechzigtausend Leute beschäftigt gewesen. Die Rezession hatte die Belegschaft auf dreißigtausend reduziert, aber es war immer noch eine riesige Fabrik, die sich über sechzehn Quadratmeilen erstreckte. Hier wurde die N-20 gebaut, der schmalrumpfige zweistrahlige Jet, und die N-22, der Großraumjet, sowie die KC-22, das Tankflugzeug der Air Force.

Sie fuhr zum gläsernen Verwaltungsgebäude im Zentrum der Anlage und stellte ihr Auto auf einem freien Parkplatz ab, ohne den Motor auszuschalten. Sie sah einen jungen Mann, der in Sportsakko und Krawatte, Khakihose und Slippers ein wenig wie ein Collegestudent aussah. Der Junge winkte schüchtern, als sie ausstieg.

GEBÄUDE 64   6 Uhr 45

»Bob Richman«, sagte er. »Ich bin Ihr neuer Assistent.« Sein Händedruck war höflich, reserviert. Casey konnte sich nicht erinnern, aus welchem Zweig der Norton-Familie er kam, aber sie kannte den Typ. Viel Geld, geschiedene Eltern, durchschnittliche Leistungen an guten Schulen und ein unerschütterliches Anspruchsdenken.

»Casey Singleton«, sagte sie. »Steigen Sie ein. Wir sind spät dran.«

»Spät?« sagte Richman beim Einsteigen. »Es ist noch nicht einmal sieben.«

»Die erste Schicht fängt um sechs an«, sagte Casey. »Die meisten von uns in der Qualitätssicherung passen sich dem an. Macht man das bei GM nicht?«

»Keine Ahnung«, erwiderte er. »Ich war in der Rechtsabteilung.«

»Waren Sie auch in der Produktion?«

»So wenig wie möglich.«

Casey seufzte. Das werden lange sechs Wochen mit diesem Kerl, dachte sie. »Sie waren bis jetzt in der Marketingabteilung?«

»Ja, die letzten Monate.« Er zuckte die Achseln. »Aber Verkaufen ist eigentlich nicht meine Sache.«

Sie fuhr nach Süden zum Gebäude 64, der riesigen Halle, in der der Großraumjet gebaut wurde. Casey sagte: »Übrigens, was für ein Auto fahren Sie?«

»Einen BMW«, sagte Richman.

»Sie sollten sich vielleicht eine andere Marke kaufen«, sagte sie. »Eine amerikanische.«

»Warum? Der wird hier hergestellt.«

»Er wird hier *zusammengebaut*«, entgegnete sie. »Er wird nicht hier hergestellt. Die Wertarbeit kommt aus Übersee. Die Mechaniker hier in der Firma kennen den Unterschied; sie sind alle in der Metallergewerkschaft. Einen BMW auf dem Parkplatz sehen die nicht so gerne.«

Richman sah zum Fenster hinaus. »Wollen Sie damit sagen, daß dem Auto etwas passieren könnte?«

»Unter Garantie«, sagte Casey. »Diese Jungs fackeln nicht lange.«

»Ich werd's mir überlegen«, sagte Richman und unterdrückte ein Gähnen. »Mein Gott, ist das früh. Wohin wollen wir denn so eilig?«

»Zum IRT. Die Besprechung wurde auf sieben vorverlegt«, sagte sie.

»IRT?«

»Das Incident Review Team. Immer wenn etwas mit einer unserer Maschinen passiert, kommt das IRT zusammen, um herauszufinden, was passiert ist und was wir dagegen unternehmen.«

»Und wie oft kommen Sie zusammen?«

»Ungefähr alle zwei Monate.«

»So oft«, sagte der Junge.

Sie werden mit ihm ganz von vorne anfangen müssen.

»Genaugenommen«, sagte Casey, »sind zwei Monate gar nicht so oft. Wir haben dreitausend Flugzeuge im Zivilflugbetrieb auf der ganzen Welt. Bei so vielen Einsätzen kann immer wieder etwas passieren. Und wir nehmen den Kundendienst sehr ernst. Deshalb haben wir jeden Morgen eine Schaltkonferenz mit unseren Kundendienstvertretern auf der ganzen Welt. Sie melden uns alles, was am Tag zuvor zu einer Startverzögerung geführt hat. Meistens sind es nur Kleinigkeiten: eine klemmende Toilettentür, ein ausgefallenes Cockpitlicht. Aber wir in der QA gehen der Sache auf den Grund, machen eine Trendanalyse und geben die Ergebnisse weiter an die Produktionsunterstützung.«

»Aha...« Er klang ziemlich gelangweilt.

»Aber hin und wieder«, sagte Casey, »stoßen wir auf ein Problem, das ein IRT erfordert. Es muß etwas Ernstes sein, etwas, das die Flugsicherheit beeinträchtigt. Und so ein Problem haben wir offensichtlich heute. Wenn Marder das Treffen auf sieben vorverlegt, können Sie sicher sein, daß es nicht nur ein Vogel in einem Triebwerk war.«

»Marder?«

»John Marder war der Programmanager für den Großraumjet, bevor er Betriebsleiter wurde. Deshalb ist es wahrscheinlich ein Vorfall bei einer N-22.«

Sie parkte im Schatten von Gebäude 64. Der graue Hangar ragte vor ihnen in die Höhe, acht Stockwerke hoch und eine Meile lang. Der Asphalt vor dem Gebäude war mit Wegwerf-Ohrstöpseln übersät, die die Mechaniker trugen, um sich vor dem Krach der Nietpistolen zu schützen.

Sie gingen zur Seitentür und betraten einen Korridor, der an der Innenwand der Halle entlanglief. Hier standen in regelmäßigen Abständen Essens- und Getränkeautomaten. »Haben wir noch Zeit für einen Kaffee?« fragte Richman.

»Kaffee ist in den Produktionshallen nicht erlaubt.«

»Kein Kaffee?« stöhnte er. »Warum nicht? Weil er aus Übersee kommt?«

»Kaffee ist korrodierend. Und Aluminium mag das nicht.«

Casey führte Richman durch eine Tür in die eigentliche Produktionshalle.

»O Gott«, sagte Richman.

Die riesigen, erst teilweise zusammengebauten Großraumjets glänzten unter Halogenlampen. Fünfzehn Flugzeuge in unterschiedlichen Stadien der Produktion standen in zwei langen Reihen unter dem gewölbten Dach. Direkt vor Casey und Richman montierten Mechaniker die Frachtraumtüren in den Rumpf. Diese Rumpfröhren waren von Gerüsten umgeben. Hinter dem Rumpf stand jeweils ein Wald von Montagevorrichtungen – riesige, hellblau lackierte Arbeitsplattformen. Richman stellte sich unter eine der Plattformen und starrte mit offenem Mund nach oben. Sie war so breit wie ein Haus und sechs Stockwerke hoch.

»Phantastisch«, sagte er. Er deutete nach oben zu einer breiten, flachen Oberfläche. »Ist das der Flügel?«

»Die Seitenflosse.«

»Was?«

»Der Schwanz, Bob.«

»Das ist der Schwanz?« fragte Richman.

Casey nickte. »Der Flügel ist da drüben«, sagte sie und deutete quer durch die Halle. »Er ist sechzig Meter lang – länger als ein Fußballfeld breit ist.«

Eine Hupe ertönte. Einer der Kräne über ihren Köpfen setzte sich in Bewegung. Richman sah ihm nach.

»Sind Sie zum ersten Mal in einer Montagehalle?«

»Ja...« Richman drehte sich langsam um die eigene Achse. »Beeindruckend.«

»Ja, groß sind sie«, sagte Casey.

»Warum sind sie alle limonengrün?«

»Sämtliche tragenden Teile werden mit Epoxidharz überzogen, um Korrosion zu verhindern. Und die Aluminiumhäute werden ebenfalls überzogen, damit sie bei der Montage nicht matt werden. Die Häute sind hochglanzpoliert und sehr teuer. Der Überzug bleibt deshalb drauf, bis der Vogel in die Lackiererei kommt.«

»Wie bei GM sieht's auf jeden Fall nicht aus«, sagte Richman, der sich immer noch umsah.

»Stimmt«, sagte Casey. »Verglichen mit diesen Flugzeugen sind Autos ein Witz.«

Richman drehte sich überrascht zu ihr um. »Ein Witz?«

»Überlegen Sie mal«, entgegnete sie. »Ein Pontiac hat fünftausend Teile, und man kann einen in zwei Schichten bauen. Sechzehn Stunden. Das ist gar nichts. Aber diese Dinger da« – sie deutete auf das Flugzeug hoch über ihnen – »sind etwas ganz anderes. Der Großraumjet hat eine Million Teile und eine Produktionszeit von fünfundsiebzig Tagen. Kein anderes industrielles Produkt auf der Welt ist so kompliziert wie ein Passagierflugzeug. Es gibt nichts, was dem auch nur nahekommt. Und nichts, das so langlebig ist. Nehmen Sie einen Pontiac und lassen ihn tagein, tagaus laufen, und sehen Sie dann, was passiert. Der fällt in ein paar Monaten auseinander. Aber wir konstruieren unsere Jets für einen störungsfreien Flugeinsatz von zwanzig Jahren, und wir bauen sie so, daß sie doppelt so lange halten.«

»Vierzig Jahre?« fragte Richman ungläubig. »Sie bauen sie für eine Lebenszeit von vierzig Jahren?«

Casey nickte. »Es sind auf der ganzen Welt immer noch eine Menge N-5 in Dienst – und die bauen wir seit 1946 nicht mehr. Wir haben Flugzeuge, die schon das Vierfache ihrer projektierten Lebensdauer auf dem Buckel haben – das entspricht achtzig Jahren. Norton-

Flugzeuge schaffen das. Douglas-Flugzeuge schaffen das. Aber kein Vogel eines anderen Herstellers. Verstehen Sie, was ich damit sagen will?«

»Wow«, sagte Richman und schluckte.

»Wir nennen das die Vogelfarm«, sagte Casey. »Die Flugzeuge sind so groß, daß es schwerfällt, ein Gefühl für den Maßstab des Ganzen zu kriegen.« Sie deutete zu einem Flugzeug rechts von ihnen, wo in verschiedenen Positionen kleine Gruppen von Leuten arbeiteten, alle mit Helmlampen, die das Metall beleuchteten. »Das sieht nicht nach vielen Leuten aus, oder?«

»Nein, nicht viele.«

»Das dürften ungefähr zweihundert Mann sein, die an diesem Flugzeug arbeiten – genug, um eine gesamte Auto-Fertigungsstraße zu bemannen. Aber das ist nur ein Stadium in unserer Fertigung – und wir haben insgesamt fünfzehn Stadien. Im Augenblick halten sich in dieser Halle fünftausend Leute auf.«

Der Junge schüttelte erstaunt den Kopf. »Sieht irgendwie leer aus.«

»Leider«, erwiderte Casey, »ist sie auch irgendwie leer. Die Fertigungsstraße für den Großraumjet läuft bei sechzig Prozent Kapazität – und drei von diesen Vögeln sind Blankos.«

»Blankos?«

»Maschinen, die wir ohne Kundenauftrag bauen. Wir müssen ein Minimum bauen, nur um die Straße am Laufen zu halten. Wir haben im Augenblick nicht so viele Aufträge, wie wir gern hätten. Der Pazifische Raum ist zwar *die* Wachstumsregion, aber bei der augenblicklichen Rezession in Japan ordert dieser Markt nicht. Und alle lassen ihre Maschinen länger fliegen. Die Konkurrenz ist deshalb sehr hart. Hier entlang.«

Sie stieg schnell eine Metalltreppe hoch, und Richman folgte ihr mit klappernden Sohlen. Nach einem Absatz ging es eine zweite Treppe hoch. »Ich erzähle Ihnen das alles«, sagte sie, »damit Sie verstehen, worum es bei diesem Treffen geht. Wir arbeiten an diesen Maschinen mit unserem ganzen Herzblut. Die Leute sind stolz auf ihre Arbeit. Und sie mögen es gar nicht, wenn irgend etwas passiert.«

Vor ihnen lag ein Laufsteg hoch über der Montagestraße. Sie gingen auf einen verglasten Raum zu, der direkt von der Decke zu hängen schien. Casey öffnete die Tür.

»Und das«, sagte sie, »ist der War Room.«

War Room   7 Uhr 01

Sie betrachtete ihn mit Richmans Augen: ein großer Konferenzraum mit strapazierfähigem grauen Teppichboden, einem runden Resopaltisch und Metallröhrenstühlen. Die Wände waren mit Anschlagtafeln, Karten und technischen Zeichnungen bedeckt. Die gegenüberliegende Wand bestand aus Glas und gab den Blick frei auf die Fertigungsstraße.

Fünf Männer in Hemdsärmeln und Krawatten saßen bereits am Tisch, außerdem eine Sekretärin mit Notizblock und John Marder in einem blauen Anzug. Seine Anwesenheit überraschte Casey; es kam selten vor, daß der COO bei einer IRT-Sitzung den Vorsitz führte. Marder war dunkelhaarig, ein Mittvierziger mit intensivem Blick und glatt zurückgekämmten Haaren. Er sah aus wie eine Kobra kurz vor dem Zubeißen.

»Das ist mein neuer Assistent, Bob Richman«, sagte Casey.

Marder stand auf, sagte: »Willkommen, Bob« und gab dem Jungen die Hand. Er lächelte sogar, was selten vorkam. Offensichtlich war Marder, mit seinem feinen Gespür für Firmenpolitik, bereit, vor jedem Mitglied der Norton-Familie zu katzbuckeln, auch wenn es sich nur um einen hospitierenden Neffen handelte. Casey drängte sich die Frage auf, ob der Junge vielleicht wichtiger war, als sie dachte.

Marder stellte Richman die anderen am Tisch vor. »Doug Doherty, verantwortlich für Struktur...« Er zeigte auf einen übergewichtigen Fünfundvierzigjährigen mit Schmerbauch, blasser Haut und dicker Brille. Doherty lebte in einem Zustand beständiger Schwermut, er redete mit kummervoll monotoner Stimme, und wenn man ihm glaubte, war alles schlecht und wurde noch schlechter. An diesem Tag trug er eine gestreifte Krawatte zu einem karierten Hemd; anscheinend hatte er das Haus verlassen, bevor seine Frau ihn sah.

Doherty bedachte Richman mit einem traurigen, gedankenverlorenen Nicken.

»Nguyen Van Trung, Avionik...« Trung war dreißig, sportlich und von ruhiger, zurückhaltender Art. Casey mochte ihn. Die Vietnamesen waren die fleißigsten Leute in der Firma. Die Jungs von der Avionik waren MIS-Spezialisten, die sich mit den Computerprogrammen der Flugzeuge beschäftigten. Sie stellten die »Neue Welle« bei Norton dar: jünger, mit besserer Ausbildung und besseren Manieren.

»Ken Burne, Triebwerkanlage...« Kenny war rothaarig und sommersprossig und hielt sein Kinn immer angriffslustig vorgestreckt. Er fluchte und schimpfte ständig, und wegen seines aufbrausenden Temperaments nannte man ihn in der Firma nur »Easy Burne« – »Leicht entflammbar«.

»Ron Smith, Elektrik.« Ein glatzköpfiger, ängstlicher Mann, der nervös mit den Stiften in seiner Tasche spielte. Ron war außerordentlich kompetent, man hatte oft den Eindruck, als kenne er sämtliche Schaltpläne der Flugzeuge auswendig. Aber er war beängstigend schüchtern und lebte bei seiner bettlägerigen Mutter in Pasadena.

»Mike Lee, der Repräsentant der Fluggesellschaft...« Ein sehr gutgekleideter Mann Mitte Fünfzig mit kurzgeschorenen, grauen Haaren, in einem blauen Blazer mit gestreifter Krawatte. Mike war ein ehemaliger Air Force-Pilot, ein Ein-Sterne-General im Ruhestand. Er war der Repräsentant von TransPacific in der Firma.

»Und Barbara Ross mit dem Notizblock.« Die IRT-Sekretärin war Mitte Vierzig und übergewichtig. Sie starrte Casey mit unverhüllter Feindseligkeit an. Casey ignorierte sie.

Marder winkte den Jungen zu einem Stuhl, und Casey setzte sich neben ihn. »Erster Punkt«, sagte Marder. »Casey ist jetzt QA-Vertreterin bei IRT. Da sie den RTO in DFW so souverän gehandhabt hat, ist sie ab jetzt unsere offizielle Pressesprecherin. Noch Fragen?«

Richman schüttelte verwirrt den Kopf. Marder wandte sich an ihn und erklärte: »Singleton hat bei einem Rejected Take-off, einem Startversagen, in Dallas-Fort Worth vorigen Monat hervorragende Arbeit mit der Presse geleistet. Sie wird sich um alle Presseanfragen kümmern, die wir hereinbekommen. Okay? Ansonsten alles klar? Dann wollen wir anfangen. Barbara?« Die Sekretärin teilte zusammengeheftete Papierstapel aus.

»TransPacific-Flug 545«, sagte Marder. »Eine N-22, Rumpf-Nummer 271. Flugbeginn gestern 22 Uhr in Kaitak, Hongkong. Störungsfreier Start und störungsfreier Flug bis etwa 5 Uhr heute morgen, als das Flugzeug, wie der Pilot es nannte, in heftige Turbulenzen geriet...«

Stöhnen wurde am Tisch laut. »Turbulenzen!« Die Ingenieure schüttelten den Kopf.

»...heftige Turbulenzen, die extreme Oszillationen zur Folge hatten.«

»O Gott«, sagte Burne.

»Das Flugzeug«, fuhr Marder fort, »machte in LAX eine Notlandung, die notärztliche Versorgung war gesichert. Unser vorläufiger Bericht spricht von fünfundvierzig Verletzten und drei Toten.«

»Oh, das ist sehr schlecht«, sagte Doug Doherty mit trauriger, monotoner Stimme. »Ich nehme an, das heißt, daß wir jetzt das NTSB auf dem Hals haben.«

Casey beugte sich zu Richman und flüsterte: »Die Nationale Flugsicherheitsbehörde schaltet sich normalerweise ein, wenn es Tote gibt.«

»Nein, nicht in diesem Fall«, sagte Marder. »Es handelt sich um eine ausländische Fluggesellschaft, und der Vorfall passierte in internationalem Luftraum. Das NTSB hat genug mit dem Colombia-Absturz zu tun. Wir glauben, daß sie sich in dem Fall heraushalten werden.«

»Turbulenzen«, schnaubte Kenny Burne. »Gibt es dafür eine Bestätigung?«

»Nein«, sagte Marder. »Die Maschine befand sich in siebenunddreißigtausend Fuß Höhe, als es zu dem Vorfall kam. Kein anderes Flugzeug in dieser Höhe und dieser Position hat Wetterprobleme gemeldet.«

»Satelliten-Wetterkarten?« fragte Casey.

»Kommen noch.«

»Was ist mit den Passagieren?« fragte sie weiter. »Hat der Kapitän eine Durchsage gemacht? War das ›Bitte anschnallen‹-Zeichen eingeschaltet?«

»Bis jetzt hat noch niemand mit den Passagieren gesprochen. Aber unsere vorläufigen Informationen deuten darauf hin, daß keine Durchsage erfolgt ist.«

Richman machte wieder ein verwirrtes Gesicht. Casey schrieb etwas auf ihren Block und hielt ihn so, daß er lesen konnte, was darauf stand: *Keine Turbulenzen.*

»Haben wir den Piloten schon befragt?« sagte Trung.

»Nein«, antwortete Marder. »Die Crew hat sofort einen Anschlußflug genommen und das Land verlassen.«

»Na großartig«, sagte Kenny Burne und warf seinen Bleistift auf den Tisch. »Einfach großartig. Unfall mit Fahrerflucht, könnte man sagen.«

»Einen Augenblick mal«, sagte Mike Lee gelassen. »Ich glaube, wir müssen zugunsten der Fluggesellschaft anerkennen, daß die Crew Verantwortungsbewußtsein gezeigt hat. Hier kann man diese Leute nicht haftbar machen, aber es kann sein, daß sie von der Zivilluftfahrtbehörde in Hongkong zur Rechenschaft gezogen werden, und sie sind heimgeflogen, um sich dem zu stellen.«

Casey schrieb: *Crew nicht verfügbar.*

»Ähm, wissen wir, wer der Kapitän war?« fragte Ron Smith schüchtern.

»Wissen wir«, sagte Mike Lee. Er schlug ein ledernes Notizbuch auf. »Sein Name ist John Chang. Fünfundvierzig Jahre alt, wohnhaft in Hongkong. Sechstausend Stunden Flugerfahrung. Er ist der Chefpilot von TransPacific für die N-22. Ein sehr fähiger Mann.«

»Ach wirklich?« sagte Burne und beugte sich über den Tisch. »Wann wurde seine Lizenz zum letztenmal erneuert?«

»Vor drei Monaten.«

»Wo?«

»Hier«, sagte Mike Lee. »Auf Norton-Flugsimulatoren, überwacht von Norton-Instruktoren.«

Burne lehnte sich zurück und schnaubte unwirsch.

»Kennen wir seine Bewertungen?« fragte Casey.

»Hervorragend«, sagte Lee. »Das können Sie in Ihren Unterlagen nachprüfen.«

Casey schrieb: *Kein menschliches Versagen (?)*

An Lee gewandt, fragte Marder: »Glauben Sie, wir können eine Unterredung mit ihm bekommen, Mike? Wird er mit unserem Kundendienstleiter auf Kaitak reden?«

»Ich bin mir sicher, daß die Crew kooperieren wird«, sagte Lee.

»Vor allem, wenn Sie schriftliche Fragen vorlegen... Ich gehe davon aus, daß ich die Antworten innerhalb von zehn Tagen bekomme.«

»Hmm«, sagte Marder betrübt. »So lange...«

»Wenn wir keine Pilotenaussage kriegen«, sagte Van Trung, »könnten wir in Schwierigkeiten kommen. Der Vorfall ist zwei Stunden vor der Landung passiert. Der Cockpit Voice Recorder nimmt nur die jeweils letzten fünfundzwanzig Minuten der Cockpit-Unterhaltung auf. In unserem Fall ist der CVR nutzlos.«

»Stimmt. Aber Sie haben ja immer noch den FDR.«

Casey schrieb: *Flight Data Recorder.* Flugschreiber.

»Ja, wir haben den FDR«, sagte Trung. Aber das konnte ihm seine Besorgnis offensichtlich nicht nehmen, und Casey wußte, wieso. Flugschreiber waren notorisch unzuverlässig. In den Medien wurden sie als die mysteriösen Black Boxes dargestellt, die alle Geheimnisse eines Flugs enthüllen. Aber in Wirklichkeit funktionierten sie oft nicht.

»Ich werde tun, was ich kann«, versprach Mike Lee.

»Was wissen wir über das Flugzeug?« fragte Casey.

»Die Maschine ist brandneu«, antwortete Marder. »Drei Jahre im Dienst. Viertausend Stunden und neunhundert Zyklen.«

Casey schrieb: *Zyklen = Starts und Landungen.*

»Was ist mit Inspektionen?« fragte Doherty düster. »Ich nehme an, wir müssen Wochen auf die Unterlagen warten...«

»Das Flugzeug hatte im März einen C-Check.«

»Wo?«

»LAX.«

»Der Wartungszustand dürfte also in Ordnung sein«, sagte Casey.

»Richtig«, bemerkte Marder. »So wie es im Augenblick aussieht, können wir den Vorfall weder dem Wetter noch menschlichen Faktoren noch dem Wartungszustand zuschreiben. Jetzt sind also wir gefragt. Lassen Sie uns den Fehlerbaum durchgehen. Kann irgendwas an diesem Flugzeug ein Verhalten verursachen, das wie Turbulenzen aussieht? Etwas an der Struktur?«

»Natürlich«, antwortete Doherty mürrisch. »Ein Ausfahren der Slats könnte so etwas bewirken. Wir werden die Funktion der Hydraulik an allen Steuerflächen kontrollieren.«

»Avionik?«

Trung machte sich Notizen. »Im Augenblick frage ich mich, warum der Autopilot nicht die Steuerung übernommen hat. Sobald ich die Datenüberspielung vom FDR habe, weiß ich mehr.«

»Elektrik?«

»Es ist möglich, daß ein Kriechstrom ein Ausfahren der Slats verursacht hat«, entgegnete Ron Smith kopfschüttelnd. »Ich meine, möglich ist es...«

»Triebwerke?«

»Ja, die Triebwerke könnten etwas damit zu tun haben«, sagte Burne und fuhr sich durch die roten Haare. »Die Schubumkehrer könnten im Flug aktiviert worden sein. Das würde dazu führen, daß das Flugzeug nach unten kippt und rollt. Aber wenn die Umkehr aktiviert wurde, müßte es dauerhafte Schäden geben. Wir prüfen das nach.«

Casey schaute auf ihren Notizblock. Sie hatte geschrieben:

Strukturell – Ausfahren der Slats
Hydraulik – Ausfahren der Slats
Avionik – Autopilot
Elektrik – Kriechstrom
Triebwerke – Schubumkehr

Das war so ziemlich jedes System des Flugzeugs.

»Sie haben da also einiges zu überprüfen«, sagte Marder, stand auf und sammelte seine Papiere zusammen. »Ich will Sie nicht länger aufhalten.«

»Ach, was soll's«, sagte Burne. »In einem Monat haben wir den Fehler, John. Da mache ich mir keine Sorgen.«

»Ich schon«, erwiderte Marder. »Wir *haben* nämlich keinen Monat. Wir haben eine Woche.«

Aufschreie am Tisch: »Eine Woche!«

»Mein Gott, John.«

»Kommen Sie, John, Sie wissen doch, daß ein IRT immer einen Monat braucht.«

»Diesmal nicht«, sagte Marder. »Letzten Donnerstag hat unser Präsident Hal Edgarton von der Regierung in Peking eine Absichtserklärung zum Kauf von fünfzig N-22 übermittelt bekommen, mit einer Option auf weitere dreißig. Erste Lieferung in achtzehn Monaten.«

45

Verblüfftes Schweigen.

Die Männer sahen einander an. Seit Monaten gab es Gerüchte um ein großes China-Geschäft. In diversen Nachrichtenmeldungen war der Abschluß als »unmittelbar bevorstehend« bezeichnet worden. Aber bei Norton glaubte niemand so richtig daran.

»Es stimmt«, sagte Marder. »Und ich brauche Ihnen nicht zu sagen, was das bedeutet. Es ist ein Acht-Milliarden-Dollar-Auftrag vom schnellstwachsenden Flugzeugmarkt der Welt. Es sind vier Jahre Produktion mit voller Kapazität. Es wird diese Firma auf eine solide finanzielle Basis fürs einundzwanzigste Jahrhundert stellen. Es wird die Entwicklung der Langversion der N-22 und des verbesserten N-XX-Großraumjets finanzieren. Hal und ich sind uns einig: Der Auftrag bedeutet für die Firma den Unterschied zwischen Leben und Tod.« Marder steckte die Unterlagen in seinen Aktenkoffer und klappte ihn zu.

»Ich fliege am Sonntag nach Peking, um zusammen mit Hal die Absichtserklärung mit dem Transportminister zu unterschreiben. Er wird wissen wollen, was mit Flug 545 passiert ist. Und ich sollte es ihm erklären können, denn sonst wird er es sich anders überlegen und bei Airbus unterschreiben. Und dann sitze ich in der Scheiße, diese Firma sitzt in der Scheiße – und jeder an diesem Tisch ist seinen Job los. Die Zukunft von Norton Aircraft hängt von dieser Untersuchung ab. Ich will also nichts hören außer Antworten. Und zwar innerhalb einer Woche. Bis morgen dann.«

Und damit drehte er sich um und verließ den Raum.

WAR ROOM   *7 Uhr 27*

»Was für ein Arschloch«, sagte Burne. »Das stellt er sich wohl unter Mitarbeitermotivierung vor. Der kann mich mal.«

Trung zuckte die Achseln. »So ist er doch immer.«

»Was denkt ihr über die Sache?« fragte Smith. »Ich meine, das könnte ja wirklich eine Freudenbotschaft sein. Hat Hal wirklich eine Absichtserklärung von den Chinesen bekommen?«

»Ich glaube schon«, sagte Trung. »Weil die Firma nämlich in aller Stille aufrüstet. Es wurde ein zweiter Satz Montagevorrichtungen für den Flügel gebaut, die demnächst nach Atlanta verschifft werden sollen. Ich glaube, er hat den Vertrag schon in der Tasche.«

»Was er hat«, sagte Burne, »ist ein schwerer Fall von Schwarzem Peter.«

»Soll heißen?«

»Edgarton hat vielleicht eine vorläufige Anfrage aus Peking. Aber acht Milliarden Dollar ist ein großer Auftrag von einem großen Gorilla. Boeing, Douglas und Airbus sind ebenfalls hinter diesem Auftrag her. Die Chinesen könnten ihn immer noch jedem von uns geben. Es ist ihre Art, sich erst in letzter Minute zu entscheiden. Die machen das ständig so.

Edgarton hat Schiß, das Geschäft nicht zu bekommen und dem Aufsichtsrat gestehen zu müssen, daß ihm ein dicker Auftrag durch die Lappen gegangen ist. Also, was macht er? Er schiebt den Schwarzen Peter Marder zu. Und was macht Marder?«

»Marder schiebt uns das Ganze einfach in die Schuhe«, sagte Trung.

»Genau. Diese TPA-Geschichte bietet ihnen eine optimale Ausgangsposition. Wenn sie mit Peking abschließen, sind sie die Helden. Aber wenn es in die Hose geht...«

»... dann liegt es daran, daß wir es verpatzt haben«, ergänzte Trung.

»Genau. Wir sind der Grund, warum ein Acht-Milliarden-Dollar-Geschäft gescheitert ist.«

»Nun denn«, sagte Trung und stand auf. »Ich glaube, wir sollten uns besser dieses Flugzeug anschauen.«

VERWALTUNGSGEBÄUDE 9 Uhr 12

Harald Edgarton, der neuernannte Präsident von Norton Aircraft, stand am Fenster seines Büros im zehnten Stock und sah auf das Firmengelände hinaus, als John Marder eintrat. Edgarton war ein kräftiger Mann, ein ehemaliger Footballspieler, mit einem schnell bereiten Lächeln und kalten, wachsamen Augen. Er hatte zuvor für Boeing gearbeitet und war vor drei Monaten zu Norton geholt worden, um das Marketing der Firma zu verbessern.

Edgarton drehte sich um und sah Marder stirnrunzelnd an. »Was für ein Schlamassel«, sagte er. »Wie viele sind tot?«

»Drei«, sagte Marder.

»Verdammt«, sagte Edgarton und schüttelte den Kopf. »Daß das gerade jetzt passieren muß. Haben Sie dem Untersuchungsteam von der Absichtserklärung erzählt und ihnen gesagt, wie dringend das Ganze ist?«

»Ja. Sie wissen Bescheid.«

»Und Sie klären die Sache noch diese Woche?«

»Ich werde persönlich den Vorsitz übernehmen, damit die Sache auch wirklich durchgezogen wird«, sagte Marder.

Edgarton war noch nicht beruhigt. »Was ist mit der Presse?« fragte er. »Ich will nicht, daß die PR-Abteilung diese Sache übernimmt. Benson ist ein Säufer, die Journalisten hassen ihn. Und die Ingenieure können es auch nicht. Die sprechen ja nicht mal Englisch...«

»Das hab ich im Griff, Hal.«

»Wirklich? Ich will nicht, daß Sie mit der verdammten Presse reden. Von Ihnen kommt kein Wort, ist das klar?«

»Verstehe«, sagte Marder. »Ich habe Singleton die Pressearbeit übertragen.«

»Singleton? Diese Frau aus der QA?« fragte Edgarton. »Ich habe mir das Band angesehen, das Sie mir gegeben haben, auf dem sie mit den Reportern über diese Dallas-Geschichte redete. Hübsch ist sie ja, aber sie nimmt kein Blatt vor den Mund.«

»Aber genau das wollen wir doch, nicht?« sagte Marder. »Aufrichtigen, typisch amerikanischen, unverblümten Pragmatismus. Und sie hat einiges auf dem Kasten, Hal.«

»Das sollte sie auch«, sagte Edgarton. »Wenn die Kacke erst mal am Dampfen ist, muß sie was bringen.«

»Das wird sie«, entgegnete Marder.

»Ich will nicht, daß irgendwas dieses China-Geschäft unterminiert.«

»Das will niemand, Hal.«

Einen Augenblick lang sah Edgarton Marder nachdenklich an. Dann sagte er: »Ich hoffe, daß Ihnen eins sonnenklar ist. Mir ist es nämlich egal, wen Sie hier in der Firma fördern – wenn dieses Geschäft in die Binsen geht, werden eine Menge Leute ihren Job verlieren. Nicht nur ich. Auch viele andere Köpfe werden rollen.«

»Ich verstehe«, sagte Marder.

»Sie haben die Frau ausgewählt. Das war Ihre Entscheidung. Der Aufsichtsrat weiß das. Wenn mit ihr irgendwas schiefgeht oder mit dem IRT – dann müssen Sie den Kopf hinhalten.«

»Es wird nichts schiefgehen«, sagte Marder. »Es ist alles unter Kontrolle.«

»Das möchte ich Ihnen auch geraten haben«, sagte Edgarton und drehte sich wieder zum Fenster um.

Marder verließ das Büro.

LAX WARTUNGSHANGAR 21   9 Uhr 48

Der blaue Minibus überquerte die Rollbahn und fuhr auf die Reihe der Wartungshangars auf dem Los Angeles Airport zu. Aus der Rückseite des nächstgelegenen Hangars ragte das gelbe Heck des TransPacific-Großraumjets, sein Emblem glänzte in der Sonne.

Die Ingenieure redeten wild durcheinander, sobald das Flugzeug in Sicht kam. Der Minibus rollte in den Hangar und blieb unter einem der Flügel stehen; die Ingenieure stiegen aus. Das RAMS-Team war bereits bei der Arbeit: ein halbes Dutzend Mechaniker, die, mit Gurten gesichert, auf allen vieren auf dem Flügel herumkrochen.

»Na, dann mal los!« rief Burne und kletterte eine Leiter zum Flügel hoch. Bei ihm klang das wie ein Schlachtruf. Die anderen Ingenieure folgten ihm. Doherty war der letzte; mit deprimierter Miene kletterte er die Leiter hoch.

Casey stieg mit Richman aus dem Bus. »Sie gehen alle direkt zum Flügel«, stellte Richman fest.

»Ja. Der Flügel ist der wichtigste Teil eines Flugzeugs und die komplizierteste Konstruktion. Zuerst sehen sie sich den an, und erst dann kommt die Inspektion des Innenraums. Hier entlang.«

»Wohin gehen wir?«

»Hinein.«

Casey lief zielstrebig zur Nase und stieg eine fahrbare Treppe zur vorderen Kabinentür knapp hinter dem Cockpit hoch. Am Eingang wehte ihr der ekelerregende Geruch von Erbrochenem entgegen.

»O Gott«, sagte Richman hinter ihr.

Casey ging hinein.

Sie wußte, daß der vordere Teil der Kabine am wenigsten beschädigt sein würde, aber auch hier waren einige der Rückenlehnen kaputt.

Armstützen hatten sich losgerissen und ragten in die Gänge. Gepäckfächer waren aufgeplatzt, die Klappen hingen nach unten. Sauerstoffmasken baumelten von der Decke, einige fehlten. Auf dem Teppich und an der Decke waren Blutspritzer, Lachen von Erbrochenem auf den Sitzen.

»Mein Gott«, sagte Richman und hielt sich die Nase zu. »Das alles ist wegen ein paar Turbulenzen passiert?«

»Nein«, antwortete Casey. »Mit ziemlicher Sicherheit nicht.«

»Aber warum hat dann der Pilot...«

»Das wissen wir noch nicht«, sagte sie.

Casey ging zum Cockpit. Die Tür hing offen, das Flugdeck machte einen normalen Eindruck. Nur die Logbücher und die anderen Unterlagen fehlten. Ein winziger Babyschuh lag auf dem Boden. Als sie sich zu ihm hinunterbückte, entdeckte sie einen verbeulten schwarzen Metallkasten, der unter der Cockpittür eingeklemmt war. Eine Videokamera. Sie zog die Kamera heraus, und sie zerbrach in ihren Händen, ein Gewirr von Platinen, silberfarbenen Motoren und Schlaufen von Magnetband, das aus einer zerbrochenen Kassette hing. Sie drückte Richman alles in die Hand.

»Was soll ich damit tun?«

»Aufheben.«

Casey ging nach hinten. Sie wußte, daß es im Heck schlimmer sein würde. Schon jetzt konnte sie sich langsam ein Bild von dem machen, was auf diesem Flug passiert sein mußte. »Eins steht außer Frage: Dieses Flugzeug hat heftige Oszillationen durchgemacht. Das heißt, daß es mit der Nase stark nach oben und unten gekippt ist«, erklärte sie.

»Woher wissen Sie das?« fragte Richman.

»Weil das der Grund ist, warum die Passagiere sich übergeben. Gieren und Rollen können sie aushalten, aber beim Nicken müssen sie brechen.«

»Warum fehlen viele Sauerstoffmasken?« fragte Richman.

»Die Leute haben sie im Fallen heruntergerissen«, sagte sie. Es konnte nur so passiert sein. »Und die Rückenlehnen sind kaputt – wissen Sie, wieviel Kraft man braucht, um einen Flugzeugsitz zu zerstören? Sie sind so konstruiert, daß sie einer Belastung von sechzehn G standhalten. Die Leute wurden in dieser Kabine durcheinandergewirbelt wie Würfel in einem Becher. Und dem Schaden nach zu urteilen, muß es eine ganze Weile gedauert haben.«

»Wie lange?«

»Mindestens zwei Minuten«, sagte sie und dachte: Eine Ewigkeit für einen solchen Vorfall.

Sie gingen an einer ruinierten Bordküche mittschiffs vorbei und betraten die Mittelkabine. Hier war der Schaden noch viel größer. Viele Sitze waren kaputt. Eine breite Blutschliere zog sich die Decke entlang. Die Gänge waren mit Schuhen, zerrissenen Kleidern und Kinderspielzeugen übersät.

Eine Reinigungsmannschaft in blauen Uniformen mit der Aufschrift Norton IRT sammelte persönliche Habseligkeiten ein und steckte sie in große Plastiktüten. Casey wandte sich an eine Frau. »Haben Sie Kameras gefunden?«

»Bis jetzt fünf oder sechs«, sagte die Frau. »Ein paar Videokameras. Aber da ist alles mögliche Zeugs.« Sie griff unter einen Sitz und zog ein bräunliches Gummidiaphragma hervor. »Wie gesagt.«

Casey stieg vorsichtig über den Unrat im Gang hinweg und ging weiter nach hinten. Nach einer Trennwand kam sie in die Heckkabine, kurz vor dem Schwanz.

Richman hielt den Atem an.

Hier sah es aus, als hätte eine Riesenfaust die Einrichtung zerschmettert. Sitze waren plattgedrückt. Gepäckfächer hingen so weit nach unten, daß sie fast den Boden berührten. Die Deckenverkleidung war aufgeplatzt, Kabel und silberfarbenes Isoliermaterial quollen heraus. Überall war Blut, einige Sitze waren rötlich braun verfärbt. Die Hecktoiletten waren zerstört, Spiegel zersplittert, Edelstahlschränke verbogen und aufgesprungen.

Casey richtete ihr Augenmerk auf die linke Seite der Kabine, wo sechs Sanitäter versuchten, ein schweres, in weißes Nylongewebe gewickeltes Etwas, das neben einem Gepäckfach von der Decke hing, zu stabilisieren. Plötzlich verrutschte die Nylonhülle und ein Männerkopf kippte aus dem Gewebe – das Gesicht grau, der Mund geöffnet, die Augen starr, die Haare strähnig und wirr.

»O Gott«, sagte Richman. Er drehte sich um und rannte davon.

Casey trat zu den Sanitätern. Die Leiche war die eines Chinesen mittleren Alters. »Was ist denn hier los?« fragte sie.

»Tut uns leid, Ma'am«, sagte einer der Sanitäter. »Aber wir bekommen ihn nicht raus. Wir fanden ihn hier eingeklemmt, und er steckt ziemlich fest. Das linke Bein.«

Einer der Sanitäter richtete den Strahl einer Taschenlampe nach oben. Das linke Bein hatte das Gepäckfach durchstoßen und steckte in dem silbrigen Isoliermaterial oberhalb der Fensterreihe. Casey versuchte sich zu erinnern, welche Leitungen hier verliefen, ob etwas für die Flugtauglichkeit Wesentliches betroffen sein konnte. »Seien Sie vorsichtig beim Rausziehen«, sagte sie.

Aus der Bordküche hörte sie die Stimme einer Putzfrau: »So was hab ich ja noch nie gesehen.«

Eine andere Frau sagte: »Wie ist das bloß hierhergekommen?«

»Wenn ich das wüßte, Kleine.«

Casey ging hinüber, um nachzusehen, worüber sie sprachen. Die Putzfrau hielt eine blaue Pilotenmütze in der Hand. Auf der Mützendecke war ein blutiger Fußabdruck zu sehen.

Casey griff danach. »Wo haben Sie die gefunden?«

»Genau hier«, sagte die Putzfrau. »Vor der Heckküche. Ziemlich weit weg vom Cockpit, was?«

»Ja.« Casey drehte die Mütze in den Händen. Silberne Flügel auf dem Schirm, das TransPacific-Medaillon in der Mitte. Es war eine Pilotenmütze mit einem Kapitänsstreifen, also gehörte sie wahrscheinlich einem aus der Reservecrew. Falls dieses Flugzeug überhaupt eine Reservecrew gehabt hatte; das wußte sie noch nicht.

»Ach du meine Güte, das ist ja schrecklich, einfach schrecklich.«

Sie kannte dieses monotone Murmeln, und als sie sich umdrehte, sah sie Doug Doherty, den Strukturspezialisten, der eben die Heckkabine betrat.

»Was haben die mit meinem schönen Flugzeug gemacht?« stöhnte er. Dann sah er Casey. »Sie wissen, was das ist, nicht? Keine Turbulenzen. Die haben *getümmlert*.«

»Vielleicht«, sagte Casey. *Tümmlern* war ein Ausdruck für eine Serie von steilen Sturz- und Steilflügen. Wie ein Tümmler, der im Wasser springt.

»O ja«, sagte Doherty düster. »Genau das ist passiert. Sie haben die Kontrolle verloren. Schrecklich, einfach schrecklich...«

Einer der Sanitäter sagte: »Mr. Doherty?«

Doherty drehte sich zu ihm um. »Nein, sagen Sie nichts. Ist das die Stelle, wo der Kerl eingeklemmt ist?«

»Ja, Sir.«

»Hab ich's mir fast gedacht«, bemerkte er düster und kam näher. »Es mußte natürlich das Heckschott sein. Genau an der Stelle, wo alle flugrelevanten Systeme zusammenkommen – na, dann wollen wir mal sehen. Was ist das? Sein Fuß?«

»Ja, Sir.« Sie richteten die Lampe auf die Stelle. Doherty stieß gegen die Leiche, die in ihrer Nylonhülle schwankte.

»Können Sie ihn festhalten? Okay... Hat jemand ein Messer oder so was? Wahrscheinlich nicht, aber...«

Einer der Sanitäter gab ihm eine Schere, und Doherty begann zu schnippeln. Silberne Stücke Isoliermaterial segelten zu Boden. Mit schnellen Bewegungen schnitt Doherty immer weiter. Schließlich hörte er auf. »Okay. Den A59-Kabelstrang hat er verfehlt. A47-Kabelstrang verfehlt. Er ist links von den hydraulischen Leitungen, links vom Avionik-Pack... Okay, soweit ich sehe, konnte er an der Maschine keinen Schaden anrichten.«

Die Sanitäter, die die Leiche festhielten, starrten Doherty an. »Können wir ihn herausschneiden, Sir?« fragte einer von ihnen.

Doherty betrachtete immer noch konzentriert die Stelle. »Was? Ach ja, klar. Schneiden Sie ihn raus.«

Er trat zurück, und die Sanitäter begannen, die Stelle mit einem großen metallenen Rettungsspreizer zu bearbeiten. Sie klemmten die Backen zwischen Gepäckfächer und Deckenverkleidung und öffneten sie. Mit lautem Krachen brach das Plastik auseinander.

Doherty wandte sich ab. »Ich kann nicht zusehen«, sagte er. »Ich kann nicht zusehen, wie sie mein schönes Flugzeug kaputtmachen.« Er ging wieder nach vorne. Die Sanitäter starrten ihm nach.

Richman sah verlegen aus, als er zurückkam. Er zeigte zum Fenster hinaus. »Was tun die Männer da auf dem Flügel?«

Casey bückte sich und sah durch die Fenster zu den Ingenieuren auf dem Flügel hinaus. »Sie untersuchen die Slats«, sagte sie. »Die ausfahrbaren Vorderflügel.«

»Und was bewirken diese Slats?«

Sie werden mit ihm ganz von vorne anfangen müssen.

»Was wissen Sie über Aerodynamik?« fragte Casey. »Nichts? Nun, ein Flugzeug fliegt wegen der Form des Flügels.« Der Flügel sehe so einfach aus, erklärte sie, sei aber in Wirklichkeit die komplizierteste mechanische Komponente des Flugzeugs und erfordere die längste Bauzeit. Im Vergleich dazu sei der Rumpf etwas ganz Einfaches, nur eine Reihe von aneinandergenieteten Röhren. Und das Leitwerk – der Schwanz – sei nur eine feste vertikale Flosse mit Steuerflächen. Aber der Flügel sei ein Kunstwerk. Obwohl sechzig Meter lang, sei er unglaublich stabil und in der Lage, das Gewicht des ganzen Flugzeugs zu tragen. Zugleich aber sei er bis auf einen Zehntelmillimeter präzise geformt.

»Die Form«, sagte Casey, »ist das Wesentliche: Er ist an der Oberseite gewölbt, an der Unterseite flach. Das bedeutet, daß die Luft sich über die Oberseite schneller bewegen muß, und gemäß der Bernoullischen Gleichung...«

»Ich habe Jura studiert«, erinnerte er sie.

»Nach der Bernouillischen Gleichung ist der Druck eines Gases um so geringer, je schneller es sich bewegt. Deshalb ist der Druck in einer Strömung geringer als in der sie umgebenden Luft«, sagte Casey. »Da die Luft sich über die Oberseite des Flügels schneller bewegt, entsteht ein Unterdruck, der den Flügel nach oben saugt. Und da der Flügel stark genug ist, um den Rumpf zu tragen, hebt sich das ganze Flugzeug in die Höhe. Deshalb fliegt ein Flugzeug.«

»Verstanden.«

»Okay. Zwei Faktoren bestimmen, wieviel Auftrieb erzeugt wird – die Geschwindigkeit, mit der sich der Flügel durch die Luft bewegt, und der Krümmungsgrad. Je größer die Krümmung, desto stärker der Auftrieb.«

»Okay.«

»Wenn der Flügel sich schnell bewegt, also während des Fluges, sagen wir bei Mach null Komma acht, ist nicht viel Krümmung nötig. Genaugenommen sollte der Flügel da beinahe flach sein. Aber wenn das Flugzeug sich langsamer bewegt, bei Starts und Landungen, braucht der Flügel mehr Krümmung, um stärkeren Auftrieb zu erzeugen. Deshalb erhalten zu diesen Zeiten die Flügel eine stärkere Krümmung, indem bestimmte Teile an der Vorder- und der Rückseite nach unten ausgefahren werden können – Klappen an der Rückseite und Slats an der Vorderkante.«

»Slats sind also wie Klappen, aber an der Vorderseite?«

»Genau.«

»Mir sind die noch nie aufgefallen«, sagte Richman und sah zum Fenster hinaus.

»Kleinere Maschinen haben keine«, sagte Casey. »Aber dieses Flugzeug wiegt voll beladen fast eine Dreiviertelmillion Pfund. Bei einer Maschine dieser Größe braucht man Slats.«

Während sie zusahen, wurde die erste der Slats ausgefahren und bewegte sich dann nach unten. Die Männer auf dem Flügel steckten ihre Hände in die Hosentaschen und sahen zu.

Richman fragte: »Warum sind diese Slats so wichtig?«

»Weil einer der möglichen Gründe für Turbulenzen«, erwiderte Casey, »ein Ausfahren der Slats während des Flugs ist. Vergessen Sie nicht, bei Reisegeschwindigkeit sollte der Flügel beinahe flach sein. Wenn die Slats ausgefahren werden, kann das Flugzeug instabil werden.«

»Und was könnte dieses Ausfahren der Slats verursachen?«

»Ein Pilotenfehler«, sagte Casey. »Das ist die übliche Ursache.«

»Aber angeblich hatte dieses Flugzeug doch einen sehr guten Piloten.«

»Richtig. Angeblich.«

»Was ist, wenn es kein Pilotenfehler war?«

Sie zögerte. »Es gibt einen Zustand, den die Spezialisten *uncommanded slats deployment* nennen, also ein Ausfahren der Slats ohne entsprechenden Steuerbefehl des Piloten. Das heißt, die Slats fahren ohne Vorwarnung von alleine aus.«

Richman runzelte die Stirn. »Kann so etwas passieren?«

»Es soll schon gelegentlich vorgekommen sein. Aber wir halten es bei diesem Flugzeug für unmöglich.« Sie hatte nicht vor, diesem Jungen gegenüber ins Detail zu gehen. Nicht jetzt.

Richman zog immer noch die Stirn in Falten. »Wenn es unmöglich ist, warum überprüfen die da draußen es dann?«

»Weil es passiert sein könnte und weil es unsere Aufgabe ist, alles zu überprüfen. Vielleicht gibt es bei dieser speziellen Maschine ein Problem. Vielleicht sind die Steuerseilzüge nicht richtig verlegt. Vielleicht findet sich in den hydraulischen Verstellantrieben ein elektrischer Defekt. Vielleicht sind die Näherungssensoren ausgefallen. Vielleicht ist ein Avionik-Programm fehlerhaft. Wir überprüfen jedes System, bis wir herausgefunden haben, was passiert ist und warum. Und im Augenblick haben wir noch nicht die geringste Ahnung.«

Vier Männer drängten sich im Cockpit vor dem Instrumentenbrett. Van Trung, der eine Lizenz für diese Maschine hatte, saß im Pilotensitz, Kenny Burne rechts von ihm auf dem des Ersten Offiziers. Trung probierte gerade alle Steuerflächen aus, eine nach der anderen – Klappen, Slats, Höhen- und Seitenruder. Bei jedem Test wurden die entsprechenden Anzeigen auf dem Instrumentenbrett kontrolliert und mit den Vorgängen draußen verglichen.

Casey stand mit Richman vor dem Cockpit. »Schon was gefunden, Van?« fragte sie.

»Bis jetzt noch nichts.«

»Absolute Fehlanzeige«, sagte Burne. »Der Vogel ist erste Sahne. Dem fehlt überhaupt nichts.«

Richman sagte: »Dann waren es vielleicht doch Turbulenzen.«

»Turbulenzen, daß ich nicht lache«, sagte Burne. »Wer hat das gesagt? Der Junge?«

»Ja«, sagte Richman.

»Klären Sie den Jungen mal auf, Casey«, sagte er und warf einen Blick über die Schulter.

»Turbulenzen«, sagte Casey zu Richman, »sind eine beliebte Ausrede für alles, was auf dem Flugdeck schiefgeht. Natürlich gibt es Turbulenzen, und früher konnten die einem Flugzeug auch ganz schön zu schaffen machen. Daß aber heutzutage ein Flugzeug in so heftige Turbulenzen gerät, daß es zu Verletzten kommt, ist so gut wie ausgeschlossen.«

»Und warum?«

»Radar, Kumpel«, blaffte Burne. »Zivilflugzeuge haben heute alle Wetterradar. Die Piloten können erkennen, welche Wetterformationen vor ihnen liegen und ihnen aus dem Weg gehen. Außerdem ist die Kommunikation zwischen den einzelnen Flugzeugen viel besser geworden. Wenn eine Maschine auf Ihrer Flughöhe, aber zweihundert Meilen vor Ihnen auf schlechtes Wetter trifft, erfahren Sie davon und erhalten einen veränderten Kurs. Die Tage heftiger Turbulenzen sind vorüber.«

Richman war verstimmt über Burnes Ton. »Ich weiß nicht«, sagte er. »Ich war schon in Flugzeugen, die in ziemlich heftige Turbulenzen geraten sind...«

»Haben Sie je gesehen, daß in einem dieser Flugzeuge jemand umkam?«

»Äh, nein...«

»Oder daß Leute aus ihren Sitzen geschleudert wurden?«

»Nein...«

»Haben Sie irgendwelche Verletzungen gesehen?«

»Nein«, antwortete Richman, »habe ich nicht.«

»Genau«, sagte Burne. »Weil so etwas nicht mehr vorkommt.«

»Aber es ist doch bestimmt möglich, daß...«

»Möglich?« wiederholte Burne. »Sie meinen, wie vor Gericht, wo alles möglich ist?«

»Nein, aber...«

»Sie sind doch Anwalt, nicht?«

»Ja, bin ich, aber...«

»Also, über eins sollten Sie sich ganz klarwerden, und zwar möglichst schnell. Wir betreiben hier keine Juristerei. Die Juristerei ist ein Haufen Blödsinn. Das hier ist ein *Flugzeug*. Eine *Maschine*. Und entweder ist mit dieser Maschine etwas passiert oder nicht. Das ist keine Frage von persönlicher Meinung. Also warum halten Sie jetzt verdammt noch mal nicht den Mund und lassen uns arbeiten?«

Richman zuckte zusammen, ließ sich aber nicht den Wind aus den Segeln nehmen. »Gut«, sagte er, »aber wenn es keine Turbulenzen waren, dann muß es dafür doch Beweise geben...«

»Richtig«, sagte Burne, »das ›Bitte-Anschnallen‹-Zeichen. Das erste, was ein Pilot tut, wenn er auf Turbulenzen trifft, ist, dieses Zeichen einzuschalten und eine Durchsage zu machen. Jeder schnallt sich an, und niemand wird verletzt. Unser Pilot hier hat nie eine Durchsage gemacht.«

»Vielleicht funktioniert das Zeichen nicht.«

»Sehen Sie nach oben.« Mit einem »Pling« leuchteten die Zeichen über ihren Köpfen auf.

»Vielleicht funktioniert die Lautsprecheranlage...«

Burnes Stimme sagte aus den Lautsprechern: »Funktioniert, funktioniert, Sie können mir glauben, daß Sie funktioniert.« Mit einem Klicken wurde die Anlage wieder abgeschaltet.

Dan Greene, der übergewichtige Inspektor des FSDO, kam, schnaufend nach der steilen Metalltreppe, an Bord. »Hey, Jungs, ich habe hier die Freigabe für die Überführung der Maschine nach Burbank. Ich dachte mir, ihr wollt den Vogel vielleicht in die Fabrik mitnehmen.«

»Ja, wollen wir«, sagte Casey.

»Hey, Dan«, rief Kenny Burne. »War echt tolle Arbeit, wie Sie die Crew hierbehalten haben.«

»Sie können mich mal«, sagte Greene. »Ich hatte einen meiner Jungs hier, kaum daß die Maschine auf dem Boden war. Die Crew war bereits verschwunden.« Er wandte sich an Casey. »Haben Sie die Leiche schon draußen?«

»Noch nicht, Dan. Die ist ziemlich eingeklemmt.«

»Wir haben die anderen Leichen abtransportiert und die Schwerverletzten in die Westside-Krankenhäuser gebracht. Hier ist die Liste.« Er gab Casey ein Blatt Papier. »Nur ein paar sind hier auf der Ambulanz.«

»Wie viele sind noch hier?« fragte Casey.

»Sechs oder sieben. Darunter ein paar Stewardessen.«

»Kann ich mit ihnen reden?« fragte Casey.

»Wüßte nicht, was dagegen spricht«, erwiderte Greene.

»Van?« fragte Casey den Ingenieur. »Wie lange noch?«

»Ich schätze, eine Stunde, mindestens.«

»Okay«, sagte sie. »Ich nehme das Auto.«

»Und nehmen Sie den verdammten Staranwalt da mit«, sagte Burne.

LAX   *10 Uhr 42*

Als sie im Bus saßen, atmete Richman hörbar aus. »O Mann«, sagte er. »Sind die immer so freundlich?«

Casey zuckte die Achseln. »Es sind Ingenieure«, sagte sie und dachte: Was hat der eigentlich erwartet? Er hatte doch bei GM sicher auch mit Ingenieuren zu tun gehabt. »Emotional sind sie Dreizehnjährige, ein Alter, in dem Jungs gerade aufhören, sich mit Spielzeug zu beschäftigen, weil sie die Mädchen entdeckt haben. Bloß daß die hier sich immer noch mit Spielzeug beschäftigen. Ihre sozialen Fähigkeiten sind unterentwickelt, sie ziehen sich schlecht an, aber sie sind außergewöhnlich intelligent und sehr gut ausgebildet, und auf ihre Art sind sie eben sehr arrogant. Außenseiter dürfen auf keinen Fall mitspielen.«

»Vor allem Anwälte...«

»Egal wer. Sie sind wie Schachgroßmeister. Sie geben sich nicht lange mit Amateuren ab. Und Sie dürfen nicht vergessen, daß sie im Augenblick stark unter Druck stehen.«

»Sind Sie denn Ingenieurin?«

»Ich? Nein. Außerdem bin ich eine Frau. Und ich bin von der QA. Drei Gründe, warum ich nicht zähle. Und dann hat mich Marder zur IRT-Pressesprecherin gemacht, was noch ein Schlag ist. Ingenieure hassen die Presse.«

»Wird es denn einen Presserummel geben?«

»Wahrscheinlich nicht«, sagte sie. »Es ist eine ausländische Fluggesellschaft, die Toten sind Ausländer, und der Vorfall ist nicht in den Vereinigten Staaten passiert. Außerdem gibt es kein Bildmaterial. Sie werden der Geschichte kaum Beachtung schenken.«

»Aber es scheint doch sehr ernst zu sein...!«

»Ernst ist kein Kriterium«, erwiderte sie. »Im letzten Jahr hat es fünfundzwanzig Luftfahrtunfälle mit beträchtlichem Schaden an den

Flugzeugen gegeben. Dreiundzwanzig passierten im Ausland. An wie viele erinnern Sie sich?«

Richman runzelte die Stirn.

»An den Absturz in Abu Dhabi, an dem sechsundfünfzig Menschen ums Leben kamen?« fragte Casey. »An den in Indonesien mit zweihundert Toten? Bogotá, mit einhundertdreiundfünfzig Todesopfern? Erinnern Sie sich an einen davon?«

»Nein«, sagte Richman, »aber war da nicht was in Atlanta?«

»Richtig«, entgegnete sie. »Eine DC-9 in Atlanta. Wie viele Todesopfer? Keins. Wie viele Verletzte? Keine. Warum erinnern Sie sich daran? Weil die Elf-Uhr-Nachrichten einen Film darüber brachten.«

Der Bus verließ die Rollbahn, fuhr durch ein Maschendrahttor und auf die Straße hinaus. Sie bogen auf den Sepulveda ein und fuhren auf die abgerundeten, blauen Umrisse des Centinela Hospital zu.

»Was soll's«, sagte Casey. »Wir haben jetzt anderes zu tun.«

Sie gab Richman einen Kassettenrecorder, klemmte ihm ein Mikrofon ans Revers und sagte ihm, was ihnen jetzt bevorstand.

CENTINELA HOSPITAL **12 Uhr 06**

»Sie wollen wissen, was passiert ist?« fragte der bärtige Mann in aufgebrachtem Tonfall. Sein Name war Bennett, er war vierzig Jahre alt und Vertreter für *Guess*-Jeans; er sei nach Hongkong geflogen, um die Fabrik zu besuchen; er mache das viermal im Jahr und fliege immer mit TransPacific. Jetzt saß er in einer der mit Vorhängen abgeteilten Kabinen der Ambulanz auf dem Bett. Sein Kopf und der rechte Arm waren bandagiert. »Das Flugzeug wäre beinahe abgestürzt, das ist passiert.«

»Verstehe«, sagte Casey. »Ich habe mich nur gefragt, ob...«

»Wer zum Teufel sind Sie denn eigentlich?«

Sie gab ihm ihre Karte und stellte sich noch einmal vor.

»Norton Aircraft? Was haben Sie denn damit zu tun?«

»Wir haben das Flugzeug gebaut, Mr. Bennett.«

»Diesen Scheißhaufen. Sie können mich mal, Lady.« Er schleuderte ihr die Karte entgegen. Verschwinden Sie von hier, Sie beide.«

»Mr. Bennett...«

»Los, raus! Verschwinden Sie!«

Vor der Kabine sah Casey Richman an. »Ich habe aber auch ein ganz besonders Händchen mit Leuten«, sagte sie reumütig.

Casey trat zur nächsten Kabine und hielt inne. Hinter dem Vorhang hörte sie schnellgesprochenes Chinesisch, zuerst eine Frauenstimme, dann die eines Mannes.

Sie beschloß, zum nächsten Bett zu gehen. Dort öffnete sie die Vorhänge und sah eine schlafende Chinesin mit einem Gipskorsett um den Hals. Eine Schwester, die bei ihr war, sah hoch und hielt den Finger an die Lippen.

Casey ging zur nächsten Kabine.

Hier fand sie eine der Stewardessen, eine achtundzwanzigjährige Frau namens Kay Liang. Sie hatte großflächige Abschürfungen an Gesicht und Hals, die Haut war gerötet und wund. Sie saß auf einem Stuhl neben dem leeren Bett und blätterte in einer sechs Monate alten *Vogue*. Sie erklärte, sie sei nur noch hier, weil sie Sha Yan Hao nicht alleine lassen wollte, eine andere Stewardeß, die in der nächsten Kabine lag.

»Sie ist meine Cousine«, sagte sie. »Ich befürchte, sie ist schwer verletzt. Sie wollen mich nicht zu ihr hineinlassen.« Sie sprach sehr gut Englisch, mit einem britischen Akzent.

Als Casey sich vorstellte, machte Kay Liang ein verwirrtes Gesicht. »Sie sind vom Hersteller?« fragte sie. »Aber eben war ein Mann hier...«

»Was für ein Mann?«

»Ein Chinese. Er war erst vor ein paar Minuten hier.«

»Davon weiß ich nichts«, sagte Casey stirnrunzelnd. »Aber wir würden Ihnen gern ein paar Fragen stellen.«

»Natürlich.« Sie legte die Zeitschrift weg, faltete die Hände in ihrem Schoß und wartete gefaßt.

»Wie lange sind Sie schon bei TransPacific?«

Drei Jahre, antwortete Kay Liang. Und davor drei Jahre bei Cathay Pacific. Sie sei schon immer die internationalen Routen geflogen, weil sie mehrere Sprachen spreche, Englisch, Französisch und Chinesisch.

»Und wo waren Sie, als es zu dem Vorfall kam?«

»In der Bordküche mittschiffs. Gleich hinter der Business Class.« Die Stewardessen hätten gerade das Frühstück zubereitet, erklärte sie. Das sei gegen 5 Uhr gewesen, vielleicht ein paar Minuten später.

»Und was ist passiert?«

»Das Flugzeug begann zu steigen«, sagte Kay Liang. »Ich weiß das, weil ich eben Getränke hergerichtet hatte, und die rutschten vom Wagen. Und gleich darauf ging es steil nach unten.«

»Und was haben Sie getan?«

Sie habe nichts tun können, erklärte sie, außer sich festzuhalten. Es sei ein regelrechter Sturzflug gewesen. Essen und Getränke seien zu Boden gefallen. Der Sturzflug dürfte etwa zehn Sekunden gedauert haben, aber sie sei sich nicht ganz sicher. Dann sei es wieder nach oben gegangen, extrem steil, und dann noch einmal Sturzflug. Beim zweiten Sturzflug habe sie sich den Kopf am Schott angeschlagen.

»Haben Sie das Bewußtsein verloren?«

»Nein. Aber das Gesicht habe ich mir dabei abgeschürft.« Sie zeigte auf ihre Verletzungen.

»Was ist dann passiert?«

Sie sei sich nicht sicher. Sie sei verwirrt gewesen, weil die zweite Stewardeß in der Küche, Miss Jiao, gegen sie geprallt und sie beide zu Boden gestürzt seien. »Wir konnten die Schreie der Passagiere hören«, sagte sie. »Und natürlich haben wir sie auf den Gängen gesehen.«

Danach, sagte sie, habe das Flugzeug sich wieder ausgerichtet. Sie habe aufstehen und den Passagieren helfen können. Die Lage sei sehr schlimm gewesen, sagte sie, vor allem im Heck. »Viele Verletzte, viele Menschen, die bluteten und Schmerzen hatten. Die Stewardessen waren völlig überfordert. Außerdem war Miss Hao, meine Cousine, bewußtlos. Was die Aufregung unter den Stewardessen komplett machte. Sie war in der Heckküche gewesen. Und drei Passagiere waren tot. Es war entsetzlich.«

»Was haben Sie getan?«

»Ich habe die Erste-Hilfe-Koffer geholt, um die Passagiere zu versorgen. Dann bin ich ins Cockpit gegangen.« Sie habe nachsehen wollen, ob mit der Besatzung alles in Ordnung sei. »Außerdem wollte ich ihnen sagen, daß der Erste Offizier in der Heckküche verletzt wurde.«

»Der Erste Offizier war in der Heckküche, als es passierte?«

Kay Liang blinzelte. »Der von der Ersatzcrew, ja.«

»Nicht der diensthabende?«

»Nein. Der Erste Offizier der Ersatzcrew.«

»Sie hatten zwei Crews an Bord?«

»Ja.«

»Wann haben die Crews gewechselt?«

»Ungefähr drei Stunden zuvor. Während der Nacht.«

»Wie ist der Name des verletzten Ersten Offiziers?« fragte Casey.

Wieder zögerte sie. »Ich . . . ich bin mir nicht sicher. Das war mein erster Flug mit dieser Ersatzcrew.«

»Verstehe. Und als Sie ins Cockpit kamen?«

»Captain Chang hatte die Maschine wieder unter Kontrolle. Die Crew war durcheinander, aber nicht verletzt. Captain Chang sagte mir, er habe eine Notlandung in Los Angeles angemeldet.«

»Sind Sie schon öfters mit Captain Chang geflogen?«

»Ja. Er ist ein sehr guter Kapitän. Ein ausgezeichneter Kapitän. Ich mag ihn sehr gern.«

Zu enthusiastisch, dachte Casey. War die Stewardeß zuvor noch ruhig gewesen, wirkte sie jetzt nervös. Liang sah Casey kurz an und wandte dann den Blick ab.

»War irgendein Schaden im Cockpit zu bemerken?« fragte Casey.

Die Stewardeß dachte nach. »Nein. Das Cockpit sah in jeder Hinsicht normal aus.«

»Hat der Captain sonst noch etwas gesagt?«

»Ja. Er sagte, es habe ein *uncommanded slats deployment* gegeben. Er sagte, das habe die Störung ausgelöst, aber jetzt sei die Situation wieder unter Kontrolle.«

Oh-oh, dachte Casey. Das würde die Ingenieure nicht gerade glücklich machen. Was Casey jedoch beunruhigte, war die technische Formulierung, die die Stewardeß benutzt hatte. In ihren Augen war es unwahrscheinlich, daß eine Flugbegleiterin sich mit *uncommanded slats deployment* auskannte. Aber vielleicht wiederholte sie nur einfach, was der Kapitän gesagt hatte.

»Hat Captain Chang gesagt, warum es dazu kam?«

»Er sagte nur: *uncommanded slats deployment*.«

»Verstehe«, sagte Casey. »Wissen Sie, wo sich die Steuereinheit für die Slats befindet?«

Kay Liang nickte. »Es ist ein Hebel auf der Mittelkonsole, zwischen den Sitzen.«

Stimmt, dachte Casey.

»Haben Sie den Hebel zu diesem Zeitpunkt gesehen? Als Sie im Cockpit waren.«

»Ja. Er war in der *Up and locked*-Position.«

Wieder fiel Casey die Wortwahl auf. Ein Pilot würde *up and locked* sagen. Eine Stewardeß würde wohl eher sagen, daß der Hebel auf »Eingefahren« stand.

»Hat er sonst noch etwas gesagt?«

»Daß ihm der Autopilot Sorgen mache. Er sagte, der Autopilot versuche immer, sich einzumischen und das Flugzeug zu übernehmen. Er sagte: ›Ich mußte mit dem Autopiloten um die Kontrolle kämpfen.‹«

»Aha. Und wie war Captain Chang zu diesem Zeitpunkt?«

»Er war ruhig, wie immer. Er ist ein sehr guter Kapitän.«

Die Augen des Mädchens gingen unruhig hin und her. Sie knetete nervös die Hände. Casey beschloß, einen Augenblick zu warten. Das war ein alter Verhörtrick: Laß den Befragten das Schweigen brechen.

»Captain Chang kommt aus einer berühmten Pilotenfamilie«, sagte die Stewardeß und schluckte. »Sein Vater war Pilot während des Kriegs. Und sein Sohn ist auch Pilot.«

»Verstehe...«

Die Stewardeß verstummte wieder. Eine Pause entstand. Sie sah auf ihre Hände hinunter, hob dann wieder den Kopf. »Nun ja. Gibt es sonst noch etwas, das Sie wissen wollen?«

Vor der Kabine sagte Richman: »*Uncommanded slats deployment?* Das ist doch das, von dem Sie gesagt haben, daß es nicht passieren kann, nicht? Dieses Ausfahren der Slats ohne Befehl.«

»Ich habe nicht gesagt, daß es nicht passieren kann. Ich habe nur gesagt, daß ich es bei diesem Flugzeug für nicht möglich halte. Und falls es doch passiert ist, wirft es mehr Fragen auf, als es beantwortet.«

»Und was ist mit dem Autopilot...«

»Das kann man jetzt noch nicht sagen«, antwortete Casey und betrat die nächste Kabine.

»Es muß so gegen sechs gewesen sein«, sagte Emily Jansen mit einem Kopfschütteln. Sie war etwa dreißig, schlank und hatte eine Prellung auf der Wange. Auf ihrem Schoß lag ein schlafendes Baby. Ihr Ehemann lag im Bett hinter ihr, eine Metallschiene verlief von seinen Schultern zum Kinn. Er habe einen Kieferbruch, sagte sie.

»Ich hatte eben das Baby gefüttert und unterhielt mich mit meinem Mann. Und dann hörte ich ein Geräusch.«

»Was für ein Geräusch?«

»Ein Rumpeln oder Knirschen. Es kam vom Flügel.«

Nicht gut, dachte Casey.

»Deshalb habe ich zum Fenster hinausgesehen. Zum Flügel.«

»Haben Sie etwas Ungewöhnliches bemerkt?«

»Nein. Alles sah normal aus. Ich dachte, daß das Geräusch vielleicht vom Triebwerk kommt, aber auch das Triebwerk sah normal aus.«

»Wo war die Sonne an diesem Morgen?«

»Auf meiner Seite. Sie schien auf meiner Seite.«

»Dann war also Sonnenlicht auf dem Flügel?«

»Ja.«

»Das Ihnen in die Augen stach?«

Emily Jansen schüttelte den Kopf. »Das weiß ich nicht mehr.«

»Leuchtete das ›Bitte anschnallen‹-Zeichen auf?«

»Nein. Nie.«

»Hat der Kapitän eine Durchsage gemacht?«

»Nein.«

»Noch einmal zurück zu diesem Geräusch – Sie haben es als Rumpeln beschrieben?«

»In etwa, ja. Ich weiß nicht, ob ich es gehört oder gefühlt habe. Es war fast wie eine Vibration.«

Wie eine Vibration.

»Wie lange dauerte diese Vibration?«

»Ein paar Sekunden.«

»Fünf Sekunden?«

»Länger. Ich würde sagen, zehn oder zwölf Sekunden.«

Die klassische Beschreibung des Ausfahrens der Slats während des Flugs, dachte Casey.

»Okay«, sagte sie, »und dann?«

»Das Flugzeug ging nach unten.« Jansen zeigte es mit der Hand. »So.«

Casey schrieb weiter mit, aber sie hörte nicht mehr richtig zu. Sie versuchte, die Abfolge der Ereignisse zu rekonstruieren, versuchte zu entscheiden, wie die Ingenieure vorgehen sollten. Daß beide Zeuginnen eine Geschichte erzählten, die zu einem Ausfahren der Slats paßte, stand außer Frage. Zuerst zwölf Sekunden lang Rumpeln – genau die Zeit, die die Slats zum Ausfahren brauchten. Dann ein leichter Anstieg, der die Folge davon wäre. Und dann das Tümmlern, als die Crew versuchte, das Flugzeug zu stabilisieren.

Was für ein Schlamassel, dachte sie.

Gerade sagte Emily Jansen: »Da die Cockpittür offen war, konnte ich die Alarmmeldungen hören. Es waren Sirenen und Stimmen auf englisch, die wie vom Band klangen.«

»Wissen Sie noch, was die Stimmen sagten?«

»Es klang wie ›Fall...fall‹. So in der Richtung.«

Die Sackflugwarnung, dachte Casey. Und die englische Alarmmeldung lautet: »*Stall, Stall.*«

Verdammt.

Sie blieb noch ein paar Minuten bei Emily Jansen und ging dann wieder nach draußen.

Auf dem Gang fragte Richman: »Bedeutet dieses Rumpeln, daß die Slats ausgefahren wurden?«

»Könnte sein«, erwiderte Casey. Sie war angespannt, nervös. Sie wollte zum Flugzeug zurück und mit den Ingenieuren reden.

Ein Stückchen weiter unten sah sie eine grauhaarige Gestalt aus einer der Vorhangkabinen treten. Überrascht stellte sie fest, daß es Mike Lee war. Was zum Teufel hat der Vertreter der Fluggesellschaft mit den Passagieren zu schaffen? dachte sie ärgerlich. Es war völlig gegen die Regel. Lee hatte hier nichts zu suchen.

Ihr fiel wieder ein, was Kay Liang gesagt hatte: *Ein Chinese war erst vor ein paar Minuten hier.*

Lee kam kopfschüttelnd auf sie zu.

»Mike«, sagte Casey. »Es überrascht mich, Sie hier zu sehen.«

»Sie sollten mir einen Orden verleihen«, sagte er. »Einige der Passagiere haben sich überlegt, ob sie einen Prozeß anstrengen sollen. Ich habe es ihnen ausgeredet.«

»Aber Mike«, sagte sie. »Sie haben vor uns mit Mitgliedern der Crew gesprochen. Das ist nicht richtig.«

»Was glauben Sie denn? Daß ich sie mit einer Geschichte präpariert habe? Verdammt, sie haben *mir* die Geschichte erzählt. Und es dürfte inzwischen so ziemlich außer Frage stehen, was passiert ist.« Lee sah sie an. »Tut mir leid, Casey, aber Flug 545 hatte ein *uncommanded slats deployment*, und das heißt, Sie haben immer noch Probleme mit der N-22.«

Als sie zum Bus zurückgingen, fragte Richman: »Was hat er damit gemeint, daß Sie immer noch Probleme haben?«

Casey seufzte. Jetzt hatte es keinen Sinn mehr, etwas zu verschweigen. Sie sagte: »Wir hatten bei der N-22 schon einige Vorfälle mit den Slats.«

»Moment mal«, sagte Richman. »Wollen Sie damit sagen, *daß so etwas schon öfters passiert ist?*«

»Nicht so«, antwortete sie. »Es gab nie ernsthafte Verletzungen. Aber ja, wir hatten Probleme mit den Slats.«

Unterwegs   *13 Uhr 05*

»Der erste Vorfall ereignete sich vor vier Jahren auf einem Flug nach San Juan«, sagte Casey auf der Rückfahrt. »Die Slats wurden während des Flugs ausgefahren. Zuerst hielten wir es für eine Anomalie, aber dann kam es innerhalb weniger Monate zu zwei weiteren Vorfällen. Bei unseren Nachforschungen fanden wir heraus, daß es zu diesem Ausfahren der Slats immer dann gekommen war, wenn im Cockpit viel los war: direkt nach einem Crewwechsel, oder wenn die neuen Koordinaten für die nächste Etappe eingegeben wurden, oder ähnliches. Wir erkannten schließlich, daß ein versehentlicher Schlag mit einem Klemmbrett den Hebel umgelegt oder daß er sich im Ärmel einer Uniformjacke verfangen hatte . . .«

»Sie wollen mich auf den Arm nehmen«, sagte Richman.

»Nein«, entgegnete sie. »Wir hatten zwar einen Arretierschlitz für den Hebel eingebaut, wie für die Parkposition am Automatikgetriebe eines Autos. Aber trotz des Schlitzes konnte der Hebel immer noch versehentlich umgelegt werden.«

Richman starrte sie mit der skeptischen Miene eines Staatsanwalts an. »Dann hat die N-22 also wirklich Probleme.«

»Es war ein neues Flugzeug«, sagte sie, »und alle Flugzeuge haben am Anfang Probleme. Man kann keine Maschine mit einer Million Teilen entwickeln, die keine Macken hat. Wir tun alles, um sie zu vermeiden. Zuerst entwerfen wir ein Flugzeug, dann testen wir den Entwurf. Dann bauen wir es und führen Testflüge durch. Aber es gibt immer Probleme. Die Frage ist nur, wie man sie löst.«

»Und wie lösen Sie sie?«

»Sobald wir ein Problem entdecken, schicken wir den Betreibern eine Warnung, ein sogenanntes Service Bulletin, in dem wir die von uns empfohlene Korrektur beschreiben. Aber wir haben nicht die Befugnis, die Betreiber zur Durchführung zu zwingen. Einige Fluggesellschaften folgen unserer Empfehlung, andere nicht. Wenn das Problem weiterbesteht, tritt die FAA auf den Plan und gibt eine sogenannte Airworthiness Directive an die Betreiber aus, eine Lufttauglichkeitsdirektive also, mit der sie die Gesellschaften zwingt, diese Korrekturen an den in ihrem Dienst befindlichen Maschinen innerhalb einer bestimmten Zeit vorzunehmen. Aber solche ADs, wie sie genannt werden, gibt es immer, für jeden Flugzeugtyp. Wir sind stolz darauf, daß Norton weniger hat als jede andere Firma.«

»Sagen Sie.«

»Das können Sie nachlesen. Die sind alle in Oak City archiviert.«

»Wo?«

»Jede AD, die je ausgegeben wurde, ist im Technischen Zentrum der FAA in Oklahoma City archiviert.«

»Dann hatten Sie also so eine AD für die N-22? Wollen Sie mir das damit sagen?«

»Wir haben ein Service Bulletin herausgegeben, in dem wir den Fluggesellschaften empfahlen, eine bewegliche Metallabdeckung zu installieren, die den Hebel schützt. Das hieß zwar, daß der Kapitän die Abdeckung hochklappen mußte, um die Slats auszufahren, aber so war das Problem gelöst. Wie gewöhnlich folgten einige Gesellschaften unserer Empfehlung, andere nicht. Also gab die FAA eine AD heraus, die diese Änderung zwingend vorschrieb. Das war vor vier Jahren. Seitdem hat es nur noch einen Vorfall gegeben, aber der betraf eine indonesische Fluggesellschaft, die diese Abdeckung nicht installiert hatte. In unserem Land sind die Fluggesellschaften gezwungen, die Anweisungen der FAA auszuführen, aber im Ausland...« Sie zuckte die Achseln. »Dort machen die Fluggesellschaften, was sie wollen.«

»Das ist alles? Das ist die ganze Geschichte?«

»Das ist die ganze Geschichte. Das IRT hat die Sache untersucht, die Metallabdeckungen wurden in der ganzen Flotte installiert, und seitdem gab es bei der N-22 keine Probleme mit den Slats mehr.«

»Bis jetzt«, sagte Richman.

»Richtig. Bis jetzt.«

LAX WARTUNGSHANGAR 13 Uhr 22

»Ein *was*?« rief Burne aus dem Cockpit der TransPacific 545. »*Was* haben sie gesagt, was es war?«

»*Uncommanded slats deployment*«, sagte Richman.

»Ach, Quatsch«, sagte Burne. Er kletterte aus dem Sitz. »Was für ein absoluter Blödsinn. He, Staranwalt, kommen Sie mal rein. Sehen Sie diesen Sitz da? Das ist der Sitz des Ersten Offiziers. Nehmen Sie Platz.«

Richman zögerte.

»Machen Sie schon, Staranwalt, setzen Sie sich in den verdammten Sitz.«

Richman zwängte sich linkisch zwischen den anderen Männern im Cockpit hindurch und setzte sich auf den Platz des Ersten Offiziers.

»Okay«, sagte Burne. »Haben Sie's auch bequem, Staranwalt? Sie sind nicht zufällig Pilot?«

»Nein«, sagte Richman.

»Okay, gut. Also, bitte schön, alles bereit, es kann losgehen. Wenn Sie direkt nach vorne schauen« – er deutete auf die Instrumententafel vor Richman, die aus drei Videomonitoren von je zehn Quadratzentimetern bestand – »sehen Sie drei Farbbildröhren. Eine ist das Primärflug-Display, daneben das Navigations-Display und links das System-Display. Jeder dieser kleinen Halbkreise steht für ein anderes System. Alles grün, was heißt, daß alles in Ordnung ist. Und hier an der Decke über Ihrem Kopf, das ist die Anzeigentafel. Alle Lichter sind aus, was heißt, daß alles in Ordnung ist. Da oben ist alles dunkel, außer es gibt ein Problem. Und jetzt zu Ihrer Linken ist das, was wir die Konsole nennen.«

Burne zeigte auf eine kastenförmige Erhebung zwischen den beiden Sitzen. Auf der Konsole befand sich ein halbes Dutzend Hebel in

Führungsschlitzen. »So, von rechts nach links: Klappen, Slats, zwei Gashebel für die Triebwerke, Spoiler, Bremse, Schubregulator. Slats und Klappen werden mit dem Hebel direkt neben Ihnen gesteuert, dem mit der kleinen Metallabdeckung darüber. Sehen Sie ihn?«

»Ich sehe ihn«, sagte Richman.

»Gut. Abdeckung hochheben und Slats aktivieren.«

»Slats akti...«

»Drücken Sie den Hebel nach unten.«

Richman klappte die Abdeckung hoch und versuchte, den Hebel umzulegen.

»Nein, nein. Sie müssen ihn fest in die Hand nehmen, dann hochziehen, dann nach rechts, und dann nach unten«, sagte Burne. »Wie bei der Gangschaltung im Auto.«

Richman schloß die Finger um den Griff. Er zog den Hebel hoch, schob ihn dann nach rechts und nach unten. Ein entferntes Summen war zu hören.

»Gut«, sagte Burne. »Jetzt schauen Sie sich Ihr Display an. Sehen Sie dieses bernsteinfarbene SLATS-EXTD-Zeichen? Das sagt Ihnen, daß die Slats jetzt ausgefahren sind. Okay? Es dauert zwölf Sekunden, bis sie ganz draußen sind. So, jetzt sind sie ausgefahren, und die Anzeige ist weiß und sagt SLATS.«

»Verstehe«, sagte Richman.

»Okay. Jetzt die Slats wieder einfahren.«

Richman wiederholte seine Bewegungen in umgekehrter Reihenfolge, er schob den Hebel hoch, nach links, drückte ihn nach unten in die verriegelte Position und klappte dann die Abdeckung wieder über den Griff.

»Das«, sagte Burne, »war ein *commanded slats deployment*, das heißt, Sie haben den Befehl dazu gegeben.«

»Okay«, sagte Richman.

»Und jetzt wollen wir ein *uncommanded slats deployment* durchführen.«

»Und wie mache ich das?«

»Probieren Sie's. Schlagen Sie zum Beispiel mal mit der Handkante nach dem Hebel.«

Richman schwang die linke Hand über die Konsole und berührte den Hebel. Aber die Abdeckung schützte ihn. Nichts passierte.

»Kommen Sie, schlagen Sie fester.«

Richman bewegte die Hand über der Konsole hin und her und schlug gegen das Metall. Bei jedem Mal schlug er fester zu, aber nichts passierte. Die Abdeckung schützte den Hebel, die Slats blieben eingefahren und verriegelt.

»Vielleicht sollten Sie mal mit dem Ellbogen dagegenstoßen«, sagte Burne. »Oder wissen Sie was, versuchen Sie es mit diesem Klemmbrett hier.« Burne zog ein Klemmbrett zwischen den Sitzen hervor und gab es Richman. »Kommen Sie, kräftig drauf. Ich möchte sehen, was passiert.«

Richman schlug mit dem Klemmbrett nach dem Hebel. Das Metall scheppterte. Er drehte das Klemmbrett um und rammte die Kante gegen den Hebel. Nichts passierte.

»Wollen Sie weitermachen?« fragte Burne. »Oder sehen Sie jetzt was ich meine? *Es geht nicht*, Staranwalt. Nicht mit drübergeklappter Abdeckung.«

»Vielleicht war die Abdeckung nicht drüber«, bemerkte Richman.

»He«, sagte Burne, »das ist eine gute Idee. Vielleicht können Sie die Abdeckung ja unabsichtlich hochklappen. Probieren Sie das mal mit dem Klemmbrett, Staranwalt.«

Richman stieß mit dem Klemmbrett gegen die Abdeckung. Aber die Oberfläche war glatt, und das Klemmbrett rutschte ab. Die Abdeckung blieb geschlossen.

»Das geht nicht«, sagte Burne. »Nicht unabsichtlich. Und was fällt Ihnen jetzt ein?«

»Vielleicht war die Abdeckung schon hochgeklappt.«

»Gute Idee«, sagte Burne. »Sie dürfen zwar nicht mit hochgeklappter Abdeckung fliegen, aber wer weiß schon, was die getrieben haben. Also los, heben Sie die Abdeckung hoch.«

Richman klappte die Abdeckung hoch. Der Hebel war jetzt frei.

»Okay, Staranwalt. Machen Sie.«

Richman schlug mit dem Klemmbrett kräftig gegen den Griff, aber bei den meisten Seitwärtsbewegungen funktionierte auch die hochgeklappte Abdeckung immer noch als Schutz. Das Klemmbrett traf die Abdeckung, bevor es den Hebel berührte. Einige Male klappte die Abdeckung unter dem Schlag sogar wieder zu. Richman mußte sie immer wieder hochklappen, bevor er weitermachen konnte.

»Vielleicht sollten Sie es mit der Hand versuchen«, schlug Burne vor.

Richman rammte die Handfläche gegen den Hebel. In wenigen Augenblicken war die Hand gerötet, aber der Hebel blieb in der Verriegelungsposition.

»Okay«, sagte er und lehnte sich zurück. »Ich verstehe, was Sie meinen.«

»Es geht nicht«, sagte Burne. »Es geht ganz einfach nicht. Ein *uncommanded slats deployment* ist in diesem Flugzeug unmöglich. Punkt.«

Von außerhalb des Cockpits sagte Doherty: »Seid ihr jetzt fertig mit dem Unsinn? Ich möchte nämlich die Recorder ausbauen und heimgehen.«

Als sie aus dem Cockpit kamen, tippte Burne Casey auf die Schulter und fragte: »Kann ich Sie mal 'nen Augenblick sprechen?«

»Sicher«, sagte sie.

Er ging mit ihr ins Flugzeug zurück, außer Hörweite der anderen. Dann beugte er sich zu ihr und fragte: »Was wissen Sie über den Jungen?«

Casey zuckte die Achseln. »Er gehört zur Norton-Familie.«

»Was sonst noch?«

»Marder hat ihn mir geschickt.«

»Haben Sie ihn überprüft?«

»Nein«, erwiderte Casey. »Wenn Marder ihn mir schickt, gehe ich davon aus, daß er okay ist.«

»Also, ich habe mit meinen Freunden in der Marketingabteilung gesprochen«, sagte Burne. »Die halten ihn für einen Schnüffler. Sie meinen, man darf ihm nie den Rücken zukehren.«

»Kenny...«

»Ich sag's Ihnen, irgendwas stimmt mit dem Jungen nicht, Casey. Überprüfen Sie ihn.«

Unter dem metallischen Surren der Elektroschraubendreher lösten sich die Bodenplatten und enthüllten ein Gewirr von Kabeln und Kästen unter dem Cockpit.

»O Gott«, sagte Richman mit weitaufgerissenen Augen.

Ron Smith überwachte die Operation und strich sich nervös mit den Hand über den kahlen Schädel. »Gut«, sagte er. »Und jetzt die Platte da links.«

»Wie viele Black Boxes haben wir in diesem Vogel, Ron?« fragte Doherty.

»Einhundertzweiundfünfzig«, sagte Smith. Jeder andere, das wußte Casey, hätte erst einen dicken Stapel Schaltbilder durchblättern müssen, bevor er hätte antworten können. Aber Smith kannte das elektrische System auswendig.

»Was nehmen wir alles mit?« sagte Doherty.

»Den CVR, den DFDR und den QAR, falls sie einen haben«, sagte Smith.

»Sie wissen nicht, ob der Vogel einen QAR hat?« fragte Doherty sarkastisch.

»Der ist optional«, erwiderte Smith. »Wird nur auf Kundenwunsch installiert. Ich glaube nicht, daß die einen haben einbauen lassen. Normalerweise ist er bei der N-22 im Schwanz, aber dort habe ich nachgesehen und keinen gefunden.«

Richman drehte sich zu Casey um, und wieder spiegelte sich Verwirrung auf seinem Gesicht. »Ich dachte, die bauen jetzt die Black Boxes aus.«

»Tun wir auch«, sagte Smith.

»Es gibt einhundertzweiundfünfzig Black Boxes?«

»Ach ja«, sagte Smith, »die sind über das ganze Flugzeug verteilt. Aber wir haben es jetzt nur auf die wichtigsten abgesehen – die zehn oder zwölf NVMs, die wirklich zählen.«

»NVMs«, wiederholte Richman.

»Genau«, sagte Smith, wandte sich ab und beugte sich über die Abdeckungen.

Jetzt war es wieder Caseys Aufgabe, zu erklären. Die Allgemeinheit stellte sich unter einem Flugzeug ein großes mechanisches Gerät mit

Seilzügen und Hebeln vor, die die Steuerklappen bewegten. Herzstück dieser Maschinerie waren zwei magische Black Boxes, die alles aufzeichneten, was während des Flugs passierte, die Black Boxes also, von denen in den Nachrichten immer die Rede war. Der CVR, der Cockpitstimmenrecorder, war im Grunde genommen nur ein sehr widerstandsfähiger Kassettenrecorder; er zeichnete auf einer Endlosschleife Magnetband die jeweils letzten fünfundzwanzig Minuten der Cockpitunterhaltung auf. Und dann gab es den DFDR, den Digitalen Flugdatenrecorder, der das Verhalten des Flugzeugs in allen Einzelheiten speicherte, so daß Ermittler später herausfinden konnten, was genau zu einem Unfall geführt hatte.

Aber dieses Bild von einem Flugzeug, erklärte Casey, treffe auf ein großes Passagierflugzeug nicht zu. Maschinen dieser Art hatten nur wenige Seilzüge und Hebel – im Grunde genommen kaum mechanische Systeme irgendeiner Art. Fast alles funktionierte hydraulisch und elektrisch. Der Pilot im Flugzeug bewegte Querruder oder Klappen nicht mit Muskelkraft. Eher konnte man sich das Ganze wie die Servolenkung bei einem Auto vorstellen. Wenn der Pilot Steuerknüppel oder Pedale bewegte, schickte er elektrische Impulse aus, die hydraulische Systeme aktivierten, von denen dann die Steuerklappen bewegt wurden.

In Wirklichkeit wurde ein solch großes Flugzeug von einem Netzwerk außerordentlich komplizierter Elektronik kontrolliert – Dutzende von Computersystemen, die über Hunderte von Meilen Kabel miteinander verbunden waren. Es gab Computer für die Flugüberwachung, für die Navigation, für die Kommunikation. Computer regelten die Triebwerke, die Steuerklappen, die Kabinenatmosphäre.

Jedes Hauptcomputersystem kontrollierte eine ganze Reihe von Subsystemen. Das Navigationssystem etwa regelte das ILS für die Instrumentenlandung, das DME für die Distanzmessung, das ATC für die Luftverkehrskontrolle, das TCAS für die Kollisionsvermeidung und das GPWS für die Bodennäherungswarnung.

In dieser komplexen elektronischen Umgebung war es relativ einfach, einen digitalen Flugdatenrecorder zu installieren. Da alle Befehle bereits elektronisch waren, wurden sie einfach durch den DFDR geleitet und dort auf Magnetband gespeichert. »Ein moderner DFDR zeichnet pro Sekunde achtzig verschiedene Flugparameter auf«, sagte Casey.

»Pro Sekunde? Wie groß ist denn dieses Ding?« fragte Richman.

»Da, sehen Sie«, sagte Casey und zeigte auf Ron, der eben einen orange und schwarz gestreiften Kasten aus der Funkanlage im Heck zog. Er hatte etwa die Ausmaße eines großen Schuhkartons. Ron stellte ihn auf den Boden und ersetzte ihn durch einen neuen Kasten für die Überführung nach Burbank.

Richman bückte sich und hob den DFDR an seinem Edelstahlgriff hoch. »Schwer.«

»Das ist nur das absturzgesicherte Gehäuse«, sagte Ron. »Das eigentliche Ding wiegt nur knappe zweihundert Gramm.«

»Und die anderen Black Boxes? Was ist mit denen?«

Die anderen Boxes hätten den Zweck, sagte Casey, die Wartung zu erleichtern. Weil die elektronischen Systeme so kompliziert waren, war es nötig, das Verhalten jedes Systems zu überwachen, falls es während des Fluges zu Fehlern oder Defekten kam. Jedes System zeichnete seine eigenen Leistungsdaten in dem sogenannten Non Volatile Memory auf, einem nichtflüchtigen Speicher. »Das ist der NVM.«

Sie würden heute acht NVM-Systeme ausbauen: den Flight Management Computer, der die Daten des Flugplans und die vom Piloten eingegebenen Wegpunkte registrierte; den Digital Engine Controller, der Treibstoffverbrauch und Triebwerke überwachte; den Digital Air Data Computer, der Fluggeschwindigkeit, Höhe und Überdrehzahlwarnungen aufzeichnete ...

»Okay«, sagte Richman. »Ich glaube, ich weiß jetzt, um was es geht.«

»Das alles wäre nicht nötig«, sagte Ron Smith, »wenn wir den QAR hätten.«

»QAR?«

»Das ist ebenfalls eine Wartungshilfe«, sagte Casey. »Wenn die Wartungsmannschaften nach der Landung an Bord kommen, müssen Sie sich schnell ein Bild davon machen können, was auf der letzten Etappe schiefgelaufen ist.«

»Reden sie nicht mit dem Piloten?«

»Die Piloten berichten über Probleme, aber bei einem so komplizierten Flugzeug können Defekte auftreten, die sie gar nicht bemerken, vor allem, da diese Maschinen mit redundanten Systemen ausgestattet sind. Für jedes wichtige System wie zum Beispiel das hydraulische gibt es ein Reservesystem – und meistens auch noch ein drittes. Also kommen die Wartungsmannschaften an Bord, wo ihnen der Quick Access Recorder, daher der Name, schnellen Zugriff auf die Daten des vorhergehenden Fluges ermöglicht. Sie bekommen so einen sofortigen Überblick und können etwaige Reparaturen auf der Stelle erledigen.«

»Aber in diesem Flugzeug gibt es keinen solchen QAR?«

»Anscheinend nicht«, sagte Casey. »Der ist nicht vorgeschrieben. Die Bestimmungen der FAA verlangen einen CVR und einen DFDR. Der Quick Access Recorder ist optional. Es sieht so aus, als hätte die Fluggesellschaft in dieser Maschine keinen installieren lassen.«

»Zumindest können wir ihn nicht finden«, bemerkte Ron. »Aber der könnte überall sein.«

Auf allen vieren kauerte er vor einem Laptop, den er an ein Instrumentenbrett angeschlossen hatte. Daten rollten über den Bildschirm:

A/S PWR TEST	0	0	0	0	0	1	0	0	0	0
AIL SERVO COMP	0	0	0	1	0	0	1	0	0	0
AOA INV	1	0	2	0	0	0	1	0	0	0	1
CFDS SENS FAIL	0	0	0	0	0	1	0	0	0	0
CRZ CMD MON INV	1	0	0	0	0	2	0	1	0	0
EL SERVO COMP	0	0	0	0	0	0	0	0	1	0
EPR/N1 TRA-1	0	0	0	0	0	1	0	0	0	0
FMS SPEED INV	0	0	0	0	0	4	0	0	0	0
PRESS ALT INV	0	0	0	0	0	3	0	0	0	0
G/S SPEED ANG	0	0	0	0	0	1	0	0	0	0
SLAT XSIT T/O	0	0	0	0	0	0	0	0	0	0
G/S DEV INV	0	0	1	0	0	5	0	0	0	1
GND SPD INV	0	0	0	0	0	2	1	0	0	0
TAS INV	0	0	0	1	0	1	0	0	0	0

»Das sieht nach Daten aus dem Flugkontrollcomputer aus«, sagte Casey. »Die meisten Defekte sind auf der Etappe aufgetreten, wo es auch zu dem Vorfall kam.«

»Aber wie interpretieren Sie das?« fragte Richman.

»Das ist nicht unser Problem«, sagte Ron Smith. »Wir laden die Daten nur herunter und bringen sie in die Firma. Die Jungs von der Computerabteilung geben sie in den Großrechner ein und machen daraus ein Video des Flugs.«

»Hoffen wir wenigstens«, sagte Casey und richtete sich auf. »Wie lange noch, Ron?«

»Zehn Minuten, höchstens.«

»Aber klar doch«, sagte Doherty aus dem Cockpit. »Zehn Minuten, *höchstens*. Na ja, ist auch schon egal. Ich wollte ja eigentlich den Stoßverkehr vermeiden, aber das kann ich jetzt wahrscheinlich vergessen. Mein Junge hat heute Geburtstag, und jetzt schaff ich es nicht zu der Party. Meine Frau wird mir die Hölle heiß machen.«

Ron Smith fing an zu lachen. »Fällt dir sonst noch was ein, das schiefgehen könnte, Doug?«

»Sicher. Vieles. Salmonellen in der Torte. Alle Kinder vergiftet«, erwiderte Doherty.

Casey sah zur Tür hinaus. Das Wartungspersonal war bereits wieder vom Flügel geklettert. Burne beendete eben seine Inspektion der Triebwerke. Trung lud den DFDR in den Minibus.

Es war Zeit zum Heimfahren.

Als sie die Treppe hinunterstieg, bemerkte Casey drei Busse des Norton-Sicherheitsdienstes, die in einer Ecke des Hangars geparkt standen. Etwa zwanzig Wachmänner standen bei dem Flugzeug und an verschiedenen Stellen des Hangars.

Richman bemerkte sie ebenfalls. »Was soll denn das?« fragte er und wies auf die Wachen.

»Wir lassen das Flugzeug immer bewachen, bis es in die Firma überführt wird.«

»Das ist aber 'ne Menge Personal.«

»Na ja«, entgegnete Casey achselzuckend. »Es ist auch ein wichtiges Flugzeug.«

Aber ihr fiel auf, daß alle Wachposten bewaffnet waren. Casey konnte sich nicht erinnern, je bewaffnetes Wachpersonal gesehen zu haben. Der Hangar in LAX war eine sichere Einrichtung. Waffen waren hier eigentlich unnötig.

Oder?

GEBÄUDE 64 16 Uhr 30

Casey durchquerte die nordöstliche Ecke des Gebäudes 64, wo auf riesigen Montagevorrichtungen der Flügel gebaut wurde. Diese Vorrichtungen waren kreuzweise verstrebte Gerüste aus blauem Stahl, über sechs Meter hoch. Obwohl sie die Größe eines kleinen Wohnhauses hatten, waren sie bis auf ein paar Zehntel Millimeter genau ausgerichtet. Oben, wo die Gerüste zusammenstießen, bildeten sie eine Plattform, auf der sich etwa achtzig Leute bewegten, die den Flügel zusammenbauten.

Rechts davon sah Casey eine Gruppe Männer, die eine dieser Vorrichtungen in große Holzkisten verpackten. »Was ist denn das?« fragte Richman.

»Sieht aus wie ein Zweitsatz.«

»Zweitsatz?«

»Identische Reservevorrichtungen, die wir in die Produktion eingliedern können, falls mit dem ersten Satz etwas schiefgeht. Die wurden als Vorbereitungen für das Chinageschäft gebaut. Der Flügel ist der zeitaufwendigste Teil der Produktion; wir haben deshalb vor, die Flügel in unserer Anlage in Atlanta zu bauen und sie dann hierher zu transportieren.«

Sie bemerkte einen Mann in Hemd und Krawatte, der mit aufgekrempelten Ärmeln bei den Männern stand, die an den Kisten arbeiteten. Es war Don Brull, der örtliche Sekretär der Metallergewerkschaft. Als er Casey sah, rief er ihren Namen und kam auf sie zu. Er wedelte mit der Hand, und sie wußte sofort, was er wollte.

»Lassen Sie mich mal 'nen Augenblick allein«, sagte Casey zu Richman. »Wir sehen uns dann im Büro wieder.«

»Wer ist denn das?« fragte Richman.

»Wir treffen uns im Büro.«

Doch Richman blieb stehen, während Brull immer näher kam. »Vielleicht sollte ich besser bleiben und...«

»Bob«, sagte sie. »Verschwinden Sie.«

Widerwillig machte Richman sich auf ins Büro. Beim Weggehen drehte er sich immer wieder um und sah zu den beiden hinüber.

Brull gab ihr die Hand. Der Gewerkschaftssekretär war ein kleiner, aber kräftiger Mann, ein Ex-Boxer mit einer gebrochenen Nase. Er sprach mit sanfter Stimme. »Ich mag Sie, Casey, das wissen Sie.«

»Danke, Don«, erwiderte sie. »Das beruht auf Gegenseitigkeit.«

»In all den Jahren, die Sie bei uns in der Produktion waren, hab ich immer auf Sie aufgepaßt. Ihnen Schwierigkeiten vom Hals gehalten.«

»Ich weiß das, Don.« Sie wartete. Brull war berüchtigt für langes Drumherumreden.

»Ich hab mir immer gedacht, Casey ist nicht wie die anderen.«

»Was ist denn los, Don?« fragte sie.

»Wir haben einige Probleme mit diesem China-Geschäft.«

»Was für Probleme?«

»Probleme mit der Auslagerung.«

»Was ist denn damit?« entgegnete sie achselzuckend. »Sie wissen doch, daß es bei großen Verkäufen immer Auslagerungen gibt.« In den vergangenen Jahren waren die Flugzeughersteller verpflichtet gewesen, Teile der Produktion ins Ausland auszulagern, in die Länder nämlich, die die Flugzeuge bestellten. Ein Land, das fünfzig Flugzeuge bestellte, ging davon aus, auch einen Teil des Kuchens abzubekommen. Aber das war eine übliche Vorgehensweise.

»Ich weiß«, sagte Brull. »Aber früher wurden immer nur Teile des Hecks oder der Nase oder ein bißchen was von der Innenausstattung ausgelagert. Nur kleine Teile.«

»Stimmt.«

»Aber diese Vorrichtungen, die wir da verpacken«, sagte er, »sind für den Flügel. Und die Fahrer am Ladedock sagen uns, daß diese Kisten nicht nach Atlanta gehen – sondern nach Shanghai. Die Firma hat vor, den Chinesen den Flügel zu geben.«

»Ich kenne die Einzelheiten der Abmachung nicht«, sagte sie. »Aber ich möchte bezweifeln...«

»Der Flügel, Casey«, sagte er. »Das ist Kerntechnologie. Keiner gibt den Flügel ab. Boeing nicht, keiner. Wenn Sie den Chinesen den Flügel geben, geben sie den ganzen Laden ab. Die brauchen uns dann nicht mehr. Die nächste Generation von Flugzeugen können sie dann selber bauen. In zehn Jahren hat hier keiner mehr einen Job.«

»Don«, sagte sie, »ich werde das nachprüfen, aber ich kann mir nicht vorstellen, daß der Flügel Teil der Auslagerungsvereinbarung ist.«

Brull breitete die Hände aus. »Ich sag' Ihnen, er ist es.«

»Don, ich prüfe das für Sie nach. Aber im Augenblick bin ich ziemlich mit diesem 545er-Vorfall beschäftigt, und...«

»Sie verstehen mich nicht richtig, Casey. Unsere Jungs hier haben ein Problem mit diesem China-Geschäft.«

»Ich verstehe das, aber...«

»*Ein großes Problem.*« Er hielt inne und sah sie an. »Verstehen Sie mich jetzt?«

Sie verstand. Die Gewerkschaftsmitglieder unter der Belegschaft hatten die absolute Kontrolle über die Produktion. Sie konnten Dienst nach Vorschrift machen, krankfeiern, Geräte beschädigen und Hunderte anderer schwer zu kontrollierender Probleme schaffen. »Ich werde mit Marder reden«, sagte sie. »Ich bin mir sicher, daß er keine Probleme hier in der Produktion will.«

»Marder ist das Problem.«

Casey seufzte. Eine typische gewerkschaftliche Fehlinformation, dachte sie. Das China-Geschäft war von Hal Edgarton in Zusammenarbeit mit der Marketingabteilung eingefädelt worden. Marder war nur der COO, der Betriebsleiter. Mit Verkäufen hatte er überhaupt nichts zu tun.

»Ich melde mich morgen wieder bei Ihnen, Don.«

»Gut«, erwiderte Brull. »Aber ich sage Ihnen das persönlich. Ich mag Sie, Casey. Ich möchte nicht, daß irgendwas passiert.«

»Don«, sagte sie, »wollen Sie mir drohen?«

»Nein, nein«, erwiderte Brull schnell und mit gequältem Lächeln. »Mißverstehen Sie mich nicht. Aber soviel ich weiß, platzt das China-Geschäft, wenn diese Geschichte mit dem 545er nicht schnell aufgeklärt wird.«

»Richtig.«

»Und Sie sind die Sprecherin des IRT.«
»Auch das ist richtig.«

Brull zuckte die Achseln. »Ich wollte es Ihnen nur gesagt haben. Die Leute hier sind ziemlich stark gegen dieses Geschäft eingestellt. Einige Jungs sind stinksauer. Wenn ich Sie wäre, würde ich eine Woche Urlaub nehmen.«

»Das kann ich nicht. Ich stecke mitten in der Untersuchung.«

Brull sah sie an.

»Don. Ich werde mit Marder über den Verkauf reden«, sagte sie. »Aber ich muß auch meine Arbeit tun.«

»Wenn das so ist«, sagte Brull und legte ihr die Hand auf den Arm, »passen Sie gut auf sich auf, Kleines.«

Verwaltungsgebäude   16 Uhr 40

»Nein«, sagte Marder, der in seinem Büro auf und ab ging. »Das ist Unsinn, Casey. Den Flügel werden wir auf keinen Fall nach Shanghai schicken. Glauben die denn, daß wir verrückt sind? Das wäre das Ende der Firma.«

»Aber Brull hat gesagt...«

»Die von der Fahrergewerkschaft nehmen die Metaller auf den Arm, das ist alles. Sie wissen doch, wie Gerüchte sich in der Firma verbreiten. Wissen Sie noch, als es plötzlich hieß, daß Verbundwerkstoffe unfruchtbar machen? Die blöden Kerle wollten einen Monat lang nicht zur Arbeit kommen. Aber es stimmte nicht. Und das hier stimmt auch nicht. Diese Vorrichtungen gehen nach Atlanta, und zwar aus einem guten Grund. Wir produzieren die Flügel in Atlanta, damit der Senator von Georgia uns nicht mehr jedesmal, wenn wir bei der Ex-Im-Bank einen größeren Kredit beantragen, die Hölle heiß macht. Das ist ein Arbeitsbeschaffungsprogramm für den Senator von Georgia. Verstanden?«

»Dann sollte man ihnen das aber auch sagen«, erwiderte Casey.

»Mein Gott«, sagte Marder. »Die wissen das doch. Die Gewerkschaftsvertreter sind doch bei allen Managementsitzungen mit dabei. Normalerweise sogar Brull selber.«

»Aber bei den China-Verhandlungen war er nicht dabei.«

»Ich werde mit ihm reden«, sagte Marder.

»Ich würde gern die Auslagerungsvereinbarung sehen«, sagte Casey.

»Werden Sie auch, sobald sie endgültig fertig ist.«

»Was geben wir ihnen denn?«

»Einen Teil der Nase und das Leitwerk«, antwortete Marder. »Das gleiche wie den Franzosen. Verdammt, was anderes können wir ihnen gar nicht geben, die sind doch nicht in der Lage, es zu bauen.«

»Brull hat etwas von einer Störung des IRT angedeutet. Um das China-Geschäft zu verhindern.«

»Eine Störung inwiefern?« fragte Marder und sah sie stirnrunzelnd an. »Hat er Ihnen gedroht?«

Casey zuckte die Achseln.

»Was hat er gesagt?«

»Er hat mir eine Woche Urlaub vorgeschlagen.«

»Ach du lieber Himmel«, sagte Marder und warf die Hände in die Höhe. »Das ist ja lächerlich. Ich werde gleich heute abend mit ihm reden und ihm den Kopf zurechtrücken. Machen Sie sich darüber keine Gedanken. Konzentrieren Sie sich einfach auf Ihre Arbeit. Okay?«

»Okay.«

»Danke für die Warnung. Ich kümmere mich darum.«

Norton QA 16 Uhr 53

Casey fuhr im Aufzug vom neunten Stock in ihre eigene Abteilung im vierten. In Gedanken ging sie das Gespräch mit Marder noch einmal durch und kam zu dem Entschluß, daß er wohl nicht gelogen hatte. Seine Entrüstung war echt gewesen. Und es stimmte, was Marder gesagt hatte – Gerüchte gab es in der Firma die ganze Zeit. Vor ein paar Jahren hatte es eine Woche gegeben, in der alle Gewerkschaftler zu ihr gekommen waren und sie besorgt gefragt hatten: »Wie geht es Ihnen?« Erst nach Tagen erfuhr sie, daß das Gerücht umging, sie hätte Krebs.

Nur ein Gerücht. Noch ein Gerücht.

Sie ging den Korridor entlang, vorbei an den Fotos berühmter Norton-Flugzeuge der Vergangenheit mit diversen Prominenten, die vor den Maschinen posierten: Franklin Delano Roosevelt neben der B-22, die ihn nach Jalta gebracht hatte; Errol Flynn mit lächelnden Mädchen in den Tropen vor einer N-5; Henry Kissinger vor der N-12, die ihn 1972 nach China geflogen hatte. Die Fotos waren in Sepiatönen gehalten, um den Eindruck von Altehrwürdigkeit und Stabilität zu vermitteln.

Casey öffnete die Tür zu ihrer Abteilung: Rauchglas mit dem erhabenen Schriftzug ABTEILUNG QUALITÄTSSICHERUNG. Sie betrat einen großen Saal. Die Sekretärinnen arbeiteten alle in diesem Großraumbüro, und von dort gingen die Büros der leitenden Angestellten ab.

Norma saß an der Tür, eine kräftige Frau unbestimmbaren Alters mit bläulich schimmernden Haaren und einer Zigarette im Mundwinkel. Es war zwar verboten, in dem Gebäude zu rauchen, aber Norma tat, was sie wollte. Sie war schon länger in der Firma, als irgend jemand zurückdenken konnte; angeblich war sie eine der Mädchen auf dem Foto mit Errol Flynn und hatte in den Fünfzigern eine heiße Affäre mit Charley Norton gehabt. Ob irgend etwas davon stimmte oder nicht – sie wußte auf jeden Fall über alles Bescheid, auch über die Leichen im Keller. In der Firma wurde sie mit einer Ehrerbietung behandelt, die schon fast an Angst grenzte. Sogar Marder war in ihrer Nähe auf der Hut.

»Was liegt an, Norma?« fragte Casey.

»Die übliche Panik«, sagte Norma. »Es schneit Faxe.« Sie gab Casey einen Stapel. »Der Fizer in Hongkong hat dreimal für Sie angerufen, aber er ist jetzt nach Hause gegangen. Den Fizer aus Vancouver hatte ich vor 'ner halben Stunde an der Strippe. Den können Sie wahrscheinlich noch erreichen.«

Casey nickte. Es war nicht ungewöhnlich, daß sich die Flight Service Representatives in den Metropolen meldeten. Diese FSRs, oder Fizers, wie sie von Insidern genannt wurden, waren Angestellte von Norton, die den Fluggesellschaften als Ansprechpartner zugewiesen waren, und natürlich machten die Fluggesellschaften sich Sorgen wegen des Vorfalls.

»Geht noch weiter«, sagte Norma. »Das Büro in Washington ist ganz aus dem Häuschen, sie haben gehört, daß die JAA die Sache zugunsten von Airbus ausschlachten will. Der Fizer in Düsseldorf will eine Bestätigung, daß es sich um einen Pilotenfehler handelt. Fizer in Mailand will Informationen. Fizer in Abu Dhabi will eine Woche in Mailand. Fizer in Bombay hat was von Triebwerksversagen gehört. Ich habe es ihm ausgeredet. Und von Ihrer Tochter soll ich Ihnen ausrichten, daß sie das Sweatshirt doch nicht braucht.«

»Toll.«

Casey ging mit den Faxen in ihr Büro. Sie sah Richman an ihrem Schreibtisch sitzen. Er sah überrascht hoch und stand schnell auf. »Entschuldigung.«

»Hat Norma Ihnen denn kein Büro besorgt, das Sie benutzen können?«

»Doch, ich habe eins«, sagte Richman und kam um den Schreibtisch herum. »Ich habe ... äh ... ich habe mich nur gerade gefragt, was ich mit dem da machen soll.« Er hielt eine Plastiktüte mit der Videokamera, die sie im Flugzeug gefunden hatten, in die Höhe.

»Das nehme ich.«

Er gab ihr die Tüte. »Und was passiert jetzt?«

Sie warf den Faxstapel auf ihren Tisch. »Ich würde sagen, Sie sind fertig für heute«, sagte sie. »Seien Sie morgen um sieben wieder hier.«

»Okay. Dann bis morgen.«

Er ging, und Casey setzte sich in ihren Sessel. Alles schien so, wie sie es verlassen hatte. Aber ihr fiel auf, daß die zweite Schublade ihres Schreibtischs nicht ganz geschlossen war. Hatte Richman in ihrem Schreibtisch herumgeschnüffelt?

Casey zog sämtliche Schubladen auf, und Schachtel mit Computerdisketten, Schreibpapier, eine Schere und einige Filzstifte in einer Schale kamen zum Vorschein. Alles sah unverändert aus. Trotzdem . . .

Sie hörte, wie Richman die Abteilung verließ, und ging dann noch einmal zu Norma. »Dieser Knabe«, sagte sie, »hat an meinem Schreibtisch gesessen.«

»Erzählen Sie mir nichts«, erwiderte Norma. »Dieser Blödmann hat mich gefragt, ob ich ihm Kaffee holen kann.«

»Überrascht mich nur, daß sie ihm im Marketing nicht den Kopf zurechtgerückt haben«, sagte Casey. »Die hatten ihn doch ein paar Monate.«

»Wissen Sie was«, sagte Norma. »Ich habe mit Jean von dort drüben gesprochen, und die haben ihn kaum je gesehen. Er war dauernd auf Reisen.«

»Auf Reisen? Ein neuer Junge, einer von der Norton-Familie? Das Marketing würde ihn doch nie auf Reisen schicken. Wo war er denn?«

Norma schüttelte den Kopf. »Das wußte Jean nicht. Soll ich in der Reiseabteilung anrufen und es rausfinden?«

»Ja«, sagte Casey. »Machen Sie das.«

Zurück an ihrem Schreibtisch, nahm sie sich die Plastiktüte vor, öffnete sie und zog die Kassette aus der zerschmetterten Kamera. Die Kassette legte sie beiseite. Dann rief sie Jim an und hoffte, Alison an den Apparat zu bekommen, doch es war nur der Anrufbeantworter.

Sie blätterte die Faxe durch. Das einzige, was sie interessierte, war von dem FSR in Hongkong. Er war wie immer nicht so recht im Bild.

Von: Rick Rakoski, FSR HK
An: Casey Singleton, QA/IRT Norton BBK

TransPacific Airlines melden heute, Flug 545, N-22, Rumpf 271, Fremdregistrierung 098/443/BH09, von HK nach Denver hatte Turbulenzprobleme während Etappe FL370 etwa gegen 0524 UTC, Position 36 Nord/170 Ost. Einige Passagiere und Crewmitglieder erlitten leichtere Verletzungen. Maschine machte Notlandung LAX.

Flugplan, Passagier- und Besatzungsliste anbei. Bitte um baldmöglichste Anweisungen.

Dem Telex folgten vier Seiten Listen. Sie überflog die Besatzungsliste:

John Zhen Chang, Kapitän	7/5/51
Lu Zan Ping, Erster Offizier	11/3/59
Richard Yong, Erster Offizier	9/9/61
Gerhard Reimann, Erster Offizier	23/7/49
Henri Marchand, Techniker	25/4/69
Thomas Chang, Techniker	29/6/70
Robert Sheng, Techniker	13/6/62
Harriet Chang, Flugbegleiterin	12/5/77
Linda Ching, Flugbegleiterin	18/5/76
Nancy Morley, Flugbegleiterin	19/7/75
Kay Liang, Flugbegleiterin	4/6/72
John White, Flugbegleiter	30/1/70
M. V. Chang, Flugbegleiter	1/4/77
Sha Yan Hao, Flugbegleiterin	13/3/73
Yee Jiao, Flugbegleiterin	18/11/76
Harriet King, Flugbegleiterin	10/10/75
B. Choi, Flugbegleiterin	18/11/76
Yee Chang, Flugbegleiterin	8/1/74

Es war eine internationale Crew, wie sie oft für Chartergesellschaften flog. Crews aus Hongkong waren häufig für die Royal Air Force geflogen und extrem gut ausgebildet. Sie zählte die Namen: mit den sieben Mann Cockpitbesatzung insgesamt achtzehn. Eine so große Flugcrew war natürlich nicht unbedingt nötig. Die N-22 konnte von einer Zwei-Mann-Crew geflogen werden, nur ein Kapitän und ein Erster Offizier. Aber alle asiatischen Fluggesellschaften expandierten sehr schnell und ließen wegen der zusätzlichen Trainingsstunden im allgemeinen größere Crews fliegen.

Casey blätterte weiter. Das nächste Fax war vom FSR in Vancouver.

VON: S. NIETO, FSR VANC.
AN: C. SINGLETON, QA/IRT

FYI FLUG CREW TPA 545 FREIFLUG AUF TPA 832 VON LAX NACH VANCOUVER, ERSTER OFFIZIER LU ZAN PING VON NOTDIENST VANCOUVER WEGEN ZUVOR NICHT ERKANNTER SCHÄDELVERLETZUNG VON BORD GENOMMEN. OFZ KOMATÖS IN VANC GEN HOSP, DETAILS FOLGEN. RESTLICHE CREW VON TPA 545 HEUTE TRANSIT NACH HONGKONG.

Der Erste Offizier hatte also doch ernsthafte Verletzungen davongetragen. Er mußte das Crewmitglied gewesen sein, das sich zur Zeit des Vorfalls im Heck aufhielt. Der Mann, dessen Mütze sie gefunden hatte.

Casey diktierte ein Fax an den FSR in Vancouver mit der Bitte, den Ersten Offizier so bald wie möglich zu befragen. Sie diktierte ein zweites an den FSR in Hongkong und regte ein Gespräch mit Captain Chang gleich nach dessen Rückkehr an.

Norma piepste sie an. »Fehlanzeige mit dem Jungen«, sagte sie.

»Warum?«

»Ich habe mit Maria von der Reiseabteilung gesprochen. Die hatten mit Richmans Reisen nichts zu tun. Seine Reisen wurden auf einem speziellen Firmenkonto verbucht, anscheinend ein Sonderkonto für Sachen im Ausland außerhalb des Budgets. Aber Maria hat gehört, daß der Junge einen ziemlich großen Batzen verbraucht haben soll.«

»Wie groß?«

»Das wußte sie nicht«, seufzte Norma. »Aber ich treffe mich morgen mit Evelyn von der Buchhaltung zum Mittagessen. Die sagt mir alles, was ich wissen will.«

»Okay. Danke, Norma.«

Casey wandte sich wieder den Faxen auf ihrem Schreibtisch zu. Sie betrafen alle andere Angelegenheiten:

Eine Anfrage von Steve Young von der FAA bezüglich der Ergebnisse einer Feuerbeständigkeitsprüfung von Sitzkissen vom vergangenen Dezember.

Eine Anfrage von Mitsubishi bezüglich durchgebrannter Fünf-Zoll-Monitore in der ersten Klasse amerikanischer N-22-Großraumjets.

Eine Liste von Änderungen im N-20-Wartungshandbuch (MP. 06-62-02).

Eine Revision der Prototypen der Wartungs-Virtual-Display-Einheiten, die in den nächsten beiden Tagen geliefert werden sollten.

Ein Memo von Honeywell mit dem dringenden Rat, die D2-Stromschienen aller FDAU-Einheiten mit den Seriennummern A-505/9 bis A-609/8 zu ersetzen.

Casey seufzte und machte sich an die Arbeit.

GLENDALE   *19 Uhr 40*

Sie war müde, als sie nach Hause kam. Ohne Alisons munteres Geplapper wirkte die Wohnung leer. Da sie zu müde war zum Kochen, ging Casey nur in die Küche und aß einen Becher Joghurt. Alisons kunterbunte Zeichnungen klebten an der Kühlschranktür. Casey dachte daran, sie anzurufen, aber es war genau ihre Zeit zum Schlafengehen, und sie wollte nicht stören, wenn Jim sie zu Bett brachte.

Außerdem wollte sie nicht, daß Jim dachte, sie kontrolliere ihn, denn das war ein wunder Punkt zwischen ihnen. Er hatte immer das Gefühl, sie wolle ihn kontrollieren.

Casey ging ins Bad und stellte die Dusche an. Sie hörte das Telefon klingeln und ging noch einmal in die Küche, um abzunehmen. Es war vermutlich Jim. Sie griff zum Hörer. »Hallo, Jim ...«

»Stell dich nicht blöd, du Schlampe«, sagte eine Stimme. »Wenn du Schwierigkeiten haben willst, kriegst du sie. Unfälle passieren. Wir beobachten dich *jetzt im Augenblick.*«

Klick.

Mit dem Telefonhörer in der Hand stand sie in der Küche. Eigentlich hielt sie sich für einen vernünftigen, nüchtern denkenden Menschen, aber jetzt hämmerte ihr Herz. Als sie den Hörer auflegte, zwang sie sich, tief durchzuatmen. Sie wußte, daß solche Anrufe gelegentlich vorkamen. Sie hatte gehört, daß auch andere Vizedirektorin abends Drohanrufe erhielten. Aber ihr war es noch nie passiert, und es überraschte sie, wie sehr sie erschrocken war. Sie atmete noch einmal tief durch und versuchte, die ganze Sache abzutun. Sie nahm den Joghurtbecher, starrte ihn an, stellte ihn wieder ab. Plötzlich wurde ihr bewußt, daß sie allein im Haus war und alle Jalousien hochgezogen waren.

Sie ging durchs Wohnzimmer und ließ die Jalousien herunter. Am vorderen Fenster blickte sie auf die Straße hinaus. Im Licht der

Straßenlaternen sah sie eine blaue Limousine, die wenige Meter von ihrem Haus entfernt stand.

Zwei Männer saßen in dem Auto.

Ihre Gesichter konnte sie durch die Windschutzscheibe deutlich erkennen. Die Männer starrten sie an, als sie am Fenster stand.

Scheiße.

Sie ging zur Haustür, verriegelte sie und legte die Sicherheitskette vor. Mit zitternden, ungeschickten Fingern tippte sie den Code ihrer Alarmanlage ein. Dann schaltete sie die Wohnzimmerbeleuchtung aus, drückte sich gegen die Wand und spähte zum Fenster hinaus.

Die Männer saßen noch im Auto. Sie redeten jetzt miteinander. Casey sah, daß einer von ihnen auf ihr Haus deutete.

Sie ging wieder in die Küche und kramte ihr Reizgasspray aus der Handtasche. Sie löste die Sicherung, griff mit der anderen Hand nach dem Telefon und zog es an der langen Schnur ins Wohnzimmer. Ohne die Männer aus den Augen zu lassen, wählte sie die Nummer der Polizei.

»Polizei Glendale.«

Sie nannte ihren Namen und ihre Adresse. »Vor meinem Haus sitzen zwei Männer in einem Auto. Sie sind schon seit heute morgen da. Ich habe eben einen Drohanruf bekommen.«

»Okay, Ma'am. Ist irgend jemand bei Ihnen?«

»Nein, ich bin allein.«

»Okay, Ma'am. Verriegeln Sie die Tür und schalten Sie die Alarmanlage an, falls Sie eine haben. Ein Wagen von uns ist unterwegs.«

»Beeilen Sie sich«, sagte sie.

Draußen auf der Straße stiegen die Männer aus dem Auto.

Und kamen auf ihr Haus zu.

Sie waren salopp gekleidet, wirkten aber finster und entschlossen. Sie trennten sich, der eine betrat den Rasen, der andere ging zur Rückseite des Hauses. Casey spürte, wie ihr Herz in der Brust hämmerte. Hatte sie die Hintertür zugeschlossen? Sie packte den Gasspray fester, ging wieder in die Küche und schaltete dort das Licht aus, dann lief sie am Schlafzimmer vorbei zur Hintertür. Als sie durch das Fenster in der Tür spähte, sah sie einen der Männer auf dem Weg stehen und sich vorsichtig umschauen. Dann richtete er den Blick auf die Hintertür. Sie duckte sich und legte die Kette vor.

Sie hörte das Geräusch leiser Schritte, die sich dem Haus näherten. Sie sah an der Wand hoch. Direkt über ihrem Kopf befand sich ein Tastenblock für die Alarmanlage, daneben ein großer roter Knopf mit der Aufschrift NOTFALL. Wenn sie den drückte, würde eine laute Sirene aufheulen. Würde das den Mann verjagen? Sie war sich nicht sicher. Wo blieb überhaupt diese verdammte Polizei? Wieviel Zeit war seit dem Anruf vergangen?

Plötzlich hörten die Schritte auf. Vorsichtig hob sie den Kopf und lugte über die Unterkante des Fensters.

Der Mann ging jetzt von ihr weg den Weg hinunter. Dann bog er ab und ging um das Haus herum. Zurück zur Straße.

Geduckt lief Casey wieder nach vorne ins Wohnzimmer. Der erste Mann war nicht mehr auf ihrem Rasen. Sie spürte Panik in sich aufsteigen: Wo war er? Der zweite Mann tauchte auf dem Rasen auf, rannte zur Haustür und dann zum Auto zurück. Sie sah, daß der erste bereits wieder im Auto war, er saß hinter dem Beifahrersitz. Der zweite Mann öffnete die Tür und setzte sich ans Lenkrad. Augenblicke später hielt ein schwarzweißer Einsatzwagen hinter der blauen Limousine. Die Männer im Auto wirkten überrascht, aber sie taten nichts. Am Einsatzwagen wurde der Richtscheinwerfer angeschaltet, einer der Beamten stand auf und ging vorsichtig nach vorne. Er sprach kurz mit den Männern in der Limousine. Dann stiegen die beiden aus. Zu dritt kamen sie zu ihrer Haustür, der Polizist und die beiden Männer aus dem Auto.

Casey hörte die Türglocke und öffnete.

Der junge Polizist sagte: »Ma'am, ist Ihr Name Singleton?«

»Ja.«

»Sie arbeiten für Norton Aircraft?«

»Ja, das tue ich.«

»Diese Herren hier sind vom Norton-Sicherheitsdienst. Sie behaupten, daß sie Ihr Haus bewachen.«

»Was?« fragte Casey.

»Möchten Sie ihre Ausweise sehen?«

»Ja«, sagte sie, »das möchte ich.«

Der Polizist schaltete seine Taschenlampe an, und die beiden Männer hielten Casey ihre Brieftaschen entgegen. Sie erkannte die Ausweise des Norton-Sicherheitsdienstes.

»Es tut uns sehr leid, Ma'am«, sagte einer der Posten. »Wir dachten, Sie wüßten Bescheid. Wir haben den Auftrag, Ihr Haus jede Stunde zu kontrollieren. Ist Ihnen das recht?«

»Ja«, sagte sie, »ist in Ordnung.«

Der Polizist fragte sie: »Ist sonst noch etwas?«

Plötzlich war ihr die Sache peinlich; sie murmelte »Danke« und ging wieder hinein.

»Bitte achten Sie darauf, daß die Türen verschlossen sind«, rief einer der Sicherheitsleute ihr höflich nach.

»Ja, ich hab vor meinem Haus auch welche stehen«, sagte Kenny Burne. »Haben Mary einen Heidenschrecken eingejagt. Was ist denn eigentlich los? Tarifverhandlungen sind doch erst in zwei Jahren.«

»Ich werde Marder anrufen«, sagte Casey.

»Jeder bekommt Wachen«, sagte Marder am Telefon. »Wenn die Gewerkschaft jemanden aus unserem Team bedroht, passiert das automatisch. Standardprozedur. Das wissen Sie doch. Machen Sie sich deswegen keine Gedanken.«

»Haben Sie mit Brull geredet?« fragte sie.

»Ja, ich habe ihm den Kopf gewaschen. Aber es wird eine Weile dauern, bis die Informationen nach unten durchsickern. Bis dahin bekommt deshalb jeder Wachen.«

»Okay«, sagte sie.

»Das ist nur eine Vorsichtsmaßnahme«, sagte Marder. »Nicht mehr.«

»Okay«, sagte sie.

»Schlafen Sie ein bißchen«, sagte Marder und legte auf.

DIENSTAG

GLENDALE   5 Uhr 45

Nach einem unruhigen Schlaf wachte Casey auf, bevor der Wecker klingelte. Sie zog den Bademantel über, ging in die Küche, um Kaffee zu machen, und sah zum Fenster hinaus. Die blaue Limousine stand noch immer auf der Straße, die beiden Männer saßen drinnen. Sie überlegte, ob sie ihren Fünf-Meilen-Lauf absolvieren sollte, weil sie das Training eigentlich brauchte, um richtig wach zu werden, aber dann entschied sie sich dagegen. Sie wußte, daß kein Anlaß bestand, sich eingeschüchtert zu fühlen. Aber es war auch sinnlos, Risiken einzugehen.

Sie goß sich eine Tasse Kaffee ein und setzte sich ins Wohnzimmer. Alles sah heute verändert aus. Tags zuvor hatte der kleine Bungalow noch gemütlich gewirkt, doch jetzt kam er ihr mickrig, schutzlos, isoliert vor. Sie war froh, daß Alison die Woche bei Jim verbrachte.

Casey hatte schon öfters Arbeitskämpfe erlebt; sie wußte, daß Drohungen meist ohne Folgen blieben. Dennoch war es vernünftig, vorsichtig zu sein. So ziemlich das erste, was Casey bei Norton gelernt hatte, war, daß es vor Ort in der Produktion ziemlich hart zuging, härter noch als am Fließband bei Ford. Norton war eine der wenigen noch verbliebenen Fabriken, in der ein High-School-Absolvent ohne Berufsausbildung 80 000 Dollar pro Jahr plus Überstunden verdienen konnte. Jobs wie diese waren rar und wurden immer rarer. Der Konkurrenzkampf, um einen solchen Job zu bekommen und zu behalten, wurde mit harten Bandagen geführt. Wenn die Gewerkschaft glaubte, daß das China-Geschäft Arbeitsplätze gefährdete, konnte es durchaus sein, daß sie zu harten Mitteln griff, um es zu verhindern.

Sie saß mit der Kaffeetasse auf dem Schoß da und merkte plötzlich, daß sie Angst hatte, in die Firma zu fahren. Aber natürlich mußte sie. Casey stellte die Tasse ab und ging ins Schlafzimmer, um sich anzuziehen.

Als sie das Haus verließ und zu ihrem Mustang ging, sah sie, daß eine zweite Limousine hinter der ersten hielt. Und als sie losfuhr, folgte ihr der erste Wagen.

Marder hatte also zwei Wachmannschaften bestellt. Eine, um ihr Haus zu bewachen, die andere, um ihr zu folgen.

Es mußte also schlimmer stehen, als sie glaubte.

Mit einem ungewohnt mulmigen Gefühl fuhr Casey auf das Firmengelände. Die Frühschicht hatte bereits begonnen, die Parkplätze waren voll, Autos, so weit das Auge reichte. Die blaue Limousine war direkt hinter ihr, als sie vor dem Wachposten bei Tor 7 anhielt. Der Posten winkte sie durch, und mit irgendeinem unsichtbaren Signal erlaubte er dem blauen Wagen, ihr direkt zu folgen, ohne vorher die Schranke herunterzulassen. Die Limousine blieb hinter ihr, bis sie ihren Stellplatz vor dem Verwaltungsgebäude erreicht hatte.

Sie stieg aus. Einer der Männer beugte sich aus dem Fenster. »Einen schönen Tag, Ma'am«, sagte er.

»Danke.«

Der Mann winkte, und die Limousine fuhr davon.

Casey betrachtete die riesigen grauen Gebäude um sich herum: Gebäude 64 im Süden. Gebäude 57 im Osten, wo der Zweistrahler gebaut wurde. Gebäude 121, die Lackiererei. Die Wartungshangars in einer Reihe im Westen, beleuchtet von der Sonne, die oben über dem San-Fernando-Gebirge aufging. Es war eine vertraute Umgebung, sie hatte Jahre hier verbracht. Aber an diesem Tag wurde ihr auf unbehagliche Weise die ungeheure Ausdehnung, die Leere der Anlage am frühen Morgen bewußt. Sie sah zwei Sekretärinnen das Verwaltungsgebäude betreten. Sonst niemand. Sie fühlte sich allein.

Casey zuckte die Achseln, um ihre Angst abzuschütteln. Mach dich nicht lächerlich, sagte sie sich. Es ist Zeit, zur Arbeit zu gehen.

NORTON AIRCRAFT   6 Uhr 34

Rob Wong, der junge Programmierer von Norton Digital Information Systems, der Computerabteilung der Firma, drehte sich von den Videomonitoren weg und sagte: »Tut mir leid, Casey. Wir haben die Daten des Flugschreibers – aber es gibt da ein Problem.«

Sie seufzte. »Sagen Sie bloß das nicht.«

»Doch. Da ist eins.«

Es überraschte Casey nicht wirklich. Flugschreiber funktionierten nur selten ganz korrekt. In der Presse wurden diese Ausfälle immer als Absturzfolgen interpretiert. Wenn ein Flugzeug mit fünfhundert Meilen pro Stunde am Boden aufprallte, schien es nur logisch anzunehmen, daß ein Kassettenrekorder nicht mehr funktionierte.

Aber innerhalb der Luftfahrtindustrie sah man das anders. Jeder wußte, daß Flugschreiber sehr häufig versagten, auch wenn das Flugzeug nicht abstürzte. Der Grund dafür war, daß die FAA nicht verlangte, daß die Flugschreiber vor jedem Flug kontrolliert wurden. In der Praxis wurden sie gewöhnlich etwa einmal im Jahr einem Funktionstest unterzogen. Die Folge davon war vorhersehbar: Die Flugschreiber funktionierten eher selten.

Jeder kannte das Problem. Und mit Sicherheit auch die FAA. Das NTSB wußte es. Die Fluggesellschaften wußten es. Die Hersteller wußten es. Und niemand machte sich Gedanken darüber. Norton hatte vor wenigen Jahren eine Studie durchgeführt, eine Stichprobenuntersuchung von DFDRs im Flugbetrieb. Casey hatte im Untersuchungskomitee gesessen. Sie hatten festgestellt, daß nur einer von sechs Flugschreibern richtig funktionierte.

Warum die FAA zwar die Installation von Flugschreibern, nicht aber deren Kontrolle vor jedem Flug zwingend vorschrieb, war häufig Thema spätabendlicher Diskussionen in Luftfahrt-Bars von Seattle bis Long Beach. Zyniker behaupteten, daß schlecht funktionierende

Flugschreiber im Interesse aller seien. In einer Nation, die von tollwütigen Anwälten und einer sensationsgierigen Presse belagert wurde, könne die Industrie doch kaum einen Vorteil darin sehen, objektive, verläßliche Daten über das zu liefern, was schiefgelaufen war.

»Wir tun, was wir können, Casey«, sagte Rob Wong. »Aber die Flugschreiberdaten sind anomal.«

»Und das heißt?«

»Wir wissen es nicht so recht«, erwiderte Wong. »Sieht so aus, als sei die dritte Sammelschiene zwanzig Stunden vor dem Vorfall durchgebrannt, und das heißt, daß es für die nachfolgenden Daten keine Rahmensynchronisation mehr gibt.«

»Rahmensynchronisation?«

»Ja. Sehen Sie, der FDR zeichnet in regelmäßigen Abständen alle Daten auf, in Datenblöcken, die wir Rahmen nennen. Man hat also eine Angabe für, sagen wir, Fluggeschwindigkeit, und dann hat man eine Angabe vier Blocks später. Fluggeschwindigkeitsangaben sollten von einem Rahmen zum anderen kontinuierlich vorhanden sein. Wenn sie das nicht sind, sind die Rahmen nicht mehr synchron, und wir können den Flug nicht rekonstruieren. Ich zeig's Ihnen.«

Er wandte sich dem Bildschirm zu und tippte. »Normalerweise können wir den DFDR nehmen und ein dreidimensionales Bild der Maschine erzeugen. Da ist das Flugzeug, startbereit.«

Ein Drahtmodellbild des Norton N-22-Großraumjets erschien auf dem Bildschirm. Casey konnte zusehen, wie das Gittermodell aufgefüllt wurde, bis es aussah wie eine echte Maschine im Flug.

»Okay, jetzt geben wir die Flugschreiberdaten ein ...«

Das Flugzeug schien sich aufzulösen. Es verschwand vom Bildschirm, tauchte wieder auf. Es verschwand noch einmal, und als es wieder auftauchte, war der linke Flügel vom Rumpf getrennt. Der Flügel drehte sich um neunzig Grad, während der Rumpf nach rechts kippte. Dann verschwand das Heck. Das ganze Flugzeug verschwand, tauchte wieder auf, verschwand erneut.

»Sehen Sie, der Großrechner versucht, die Maschine zu zeichnen«, sagte Rob, »aber er stößt immer wieder auf Diskontinuitäten. Die Flügeldaten passen nicht zu den Rumpfdaten, und die passen nicht zu den Heckdaten. Deshalb bricht er ab.«

»Und was tun wir dagegen?«

»Die Rahmensynchronisation wiederherstellen, aber das dauert seine Zeit.«

»Wie lange? Marder sitzt mir im Nacken.«

»Es könnte schon eine Weile dauern, Casey. Die Daten sind ziemlich schlecht. Was ist mit dem QAR?«

»Gibt's keinen.«

»Also, wenn Sie wirklich in der Klemme sitzen, bringe ich die Daten zur Flugsimulation. Die haben da ein paar ziemlich raffinierte Programme. Vielleicht können sie die Leerstellen schneller auffüllen und Ihnen sagen, was passiert ist.«

»Aber Rob...«

»Ich kann nichts versprechen, Casey«, sagte er. »Nicht bei diesen Daten. Tut mir leid.«

GEBÄUDE 64   *6 Uhr 50*

Casey traf Richman vor dem Gebäude 64. Richman gähnte, während sie durch das frühe Morgenlicht auf die Halle zugingen.

»Sie waren zuvor in der Marketingabteilung, nicht?«

»Richtig«, erwiderte Richman. »Aber dort fingen wir auf jeden Fall nicht so früh an zu arbeiten.«

»Was haben Sie dort gemacht?«

»Nicht viel«, sagte er. »Edgarton ließ die ganze Abteilung eine Pressemitteilung über das China-Geschäft erarbeiten, aber das war alles streng vertraulich. Keine Außenseiter zugelassen. Mir haben sie etwas juristische Vorarbeit für die Iberia-Verhandlungen zugeschoben.«

»Irgendwelche Reisen?«

Richman grinste. »Nur private.«

»Wie das?« fragte sie.

»Nun, da das Marketing nichts für mich zu tun hatte, war ich Ski fahren.«

»Klingt gut. Wo waren Sie?« fragte Casey.

»Fahren Sie Ski?« entgegnete Richman. »Also, ich persönlich finde, das beste Skigebiet außer Gstaad ist Sun Valley. Dort fahre ich am liebsten hin. Sie wissen schon, wenn man unbedingt in den Vereinigten Staaten Ski fahren muß.«

Ihr fiel auf, daß er ihre Frage nicht beantwortet hatte. Aber inzwischen hatten sie Gebäude 64 bereits betreten. Casey merkte, daß die Arbeiter sie unverblümt feindselig anstarrten und eine eisige Atmosphäre herrschte. »Was soll denn das?« sagte Richman. »Haben wir heute Tollwut?«

»Die Gewerkschaft glaubt, daß wir sie an China verkaufen.«

»Sie verkaufen? Wie denn?«

»Sie glauben, daß das Management den Flügel nach Shanghai verschifft. Ich habe Marder gefragt. Er sagt nein.«

Eine Sirene ertönte, der Klang hallte durch das Gebäude. Direkt vor ihnen erwachte ein riesiger gelber Deckenkran zum Leben, und Casey sah, daß die erste der großen Kisten mit den Montagevorrichtungen für den Flügel an dicken Kabeln eineinhalb Meter in die Luft gehoben wurde. Die Kiste bestand aus verstärktem Sperrholz. Sie war breit wie ein Haus und wog wahrscheinlich fünf Tonnen. Ein Dutzend Arbeiter ging wie Sargträger neben der Kiste her und stabilisierte die Last, während sie langsam auf ein Seitentor und einen wartenden Tieflader zuschwebte.

»Wenn Marder nein sagt«, bemerkte Richman, »wo ist dann das Problem?«

»Sie glauben ihm nicht.«

»Wirklich? Warum nicht?«

Casey sah nach links, wo andere riesige blaue Gerüste für den Transport verpackt wurden. Sie wurden mit Schaum umhüllt, dann von innen abgestützt und schließlich in Kisten gesenkt. Dieses Polstern und Stützen war sehr wichtig, das wußte sie. Denn auch wenn die Vorrichtungen sechs Meter lang waren, waren es doch Präzisionsinstrumente, die bis auf ein paar Zehntelmillimeter genau geeicht wurden. Ihr Transport war eine Kunst für sich. Casey drehte sich wieder zu der Kiste um, die sich an dem Kran bewegte.

Alle Männer waren verschwunden.

Die Kiste bewegte sich weiter seitwärts, nur etwa zehn Meter von ihrem Standort entfernt.

»Oh-oh«, sagte sie.

»Was ist?« fragte Richman.

Doch sie schubste ihn bereits weg. »Bewegung!« schrie sie und stieß Richman nach rechts, in den Schutz eines Gerüsts, das unter einem teilweise zusammengebauten Rumpf stand. Richman wehrte sich, er schien nicht zu verstehen.

»Rennen Sie!« rief sie. »Die Kiste kommt gleich runter.«

Er lief los. Hinter sich hörte Casey das Splittern von Sperrholz und ein metallisches Knallen, als das erste Kabel zerriß und die riesige Kiste aus ihren Haltegurten zu rutschen begann. Sie hatten eben das Gerüst erreicht, als sie ein zweites Knallen hörten und die Kiste auf den Betonboden krachte. Sperrholzsplitter spritzten in alle Richtungen, pfiffen durch die Luft. Ein donnerndes Krachen folgte, als die Kiste zur Seite kippte. Das Donnern hallte durch das ganze Gebäude.

»Mein Gott«, sagte Richman und drehte sich zu Casey um. »Was war denn das?«

»Das«, erwiderte sie, »war, was wir eine Arbeitskampfmaßnahme nennen.«

Männer stürzten herbei, verschwommene Umrisse im aufgewirbelten Staub. Schreie und Hilferufe waren zu hören. Die Unfallsirene heulte auf und gellte durch die Halle. An der gegenüberliegenden Seite des Gebäudes erkannte sie Doug Doherty, der betrübt den Kopf schüttelte.

Richman sah über seine Schulter und zog einen zehn Zentimeter langen Holzsplitter aus dem Rücken seines Jacketts. »O Mann«, sagte er. Er zog das Jackett aus, untersuchte das Loch und steckte den Finger hindurch.

»Das war eine Warnung«, sagte Casey. »Außerdem haben sie die Vorrichtung ruiniert. Jetzt muß sie ausgepackt und neu kalibriert werden. Vielleicht sogar ganz neu gebaut. Das bedeutet eine Verzögerung von Wochen.«

Schichtleiter, die weiße Hemden und Krawatten trugen, kamen zu der Gruppe gelaufen, die um die abgestürzte Kiste herumstand. »Was passiert jetzt?« fragte Richman.

»Sie notieren sich die Namen und werden dann in diverse Ärsche treten«, sagte Casey. »Aber das wird nichts bringen. Morgen wird es wieder einen Vorfall geben. Dagegen ist nichts zu machen.«

»Und das war eine Warnung?« fragte Richman und zog sein Jackett wieder an.

»An das IRT, ja«, antwortete sie. »Ein deutliches Signal: Seht euch vor, paßt auf. Schraubenschlüssel werden herunterfallen, alle möglichen Unfälle werden passieren, wenn wir hier in der Produktionshalle sind. Wir müssen wirklich vorsichtig sein.«

Aus der Gruppe von Arbeitern bei der Kiste lösten sich zwei und kamen auf Casey zu. Der eine war ein untersetzter Kerl in Jeans und einem rotkarierten Arbeitshemd. Der andere war größer und trug eine Baseballkappe. Der Mann im Arbeitshemd hatte den Führungsständer eines Stahlbohrers in der Hand, den er wie eine Metallkeule schwang.

»Äh, Casey«, sagte Richman.

»Ich sehe sie«, sagte sie, hatte aber nicht vor, sich von ein paar Rüpeln in die Flucht schlagen zu lassen.

Die Männer kamen weiter auf sie zu. Plötzlich tauchte ein Aufseher mit seinem Klemmbrett vor ihnen auf und verlangte ihre Erkennungsmarken zu sehen. Die Männer blieben stehen, um mit dem Aufseher zu reden, starrten Casey aber über dessen Kopf hinweg böse an.

»Wir werden keine Schwierigkeiten mit ihnen haben«, sagte sie. »In einer Stunde sind sie weg.« Sie ging zum Gerüst zurück, um ihre Aktenmappe zu holen. »Kommen Sie«, sagte sie zu Richman. »Wir sind spät dran.«

GEBÄUDE 64/IRT　　　　　　　　　　*7 Uhr 00*

Scharren war zu hören, als alle ihre Stühle an den Resopaltisch zogen. »Okay«, sagte Marder, »dann wollen wir mal. Es gibt gewisse Gewerkschaftsaktivitäten, die gegen diese Untersuchung gerichtet sind. Lassen Sie sich davon nicht abhalten. Bleiben Sie am Ball. Erster Punkt: Wetterdaten.«

Die Sekretärin verteilte Blätter unter den Anwesenden. Es war ein Bericht des Luftverkehrskontrollzentrums Los Angeles auf einem Formblatt mit der Aufschrift: FAA/BERICHT ÜBER FLUGZEUGUNFALL.

Casey las:

WETTERDATEN

BEDINGUNGEN IN UNFALLGEBIET ZUR ZEIT DES UNFALLS
JAL054, eine B747/R, befand sich 15 Minuten vor und 1000 Fuß über TPA545 auf derselben Route. JAL054 meldete keine Turbulenzen.

MELDUNG KURZ VOR DEM UNFALL
UAL829, eine B747/R, meldete mäßige Böen bei FIR 40.00 Nord 165.00 Ost auf FL350. Das war 120 Meilen nördlich und 14 Minuten vor TPA545. UAL829 meldete ansonsten keine Turbulenzen.

ERSTE MELDUNG NACH DEM UNFALL
AAL722 meldete beständige leichte Böen bei FL350. AAL722 befand sich auf derselben Route, 2000 Fuß unter und ungefähr 29 Minuten hinter TPA545. AAL722 meldete keine Turbulenzen.

»Die Satellitendaten kommen erst noch, aber ich glaube, das vorliegende Material spricht für sich selbst. Die drei Maschinen, die der TransPacific zeitlich und räumlich am nächsten waren, melden kein Wetter außer leichten Böen. Ich schließe Turbulenzen als Ursache für diesen Unfall aus.«

Nicken am Tisch. Keiner widersprach.

»Sonst noch was fürs Protokoll?«

»Ja«, sagte Casey. »Passagiere und Crew sagen übereinstimmend, daß das ›Bitte anschnallen‹-Zeichen nie aufgeleuchtet hat.«

»Okay. Damit sind wir mit dem Wetter durch. Was mit diesem Flugzeug auch passiert ist, Turbulenzen waren es nicht. Flugschreiber?«

»Daten sind anomal«, sagte Casey. »Sie arbeiten daran.«

»Visuelle Inspektion des Flugzeugs?«

»Der Innenraum wurde stark beschädigt«, sagte Doherty. »Aber die Außenhaut ist okay. Topzustand.«

»Flügelvorderkante?«

»Wir konnten kein Problem erkennen. Wir haben die Maschine heute hier, und ich werde mir die Führungsschienen und Schnappriegel ansehen. Aber bis jetzt nichts.«

»Haben Sie die Steuerflächen getestet?«

»Keine Probleme.«

»Anzeigen und Instrumente?«

»Alles Roger.«

»Wie oft haben Sie sie getestet?«

»Nachdem wir von Casey die Geschichte der Passagiere gehört hatten, haben wir sie zehnmal ausgefahren. Haben versucht, Störungsmeldungen zu kriegen. Aber alles war normal.«

»Was für eine Geschichte? Casey? Haben Sie bei der Befragung was herausgefunden?«

»Ja«, sagte sie. »Zwei Passagiere haben übereinstimmend von einem leichten Rumpeln am Flügel berichtet, Dauer etwa zwölf Sekunden...«

»*Scheiße*«, sagte Marder.

»...gefolgt von einem leichten Ansteigen, dann einem Sturzflug...«

»*Verdammt noch mal!*«

»Und dann einer Reihe heftiger Oszillationen.«

Marder starrte sie an. »Wollen Sie mir damit sagen, daß es wieder die Slats sind? Haben wir bei dieser Maschine noch immer ein Problem mit den Slats?«

»Ich weiß es nicht«, sagte Casey. »Eine der Stewardessen berichtete, der Kapitän habe gesagt, er habe ein *uncommanded slats deployment*, und er habe ein Problem mit dem Autopilot.«

»Verdammt. *Und* Probleme mit dem Autopilot?«

»Der Arsch«, sagte Burne. »Der Kapitän ändert seine Geschichte alle fünf Minuten. Der Bodenkontrolle erzählt er was von Turbulenzen und der Stewardeß von Slats und Autopilot, und ich wette, daß er jetzt, in diesem Augenblick, der Fluggesellschaft eine ganz andere Geschichte erzählt. Tatsache ist, wir wissen nicht, was in diesem Flugzeug passiert ist.«

»Es sind offensichtlich die Slats«, sagte Marder.

»Nein, die sind es nicht«, entgegnete Burne. »Die Passagierin, mit der Casey gesprochen hat, sagte, das Rumpeln sei vom Flügel oder von den Triebwerken gekommen, nicht?«

»Stimmt«, sagte Casey.

»Aber als sie zu diesem Flügel hinaussah, konnte sie nicht sehen, daß die Slats ausgefahren waren. Was sie hätte sehen *müssen*, wenn es passiert wäre.«

»Stimmt ebenfalls«, sagte Casey.

»Und die Triebwerke kann sie nicht gesehen haben, weil die vom Flügel verdeckt sind. Es ist möglich, daß die Schubumkehrer aktiviert wurden. Bei Reisegeschwindigkeit würde das ein eindeutiges Rumpeln produzieren. Gefolgt von einem plötzlichen Geschwindigkeitsabfall, möglicherweise einem Rollen. Der Pilot macht sich in die Hose, versucht zu kompensieren, überreagiert – Bingo!«

»Gibt es eine Bestätigung für Schubumkehr?« fragte Marder. »Schäden an den Umkehrklappen?«

»Wir haben es uns gestern angesehen«, sagte Burne, »aber nichts gefunden. Ultraschall und Röntgen sind heute dran. Wenn da etwas ist, werden wir es finden.«

»Okay«, sagte Marder, »wir sehen uns also die Slats und die Triebwerke an, und nichts wird ausgeschlossen. Wir brauchen Daten. Was ist mit den NVMs? Ron? Lassen die Störungsmeldungen auf irgend etwas schließen?«

Sie alle wandten sich Ron Smith zu. Unter ihren Blicken duckte Ron sich noch tiefer, als wollte er den Kopf zwischen die Schultern ziehen. Er räusperte sich.

»Also?« sagte Marder.

»Ähm, ja, John. Wir haben eine Slats-Störungsmeldung auf dem FDAU-Ausdruck.«

»Dann wurden die Slats also ausgefahren.«

»Na ja, eigentlich...«

»Und das Flugzeug fing an zu tümmlern, wirbelte die Passagiere durch die Kabine, und drei von ihnen starben. Wollen Sie mir das damit sagen?«

Niemand erwiderte etwas.

»Mein Gott«, sagte Marder. »Was ist denn nur los mit euch? Dieses Problem sollte doch schon vor vier Jahren behoben sein. Und jetzt muß ich mir anhören, daß es das nicht ist?«

Die Gruppe verstummte und starrte auf den Tisch. Alle waren verlegen und eingeschüchtert von Marders Wut.

»*Verdammt noch mal!*« sagte Marder.

»John, wir sollten jetzt lieber kühlen Kopf bewahren.« Es war Trung, der Avionik-Leiter, der dies mit leiser Stimme sagte. »Wir übersehen einen sehr wichtigen Faktor. Den Autopilot.«

Wieder herrschte nur Schweigen.

Marder funkelte ihn an. »Was ist damit?« blaffte er.

»Auch wenn die Slats im normalen Flug ausgefahren werden«, sagte Trung, »kann der Autopilot die Maschine vollkommen stabil halten. Er ist so programmiert, daß er solche Fehler kompensiert. Die Slats werden ausgefahren, der Autopilot korrigiert, der Kapitän sieht die Warnleuchte und fährt sie wieder ein. Unterdessen fliegt die Maschine ruhig weiter, kein Problem.«

»Vielleicht hat er den Autopilot abgeschaltet.«

»Das muß er wohl. Aber warum?«

»Vielleicht ist Ihr Autopilot im Eimer«, sagte Marder. »Vielleicht haben Sie einen Fehler im Programm.«

Trung machte ein skeptisches Gesicht.

»Das ist schon vorgekommen«, sagte Marder. »Letztes Jahr gab es doch bei diesem USAir-Flug in Charlotte ein Problem mit dem Autopilot. Der brachte die Maschine ohne Grund ins Rollen.«

»Schon«, sagte Trung. »Aber das wurde nicht durch einen Fehler im Programm verursacht. Bei der Wartung wurde der ›A‹-Flugkontrollcomputer ausgebaut, um ihn zu reparieren, und beim Wiedereinbau wurde er nicht weit genug ins Fach hineingeschoben, so daß die Kontaktstifte nicht ganz einrasteten. Es kam immer wieder zu Unterbrechungen in der Stromzuführung, das war alles.«

»Aber bei Flug 545 sagte die Stewardeß, der Kapitän habe behauptet, er müsse mit dem Autopilot um die Kontrolle über die Maschine kämpfen.«

»Das ist zu erwarten«, sagte Trung. »Sobald die Maschine von den Flugparametern abweicht, versucht der Autopilot aktiv, die Kontrolle zu übernehmen. Er registriert sprunghafte Bewegungen und nimmt an, daß niemand das Flugzeug fliegt.«

»Ist das aus den Fehlermeldungen ablesbar?«

»Ja. Sie deuten darauf hin, daß der Autopilot versucht hat, sich einzumischen, alle drei Sekunden lang. Ich nehme an, der Kapitän hat sich immer wieder darüber hinweggesetzt, weil er die Maschine selber fliegen wollte.«

»Aber hier handelt es sich um einen erfahrenen Kapitän.«

»Das ist der Grund, warum ich glaube, daß Kenny recht hat«, sagte Trung. »Wir haben keine Ahnung, was in diesem Cockpit passiert ist.«

Sie alle wandten sich Mike Lee zu, dem Vertreter der Fluggesellschaft. »Was ist jetzt, Mike?« fragte Marder. »Bekommen wir nun ein Gespräch mit dem Kapitän oder nicht?«

Lee seufzte. »Wissen Sie«, sagte er, »ich habe schon viele solcher Konferenzen miterlebt. Und es herrscht immer die Tendenz, die Schuld demjenigen in die Schuhe zu schieben, der nicht da ist. Das ist die menschliche Natur. Ich habe Ihnen bereits erklärt, warum die Crew das Land verlassen hat. Ihre eigenen Aufzeichnungen bestätigen, daß der Kapitän ein erstklassiger Pilot ist. Es ist möglich, daß er einen Fehler gemacht hat. Aber angesichts der Probleme, die sie in der Vergangenheit mit dieser Maschine hatten – Probleme mit den

Slats –, würde ich mir zuerst die Maschine selbst anschauen. Ich würde sehr genau hinsehen.«

»Das werden wir«, sagte Marder. »Natürlich werden wir das, aber...«

»Denn es bringt niemandem etwas«, fuhr Lee fort, »wenn wir uns hier eine Schlammschlacht liefern. Sie sind auf Ihr bevorstehendes Geschäft mit Peking fixiert. Okay, das verstehe ich. Aber TransPacific war immer ein geschätzter Kunde dieser Firma. Wir haben bereits zehn Flugzeuge von Ihnen gekauft, und wir haben zwölf weitere bestellt. Wir fliegen neue Routen und verhandeln über ein Zubringer-Abkommen mit einer Inlandslinie. Eine schlechte Presse können wir im Augenblick nicht brauchen. Weder für die Flugzeuge, die wir von Ihnen gekauft haben, noch für unsere Piloten. Ich hoffe, ich habe mich klar ausgedrückt.«

»Sonnenklar«, sagte Marder. »Ich hätte es selber nicht besser sagen können. Leute, hier habt ihr euren Marschbefehl. An die Arbeit. Ich will Antworten.«

GEBÄUDE 202 / FLUGSIMULATOR   7 *Uhr* 59

»Flug 545?« fragte Felix Wallerstein. »Das ist sehr beunruhigend. Sehr beunruhigend.« Wallerstein war ein silberhaariger, höflicher Mann aus München. Er leitete den Flugsimulator und das Pilotentrainingsprogramm bei Norton mit deutscher Tüchtigkeit.
»Warum sagen Sie, daß der 545er beunruhigend ist?« fragte Casey.
»So eben«, erwiderte er achselzuckend. »Wie konnte so etwas passieren? Es erscheint mir unmöglich.«
Sie durchquerten die große Haupthalle des Gebäudes 202. Die beiden Flugsimulatoren, einer für jedes in Betrieb befindliche Modell, standen über ihnen. Sie sahen aus wie die abgetrennte Nasensektion des Flugzeugs, die von einem Gewirr dünner hydraulischer Hebearme getragen wurde.
»Haben Sie die Daten aus dem Flugschreiber bekommen? Rob meinte, Sie seien vielleicht in der Lage, sie zu entziffern.«
»Ich habe es versucht«, erwiderte er. »Ohne Erfolg. Ich zögere noch zu sagen, daß es sinnlos ist, aber – was ist mit dem QAR?«
»Kein QAR, Felix.«
»Aha.« Wallerstein seufzte.
Sie kamen zu dem Kommandostand, einer Reihe von Videomonitoren und Tastaturen an der Seitenwand des Gebäudes. Hier saßen die Instruktoren und überwachten die Piloten, die in den Simulatoren ihr Training absolvierten. Im Augenblick wurden beide Simulatoren benutzt.
Casey sagte: »Felix, wir befürchten, daß die Slats mitten im Flug ausgefahren wurden. Oder daß es zu einer Schubumkehr kam.«
»Und?« sagte er. »Was sollte das ausmachen?«
»Wir hatten doch schon früher Probleme mit den Slats...«
»Aber die sind doch längst behoben, Casey. Und die Slats können einen so schrecklichen Unfall nicht erklären. Und Menschen

sind auch noch umgekommen. Nein, nein. Nicht wegen der Slats, Casey.«

»Sind Sie sicher?«

»Absolut. Ich werde es Ihnen zeigen.« Er wandte sich an einen der Instruktoren an der Konsole. »Wer fliegt im Augenblick die N-22?«

»Ingram. Erster Offizier von Northwest.«

»Taugt er was?«

»Durchschnitt. Er hat ungefähr dreißig Stunden.«

Auf dem internen Videomonitor sah Casey einen Mann Mitte Dreißig auf dem Pilotensitz des Simulators.

»Und wo ist er jetzt?« fragte Wallerstein.

»Ah, mal sehen«, sagte der Instruktor mit einem Blick auf seine Anzeigen. »Mitten über dem Atlantik. Flughöhe drei-dreißig, Mach null Komma acht.«

»Gut«, sagte Wallerstein. »Er fliegt also auf dreiunddreißigtausend Fuß mit acht Zehntel Schallgeschwindigkeit. Er ist schon eine ganze Weile unterwegs, und alles scheint in Ordnung zu sein. Er ist entspannt, vielleicht ein bißchen träge.«

»Ja, Sir.«

»Gut. Fahren Sie Mr. Ingrams Slats aus.«

Der Instruktor drückte auf einen Knopf.

Wallerstein wandte sich an Casey. »Und jetzt schauen Sie genau zu.«

Der Pilot auf dem Monitor wirkte zunächst noch gelassen und sorglos. Aber wenige Augenblicke später beugte er sich plötzlich hellwach nach vorne und betrachtete stirnrunzelnd seine Instrumente.

Wallerstein deutete auf die Reihe der Monitore auf der Konsole. »Hier können Sie sehen, was er sieht. Auf seinem Flugmanagementdisplay blinkt die Slats-Anzeige. Und er hat es bemerkt. Unterdessen geht, wie Sie sehen können, die Nase des Flugzeugs leicht in die Höhe...«

Die Hydraulik summte, und der große Kegel des Simulators kippte um ein paar Grad nach oben.

»Mr. Ingram kontrolliert jetzt seinen Slats-Hebel, wie er es tun sollte. Er sieht ihn in der *Up and locked*-Position, was verwirrend ist, da es bedeutet, daß er ein *uncommanded slats deployment* hat...«

Der Simulator blieb in der Schräglage.

»Jetzt überlegt Mr. Ingram. Er hat genügend Zeit, um zu entscheiden, was er tun soll. Das Flugzeug ist dank Autopilot stabil. Mal sehen, wie er sich entscheidet. Aha. Er beschließt, mit seinen Kontrollhebeln zu spielen. Er zieht den Slats-Hebel nach unten, drückt ihn wieder hoch... Er versucht, das Warnsignal zu deaktivieren. Aber das ändert nichts. So. Jetzt erkennt er, daß seine Maschine ein Systemproblem hat. Aber er bleibt ruhig. Er überlegt noch immer... Was soll er tun?... Er ändert die Parameter des Autopiloten... geht auf geringere Höhe, reduziert die Geschwindigkeit... absolut korrekt... Er hat die Nase noch immer nach oben, aber jetzt sind Flughöhe und Geschwindigkeit günstiger. Er beschließt, noch einmal den Slats-Hebel zu probieren...«

Der Instruktor sagte: »Soll ich ihn vom Haken lassen?«

»Warum nicht?« erwiderte Wallerstein. »Ich glaube, wir haben gezeigt, was wir zeigen wollten.«

Der Instruktor drückte auf einen Knopf. Der Simulator neigte sich wieder in die Horizontale.

»Und damit«, sagte Wallerstein, »ist Mr. Ingram zu normalen Flugbedingungen zurückgekehrt. Er notiert sich das Problem für die Wartungsmannschaften und fliegt weiter nach London.«

»Aber er ist im Autopilot geblieben«, sagte Casey. »Was, wenn er ihn abgeschaltet hätte?«

»Warum sollte er das tun? Er ist im Dauerflug, und der Autopilot kontrolliert die Maschine seit mindestens einer halben Stunde.«

»Aber angenommen, er hätte es getan.«

Wallerstein zuckte die Achseln und wandte sich an den Instruktor. »Lassen Sie seinen Autopiloten versagen.«

»Ja, Sir.«

Ein akustisches Alarmsignal ertönte. Auf dem Monitor sahen sie den Piloten auf seine Instrumente starren und dann den Steuerknüppel in die Hand nehmen. Das Signal verstummte, es wurde wieder still im Cockpit. Der Pilot hielt weiter den Steuerknüppel in der Hand.

»Fliegt er jetzt die Maschine?« fragte Felix.

»Ja, Sir«, antwortete der Instruktor. »Er ist auf Flughöhe zweiundneunzig, bei Mach null Komma sieben eins, und der Autopilot ist defekt.«

»Okay«, sagte Felix. »Fahren Sie seine Slats aus.«

Der Instruktor drückte auf den Kopf.

Auf dem Systemmonitor der Kontrollkonsole blinkte die SLATS-Warnung auf, zuerst bernsteinfarben, dann weiß. Casey schaute auf den Videomonitor daneben und sah, daß der Pilot sich vorbeugte. Er hatte das Warnsignal im Cockpit bemerkt.

»Jetzt«, sagte Wallerstein. »Wieder sehen wir, daß die Maschine die Nase hebt, aber diesmal muß Mr. Ingram es selbst kontrollieren... Also zieht er den Knüppel zurück... sehr langsam, sehr behutsam... Gut... und jetzt ist er stabil.«

Er wandte sich an Casey. »Sehen Sie?« fragte er achselzuckend. »Es ist sehr verwirrend. Was immer mit diesem TransPacific-Flug passiert ist, die Slats können es nicht gewesen sein. Und die Schubumkehr ebenfalls nicht. In beiden Fällen wird der Autopilot kompensieren und die Kontrolle aufrechterhalten. Ich sage Ihnen eins, Casey, was an Bord dieser Maschine passiert ist, ist ein Rätsel.«

Als sie dann draußen im Sonnenlicht standen, ging Wallerstein zu seinem Jeep, auf dessen Dach ein Surfboard befestigt war. »Ich habe ein neues Henley-Brett«, sagte er. »Wollen Sie es sehen?«

»Felix«, sagte sie. »Marder kriegt einen Schreikrampf.«

»Na und? Lassen Sie ihn. Er tut das gern.«

»Was glauben Sie, was mit dem 545er passiert ist?«

»Nun ja, seien wir ehrlich. Die Flugcharakteristika der N-22 sind so, daß, wenn die Slats bei Reisegeschwindigkeit ausgefahren werden und der Kapitän den Autopilot abschaltet, die Maschine ziemlich empfindlich reagiert. Sie erinnern sich sicher daran, Casey. Sie haben doch diese Studie darüber gemacht, vor drei Jahren. Gleich nachdem wir die letzten Verbesserungen an den Slats vorgenommen hatten.«

»Stimmt«, sagte sie. Die Einzelheiten der Studien fielen ihr wieder ein. »Wir haben eine Sondereinheit zur Untersuchung der Flugstabilität der N-22 aufgestellt. Aber wir sind zu dem Schluß gekommen, daß Steuerüberempfindlichkeit kein Problem ist, Felix.«

»Und Sie hatten recht«, erwiderte Wallerstein. »Es ist kein Problem. Alle modernen Flugzeuge halten die Flugstabilität mit Computern aufrecht. Ein Düsenjäger kann ohne Computer überhaupt nicht geflogen werden. Jagdflugzeuge sind inhärent instabil. Ziviltransporter sind weniger empfindlich, aber dennoch regeln Computer die Treibstoffzufuhr, korrigieren die Höhe, korrigieren den Schwerpunkt, korrigieren den Schub. In jedem Augenblick nehmen Computer kleine Änderungen vor, um das Flugzeug zu stabilisieren.«

»Ja«, sagte Casey, »aber die Maschinen können auch ohne Autopilot geflogen werden.«

»Absolut«, sagte Wallerstein. »Und wir trainieren unsere Piloten dafür. Weil die Maschine empfindlich reagiert, muß der Pilot, wenn die Nase nach oben geht, sie ganz sanft wieder in die Horizontale bringen. Wenn er zu heftig korrigiert, kippt die Maschine nach unten. In dem Fall muß er sie wieder hochziehen, aber wieder sehr sanft, sonst überkorrigiert er und muß die Nase wieder nach unten kriegen. Und genau das ist auf dem TransPacific-Flug passiert.«

»Sie wollen damit sagen, daß es ein Pilotenfehler war.«

»Normalerweise würde ich das denken, aber hier handelt es sich um John Chang.«

»Er ist ein guter Pilot?«

»Nein«, entgegnete Wallerstein. »Er ist ein herausragender Pilot. Ich sehe hier viele Piloten, und einige sind wirklich begabt. Das ist mehr als nur schnelle Reflexe und Wissen und Erfahrung. Es ist mehr als Geschick. Es ist eine Art Instinkt. John Chang ist einer der fünf oder sechs besten Piloten, die ich je auf diesem Flugzeug trainiert habe, Casey. Also, was mit Flug 545 auch passiert ist, ein Pilotenfehler kann es nicht sein. Nicht mit John Chang im Sessel. Es tut mir leid, aber in diesem Fall muß es ein Problem mit dem Flugzeug sein, Casey. Es muß einfach das Flugzeug sein.«

Zum Hangar 5 — 9 Uhr 15

Casey war in Gedanken versunken, als sie über den riesigen Parkplatz gingen.

»Und?« fragte Richman nach einer Weile. »Wo stehen wir?«

»Nirgendwo.«

Ganz gleich, wie sie die Indizien zusammenfügte, sie kam immer zu diesem Schluß. Bis jetzt hatten sie nichts in der Hand. Der Pilot hatte gesagt, es seien Turbulenzen gewesen, aber es waren keine Turbulenzen. Eine Passagierin erzählte eine Geschichte, die zu einem Ausfahren der Slats paßte, aber sie hatte kein Ausfahren der Slats gesehen, und ein Ausfahren der Slats konnte außerdem die furchtbaren Personenschäden nicht erklären. Die Stewardeß sagte, der Kapitän habe mit dem Autopilot um die Kontrolle gekämpft, aber Trung sagte, nur ein unfähiger Kapitän würde das tun. Wallerstein sagte, der Kapitän sei ein hervorragender Mann und wisse, was er tue.

Nirgendwo.

Sie waren nirgendwo.

Richman trottete neben ihr her und sagte kein Wort. Er war den ganzen Morgen schon sehr still gewesen. Es war, als hätte das Rätsel von Flug 545, das ihn gestern noch so fasziniert hatte, sich nun als zu kompliziert erwiesen.

Aber Casey ließ sich nicht entmutigen. Sie war schon oft an diesem Punkt gewesen. Es war nicht überraschend, daß frühe Indizien widersprüchlich wirkten, denn Flugzeugunfälle wurden selten von einem einzelnen Ereignis oder Fehler ausgelöst. Die IRTs rechneten mit Ereigniskaskaden: Eine Sache, die zu einer zweiten führte, und die zu einer dritten. Was dabei herauskam, war eine komplexe Geschichte: Ein System versagte, ein Pilot ergriff Maßnahmen, die ihm vernünftig erschienen, das Flugzeug reagierte unerwartet und geriet in Schwierigkeiten.

Immer eine Kaskade.

Eine lange Kette kleiner Verzerrungen und Fehler.

Sie hörte das Jaulen eines Jets. Als sie den Kopf hob, sah sie im Sonnenlicht die Silhouette einer Norton-Großraummaschine. Casey erkannte das gelbe TransPacific-Logo am Schwanz. Sie sah auf die Uhr. Es war der 545er, der von LAX hierher überführt wurde. Der große Jet landete sanft, Rauchwölkchen stiegen an den Rädern hoch, und dann rollte die Maschine zum Wartungshangar 5.

Ihr Piepser meldete sich. Sie hakte ihn vom Gürtel.

*** N-22 ROTR EXPLOS MIAMI TV JETZT BTOYA

»O Scheiße«, sagte sie. »Wir müssen uns einen Fernseher suchen.«

»Warum? Was ist denn los?«

»Wir haben Probleme.«

GEBÄUDE 64 / IRT   9 Uhr 20

»Dies war die Szene vor wenigen Minuten am Miami International Airport, als eine Maschine der Sunstar Airlines nach der Explosion ihres linken Steuerbordtriebwerkes in Flammen aufging und die überfüllte Rollbahn mit einem Hagel tödlicher Schrapnelle bedeckte.«

»Das darf ja wohl nicht wahr sein!« rief Kenny Burne. Ein halbes Dutzend Ingenieure drängte sich vor dem Fernsehgerät und versperrte Casey die Sicht, als sie das Zimmer betrat.

»Wie durch ein Wunder wurde keiner der zweihundertsiebzig Passagiere verletzt. Die Norton N-22 stand mit laufenden Motoren auf der Startbahn, als Passagiere schwarzen Rauch bemerkten, der aus dem Triebwerk quoll. Sekunden später erschütterte eine Explosion die Maschine, als das linke Steuerbordtriebwerk zerbarst und den Jet in Flammen hüllte.«

Der Bildschirm zeigte das nicht, sondern man sah aus der Entfernung eine N-22, unter deren Flügel dichter schwarzer Rauch hervorquoll.

»Linkes Steuerbordtriebwerk«, knurrte Burne. »Wohl das Gegenteil zum rechten Steuerbordtriebwerk, du Trottel?«

Auf dem Bildschirm waren jetzt, in schneller Schnittfolge, Nahaufnahmen von Passagieren zu sehen, die im Terminal herumirrten. Ein sieben- oder achtjähriger Junge sagte: »Alle Leute waren furchtbar aufgeregt, wegen dem Rauch.« Dann ein Mädchen im Teenageralter, das den Kopf schüttelte, dann die Haare zurückwarf und sagte: »Ich hatte wahnsinnige Angst. Hab nur den Rauch gesehen und, also, ich hatte wahnsinnige Angst.« – »Was hast du gedacht, als du die Explosion hörtest?« fragte der Interviewer. »Angst hatte ich halt.« – »Hast du gedacht, es sei eine Bombe?« – »Auf jeden Fall. Eine Terroristen-Bombe.«

Kenny Burne wirbelte herum und warf die Hände in die Luft. »Ist denn das zu glauben? Die fragen *Kinder*, was sie *gedacht* haben. Das sollen Nachrichten sein. ›Was hast du gedacht?‹ – ›O Mann, ich hab mein Eis verschluckt.‹« Er schnaubte. »Flugzeuge, die töten – und die Reisenden, die sie lieben.«

Auf dem Bildschirm war jetzt eine ältere Frau zu sehen, die sagte: »Ja, ich habe geglaubt, ich muß sterben. Natürlich denkt man daran.« Ein Mann mittleren Alters sagte: »Meine Frau und ich haben gebetet. Unsere ganze Familie hat sich auf die Rollbahn gekniet und dem Herrn gedankt.« – »Hatten Sie Angst?« fragte der Interviewer. »Wir dachten, wir würden sterben«, sagte der Mann. »Die Kabine war voller Rauch – es ist ein Wunder, daß wir mit dem Leben davongekommen sind.«

Burne schrie wieder: »Du Arschloch! In einem *Auto* wärst du gestorben. In einem *Nachtclub* wärst du gestorben. Aber nicht in einem Norton-Großraumjet. Wir haben ihn so gebaut, daß du mit deinem beschissenen Leben davongekommen bist!«

»Immer mit der Ruhe, Kenny«, sagte Casey. »Ich will das mitkriegen.« Sie hörte konzentriert zu, weil sie wissen wollte, wie weit sie die Geschichte treiben würden.

Eine auffallend attraktive hispanische Frau in einem Armani-Kostüm stand mit einem Mikrofon in der Hand vor der Kamera. »Obwohl die Passagiere jetzt den ersten Schock bereits überwunden zu haben scheinen, war ihr Schicksal am frühen Nachmittag alles andere als sicher, als ein Norton-Großraumjet auf der Rollbahn explodierte und orangefarbene Flammen hoch in den Himmel schossen...«

Der Bildschirm zeigte noch einmal die Distanzaufnahme des Flugzeugs auf der Rollbahn. Es sah ungefähr so bedrohlich aus wie ein erloschenes Lagerfeuer.

»Moment mal, Moment mal!« rief Kenny. »Ein Norton-Großraumjet ist explodiert? Ein *Scheißhaufen von Sunstar* ist explodiert.« Er zeigte auf das Bild. »Ein verdammter Rotor ist geborsten, und die Schaufelfragmente haben das Gehäuse durchstoßen und *genau das habe ich ihnen vorhergesagt!*«

Casey fragte: »Sie haben es Ihnen vorhergesagt?«

»Natürlich«, sagte Kenny. »Ich kenne die Geschichte. Sunstar hat letztes Jahr von AeroCivicas sechs Triebwerke gekauft. Ich war der

Norton-Berater bei dem Geschäft. Ich habe die Triebwerke inspiziert und jede Menge Schäden gefunden – Absplitterungen an den Rotorblättern und Leitschaufelrisse. Also habe ich Sunstar geraten, die nicht zu nehmen.« Kenny fuchtelte mit den Händen. »Aber die wollten sich so ein Schnäppchen nicht entgehen lassen«, sagte er. »Sunstar beschloß, sie nur zu überholen. Beim Auseinandernehmen haben wir 'ne Menge Korrosion gefunden, die ausländischen Wartungspapiere waren also wahrscheinlich gefälscht. Ich hab' ihnen noch einmal gesagt: ›Schmeißt die Triebwerke weg.‹ Aber Sunstar hat sie wieder an die Maschinen gebaut. Jetzt birst der Rotor – was für eine Überraschung –, die Fragmente dringen in den Flügel ein, und die nicht brennbare Hydraulikflüssigkeit raucht. Das ist kein Feuer, weil die Flüssigkeit nicht brennen kann. Und das soll *unsere Schuld* sein?«

Er wirbelte herum und zeigte wieder auf den Bildschirm.

». . . und alle zweihundertundsiebzig Passagiere an Bord in Angst und Schrecken versetzt«, hieß es. »Zum Glück wurde niemand verletzt . . .«

»Genau«, sagte Burne. »Der Rumpf wurde nicht durchbohrt, Lady. Niemand wurde verletzt. Der Flügel hat alles abgefangen – unser Flügel!«

». . . und wir warten jetzt darauf, mit Vertretern der Fluggesellschaft über diese schreckliche Tragödie sprechen zu können. Mehr davon später. Und damit zurück zu Ihnen, Ed.«

Es wurde in die Nachrichtenzentrale umgeschaltet. Ein geschniegelter Moderator sagte: »Vielen Dank, Alicia, für Ihren topaktuellen Bericht über die schockierende Explosion auf dem Flughafen von Miami. Wir werden Sie über die Ereignisse auf dem laufenden halten. Und jetzt zurück zu unserem regulären Programm.«

Casey seufzte erleichtert auf.

»Ich kann diese Scheiße einfach nicht glauben!« rief Kenny Burne. Er drehte sich um, stürmte aus dem Zimmer und knallte die Tür hinter sich zu.

»Was hat er denn?« fragte Richman.

»Ich würde sagen, dieses eine Mal hat er recht«, sagte Casey. »Sie müssen eins verstehen: Wir bauen Flugzeugzellen. Wir bauen keine Triebwerke, und wir reparieren sie nicht. Wir haben mit den Triebwerken nichts zu tun.«

»Nichts? Ich glaube kaum...«

»Unsere Triebwerke werden von anderen Firmen geliefert – General Electric, Pratt and Whitney, Rolls-Royce. Aber die Journalisten begreifen diesen Unterschied nie.«

Richman machte ein ziemlich skeptisches Gesicht. »Das scheint mir aber eine ziemliche Haarspalterei zu sein...«

»Ganz und gar nicht. Wenn bei Ihnen der Strom ausfällt, rufen Sie dann den Gasmann? Wenn Ihr Reifen einen Platten hat, geben Sie dafür dem Autohersteller die Schuld?«

»Natürlich nicht«, sagte Richman, »aber es ist trotzdem Ihr Flugzeug – mit Triebwerken und allem.«

»Nein, ist es nicht«, sagte Casey. »Wir bauen das Flugzeug und montieren das Triebwerk daran, das der Kunde sich ausgesucht hat. So wie Sie Reifen verschiedener Hersteller auf ein Auto montieren können. Aber wenn Michelin eine Partie schlechter Reifen produziert und die platzen, ist das nicht das Problem von Ford. Wenn Sie Ihre Reifen so lange fahren, bis sie abgerieben sind, ist das kein Problem von Ford. Und genauso ist es bei uns.«

Richman war noch immer nicht überzeugt.

»Alles, was wir tun können«, fuhr Casey fort, »ist, dafür zu sorgen, daß unsere Flugzeuge mit den Triebwerken, die wir einbauen, sicher fliegen. Aber wir können die Fluggesellschaften nicht dazu zwingen, diese Triebwerke während der gesamten Lebensdauer des Flugzeugs ordentlich zu warten. Das ist nicht unsere Aufgabe – und das muß man wissen, um zu begreifen, was tatsächlich passiert ist. Die Reporterin hat die Geschichte nämlich verkehrt herum aufgezogen.«

»Verkehrt? Wieso?«

»Bei dem Flugzeug ist ein Rotor geborsten«, sagte Casey. »Die Schaufeln des Gebläses sind abgebrochen, und das Gehäuse konnte die Splitter nicht aufhalten. Und das ist passiert, weil das Triebwerk nicht ordentlich gewartet war. Das hätte nie passieren dürfen. Aber unser Flügel hat die umherfliegenden Fragmente abgefangen und so die Passagiere in der Kabine geschützt. Tatsächlich bedeutet dieser Vorfall also, daß die Norton-Maschine so gut gebaut ist, daß sie zweihundertsiebzig Passagiere vor einem schlechten Triebwerk schützt. Genaugenommen sind wir die Helden – aber Nortons Kurs wird morgen fallen. Und einige Leute bekommen vielleicht Angst, mit einer Norton-Maschine zu fliegen. Ist das eine angemessene Reaktion auf die tatsächlichen Ereignisse? Nein. Aber es ist eine angemessene Reaktion auf das, was berichtet wurde. Für die Leute hier ist das frustrierend.«

»Na ja«, sagte Richman, »wenigstens haben sie TransPacific nicht erwähnt.«

Casey nickte. Das war ihre Hauptsorge gewesen, der Grund, warum sie so eilig über den Parkplatz zum nächsten Fernseher gelaufen war. Sie wollte wissen, ob der Bericht den Rotorschaden in Miami mit dem TPA-Vorfall am Tag zuvor in Verbindung brachte. Das war nicht passiert – noch nicht. Aber früher oder später würde es passieren.

»Wir werden uns jetzt vor Anrufen nicht retten können«, sagte sie. »Die Katze ist aus dem Sack.«

Hangar 5　　9 Uhr 40

Etwa ein Dutzend Sicherheitsmänner standen vor dem Hangar 5, in dem der TransPacific-Jet untersucht wurde. Aber das war immer so, wenn die Teams von Recovery and Maintenance Services, dem Bergungs- und Wartungsdienst, auf dem Firmengelände waren. Die RAMS-Teams reisten als Sondereinheiten auf dem Globus umher und kümmerten sich um gestrandete Flugzeuge; sie hatten von der FAA die Genehmigung, sie vor Ort zu reparieren. Aber da ihre Angehörigen eher nach Fachwissen als nach Rang oder Dienstjahren ausgesucht wurden, waren sie gewerkschaftlich nicht organisiert, und es gab oft Schwierigkeiten, wenn ein RAMS-Team aufs Firmengelände kam.

Im Inneren des Hangars stand der TransPacific-Großraumjet im grellen Licht der Halogenscheinwerfer, halb versteckt hinter einem Gitter aus fahrbaren Gerüsten. Ein Schwarm von Technikern hatte sich über das Flugzeug verteilt. Casey sah Kenny Burne bei den Turbinen, wo er seine Triebwerksmannschaft anschrie. Sie hatten die Schubumkehrklappen geöffnet, die hinten aus der Turbine herausragten, und führten Fluoreszenz- und Leitfähigkeitsmessungen an den gebogenen Metallplatten durch.

Mittschiffs unter dem Rumpf standen Ron Smith und das Elektrik-Team auf einer erhöhten Plattform. Hoch oben im Cockpit entdeckte Casey Van Trung, der mit seiner Crew die Avionik testete.

Und Doherty kletterte mit seinem Team auf dem Flügel herum. Mit Hilfe eines Krans hatten sie ein zweieinhalb Meter langes Aluminiumteil entfernt, eines der Innenslats.

»Die dicken Brocken«, sagte Casey zu Richman. »Sie sehen sich zuerst die größten Komponenten an.«

»Sieht aus, als würden sie das ganze Ding auseinandernehmen.«

Hinter ihnen sagte eine Stimme: »Das nennt man Vernichtung von Beweismitteln!«

Casey drehte sich um. Ted Rawley, einer der Testpiloten, kam zu ihnen geschlendert. Er trug Cowboystiefel, ein Westernhemd und eine dunkle Sonnenbrille. Wie viele Testpiloten kultivierte er eine Aura wagemutiger Männlichkeit.

»Das ist unser Cheftestpilot«, sagte Casey. »Teddy Rawley. Man nennt ihn Ruinator Rawley.«

»He«, protestierte Teddy. »Bis jetzt habe ich die Vögel immer noch heil runtergebracht. Außerdem ist das immer noch besser als Casey und die sieben Zwerge.«

»Nennt man sie so?« fragte Richman, plötzlich interessiert.

»Ja. Casey und ihre Zwerge.« Rawley deutete in Richtung der Ingenieure. »Die Knirpse. He ho. He ho.« Er wandte sich vom Flugzeug ab und klopfte Casey auf die Schulter. »Na, wie geht's, Kleine. Ich hab dich vor ein paar Tagen angerufen.«

»Ich weiß«, entgegnete sie. »Ich hatte viel zu tun.«

»Kann ich mir denken«, sagte Teddy. »Marder dürfte euch allen ganz schön Feuer unterm Hintern machen. Also, was haben die Ingenieure gefunden? Moment, laß mich raten – sie haben absolut gar nichts gefunden, richtig? Ihr wunderbares Flugzeug ist perfekt. Also muß es ein Pilotenfehler sein, hab' ich nicht recht?«

Casey sagte nichts, und Richman machte ein verlegenes Gesicht.

»He«, sagte Teddy, »nur keine falsche Scham. Ich höre es ja nicht zum erstenmal. Seien wir doch ehrlich: Die Ingenieure sind alle Mitglieder im ›Scheiß auf die Piloten‹-Verein. Deshalb konstruieren sie ihre Maschinen ja so, daß sie praktisch automatisch funktionieren. Sie hassen die Vorstellung, daß jemand sie tatsächlich fliegt. Es ist so unhygienisch, einen lebenden warmen Körper im Pilotensitz zu haben. Macht sie verrückt. Und natürlich, wenn irgendwas Schlimmes passiert, dann kann es nur der Pilot sein. Es *muß* der Pilot sein. Hab ich nicht recht?«

»Also komm, Teddy«, sagte sie. »Du kennst die Statistiken. In der überwältigenden Mehrzahl aller Unfälle ist die Ursache ein ...«

Genau an diesem Punkt beugte sich Doug Doherty, der auf dem Flügel kauerte, zu ihnen herunter und sagte mit betrübter Stimme: »Casey, schlechte Nachrichten. Das werden Sie sich ansehen wollen.«

»Was ist denn?«

»Ich bin mir ziemlich sicher, daß ich weiß, was bei Flug 545 schiefgelaufen ist.«

Sie kletterte auf das Gerüst und balancierte auf den Flügel hinaus. Doherty kauerte über der Vorderkante. Die Slats waren entfernt worden, das Flügelinnere lag frei.

Casey kauerte sich neben ihn auf alle viere und versuchte zu erkennen, was er ihr zeigen wollte.

Der Platz für die Slats war markiert von einer Reihe von Führungsschienen – kleine Leisten im Abstand von etwa einem Meter, auf denen die Slats, angetrieben von Hydraulikkolben, herausglitten. Am vorderen Ende der Schienen befanden sich Umlenkstifte, die es den Slats gestatteten, nach unten zu kippen. An der Rückseite der Aussparung sah sie die Kolben, die die Slats über die Schienen schoben. Ohne die Slats waren die Kolben nur Metallarme, die ins Leere ragten. Wie immer, wenn Casey das Innenleben eines Flugzeugs betrachtete, überkam sie das Gefühl gigantischer Komplexität.

»Was ist es denn?« fragte sie.

»Hier«, sagte Doug.

Er beugte sich über einen der vorstehenden Arme und deutete auf einen kleinen, zu einem Haken gebogenen Metallstift am hinteren Ende. Das Teil war nicht viel größer als ihr Daumen.

»Ja?«

Doherty griff nach unten und schob den Stift mit den Händen zurück. Er sprang wieder vor. »Das ist der Haltestift für die Slats«, sagte er. »Er ist mit einer Sprungfeder vorgespannt und wird von einer Magnetspule zurückgezogen. Wenn die Slats eingefahren werden, schnappt der Stift ein und hält sie fest.«

»Ja?«

»Sehen Sie ihn sich an«, sagte er mit einem Kopfschütteln. »Er ist verbogen.«

Sie runzelte die Stirn. Wenn er wirklich verbogen war, so konnte sie es nicht erkennen. Für sie sah er gerade aus. »Doug...«

»Nein. Sehen Sie genau hin.« Er hielt ein Metallineal an den Stift und zeigte ihr, daß das Metall wenige Millimeter nach links verbogen war. »Und das ist nicht alles«, sagte er. »Schauen Sie sich die Kontaktfläche des Hakens an. Sie ist abgenutzt. Sehen Sie das?«

Er gab ihr ein Vergrößerungsglas. Zehn Meter über dem Boden beugte sie sich über die Flügelvorderkante und betrachtete das Teil. Es war wirklich abgenutzt. Sie sah die unregelmäßige Oberfläche des Haltehakens. Aber an der Stelle, wo das Metall des Hakens Kontakt mit der Slat hatte, war eine gewisse Abnutzung durchaus zu erwarten.

»Doug, glauben Sie wirklich, daß das von Bedeutung ist?«

»O ja«, sagte er mit Begräbnisstimme. »Wir haben hier zwei, drei Millimeter Abrieb.«

»Wie viele von diesen Stiften halten die Slats?«

»Nur einer«, erwiderte er.

»Und wenn der defekt ist?«

»Könnten sich die Slats im Flug lösen. Sie würden nicht unbedingt voll ausgefahren. Das bräuchten sie auch gar nicht. Vergessen Sie nicht, das sind Steuerklappen für niedrige Geschwindigkeiten. Bei Reisegeschwindigkeit vervielfacht sich die Wirkung; schon ein leichtes Ausfahren würde die Aerodynamik verändern.«

Casey runzelte die Stirn und musterte das Teil durch ihr Vergrößerungsglas. »Aber warum sollte die Verriegelung plötzlich aufgehen, nach zwei Dritteln des Flugs?«

Er schüttelte den Kopf. »Sehen Sie sich die anderen Stifte an«, sagte Doherty und zeigte am Flügel entlang. »Bei denen ist keine Abnutzung der Kontaktfläche festzustellen.«

»Vielleicht wurden die anderen ausgewechselt, und dieser hier nicht.«

»Nein«, sagte er. »Ich glaube, die anderen sind original. Dieser hier wurde ausgewechselt. Sehen Sie sich den Stift daneben an. Erkennen Sie den Prägestempel am unteren Ende?«

Sie sah eine winzige geprägte Markierung, ein H in einem Dreieck mit einer Zahlenreihe. Alle Teilehersteller markierten ihre Teile mit solchen Symbolen. »Ja...«

»Und jetzt sehen Sie sich diesen Stift an. Sehen Sie den Unterschied. Auf diesem Teil steht das Dreieck auf dem Kopf. Das ist eine Imitation, Casey.«

Für Flugzeughersteller waren Imitationen von Teilen das größte Einzelproblem, dem sie sich zu Beginn des 21. Jahrhunderts stellen mußten. Die Aufmerksamkeit der Medien richtete sich vor allem auf gefälschte Konsumgüter wie Uhren, CDs und Computerprogramme. Aber es herrschte auch ein schwungvoller Handel mit allen anderen Arten von Produkten, darunter gefälschte Automobil- und Flugzeugteile. Und in diesem Bereich erhielt das Problem der Imitationen eine ganz neue, unheilvolle Dimension. Im Gegensatz zu einer nachgemachten Cartier-Uhr konnte ein nachgemachtes Flugzeugteil Menschen töten.

»Okay«, sagte Casey. »Ich werde die Wartungsprotokolle überprüfen und herausfinden, wo das herkam.«

Die FAA verlangte, daß für jedes Zivilflugzeug außergewöhnlich detaillierte Wartungsprotokolle geführt wurden. Jedes Teil, das bei einer Maschine ausgetauscht wurde, mußte notiert werden. Darüber hinaus führten die Hersteller, obwohl sie nicht dazu gezwungen waren, über jedes einzelne Teil der Maschine Buch – in den sogenannten Lebenslaufkarten. Dieser Berg von Papier bedeutete, daß jedes der Teile einer Maschine – circa eine Million – zu seinem Ursprung zurückverfolgt werden konnte. Wenn ein Teil von einer Maschine in eine andere eingebaut wurde, war das bekannt. Wenn ein Teil ausgebaut und repariert wurde, war das bekannt. Jedes Teil eines Flugzeugs hatte seine eigene Geschichte. Genügend Zeit vorausgesetzt, konnte man exakt herausfinden, woher dieses Teil stammte, wer es eingebaut hatte und wann.

Casey deutete auf den Haltestift im Flügel. »Haben Sie das fotografiert?«

»Natürlich. Alles ist voll dokumentiert.«

»Dann bauen Sie ihn aus«, sagte sie. »Ich bringe ihn in die Metallurgie-Abteilung. Übrigens, könnte diese Situation hier zu einer Slats-Fehlermeldung führen?«

Doherty lächelte, was selten vorkam. »Ja, könnte sie. Und ich nehme an, das ist auch passiert. Hier wurde kein Originalersatzteil verwendet, und das hat zu dem Defekt an der Maschine geführt.«

Richman war ganz aufgeregt, als sie vom Flügel herunterkletterten. »Das ist es also? Ein schlechtes Ersatzteil? War das die Ursache? Ist das Problem gelöst?«

Er ging Casey allmählich auf die Nerven. »Eins nach dem anderen«, entgegnete sie. »Das müssen wir erst überprüfen.«

»Überprüfen? Was müssen wir überprüfen? Und wie?«

»Zuerst müssen wir herausfinden, wo dieses Teil herkam«, sagte sie. »Gehen Sie ins Büro. Sagen Sie Norma, sie soll sich darum kümmern, daß wir die Wartungsprotokolle von LAX bekommen. Und sie soll dem Fizer in Hongkong faxen, damit der die Protokolle von der Fluggesellschaft anfordert. Er soll sagen, daß die FAA sie verlangt hat und daß wir sie zuerst einsehen wollen.«

»Okay«, sagte Richman.

Er ging zum offenen Tor des Hangars 5 und trat hinaus ins Sonnenlicht. Er stolzierte förmlich, als wäre er eine wichtige Person im Besitz wertvoller Informationen.

Aber Casey war sich ganz und gar nicht sicher, ob sie überhaupt etwas wußten.

Zumindest noch nicht.

VOR HANGAR 5   10 Uhr 00

Blinzelnd trat Casey aus dem Hangar ins helle Morgenlicht. Vor dem Gebäude 121 sah sie Don Brull aus seinem Auto aussteigen. Sie ging zu ihm.

»Hallo, Casey«, sagte er und schlug die Tür zu. »Ich habe mich schon gefragt, wann Sie sich wieder bei mir melden.«

»Ich habe mit Marder gesprochen«, sagte sie. »Er schwört, daß der Flügel nicht nach China ausgelagert wird.«

Brull nickte. »Er hat mich gestern abend noch angerufen. Und dasselbe gesagt.« Er klang nicht sehr glücklich.

»Marder beharrt darauf, daß es nur ein Gerücht ist.«

»Er lügt«, sagte Brull. »Ist alles längst beschlossene Sache.«

»Das glaube ich nicht«, entgegnete Casey. »Es ergäbe keinen Sinn.«

»Sehen Sie«, sagte Brull, »für mich persönlich ist das nicht mehr wichtig. Wenn sie den Betrieb in zehn Jahren schließen, bin ich schon in Pension. Und Sie? Ungefähr zu dieser Zeit wird Ihre Tochter aufs College kommen. Sie haben dann diese dicken Studiengebühren zu zahlen. Aber einen Job werden Sie nicht mehr haben. Haben Sie daran schon mal gedacht?«

»Don«, sagte Casey. »Sie haben doch selber gesagt, daß es Unsinn ist, den Flügel auszulagern. Es wäre ziemlich skrupellos...«

»Marder *ist* skrupellos.« Er kniff die Augen zusammen und sah Casey an. »Sie wissen das. Sie wissen, wozu er fähig ist.«

»Don...«

»Hören Sie«, sagte Brull. »Ich weiß, wovon ich rede. Diese Vorrichtungen werden nicht nach Atlanta gebracht, Casey. Sie gehen nach San Pedro – zum Hafen. Und unten in San Pedro werden spezielle Container für den Schiffstransport gebaut.«

So reimt sich die Gewerkschaft das also zusammen, dachte sie. »Das sind überdimensionale Vorrichtungen, Don«, sagte sie. »Auf der

Straße oder der Schiene sind die nicht zu transportieren. So große Anlagen werden immer per Schiff transportiert. Wenn in San Pedro Container gebaut werden, dann nur, um sie über den Panama-Kanal zu verschiffen. Das ist die einzige Möglichkeit, um sie nach Atlanta zu bringen.«

Brull schüttelte den Kopf. »Ich habe die Frachtbriefe gesehen. Da steht nicht Atlanta. Da steht Seoul, Korea.«

»Korea?« wiederholte sie stirnrunzelnd.

»Richtig.«

»Don, das ergibt doch nun wirklich keinen Sinn...«

»Doch. Weil es nur eine Tarnung ist«, sagte Brull. »Sie schicken sie nach Korea, und von dort werden sie nach Shanghai umgeleitet.«

»Haben Sie Kopien dieser Frachtbriefe?« fragte sie.

»Nicht bei mir.«

»Ich würde sie gern sehen«, sagte sie.

Brull seufzte. »Sicher, Casey. Ich kann sie Ihnen besorgen. Aber Sie bringen mich da in eine schwierige Position. Die Jungs werden diesen Verkauf nicht stattfinden lassen. Marder sagt mir, ich soll sie beruhigen – aber was kann ich denn tun? Ich leite die Ortsgruppe, nicht den Betrieb.«

»Was soll das heißen?«

»Es liegt nicht mehr in meinen Händen«, sagte er.

»Don...«

»Ich habe Sie immer gemocht, Casey«, sagte er. »Aber wenn Sie weiter hier herumhängen, kann ich Ihnen nicht helfen.«

Und damit ging er weg.

VOR HANGAR 5 — 10 Uhr 04

Die Morgensonne schien, und es herrschte fröhliche Betriebsamkeit auf dem Gelände, Mechaniker fuhren auf Fahrrädern von einem Gebäude zum anderen. Von einer Gefahr, einer Bedrohung war nichts zu spüren. Aber Casey wußte genau, was Brull ihr hatte sagen wollen. Sie befand sich jetzt im Niemandsland. Besorgt zog sie ihr Handy heraus, um Marder anzurufen, als sie die schwergewichtige Gestalt von Jack Rogers auf sich zukommen sah.

Jack war der Luftfahrtspezialist des *Telegraph-Star*, einer Zeitung des Orange County. Er war Ende Fünfzig und ein guter, solider Reporter, ein Überbleibsel einer längst ausgestorbenen Generation von Journalisten, die über ihr Fachgebiet ebensoviel wußten wie die Leute, die sie interviewten. Er winkte ihr lässig zu.

»Hallo, Jack«, sagte sie. »Was gibt's?«

»Ich bin hier«, erwiderte er, »wegen dieses Unfalls heute morgen in 64. Diese Kiste, die vom Kran gekippt ist.«

»So was soll passieren.«

»Es gab heute morgen noch einen anderen Unfall mit einem der Gerüste. Das hat es zwar problemlos bis auf den Tieflader geschafft, aber dann ging der Fahrer bei Gebäude 94 zu schnell in die Kurve. Das Gerüst ist auf den Asphalt gerutscht. Ein Riesendurcheinander.«

»Aha«, sagte Casey.

»Das ist ganz offensichtlich eine Arbeitskampfmaßnahme«, sagte Rogers. »Aus bestimmten Quellen habe ich erfahren, daß die Gewerkschaft sich über dieses China-Geschäft aufregt.«

»Das habe ich gehört, ja«, sagte Casey und nickte.

»Weil es zu den Vereinbarungen gehören soll, daß der Flügel nach Shanghai ausgelagert wird.«

»Also kommen Sie, Jack«, entgegnete sie, »das ist doch lächerlich.«

»Wissen Sie das sicher?«

Sie trat einen Schritt zurück. »Jack, Sie wissen, daß ich über diesen Verkauf nichts sagen kann. Das kann niemand, bevor die Tinte trocken ist.«

»Okay«, sagte Rogers und zog seinen Notizblock hervor. »Es scheint ja wirklich ein ziemlich wildes Gerücht zu sein. Keine Firma würde je den Flügel auslagern. Das wäre Selbstmord.«

»Genau«, sagte sie. Es lief immer wieder auf dieselbe Frage hinaus. Warum sollte Edgarton den Flügel auslagern? Warum sollte irgendeine Firma das tun? Es ergab einfach keinen Sinn.

Rogers sah von seinem Block hoch. »Ich frage mich, wie die Gewerkschaft darauf kommt, daß der Flügel nach Übersee gehen soll.«

Sie zuckte die Achseln. »Das müssen Sie die fragen.« Er hatte Informanten bei der Gewerkschaft. Brull mit Sicherheit. Und wahrscheinlich auch noch andere.

»Ich habe gehört, die Gewerkschaft hat Dokumente in der Hand, die es beweisen.«

»Haben sie sie Ihnen gezeigt?« fragte Casey.

Rogers schüttelte den Kopf. »Nein.«

»Ich kann mir nicht vorstellen, warum nicht, wenn sie sie haben.«

Rogers lächelte und machte sich eine Notiz. »Dumme Geschichte da mit dem geborstenen Rotor in Miami.«

»Ich weiß nur, was ich im Fernsehen gesehen habe.«

»Glauben Sie, daß das die öffentliche Meinung bezüglich der N-22 beeinträchtigen wird?« Er stand mit gezücktem Stift vor ihr, bereit, alles zu notieren, was sie sagte.

»Ich kann mir nicht vorstellen, warum. Das Problem betrifft das Triebwerk, nicht die Flugzeugzelle. Ich vermute, es wird sich zeigen, daß ein defekter Verdichterrotor gesplittert ist.«

»Sicher«, sagte er. »Ich habe mit Don Peterson von der FAA gesprochen. Er hat mir erzählt, daß der Grund für den Vorfall in SFO der gesplitterte sechste Rotor des Verdichters war. Der Rotor hatte Lochfraßkorrosion.«

»Alpha-Einschlüsse?«

»Genau«, sagte Rogers. »Außerdem wurde Kurzzeitermüdung festgestellt.«

Casey nickte. Triebwerksteile mußten bei einer Temperatur von 1370 Grad Celsius funktionieren, also deutlich über dem Schmelzpunkt der meisten Legierungen, die bei 1200 Grad Celsius zu Suppe wurden. Sie wurden deshalb in höchst komplexen Verfahren aus Titanlegierungen hergestellt. Die Produktion einiger dieser Teile war eine Kunst – die Rotorblätter etwa wurden als einzelnes Metallkristall »gezüchtet«, was sie unglaublich zugfest machte. Aber selbst in den Händen von Spezialisten war der Herstellungsprozeß eine heikle Sache. Bei Kurzzeitermüdung bildete das Titan, aus dem die Rotoren bestanden, Klumpen in der Mikrostruktur, was es für Rißbildung anfällig machte.

»Und was ist mit dem TransPacific-Flug?« fragte Rogers. »War das auch ein Triebwerksproblem?«

»Das mit der TransPacific ist erst gestern passiert, Jack. Wir haben unsere Untersuchung eben erst begonnen.«

»Sie sind von der QA beim IRT, nicht?«

»Stimmt, ja.«

»Und sind Sie zufrieden mit dem Verlauf der Untersuchung?«

»Jack, über die TransPacific-Untersuchung kann ich nichts sagen. Es ist noch zu früh.«

»Aber nicht zu früh für erste Spekulationen«, sagte Rogers. »Sie wissen doch, wie so etwas läuft, Casey. Ein Haufen leeres Gerede, das nachträglich nur schwer aus der Welt zu schaffen ist. Ich möchte nur eins gern klären: Haben Sie die Triebwerke ausgeschlossen?«

»Jack«, sagte sie. »Ich kann mich dazu nicht äußern.«

»Sie haben die Triebwerke noch nicht ausgeschlossen?«

»Kein Kommentar, Jack.«

Er machte sich eine Notiz. Ohne hochzusehen, sagte er: »Und ich nehme an, Sie sehen sich die Slats ebenfalls an.«

»Wir sehen uns alles an, Jack«, sagte sie.

»Bei den Problemen, die die N-22 in der Vergangenheit mit den Slats hatte ...«

»Das ist eine uralte Geschichte«, sagte Casey. »Wir haben das Problem schon vor Jahren gelöst. Sie haben sogar einen Artikel darüber geschrieben, wenn ich mich recht erinnere.«

»Aber jetzt gibt es gleich zwei Vorfälle in zwei Tagen. Befürchten Sie, daß die Leute die N-22 langsam für ein problematisches Flugzeug halten?«

Casey erkannte deutlich die Richtung, die Rogers' Geschichte einschlagen würde. Sie wollte keinen Kommentar abgeben, aber er sagte ihr, was er schreiben würde, wenn sie es nicht tat. Das war eine übliche, wenn auch milde Form der Erpressung.

»Jack«, sagte sie, »wir haben auf der ganzen Welt dreihundert N-22 in Betrieb. Das Modell hat in puncto Sicherheit einen herausragenden Ruf.« Tatsächlich hatte es in fünf Jahren Betriebszeit keinen einzigen tödlichen Unfall gegeben – bis gestern. Das wäre Grund genug gewesen, stolz zu sein, aber sie beschloß, es nicht zu erwähnen, weil sie schon Rogers' Aufreißer vor sich sah: *Zu den ersten Todesfällen an Bord einer Norton N-22 kam es gestern* . . .

Statt dessen sagte sie: »Der Öffentlichkeit ist wohl am besten mit präzisen Informationen gedient. Im Augenblick haben wir aber noch keine aussagekräftigen Informationen. Spekulationen wären unverantwortlich.«

Dieser letzte Satz verfehlte nicht seine Wirkung. Rogers steckte den Stift weg. »Okay. Wollen Sie mir vertraulich noch etwas sagen?«

»Klar.« Sie wußte, daß sie ihm vertrauen konnte. »Unter uns gesagt, bei Flug 545 kam es zu heftigen Oszillationen. Wir glauben, daß die Maschine tümmelte. Wir wissen nicht, warum. Die Flugschreiberdaten sind anomal. Es wird Tage dauern, die zu rekonstruieren. Wir arbeiten, so schnell wir können.«

»Glauben Sie, daß es das China-Geschäft beeinträchtigen wird?«

»Ich hoffe nicht.«

»Der Pilot war ein Chinese, nicht? Chang?«

»Er war aus Hongkong. Seine Nationalität kenne ich nicht.«

»Könnte das für Schwierigkeiten sorgen, falls es ein Pilotenfehler war?«

»Sie wissen doch, wie solche Untersuchungen laufen, Jack. Egal, welche Ursache wir finden, irgend jemand wird immer Schwierigkeiten bekommen. Darüber können wir uns keine Gedanken machen. Wo gehobelt wird, fallen Späne.«

»Natürlich«, sagte er. »Übrigens, ist dieses China-Geschäft schon unter Dach und Fach? Soweit ich höre, ist es das nicht.«

Sie zuckte die Achseln. »Ich weiß es wirklich nicht.«

»Hat Marder mit Ihnen darüber gesprochen?«

»Nicht mit mir persönlich«, sagte sie. Die Antwort war vorsichtig formuliert, sie hoffte, daß er nicht nachhaken würde. Er tat es nicht.

»Okay, Casey«, sagte er. »Ich werde da nicht weiterbohren, aber was haben Sie für mich? Ich muß heute etwas schreiben.«

»Warum bringen Sie nichts über Knicker Airlines?« fragte sie und benutzte dabei das Insider-Schimpfwort für einen der Billiganbieter. »Bis jetzt hat niemand diese Geschichte gebracht.«

»Was soll denn das heißen?« fragte Rogers. »Die bringt doch jeder.«

»Ja, aber niemand berichtet, was es wirklich damit auf sich hat«, entgegnete sie. »Billiganbieter wie die sind doch nichts als Börsenbetrüger.«

»Börsenbetrüger?«

»Natürlich«, sagte Casey. »Man kauft sich ein paar Flugzeuge, die so alt und in einem so erbärmlichen Zustand sind, daß eine anständige Gesellschaft sie nicht einmal mehr als Ersatzteillager ausschlachten will. Die Wartung gibt man an Subunternehmen weiter, um die eigene Haftung zu beschränken. Dann bietet man billige Tarife an und benutzt das Geld, um neue Routen zu kaufen. Das ist eine gefährliche Pyramide, aber auf dem Papier sieht es gut aus. Der Umsatz steigt, die Einkünfte steigen, und die Wall Street liebt einen. Man spart so viel bei der Wartung, daß die Gewinne in den Himmel steigen. Der Aktienkurs vervielfacht sich. Und wenn sich dann die Leichen türmen, und Sie wissen, daß das passieren wird, hat man sein Vermögen an der Börse gemacht und kann sich den besten Anwalt leisten. Das ist das Tolle an der Deregulierung, Jack. Wenn die Rechnung kommt, zahlt keiner.«

»Bis auf die Passagiere.«

»Genau«, sagte Casey. »Flugsicherheit war immer auch eine Frage der Ehre. Die FAA ist dazu da, die Fluggesellschaften zu überwachen, nicht, sie zu gängeln. Wenn also die Deregulierung die Spielregeln ändert, sollte man die Öffentlichkeit warnen. Oder das Budget der FAA verdreifachen. Das eine oder das andere.«

Rogers nickte. »Barry Jordan von der *LA Times* hat mir gesagt, daß er was über Flugsicherheit macht. Aber dazu braucht man Mittel – Vorlaufzeit für Recherchen, Anwälte, die den Text vor Erscheinen prüfen. Meine Zeitung kann sich so etwas nicht leisten. Ich brauche etwas, das ich heute verwenden kann.«

»Unter uns«, sagte Casey. »Ich habe einen guten Tip, aber Sie dürfen mich nicht als Quelle nennen.«

»Okay.«

»Das Triebwerk, das da in Miami hochgegangen ist, war eins von sechs, die Sunstar von AeroCivicas gekauft hat«, sagte Casey. »Kenny Burne war unser Berater. Er hat die Triebwerke inspiziert und jede Menge Schäden gefunden.«

»Was für Schäden?«

»Absplitterungen an den Rotorblättern und Leitschaufelrisse.«

»Sie hatten Brüche in den *Rotorblättern*?«

»Richtig«, sagte Casey. »Kenny hat ihnen geraten, die Triebwerke nicht zu nehmen, aber Sunstar hat sie restauriert und an die Maschinen montiert. Kenny war wütend. Vielleicht bekommen Sie von Kenny einen Namen bei Sunstar. Aber wir dürfen auf keinen Fall die Quelle sein, Jack. Wir müssen mit diesen Leuten Geschäfte machen.«

»Verstehe«, sagte Rogers. »Danke. Aber mein Chefredakteur wird noch was über die Unfälle heute in der Produktionshalle wissen wollen. Also sagen Sie mir: Sind Sie überzeugt, daß die Gerüchte über die Auslagerung nach China aus der Luft gegriffen sind?«

»Reden wir jetzt wieder offiziell?«

»Ja.«

»Ich bin dafür nicht der richtige Ansprechpartner«, sagte sie. »Da müssen Sie mit Edgarton reden.«

»Ich habe angerufen, aber in seinem Büro heißt es, daß er nicht in der Stadt ist. Wo ist er? In Peking?«

»Dazu kann ich nichts sagen.«

»Und was ist mit Marder?«

»Was soll mit ihm sein?«

Rogers zuckte die Achseln. »Jeder weiß, daß Marder und Edgarton sich nicht grün sind. Marder hatte damit gerechnet, der neue Präsident zu werden, aber der Aufsichtsrat hat ihn übergangen. Dafür haben sie Edgarton allerdings nur einen Einjahresvertrag gegeben – zwölf knappe Monate, in denen er handfeste Erfolge liefern muß. Und soviel ich gehört habe, untergräbt Marder Edgarton, wo er nur kann.«

»Davon weiß ich nichts«, erwiderte Casey. Natürlich hatte sie diese Gerüchte gehört. Es war kein Geheimnis, daß Marder über Edgartons

Ernennung bitter enttäuscht gewesen war. Was Marder jedoch dagegen unternehmen konnte, stand auf einem anderen Blatt. Durch seine Frau kontrollierte er angeblich elf Prozent des Aktienbestands. Dank seiner Verbindungen konnte er vermutlich noch weitere fünf Prozent auf seine Seite ziehen. Aber sechzehn Prozent waren nicht genug, um ihm wirklich Macht zu verleihen, vor allem, da Edgarton die Unterstützung des Aufsichtsrats besaß.

Die meisten Leute in der Firma dachten deshalb, daß Marder gar keine andere Wahl hatte, als sich Edgarton zu fügen – zumindest im Augenblick. Marder mochte darüber unglücklich sein, aber es blieb ihm nichts anderes übrig. Die Firma hatte ein Liquiditätsproblem. Schon jetzt baute sie Flugzeuge ohne Käufer, und sie brauchte Milliarden Dollar, wenn sie die berechtigte Hoffnung haben wollte, die nächste Generation von Flugzeugen entwickeln und auch in Zukunft im Geschäft bleiben zu können.

Die Situation war deshalb eindeutig. Die Firma brauchte dieses Geschäft. Und jeder wußte das. Auch Marder.

»Haben sie nichts davon gehört, daß Marder Edgarton untergräbt?« fragte Rogers.

»Kein Kommentar«, sagte Casey. »Aber unter uns gesagt, das würde absolut keinen Sinn ergeben. Jeder in der Firma will diesen Abschluß, Jack. Auch Marder. Im Augenblick ist er es, der uns drängt, dieses 545er-Problem so schnell wie möglich zu lösen, damit das Geschäft auch wirklich durchgeht.«

»Glauben Sie nicht, daß das Image der Firma unter der Rivalität zwischen den beiden Topmanagern leiden könnte?«

»Kann ich nicht sagen.«

»Okay«, sagte er schließlich und klappte seinen Notizblock zu. »Rufen Sie mich, falls Sie im Lauf der Woche was Neues über den 545er herausfinden, okay?«

»Klar, Jack.«

»Danke, Casey.«

Als sie von ihm wegging, merkte sie, wie sehr dieses Interview sie erschöpft hatte. Heutzutage war eine Unterhaltung mit einem Reporter wie ein tödliches Schachspiel; man mußte immer einige Züge vorausdenken, mußte sich alle Möglichkeiten überlegen, wie der Reporter einem die Worte im Mund verdrehen konnte. Bei einem solchen Gespräch mußte man von der ersten bis zur letzten Sekunde auf der Hut sein.

Es war nicht immer so gewesen. Es hatte Zeiten gegeben, in denen Reporter noch Informationen wollten und ihre Fragen sachbezogen gewesen waren. Sie wollten sich ein präzises Bild der Lage verschaffen, sie gaben sich Mühe, sich in den Interviewpartner hineinzuversetzen und zu verstehen, wie er über eine bestimmte Sache dachte. Dabei mußten sie am Ende nicht unbedingt mit dem Befragten übereinstimmen, aber es war für sie eine Frage des Stolzes, die Meinung des anderen präzise wiederzugeben, bevor sie sie verwarfen. Damals waren Interviews noch weniger auf die Person gerichtet gewesen, das Hauptaugenmerk hatte auf dem Ereignis gelegen, das die Reporter verstehen wollten.

Aber jetzt kamen Journalisten bereits mit einer fertigen Geschichte im Kopf zu einem Interview, sie sahen es als ihre Aufgabe an, das zu beweisen, was sie bereits wußten. Sie suchten weniger Information als Hinweise auf eine Gaunerei. Und deshalb begegneten sie dem Standpunkt des Gesprächspartners mit offener Skepsis, da sie ja von vorne herein davon ausgingen, daß er nur Ausflüchte machen wollte. Überall witterten sie Schuld, es herrschte eine Atmosphäre von unterschwelliger Feindseligkeit und Argwohn. Diese neue Art des Interviews war extrem persönlich: Der Journalist wollte einen in die Falle laufen lassen, wollten einen bei einem kleinen Fehler, einer törichten Aussage ertappen – oder auch nur bei einer Formulierung, die man aus dem Kontext gerissen als lächerlich oder gefühllos hinstellen konnte.

Da aber das Augenmerk so stark auf das Persönliche gerichtet war, wollten die Reporter möglichst viel persönliche Spekulationen hören. Glauben Sie, daß dieser oder jener Vorfall sich nachteilig auswirken könnte? Glauben Sie, daß die Firma leiden wird? Solche Spekulationen waren für eine frühere Journalistengeneration ohne Bedeutung gewesen, denn die hatte sich auf das zugrundeliegende Ereignis konzentriert. Der moderne Journalismus war äußerst subjektiv – »interpretierend« –, und sein Lebenselixier war die Spekulation. Casey fand das zermürbend.

Dabei war Jack Rogers noch einer von den Besseren. Die Print-Journalisten waren alle besser. Die Fernsehreporter waren es, vor denen man auf der Hut sein mußte. Das waren die wirklich Gefährlichen.

Vor Hangar 5 — 10 Uhr 15

Auf dem Weg über den Parkplatz zog sie ihr Handy aus der Tasche und rief Marder an. Eileen, seine Sekretärin, sagte, er sei in einer Besprechung.

»Ich habe eben mit Jack Rogers gesprochen«, sagte Casey. »Ich glaube, er plant einen Artikel darüber, daß wir den Flügel nach China auslagern und daß es Streit auf der Chefetage gibt.«

»Oh-oh«, sagte Eileen. »Das ist nicht gut.«

»Edgarton sollte besser mit ihm reden und die Sache aus der Welt schaffen.«

»Edgarton redet nicht mit der Presse«, sagte Eileen. »John wird um sechs zurück sein. Wollen Sie dann mit ihm reden?«

»Ist wohl besser, ja.«

»Ich notiere Sie«, sagte Eileen.

MATERIALPRÜFUNG   *10 Uhr 19*

Das Gelände sah aus wie ein Flugzeug-Schrottplatz; alte Rümpfe, Schwänze und Flügelteile standen auf rostigen Gestellen herum. Aber die Luft war erfüllt vom Rattern von Kompressoren, und Unmengen von Leitungen und Röhren liefen zu den Flugzeugteilen, wie Infusionsschläuche zu einem Patienten. Das war die Abteilung Materialprüfung, auch als Folterkammer bekannt, das Reich des berüchtigten Amos Peters.

Casey entdeckte ihn rechts hinten, eine gebückte Gestalt in Hemdsärmeln und Flatterhose, die unter der hinteren Rumpfsektion eines Norton-Großraumjets vor einem Druckerterminal stand.

»Amos«, rief sie und winkte, während sie auf ihn zuging.

Er drehte sich um und sah flüchtig in ihre Richtung. »Verschwinden Sie.«

Amos war eine Legende bei Norton. Er war verschlossen und halsstarrig und beinahe siebzig Jahre alt, also eigentlich schon längst über das Zwangspensionierungsalter hinaus. Dennoch arbeitete er weiter, weil er für die Firma unverzichtbar war. Sein Spezialgebiet war die geheime Wissenschaft der Schadenstoleranz, der Ermüdungstests. Und Ermüdungstests waren inzwischen von viel größerer Bedeutung, als sie es vor zehn Jahren gewesen waren.

Seit der Deregulierung benutzten die Fluggesellschaften ihre Maschinen länger, als je jemand erwartet hatte. Allein in der amerikanischen Flotte waren dreitausend Flugzeuge älter als zwanzig Jahre. Diese Zahl würde sich in fünf Jahren noch verdoppeln. Kein Mensch wußte wirklich, was mit diesen immer älter werdenden Maschinen passieren würde.

Bis auf Amos.

Es war Amos gewesen, den das NTSB zu dem berühmten Aloha 737-Unfall 1988 als Berater hinzugezogen hatte. Aloha war eine hawaiische Gesellschaft, die nur zwischen den Inseln hin und her flog. Bei einer ihrer Maschinen war in einer Höhe von vierundzwanzigtausend Fuß zwischen Kabinentür und Flügel ein gut fünf Meter langes Stück aus dem Rumpf herausgebrochen, in der Kabine entstand ein Unterdruck, eine Stewardeß wurde hinausgesaugt und starb. Trotz des explosiven Druckverlusts konnte die Maschine noch sicher auf Maui landen, wo sie sofort verschrottet wurde.

Der Rest der Aloha-Flotte wurde auf Korrosion und Ermüdungsschäden untersucht. Zwei weitere betagte 737er wurden verschrottet, eine dritte stand monatelang in der Reparaturhalle. Bei allen dreien wurden ausgedehnte Risse in der Außenhaut und andere Korrosionsschäden festgestellt. Als die FAA mit einer Lufttauglichkeitsdirektive die Inspektion sämtlicher 737er erzwang, wurden bei neunundvierzig Flugzeugen von achtzehn verschiedenen Gesellschaften Risse entdeckt.

Beobachter der Luftfahrtindustrie waren verblüfft über diesen Unfall, weil angeblich Boeing, Aloha und die FAA die 737er-Flotte der Gesellschaft genau im Auge hatten. Korrosionsbedingte Risse waren ein bekanntes Problem bei 733ern aus früheren Baureihen, und Boeing hatte Aloha bereits gewarnt, daß das salzige, feuchte Klima auf Hawaii ein »ernstzunehmender« Korrosionsfaktor sei.

Die Untersuchung ergab eine Vielzahl von Ursachen für den Unfall. Es zeigte sich, daß Aloha bei ihren Kurzflügen zwischen den Hawaii-Inseln sehr viel mehr Starts und Landungen als vorgesehen angesammelt hatte. Diese Belastung in Verbindung mit der Korrosion durch die Meeresluft hatte zu einer Reihe von kleinen Rissen in der Hülle geführt, die von Aloha nicht bemerkt wurden, weil die Firma nicht genügend Fachpersonal hatte. Die FAA bemerkte sie nicht, weil die Behörde überlastet und unterbesetzt war. Der Wartungsinspektor der FAA in Honolulu überwachte neun Fluggesellschaften und sieben Reparaturstationen im gesamten Pazifischen Raum von China über Singapur bis zu den Philippinen. So kam es schließlich zu einem Flug, bei dem die Risse sich ausdehnten und die Hülle brach.

Nach dem Unfall schoben sich Aloha, Boeing und die FAA gegenseitig die Schuld zu. Die unentdeckten strukturellen Schäden in der Aloha-Flotte wurden wahlweise schlechtem Management, schlechter Wartung, schlechter FAA-Inspektion und schlechter Konstruktion zugeschrieben. Der Streit dauerte Jahre.

Doch der Aloha-Unfall hatte plötzlich das Alter von Flugzeugen in den Mittelpunkt des Interesses gerückt, und Amos wurde zu einer Berühmtheit bei Norton. Er überzeugte das Management, alte Flugzeuge aufzukaufen und die Rümpfe und Flügel zu Materialprüfungszwecken zu verwenden. Tag für Tag setzte er sie auf seinen Prüfständen Dauerbelastungen aus, die vielfach wiederholte Starts und Landungen, Scherwinde und Turbulenzen simulierten, so daß er untersuchen konnte, wie und wann die Teile brachen.

»Amos«, sagte Casey, als sie knapp vor ihm stand. »Ich bin's, Casey Singleton.«

Er blinzelte sie kurzsichtig an. »Ach, Casey. Hab Sie nicht erkannt.« Er kniff die Augen zusammen. »Der Arzt hat mir eine neue Brille verschrieben... Aber, na ja. Wie geht's?« Er bedeutete ihr, ihm zu folgen, und ging auf eine kleine Hütte wenige Meter entfernt zu. Niemand bei Norton verstand, wie Casey mit Amos auskommen konnte, aber immerhin waren sie Nachbarn; er lebte allein, und sie hatte sich angewöhnt, ihn einmal pro Monat zu bekochen. Im Gegenzug unterhielt Amos sie mit Geschichten von Flugzeugunfällen, die er bearbeitet hatte; sie reichten zurück bis zu den ersten BOAC Comet-Abstürzen in den Fünfzigern. Amos hatte ein enzyklopädisches Wissen über Flugzeuge. Casey hatte unglaublich viel von ihm gelernt, und er war ihr eine Art Berater geworden.

»Hab ich Sie nicht erst gestern früh gesehen?« fragte er.

»Ja, mit meiner Tochter.«

»Hab ich's mir doch gedacht. Kaffee?« Er öffnete die Tür der Hütte, und sie roch das scharfe Aroma verbrannten Kaffeepulvers. Sein Kaffee war immer entsetzlich.

»Gern, Amos«, sagte sie.

Er goß ihr eine Tasse ein. »Ich hoffe, schwarz ist in Ordnung. Mir ist dieses Sahnezeugs ausgegangen.«

»Schwarz ist okay, Amos.« Er hatte seit einem Jahr keine Kaffeesahne mehr.

Amos goß sich selbst einen fleckigen Becher voll und winkte sie zu einem zerfledderten Sessel vor seinem Schreibtisch, auf dem sich dickleibige Berichte türmten: *Internationales FAA/NASA Symposium über erhöhte strukturelle Zuverlässigkeit. Haltbarkeit von Flugwerken und Schadenstoleranz. Thermographische Prüfverfahren. Korrosionsschutzverfahren und Konstruktionstechnologien.*

Er legte die Füße auf den Tisch und schob einige Stapel beiseite, damit er Casey sehen konnte. »Ich will Ihnen was sagen, es ist ganz schön langweilig, mit diesen alten Trümmern zu arbeiten. Ich sehne mich nach dem Tag, an dem wir ein T2-Muster reinbekommen.«

»T2?« wiederholte sie.

»Das können Sie natürlich nicht wissen«, sagte Amos. »Sie sind ja erst fünf Jahre hier, und in dieser Zeit haben wir kein neues Modell gebaut. Aber wenn es eine neue Maschine gibt, heißt die erste, die die Montagehalle verläßt, T1. Testmuster 1. Dieses T1 wird einem Statiktest unterzogen – wir legen es auf den Prüfstand und rütteln es durch, bis es auseinanderbricht. Um herauszufinden, wo die Schwachstellen sind. Die zweite Maschine heißt dann T2. Damit machen wir Ermüdungstests – ein viel schwierigeres Problem. Im Lauf der Zeit verliert Metall an Zugfestigkeit, wird spröde. T2 kommt also auf den Stand, und wir beschleunigen die Ermüdungstests. Tag für Tag, Jahr für Jahr simulieren wir Starts und Landungen. Es entspricht Nortons Philosophie, daß wir die Ermüdungstests auf mehr als das Doppelte der projektierten Lebensdauer einer Maschine ausrichten. Wenn die Ingenieure ein Flugzeug für eine Lebensdauer von zwanzig Jahren konstruieren – sagen wir, fünfzigtausend Stunden und zwanzigtausend Zyklen –, simulieren wir auf dem Prüfstand mehr als das Doppelte, bevor die erste Maschine an einen Kunden ausgeliefert wird. Wir wissen genau, was die Maschinen alles aushalten können. Wie ist der Kaffee?«

Sie trank einen kleinen Schluck und schaffte es, nicht das Gesicht zu verziehen. Amos ließ den ganzen Tag lang Wasser durch dasselbe Pulver laufen. Daher hatte der Kaffee seinen unverwechselbaren Geschmack. »Gut, Amos.«

»Es gibt noch mehr davon. Sie brauchen nur was zu sagen. Wie auch immer, nicht alle unsere Konkurrenten sind so rigoros mit ihren Tests. Deshalb sagen wir immer, die anderen machen Donuts, Norton macht Croissants.«

Casey erwiderte: »Und Marder sagt immer: ›Das ist der Grund, warum die anderen Geld machen und wir nicht!‹«

»Marder«, schnaubte Amos. »Bei ihm geht's nur um Geld, um das, was unterm Strich rauskommt. Früher hat's aus der Chefetage geheißen: Baut das beste Flugzeug, das ihr bauen könnt. Jetzt heißt es: Baut das beste Flugzeug, das ihr für einen bestimmten Preis bauen könnt. Eine ganz andere Anweisung, wenn Sie wissen, was ich meine?« Er schlürfte seinen Kaffee. »So. Und was gibt es, Casey? 545?«

Sie nickte.

»Da kann ich Ihnen nicht weiterhelfen«, sagte er.

»Warum sagen Sie das?«

»Das ist eine neue Maschine. Da spielt Ermüdung keine Rolle.«

»Es gibt da ein Problem mit einem Teil, Amos«, sagte sie. Sie zeigte ihm den Stift, der in einer Plastiktüte steckte.

»Hmm.« Er drehte das Teil in den Händen, hielt es ans Licht. »Das ist... nein, sagen Sie's nicht..., das ist der vordere Haltestift für die zweite Innenslat.«

»Stimmt.«

»Natürlich stimmt es.« Er runzelte die Stirn. »Aber das Teil ist schlecht.«

»Ja, ich weiß.«

»Und wie lautet Ihre Frage?«

»Doherty glaubt, daß das zu dem Defekt der Maschine geführt hat. Könnte das sein?«

»Hmm...« Amos starrte nachdenklich zur Decke. »Nein. Ich wette hundert Dollar, daß das nicht zum Defekt geführt hat.«

Casey seufzte. Jetzt stand sie wieder ganz am Anfang. Sie hatten keinen einzigen Anhaltspunkt.

»Enttäuscht?«

»Offen gesagt, ja.«

»Dann sind Sie nicht so recht bei der Sache«, sagte er. »Das hier ist ein wertvoller Anhaltspunkt.«

»Aber warum? Sie haben doch selbst gesagt, daß es nicht zu dem Defekt geführt hat.«

»Casey, Casey«, meinte Amos kopfschüttelnd. »Überlegen Sie mal.«

Sie saß da, den Geruch seines schlechten Kaffees in der Nase, und überlegte. Sie versuchte zu begreifen, worauf er hinauswollte. Aber sie war wie vernagelt. Sie sah ihn über den Tisch hinweg an. »Sagen Sie's mir einfach. Was ist mir entgangen?«

»Wurden auch andere Haltestifte ersetzt?«

»Nein.«

»Nur dieser eine?«

»Ja.«

»Warum nur dieser eine, Casey?« fragte er.

»Ich weiß es nicht.«

»Finden Sie es heraus«, sagte er.

»Warum? Was bringt uns das?«

Amos warf die Hände in die Höhe. »Casey, also kommen Sie! Denken Sie es durch. Sie haben bei 545 ein Problem mit den Slats. Das ist ein Flügelproblem.«

»Korrekt.«

»Jetzt haben Sie am Flügel ein Teil gefunden, das ersetzt wurde.«

»Korrekt.«

»Warum wurde es ersetzt?«

»Ich weiß es nicht...«

»Wurde der Flügel in der Vergangenheit beschädigt? Ist etwas damit passiert, so daß dieses Teil ersetzt werden mußte? Wurden auch andere Teile ersetzt? Gibt es an diesem Flügel andere schlechte Teile? Gibt es bleibende Schäden am Flügel?«

»Keine sichtbaren.«

Amos schüttelte ungeduldig den Kopf. »Vergessen Sie, was man sehen kann, Casey. Sehen Sie sich die Lebenslaufkarten und die Wartungsprotokolle an. Spüren Sie diesem Teil nach, erstellen Sie eine Geschichte des Flügels. Weil da noch etwas anderes nicht stimmt.«

Amos stand seufzend auf. »Ich würde mal annehmen, daß Sie noch andere gefälschte Teile finden. Immer mehr Flugzeuge haben heutzutage gefälschte Teile. Heutzutage scheint jeder an den Weihnachtsmann zu glauben.«

»Inwiefern?«

»Weil alle glauben, Sie kriegen was umsonst«, sagte Amos. »Sie wissen schon: Die Regierung dereguliert die Fluggesellschaften, und alle jubeln. Die Flugpreise sinken, alle jubeln. Aber die Fluggesellschaften müssen Kosten reduzieren. Also wird das Essen furchtbar. Das ist okay. Es gibt weniger Direktflüge, man muß öfters umsteigen. Das ist okay. Die Maschinen sehen schäbig aus, weil die Inneneinrichtung seltener renoviert wird. Das ist okay. Aber die Gesellschaften müssen die Kosten noch weiter senken. Also lassen sie die Maschinen länger fliegen, kaufen weniger neue. Die Flotte altert. Das kann okay sein – für eine Weile. Irgendwann ist es dann nicht mehr okay. Unterdessen besteht der Kostendruck weiter. Also: Wo können sie sonst noch sparen? Bei der Wartung? Bei den Ersatzteilen? Es kann nicht unendlich so weitergehen. Das geht einfach nicht. Natürlich kommt ihnen jetzt der Kongreß zu Hilfe: Er kürzt der FAA die Mittel, so daß es weniger Kontrollen gibt. Die Fluggesellschaften nehmen es mit der Wartung nicht mehr so ernst, weil ihnen niemand mehr so genau auf die Finger sieht. Und der Öffentlichkeit ist das egal, weil dieses Land in der Luftfahrt seit dreißig Jahren den höchsten Sicherheitsstandard der Welt hat. Aber die Sache ist die, wir haben auch dafür gezahlt. Wir haben dafür gezahlt, daß nur neue, sichere Flugzeuge in der Luft waren, und wir haben für die Aufsicht gezahlt, die dafür gesorgt hat, daß sie gut gewartet wurden. Aber diese Zeiten sind vorbei. Jetzt glaubt jeder, er kriegt was umsonst.«

»Und wo wird das enden?«

»Ich wette hundert Dollar«, sagte er, »daß die Deregulierung innerhalb von zehn Jahren wieder aufgehoben wird. Es wird zu einer Reihe von Unfällen kommen, und dann müssen sie es tun. Die Anhänger des freien Markts werden schreien, aber Tatsache ist, daß der freie Markt nicht für Sicherheit garantiert. Das kann nur staatliche Kontrolle. Wer Qualität bei Nahrungsmitteln will, braucht Inspektoren. Wer sauberes Wasser will, braucht das Wasserwirtschaftsamt. Wer Sicherheit an der Börse will, braucht die Börsenaufsicht. Und wer Sicherheit im Flugverkehr will, braucht hier ebenfalls staatliche Kontrolle. Glauben Sie mir, die kommt auch wieder.«

»Und bei 545 ...«

Amos zuckte die Achseln. »Ausländische Fluggesellschaften operieren unter einer viel laxeren Kontrolle. Außerhalb unserer Grenzen geht's ziemlich leger zu. Sehen Sie sich die Wartungsprotokolle an – und sehen Sie bei jedem Teil, das Ihnen verdächtig vorkommt, sehr genau hin.«

Sie stand auf.

»Aber Casey...«

Sie drehte sich noch einmal um. »Ja?«

»Sie sind sich doch bewußt, in welcher Lage Sie sich befinden, oder? Um dieses Teil zu überprüfen, müssen Sie mit den Lebenslaufkarten anfangen.«

»Ich weiß.«

»Die sind in Gebäude 64. Ich würde im Augenblick da nicht hingehen. Zumindest nicht allein.«

»Ach, kommen Sie, Amos«, sagte sie. »Ich habe früher in der Produktion gearbeitet. Mir passiert da nichts.«

Amos schüttelte den Kopf. »Flug 545 ist eine heiße Kartoffel. Sie wissen doch, wie die Jungs denken. Wenn sie in die Untersuchung hineinpfuschen können, werden sie es auch tun – mit welchen Mitteln auch immer. Seien Sie vorsichtig.«

»Werde ich.«

»Seien Sie sehr, sehr vorsichtig.«

GEBÄUDE 64   11 Uhr 45

Entlang der Mittelachse von Gebäude 64 erhob sich eine Reihe einstöckiger Bauten, in denen sich Teilelager für die Fertigungsstraße und Bildschirmarbeitsplätze, sogenannte Workstations, befanden. Jede dieser Workstations, die von den Lagerbereichen durch dreiteilige Sperrholzwände abgetrennt waren, enthielt ein Mikrofiche-Lesegerät, ein Terminal für die Teileverwaltung und ein Terminal für den Hauptcomputer.

Casey stand über ein Mikrofiche-Lesegerät gebeugt und blätterte in Kopien der Lebenslaufkarten für Rumpf 271, der ursprünglichen Bezeichnung des Flugzeugs, das in den TPA-Unfall verwickelt war.

Jerry Jenkins, der Lagerverwalter in der Halle, stand nervös neben ihr, klopfte mit seinem Kugelschreiber auf den Tisch und sagte: »Schon gefunden? Schon gefunden?«

»Jerry«, sagte Casey. »Immer mit der Ruhe.«

»Ich *bin* ruhig«, erwiderte er und sah sich um. »Ich habe mir nur gedacht, Sie wissen schon, Sie hätten das vielleicht beim Schichtwechsel machen können.«

Beim Schichtwechsel hätte es weniger Aufmerksamkeit erregt.

»Jerry«, sagte sie, »wir haben es ziemlich eilig.«

Er klopfte wieder auf den Tisch. »Alle sind ziemlich aufgeregt wegen des China-Geschäfts. Was soll ich den Jungs sagen?«

»Sagen Sie ihnen«, erwiderte Casey, »wenn wir das China-Geschäft verlieren, wird die Fertigungsstraße hier dichtgemacht, und alle verlieren ihren Job.«

Jenkins schluckte. »Stimmt das? Ich hab nämlich gehört...«

»Jerry, lassen Sie mich bitte hier weitermachen?«

Die Lebenslaufkarten waren eine umfangreiche Dokumentation – eine Million Blatt Papier, eins für jedes Teil des Flugzeugs –, die Voraussetzung war für die Erteilung der Flugtauglichkeitsbescheinigung durch die FAA. Da diese Dokumentation eigentumsrechtlich geschützte Informationen enthielt, wurde sie nicht bei der FAA aufbewahrt. Denn wäre sie in der Behörde gelagert, könnten sich Konkurrenten unter dem Vorwand des *Freedom of Information Act* Zugriff zu diesen Daten verschaffen. So war Norton verpflichtet, für jedes Flugzeug fünftausend Pfund oder vierundzwanzig Regalmeter Papier einzulagern, in einer riesigen Halle in Compton. Sämtliche Informationen waren auch auf Mikrofiche gespeichert, und über die Lesegeräte in der Produktionshalle hatte man Zugriff darauf. Aber es dauerte seine Zeit, bis man das Papier für ein ganz bestimmtes Teil gefunden hatte, und...

»Was gefunden? Haben Sie es?«

»Ja«, sagte sie schließlich. »Ich habe es.«

Sie starrte die Kopie eines Papiers der Hoffman Metal Works in Montclair, Kalifornien, an. Der Slats-Haltestift war mit einem Code beschrieben, der dem in den Konstruktionszeichnungen entsprach: »A/908/B-2117L(2) Ant Sl Ltch. SS/HT.« Darunter ein getipptes Herstellungsdatum, ein Stempel mit dem Datum der Lieferung und das Datum des Einbaus. Es folgten zwei weitere Stempel: Der erste war von dem Mechaniker abgezeichnet, der das Teil installiert hatte, der zweite vom QA-Inspektor, der die Arbeit gutgeheißen hatte.

»So«, sagte Jenkins. »Ist das der OEM, oder was?«

»Ja, das ist der OEM.« Hoffman war der Original Equipment Manufacturer, der Originalteilhersteller. Das Teil war direkt, ohne Zwischenhändler, von dort gekommen.

Jenkins sah durch den Maschendrahtzaun zur Fertigungsstraße hinaus. Niemand schien ihnen Aufmerksamkeit zu schenken, aber Casey wußte, daß sie beobachtet wurden.

»Gehen Sie jetzt?« fragte Jenkins.

»Ja, Jerry, ich gehe jetzt.«

Über den Mittelgang, der an den Lagerschuppen und Workstations entlanglief, ging sie zur Tür. In sicherem Abstand zu den Deckenkränen. Und immer wieder sah sie zu den Laufstegen über ihrem Kopf hoch, ob da auch niemand herumlief. Niemand. Bis jetzt ließ man sie in Ruhe.

Was sie bis jetzt wußte, war eindeutig: Das Originalteil, das bei Flug 545 eingebaut worden war, war direkt von einem renommierten

Hersteller gekommen. Das Originalteil war in Ordnung gewesen. Das Teil, das Doherty im Flügel gefunden hatte, jedoch nicht.

Amos hatte also recht.

Irgend etwas war mit diesem Flügel passiert, das eine Reparatur notwendig gemacht hatte, irgendwann in der Vergangenheit.

Aber was?

Sie hatte noch mehr zu tun.

Aber kaum noch Zeit dazu.

QA *12 Uhr 30*

Wenn das Teil schlecht war, woher stammte es? Casey brauchte die Wartungsprotokolle, aber die waren noch nicht eingetroffen. Wo war nur Richman? Zurück in ihrem Büro, blätterte sie in einem Stapel Faxe. Die FSRs auf der ganzen Welt verlangten Informationen über die N-22. Das Fax des Fizers in Madrid war typisch.

VON: S. RAMONES, FSR MADRID
AN: C. SINGLETON; QA/IRT

MEIN IBERIA-KONTAKT B. ALONSO MELDET BEHARRLICH, DASS JAA WEGEN DES MIAMI-VORFALLS UNTER HINWEIS AUF »ZWEIFEL AN LUFTTAUGLICHKEIT« EINE WEITERE VERZÖGERUNG DER FREIGABE DER N-22 BEKANNTGEBEN WIRD.

BITTE UM ANWEISUNGEN

Sie seufzte. Was der FSR hier berichtete, war völlig voraussehbar gewesen. Die JAA war die Joint Aviation Authority, die Vereinigte Luftfahrtbehörde, das europäische Gegenstück zur FAA. In letzter Zeit hatten amerikanische Hersteller beträchtliche Schwierigkeiten mit dieser Behörde. Die JAA ließ in der Regulierung die Muskeln spielen, und viele ihrer Beamten machten keinen deutlichen Trennstrich zwischen der Durchsetzung amerikanisch-europäischer Handelsabkommen und Fragen der Lufttauglichkeit. Schon seit einiger Zeit versuchte die JAA amerikanische Hersteller zu zwingen, europäische Triebwerke zu verwenden. Die Amerikaner hatten sich gewehrt, und so war es nur logisch, daß die JAA die Rotorexplosion in Miami ausnutzte, um Norton unter Druck zu setzen, indem sie die Freigabe verweigerte.

Im Endeffekt war das jedoch ein politisches Problem und fiel nicht in Caseys Bereich. Sie wandte sich dem nächsten Fax zu.

Von: S. Nieto, FSR Vanc
An: C. Singleton, QA/IRT

Erster Offizier Lu Zan Ping heute morgen 4 Uhr Notoperation wegen subduralen Hämatoms in Vanc Gen Hospital. E/O steht mind. 48 Stunden nicht für Befragung zur Verfügung. Weitere Einzelheiten folgen.

Casey hatte gehofft, von dem Ersten Offizier schon früher eine Aussage zu bekommen. Sie wollte wissen, warum er sich im Heck und nicht im Cockpit aufgehalten hatte. Aber so wie es aussah, mußte sie auf die Antwort bis zum Ende der Woche warten.

Sie kam zum nächsten Fax und starrte es erstaunt an.

Von: Rick Rakoski, FSR HK
An: Casey Singleton, QA/IRT NAC

Habe Ihre Anfrage bezügl. Wartungsprotokolle für TPA Flug 545, Rumpf 271, Fremdregistrierung 098/443/HB09, erhalten und an Fluggesellschaft weitergegeben.

Als Antwort auf FFA-Anfrage hat TransPacific alle Protokolle der Reparaturstationen Kaitak HK, Singapur und Melbourne freigegeben. Diese wurden 22 Uhr 10 Ortszeit in Norton Online-System eingespeist. Befragung der Crew noch in Arbeit. Sehr viel schwieriger. Einzelheiten folgen.

Ein raffinierter Schachzug der Fluggesellschaft, dachte sie. Da sie eine Befragung der Crew nicht erlauben wollten, hatten sie beschlossen, alles andere prompt zu liefern, als Zeichen ihrer vollen Kooperationsbereitschaft.

Norma trat in Caseys Büro. »Die Protokolle von LAX kommen gerade rein«, sagte sie. »Und Hongkong hat bereits geliefert.«

»Das sehe ich. Haben Sie die Speicheradresse?«

»Hier.« Sie gab ihr einen Zettel, und Casey tippte die Angaben in das Terminal hinter ihrem Schreibtisch. Es dauerte eine Weile, bis die Verbindung zum Zentralrechner hergestellt war, dann öffnete sich ein Fenster.

WART-PROT N-22/RUMP 271/FR 098/HB09
DD5/14   AS 6/19   MOD 8/12
< RS KAITAK   –   WARTPROT (A-C)
< RS SINGAPUR   –   WARTPROT (NUR B)
< RS MELB   –   WARTPROT (NUR A, B)

»Na wunderbar«, sagte sie.

Und machte sich an die Arbeit.

Es dauerte fast eine halbe Stunde, bis Casey ihre Antworten beisammen hatte. Aber danach konnte sie sich ein gutes Bild davon machen, was mit dem Slats-Haltestift der TransPacific-Maschine passiert war.

Am 10. November des vergangenen Jahres war es bei einem Flug dieser Maschine von Bombay nach Melbourne zu Problemen mit der Funkkommunikation gekommen. Der Pilot hatte in Java, Indonesien, einen außerplanmäßigen Zwischenstop eingelegt. Dort konnte die Funkanlage problemlos repariert werden, es mußte nur eine defekte Schalttafel ausgewechselt werden, und das Bodenpersonal in Java tankte die Maschine für den Weiterflug nach Melbourne auf.

Bei der Landung in Melbourne bemerkte das australische Bodenpersonal, daß der rechte Flügel beschädigt war.

Danke, Amos.

Der Flügel war beschädigt.

Die Mechaniker in Melbourne stellten fest, daß die Kupplung für den Treibstoffschlauch am rechten Flügel verbogen und der danebenliegende Slats-Haltestift leicht beschädigt war. Man ging davon aus, daß dies beim Betanken in Java passiert war.

Bei der N-22 befanden sich die Einfüllstutzen an der Unterseite des Flügels, knapp hinter der Vorderkante. Unerfahrenes Bodenpersonal hatte einen falschen Hubwagen verwendet und das Geländer der Arbeitsplattform gegen den noch mit dem Flügel verbundenen Treibstoffschlauch gerammt. Dadurch war der Tragarm für den Treibstoffschlauch in die Kupplung am Flügel gedrückt, die Verstärkungsplatte der Kupplung verbogen und der danebenliegende Haltestift beschädigt worden.

Haltestifte für die Slats wurden nur sehr selten ausgewechselt, und in Melbourne war keiner vorrätig. Um die Maschine in Australien nicht unnötig aufzuhalten, beschloß man, sie nach Singapur weiterfliegen zu lassen und das Teil dort auszuwechseln. Einem aufmerksamen Wartungsmann in Singapur fiel allerdings auf, daß die Papiere des Ersatzstifts irgendwie verdächtig wirkten. Man war sich deshalb unsicher, ob der Ersatzstift ein Originalersatzteil war oder nicht.

Da das installierte Teil noch normal funktionierte, beschloß man in Singapur, es nicht zu ersetzen, und die Maschine wurde nach Hongkong weitergeschickt, dem Heimathafen von TransPacific, wo ein Originalteil garantiert werden konnte. Die Reparaturstation in Hongkong traf nämlich – in dem Bewußtsein, daß man sich im weltweit größten Zentrum der Imitationsindustrie befand – spezielle Vorkehrungen, um sicherzustellen, daß die verwendeten Flugersatzteile wirklich echt waren. Die Teile wurden direkt beim Originalteilhersteller in den Vereinigten Staaten bestellt. Am 13. November des vergangenen Jahres wurde in dem Flugzeug ein brandneuer Slats-Haltestift installiert.

Das Papier für das Teil schien in Ordnung zu sein; auf Caseys Bildschirm erschien eine Kopie. Das Teil war von Hoffman Metal Works in Kalifornien gekommen – Nortons Originallieferanten. Aber Casey wußte, daß das Papier eine Fälschung war, da das Teil selbst eine Fälschung war. Doch dem würde sie später nachgehen und herausfinden, woher das Teil tatsächlich stammte.

Im Augenblick war nur die Frage wichtig, die Amos aufgeworfen hatte:

Wurden auch andere Teile ersetzt?

An ihrem Terminal blätterte Casey nun im Wartungsprotokoll der Reparaturstation Hongkong vom 13. November, um herauszufinden, was an diesem Tag sonst noch an der Maschine getan worden war.

Es war eine zeitraubende Arbeit, denn sie mußte Kopien sämtlicher Checklisten durchgehen, auf denen die Mechaniker bei jedem Punkt handschriftlich ihre Ergebnisse notiert hatten. Doch schließlich fand sie eine Liste von Arbeiten, die am Flügel ausgeführt worden waren. Es gab drei Einträge.

CHG RT LDLT FZ-7. Auswechseln der rechten Aufsetzfeuersicherung 7.

CHG RT SLTS LK PIN. Auswechseln des rechten Slats-Haltestifts.

CK ASS EQ PKG. Überprüfung der zugeordneten Bauteile. Dahinter der Vermerk eines Mechanikers: »NRML«. Was bedeutete, daß die Überprüfung keinen Defekt ergeben hatte.

Die »zugeordneten Bauteile« waren eine Wartungsgruppe entsprechender Komponenten, die immer kontrolliert werden mußten, wenn ein defektes Teil entdeckt wurde. Wurde zum Beispiel eine Abnutzung an den Dichtungen der Treibstoffleitungen am rechten Flügel festgestellt, wurden routinemäßig auch die Dichtungen am linken Flügel kontrolliert, da sie zugeordnete Bauteile waren.

Das Auswechseln des Haltestifts hatte also zu einer Überprüfung der zugeordneten Bauteile geführt.

Aber welche Teile waren das?

Sie wußte, daß die zugeordneten Bauteile von Norton definiert wurden. Aber diese Liste konnte sie sich nicht auf ihr Terminal im Verwaltungsgebäude holen. Dazu mußte sie noch einmal zu den Terminals in der Produktionshalle.

Sie schob den Stuhl zurück und stand auf.

GEBÄUDE 64   *14 Uhr 40*

Das Gebäude 64 war so gut wie verlassen, auf der Montagestraße des Großraumjets schien niemand mehr zu arbeiten. Zwischen der ersten und der zweiten Schicht gab es eine einstündige Pause, denn so lange dauerte es, bis die Parkplätze sich geleert hatten. Die erste Schicht endete um 14 Uhr 30, die zweite begann um 15 Uhr 30.

Das war die Zeit, die Jerry ihr für die Recherchen vorgeschlagen hatte, da es keine Zuschauer gab. Sie mußte zugeben, daß er recht hatte. Jetzt war niemand in der Nähe.

Casey ging direkt zum Teilelager und suchte nach Jenkins. Er war nicht da. Sie entdeckte einen QA-Abteilungsleiter und fragte ihn, wo Jerry Jenkins sei.

»Jerry? Der ist nach Hause gegangen. Hat gesagt, er fühlt sich nicht wohl.«

Casey runzelte die Stirn. Jenkins sollte eigentlich bis nach fünf Uhr hier sein. Sie ging zum Terminal, weil sie versuchen wollte, sich die Information selbst auf den Bildschirm zu holen.

Schon bald hatte sie den Datensatz für die zugeordneten Bauteile aufgerufen. Dann gab sie RT SLATS LK PIN ein und erhielt die Antwort, die sie suchte:

```
RT SLATS DRV TRK      (22 / RW / 2-5455 / SLS)
RT SLATS LVR          (22 / RW / 2-5769 / SLS)
RT SLATS HYD ACT      (22 / RW / 2-7334 / SLS)
RT SLATS PSTN         (22 / RW / 2-3444 / SLS)
RT SLATS FD CPLNG     (22 / RW / 2-3445 / SLC)
RT PRX SNSR           (22 / RW / 4-0212 / PRC)
RT PRX SNSR CPLNG     (22 / RW / 4-0445 / PRC)
RT PRX SNSR PLT       (22 / RW / 4-0343 / PRC)
RT PRX SNSR WC        (22 / RW / 4-0102 / PRW)
```

Die Angaben erschienen ihr einleuchtend. Die zugeordneten Bauteile waren die anderen fünf Komponenten des Slats-Mechanismus: die Führungsschienen, der Steuerhebel, der hydraulische Verstellantrieb, der Kolben und die Kupplung an der Vorderseite.

Zusätzlich enthielt die Liste eine Anweisung an die Mechaniker, den dazugehörigen Näherungssensor zu überprüfen, seine Kupplung, seine Deckplatte und die Anschlüsse.

Sie wußte, daß Doherty die Führungsschienen bereits untersucht hatte. Wenn Amos recht hatte, mußten sie sich den Näherungssensor sehr genau ansehen. Sie glaubte nicht, daß das schon jemand getan hatte.

Der Näherungssensor. Der befand sich tief im Inneren des Flügels. Schwer zu erreichen. Schwer zu kontrollieren.

Konnte der ein Problem verursacht haben?

Ja, dachte sie. Durchaus möglich.

Sie schaltete das Terminal aus und marschierte quer durch die Halle, zurück zu ihrem Büro. Sie mußte Ron Smith anrufen und ihm den Auftrag geben, den Sensor zu überprüfen. Unter verlassenen Rümpfen hindurch ging sie zum offenen Tor am Nordende der Halle.

Plötzlich sah sie zwei Männer durch das Tor in die Halle treten. Obwohl sie gegen das mittägliche Sonnenlicht fast nur Umrisse erkennen konnte, sah sie doch, daß einer ein rotkariertes Hemd trug. Und der andere hatte eine Baseballmütze auf.

Sie drehte sich um und wollte dem QA-Abteilungsleiter zurufen, er solle den Sicherheitsdienst alarmieren. Aber er war verschwunden, der Maschendrahtkäfig leer. Casey sah sich um und erkannte plötzlich, wie verlassen die Halle war. Bis auf eine ältere Farbige, die am anderen Ende den Boden fegte, sah sie niemanden. Die Frau war eine halbe Meile entfernt.

Casey sah auf die Uhr. Es würde noch fünfzehn Minuten dauern, bis das Personal der zweiten Schicht auftauchte.

Die beiden Männer kamen auf sie zu.

Sie machte kehrt und ging von ihnen weg, zurück zum Zentrum der Halle. Ich komm damit schon zurecht, dachte sie. Gelassen öffnete sie ihre Handtasche und zog das Handy heraus, um den Sicherheitsdienst anzurufen.

Aber das Telefon funktionierte nicht. Sie erhielt kein Signal. Dann fiel ihr ein, daß sie mitten in einem Gebäude stand, dessen Decke mit einem Maschengeflecht aus Kupferdraht verhängt war, um beim Testen der Flugzeugsysteme Funksignale von außen zu blockieren.

Das Telefon würde sie erst wieder am anderen Ende des Gebäudes benutzen können.

Eine halbe Meile entfernt.

Sie ging schneller. Ihre Absätze klapperten über den Beton. Das Geräusch hallte durchs Gebäude. Konnte es wirklich sein, daß sie hier ganz allein war? Nein, dachte sie, natürlich nicht. Wahrscheinlich befanden sich jetzt in diesem Augenblick neben ihr einige hundert Leute in der Halle. Sie konnte sie nur nicht sehen. Sie waren in den Rümpfen oder standen hinter den großen Montagegerüsten um die Flugzeuge herum. Hunderte von Leuten, überall um sie herum. Jeden Augenblick würde sie jemand sehen.

Sie sah über die Schulter.

Die Männer holten auf.

Sie beschleunigte und fing fast an zu laufen. Ihre Absätze behinderten sie. Und plötzlich dachte sie, das ist ja lächerlich. Ich bin leitende Angestellte von Norton Aircraft und renne hier am hellichten Tag durch die Halle.

Sie ging wieder normal.

Sie atmete tief durch.

Und sah sich um: Die Männer kamen näher.

Sollte sie sie zur Rede stellen? Nein, dachte sie, nicht, wenn niemand in der Nähe ist.

Sie ging wieder schneller.

Links von ihr befanden sich die Teilelager. Normalerweise arbeiteten da drin Dutzende von Männern, die Teile auslieferten oder abholten. Aber jetzt waren die Drahtkäfige leer.

Verlassen.

Sie sah sich um. Die Männer waren fünfzig Meter entfernt und kamen immer näher.

Sie wußte, wenn sie jetzt anfinge zu schreien, würde sie sofort von einem Dutzend Mechanikern umringt sein. Die Schläger würden sich verdrücken, hinter Gerüsten und Vorrichtungen verschwinden. Aber sie würde dastehen wie ein Trottel. Und diesen Ruf würde sie nie wieder loswerden. Die Kleine, die damals in der Montagehalle Schiß bekommen hatte.

Sie würde nicht schreien.

Nein.

Wo zum Teufel waren bloß die Feuermelder? Der Unfallmelder? Der Gefahrengutmelder? Sie wußte, daß sie über das ganze Gebäude verteilt waren. Sie hatte Jahre in dieser Halle gearbeitet. Sie sollte eigentlich noch wissen, wo die Alarmanlagen plaziert waren.

Sie könnte einen Melder betätigen und dann behaupten, es sei ein Versehen gewesen...

Aber sie sah keinen einzigen.

Die Männer waren jetzt noch dreißig Meter hinter ihr. Wenn sie anfingen zu laufen, hätten sie sie in wenigen Sekunden erreicht. Aber auch sie waren vorsichtig – offensichtlich rechneten auch sie damit, jeden Augenblick jemanden zu sehen.

Aber Casey sah niemanden.

Rechts von ihr tauchte ein dichtes Gewirr blauer Träger und Kreuzverstrebungen auf – die riesigen Vorrichtungen, die den Rumpf stützten und auf denen die Arbeiter die Teile zusammennieteten.

Das war der letzte Abschnitt, wo sie sich verstecken konnte.

Ich bin eine leitende Angestellte von Norton Aircraft. Und es ist...

Zum Teufel damit.

Sie bog nach rechts ab und zwängte sich zwischen den Stangen und unter den Querverstrebungen hindurch. Sie kam an Treppen und Hängelampen vorbei. Hinter sich hörte sie, wie die Männer erstaunt aufschrien und ihr dann folgten. Inzwischen bewegte sie sich in fast völliger Dunkelheit durch die Gerüste. Und sie bewegte sich schnell.

Casey kannte sich hier aus. Ihre Bewegungen waren rasch und sicher, und immer wieder schaute sie nach oben, weil sie hoffte, jemanden zu finden. Normalerweise befanden sich an jeder Position der Montagegerüste zehn oder zwanzig Männer, die im hellen Schein von Neonröhren den Rumpf zusammennieteten. Doch jetzt sah sie niemanden.

Hinter sich hörte sie die Männer schnaufen, hörte, wie sie sich die Köpfe an Querbalken stießen und fluchten.

Sie fing an zu laufen, duckte sich unter tiefhängende Teile, sprang über Kabelstränge und Kisten und kam plötzlich auf einer Lichtung heraus. Montageposition vierzehn eines Großraumjets: Das Flugzeug stand auf seinem Fahrwerk hoch über dem Boden. Und noch weiter oben, am Schwanz, sah sie die sogenannten hängenden Gärten, die in zwanzig Meter Höhe schwebten.

Sie hob den Kopf und sah durch die Fenster des Großraumjets eine Gestalt.

In dem Flugzeug war jemand.

Endlich! Casey eilte mit hallenden Schritten die Stahlstufen zum Flugzeug hoch. Auf der zweiten Ebene blieb sie stehen, um sich umzusehen. Über sich in den hängenden Gärten sah sie drei kräftige Arbeiter mit Schutzhelmen. Sie waren nur drei Meter unter der Decke und arbeiteten am obersten Scharnier des Ruders; deutlich konnte Casey das Sirren ihrer Motorwerkzeuge hören.

Sie schaute nach unten und sah ihre Verfolger noch auf dem Boden. Sie traten aus dem Wald blauen Gestänges, schauten nach oben, entdeckten sie und rannten hinter ihr her. Sie stieg weiter hoch.

Nun hatte sie die Hecktür des Flugzeugs erreicht und rannte ins Innere. Der noch unfertige Rumpf war riesig und leer, eine Abfolge mattglänzender Rundungen, wie der Bauch eines metallenen Wals. Etwa auf halber Höhe entdeckte sie eine einzelne Asiatin, die silbriges Isoliermaterial an den Seitenwänden befestigte. Die Frau sah Casey furchtsam an.

»Arbeitet sonst noch jemand hier drinnen?« fragte sie.

Die Frau schüttelte den Kopf. Nein. Sie sah verängstigt aus, als hätte Casey sie bei etwas Unrechtem ertappt.

Casey drehte sich um und rannte wieder zur Tür hinaus.

Die Männer waren nur noch eine Ebene unter ihr.

Sie drehte sich um und rannte die nächste Treppe hoch.

In die hängenden Gärten.

Unten auf dem Boden war die Metalltreppe drei Meter breit gewesen. Jetzt war sie nur noch sechzig Zentimeter schmal. Und sie war steiler, eher wie eine Leiter, die inmitten eines Gewirrs aus Stangen und Streben in die Luft führte. Stromkabel hingen wie Lianen an allen Seiten herab; im Hochklettern stieß Casey sich an metallenen Verteilerkästen die Schulter. Die Treppe schwankte unter ihren Tritten. Und alle zehn Schritte änderte sie im Neunzig-Grad-Winkel die Richtung. Casey war jetzt zwölf Meter über dem Boden und sah hinunter auf den breiten Rücken des Rumpfes. Und hoch zum Schwanz, der noch immer weit über ihr aufragte.

In dieser Höhe strömte plötzlich Panik durch ihren Körper. Sie schaute zu den Männern hoch, die oben am Ruder arbeiteten, und schrie ihnen zu: He! He!«

Die Männer achteten nicht auf sie.

Unter sich sah sie ihre Verfolger, deren Körper im Hochsteigen immer wieder zwischen den Gerüststangen und -platten aufblitzten.

»He! He!«

Aber die Männer achteten immer noch nicht auf sie. Beim Höherklettern sah sie, warum sie nicht reagierten. Sie trugen Ohrenschützer, schwarze, becherförmige Gebilde, die sie gegen den Lärm abschirmten.

Sie konnten gar nichts hören.

Casey kletterte weiter.

Fünfzehn Meter über dem Boden knickte die Treppe abrupt nach rechts und führte um die schwarze horizontale Fläche des Höhenruders herum, das aus dem senkrechten Seitenleitwerk herausragte und Casey den Blick auf die oben arbeitenden Männer verstellte. Während sie um das Höhenruder herumkletterte, dachte sie daran, daß es schwarz war, weil es aus einem Verbundwerkstoff bestand, und daß sie es besser nicht mit bloßen Händen berührte.

Denn sie hätte es gern berührt, um sich abzustützen. Die Treppen in dieser Höhe waren nicht zum Laufen konstruiert; sie schwankten heftig. Caseys Füße glitten von den Stufen, und sie rutschte eineinhalb Meter in die Tiefe, bevor sie, sich mit schweißfeuchten Händen am Geländer festklammernd, wieder zum Stehen kam.

Sie kletterte weiter nach oben.

Durch die vielen Gerüstebenen unter sich konnte sie den Boden nicht mehr richtig erkennen. So wußte sie auch nicht, ob die nächste Schicht schon eingetroffen war oder nicht.

Sie kletterte und kletterte.

In dieser Höhe spürte sie nun die heiße, stickige Luft, die sich unter der Decke von Gebäude 64 staute, und ihr fiel wieder ein, wie dieser Arbeitsplatz genannt wurde: der Schwitzkasten.

Schließlich hatte sie das Höhenruder hinter sich gelassen. Die Treppen führten nun an der breiten Vertikale des Seitenleitwerks in die Höhe. Die Männer arbeiteten auf der anderen Seite, wieder war Casey die Sicht auf sie versperrt. Sie wollte nun nicht mehr nach unten sehen und richtete statt dessen den Blick auf die Holzbalken der Deckenkonstruktion. Nur noch eineinhalb Meter – um das Ruder herum – und dann wäre sie...

Sie blieb verblüfft stehen.

Die Männer, die ihre Rettung gewesen wären, waren verschwunden.

Sie schaute nach unten und sah drei gelbe Schutzhelme. Die Männer standen auf der Plattform einer Hebebühne, die sie wieder hinunter auf den Boden brachte.

»He! He!«

Die Arbeiter schauten nicht hoch.

Casey drehte sich um, als sie die Schritte ihrer Verfolger auf den Metallstufen hörte. Sie spürte die Vibration ihrer Schritte und wußte, daß sie sehr nahe waren.

Und sie konnte nirgendwohin ausweichen.

Direkt vor ihr endete die Treppe in einer gut einen Quadratmeter großen Plattform dicht am Seitenruder. Die Plattform war umgeben von einem Geländer. Und dahinter war nichts.

Sie war achtzehn Meter hoch in der Luft, vor sich nichts als eine winzige Plattform an der riesigen breiten Fläche des Leitwerks.

Die Männer kamen immer näher.

Und sie konnte nirgendwohin.

Sie hätte nie in die Höhe steigen dürfen, hätte auf dem Boden bleiben müssen. Aber jetzt hatte sie keine andere Wahl mehr.

Casey hob einen Fuß über das Geländer der Plattform. Sie griff nach dem Gestänge des Gerüsts. Das Metall war warm von der stickigen Luft in dieser Höhe. Sie schwang auch das zweite Bein über das Geländer.

Und dann begann sie, sich von einer Stange zur anderen hangelnd, auf der Außenseite des Gerüsts nach unten zu klettern.

Fast sofort erkannte Casey ihren Fehler. Das Gerüst bestand aus x-förmigen Verstrebungen. Wo sie sich auch festhielt, immer glitten ihre Hände nach unten, bis die Finger sich äußerst schmerzhaft an den Kreuzungspunkten verklemmten. Ihre Füße rutschten an den schrägen Stangen ab. Die Streben waren scharfkantig, sie konnte sich kaum richtig festhalten. Schon nach wenigen Augenblicken des Kletterns war sie außer Atem. Sie hakte die Arme über eine der Querstangen, klammerte sich mit den Ellbogen fest und versuchte, wieder zu Atem zu kommen.

Nach unten sah sie nicht.

Als sie nach links schaute, erblickte sie die beiden Männer auf der kleinen Plattform. Den Mann im roten Hemd und den Mann mit der Baseballmütze. Sie standen da, starrten zu ihr herunter und überlegten offensichtlich, was sie tun sollten. Sie hing etwa einen Meter fünfzig unter ihnen an der Außenseite des Gerüsts.

Dann sah sie, daß einer der Männer derbe Arbeitshandschuhe anzog.

Ihr war sofort klar, daß sie hier nicht bleiben konnte. Vorsichtig löste sie die Arme von der Querstange und kletterte weiter nach unten. Einen Meter fünfzig. Dann noch einmal einsfünfzig. Nun hatte sie fast wieder die Ebene der Höhenruder erreicht, die sie durch die X-Verstrebungen erkennen konnte.

Aber das Gerüst schwankte.

Sie hob den Kopf und sah den Mann im roten Hemd hinter ihr her klettern. Er war stark, er trug Handschuhe, und er bewegte sich schnell. Sie wußte, in wenigen Augenblicken würde er sie erreicht haben.

Der zweite Mann stieg die Treppe wieder nach unten und blieb ab und zu stehen, um sie durch das Gestänge hinweg anzustarren.

Der Mann im roten Hemd war nur noch drei Meter über ihr. Casey kletterte weiter.

Ihre Arme brannten. Ihr Atem kam in abgehackten Stößen. Das Gerüst war an unerwarteten Stellen schmierig, ihre Hände rutschten immer wieder ab. Sie spürte, daß der Mann über ihr immer näher kam. Als sie hochschaute, sah sie seine großen, orangefarbenen Arbeitsstiefel. Dicke Kreppsohlen.

In wenigen Augenblicken würde er ihr auf die Finger treten.

Als sie weiterkletterte, stieß plötzlich etwas gegen ihre linke Schulter. Sie drehte den Kopf und sah ein Stromkabel, das von der Decke baumelte. Es war etwa fünf Zentimeter dick und mit grauer Plastikisolierung ummantelt. Wieviel Gewicht würde es aushalten?

Der Mann kam immer näher.

Was soll's.

Sie griff nach dem Kabel und zog daran. Es hielt. Sie hob den Kopf, sah über sich keinen Klemmenkasten. Sie zog das Kabel zu sich, schlang die Arme darum. Dann die Beine. Kurz bevor die Stiefel des Mannes ihr auf die Finger traten, ließ sie das Gerüst los und schwang sich am Kabel hängend davon weg.

Und fing an zu rutschen.

Sie versuchte es mit Übergreifen, aber ihre Arme waren zu schwach. Sie rutschte, ihre Handflächen brannten. Sie kniff die Beine zusammen.

Sie sauste zu schnell nach unten.

Sie konnte nicht abbremsen.

Die Reibungshitze versengte ihr die Haut. Sie rutschte drei Meter, noch einmal drei Meter. Danach verlor sie jegliches Gefühl für die Höhe. Ihre Füße stießen gegen einen Klemmenkasten, sie kam unvermittelt zum Stehen und schwang am Kabel in der Luft. Sie tastete mit den Füßen um den Kasten herum, klemmte sich dann das untere Kabel zwischen die Füße und verlagerte ihr Gewicht darauf...

Sie spürte, wie das Kabel sich löste.

Funken stoben aus dem Kasten, und Sirenen gellten durch die Halle. Das Kabel schwang hin und her. Von unten hörte sie Schreie.

Als sie nach unten sah, merkte sie, beinahe schockiert, daß sie nur noch etwa zwei Meter über dem Boden hing. Hände streckten sich ihr entgegen. Leute schrien.

Sie ließ los und fiel.

Es überraschte Casey, wie schnell sie sich wieder faßte. Sie rappelte sich hoch und wischte sich verlegen den Staub von der Kleidung. »Alles in Ordnung«, sagte sie immer wieder zu den Leuten, die sie umringten. »Mir geht's gut. Wirklich.«

Sanitäter kamen herbeigerannt. Sie winkte sie weg. »Alles in Ordnung.«

Inzwischen hatten die Arbeiter ihr Namensschildchen gesehen, den blauen Streifen, und sie waren verunsichert – warum baumelte da eine Managerin von den hängenden Gärten? Sie zögerten, wichen ein wenig zurück, wußten nicht so recht, wie sie sich verhalten sollten.

»Mir geht's gut. Alles in Ordnung. Wirklich. Bitte, ähm... gehen Sie alle wieder an Ihre Arbeit.«

Die Sanitäter protestierten, aber sie schob sich durch die Menge, bis plötzlich Kenny Burne neben ihr auftauchte und ihr den Arm um die Schultern legte.

»Was zum Teufel war denn hier los?«

»Nichts«, sagte sie.

»Das ist nicht der richtige Zeitpunkt, um in der Werkshalle herumzuturnen, Casey. Wissen Sie das noch?«

»Ja, ich weiß«, sagte sie.

Sie ließ sich von Kenny aus dem Gebäude führen. Draußen blinzelte sie ins helle Sonnenlicht. Der riesige Parkplatz war jetzt wieder voll besetzt mit den Autos der zweiten Schicht. Die Sonne funkelte auf unzähligen Windschutzscheiben.

Kenny wandte sich ihr zu. »Sie müssen vorsichtiger sein, Casey. Wissen Sie, was ich meine?«

»Ja«, erwiderte sie. »Ich weiß.«

Sie sah an sich hinab. Ein breiter Schmierstreifen zog sich über Bluse und Rock. Vom Kabel.

Burne fragte: »Haben Sie was zum Wechseln hier?«

»Nein. Ich muß nach Hause.«

»Ich werde Sie fahren.«

Sie wollte schon protestieren, ließ es dann aber sein. »Danke, Kenny«, sagte sie.

Verwaltungsgebäude 18 Uhr 00

John Marder sah von seinem Schreibtisch hoch. »Ich habe gehört, daß es in 64 einen kleinen Tumult gegeben hat. Was war da los?«

»Nichts. Ich habe nur was nachgeprüft.«

Er nickte. »Ich will nicht, daß Sie alleine in die Werkshalle gehen, Casey. Wenn sie dorthin müssen, nehmen Sie Richman oder einen der Ingenieure mit.«

»Okay.«

»Es ist der falsche Zeitpunkt, um Risiken einzugehen.«

»Verstehe.«

»Nun gut.« Er lehnte sich zurück. »Was ist das für eine Geschichte mit einem Reporter?«

»Jack Rogers arbeitet an einer Geschichte, die ziemlich übel werden könnte«, sagte Casey. »Die Gewerkschaft behauptet, daß wir den Flügel ins Ausland geben. Angeblich sind Dokumente in Umlauf gekommen, die diese Auslagerung beweisen. Und er bringt diese undichte Stelle mit, äh, Konflikten in der Chefetage in Verbindung.«

»Konflikte? Was für Konflikte?«

»Ihm wurde erzählt, daß Sie und Edgarton sich in den Haaren liegen. Er fragte, ob ich glaube, daß Streitereien im Management das Geschäft beeinträchtigen könnten.«

»Ach du meine Güte«, sagte Marder. Er klang verärgert. »Das ist doch lächerlich. Ich stehe in dieser Sache hundertprozentig hinter Hal. Das Geschäft ist lebenswichtig für die Firma. Und niemand hat irgend etwas in Umlauf gebracht. Was haben Sie Rogers gesagt?«

»Ich habe ihn hingehalten«, sagte Casey. »Aber wenn wir die Geschichte stoppen wollen, müssen wir ihm etwas liefern. Ein Interview mit Edgarton oder eine Exklusivgeschichte über das China-Geschäft.«

»Klingt gut«, sagte Marder. »Aber Hal redet nicht mit der Presse. Ich kann ihn fragen, aber ich weiß, daß er es nicht tun wird.«

»Aber irgend jemand muß es tun«, sagte Casey. »Vielleicht sollten Sie.«

»Das dürfte schwierig sein. Hal hat mir eingeschärft, nicht mit der Presse zu reden«, sagte Marder. »Ich muß da sehr vorsichtig sein. Ist dieser Kerl vertrauenswürdig?«

»Nach meiner Erfahrung ja.«

»Wenn ich vertraulich mit ihm rede, wird er mich dann heraushalten?«

»Ja. Er braucht einfach nur Material.«

»Na gut. Dann werde ich mit ihm reden.« Marder machte sich eine Notiz. »War sonst noch was?«

»Nein, das ist alles.«

Sie wandte sich zum Gehen.

»Übrigens, wie macht sich eigentlich Richman?«

»Ganz gut«, erwiderte sie. »Ist nur noch etwas unerfahren.«

»Er macht einen intelligenten Eindruck«, sagte Marder. »Setzen Sie ihn ein. Geben Sie ihm etwas zu tun.«

»Okay«, sagte Casey.

»Das war das Problem in der Marketingabteilung. Die haben ihm nichts zu tun gegeben.«

»In Ordnung«, sagte sie.

Marder stand auf. »Dann bis morgen im IRT.«

Nachdem Casey gegangen war, öffnete sich eine Seitentür, und Richman trat ein.

»Sie blöder Trottel«, sagte Marder. »Ihr wäre heute nachmittag in 64 beinahe was zugestoßen. Wo zum Teufel waren Sie denn?«

»Na ja, ich war ...«

»Merken Sie sich eins«, sagte Marder. »Ich will nicht, daß Singleton irgend etwas passiert, haben Sie verstanden? Wir brauchen sie gesund. Sie kann diesen Job nicht von einem Krankenhausbett aus erledigen.«

»Ist klar, John.«

»Hoffentlich. Ich will, daß Sie bei ihr bleiben, bis wir diese Sache durchgezogen haben.«

QA *18 Uhr 20*

Casey kehrte in ihre Abteilung im vierten Stock zurück. Norma saß noch an ihrem Schreibtisch, eine Zigarette zwischen den Lippen.
»Auf Ihrem Schreibtisch wartet ein neuer Stapel.«
»Okay.«
»Richman hat schon Feierabend gemacht.«
»Okay.«
»Er schien es ziemlich eilig zu haben. Übrigens habe ich mit Evelyn von der Buchhaltung gesprochen.«
»Und?«
»Richmans Reisespesen aus seiner Zeit beim Marketing wurden über ein Kundenbetreuungskonto der Planungsabteilung verrechnet. Das ist so eine Art Schmiergeldfonds. Der Junge hat ein Vermögen ausgegeben.«
»Wieviel?«
»Halten Sie sich fest. Zweihundertvierundachtzigtausend Dollar.«
»Wow«, sagte Casey. »In drei Monaten?«
»Richtig.«
»'ne ganze Menge für einen Skiurlaub«, sagte Casey. »Wie wurden die Ausgaben verrechnet?«
»Als Bewirtung. Kunde nicht genannt.«
»Und wer hat die Ausgaben genehmigt?«
»Es ist ein Produktionskonto«, sagte Norma. »Das heißt, daß es von Marder kontrolliert wird.«
»Marder hat diese Ausgaben genehmigt?«
»Offensichtlich. Evelyn prüft das für mich nach. Ich erfahre später noch Genaueres.« Norma wühlte in den Papieren auf ihrem Schreibtisch. »Sonst habe ich nicht mehr viel... Bei der FAA verzögert sich die Transkription des CVR. Auf dem Band wird ziemlich viel Chinesisch gesprochen. Ihre Übersetzer streiten sich über die Bedeu-

tung. Außerdem macht die Fluggesellschaft ihre eigene Übersetzung, das heißt...«

Casey seufzte. »Das ist ja nichts Neues«, sagte sie. Bei Vorfällen wie diesen ging der Cockpitstimmenrecorder immer an die FAA, die eine schriftliche Transkription der Cockpitunterhaltung erstellte, da die Stimmen der Piloten »Eigentum« der Fluggesellschaft waren. Aber bei ausländischen Flügen waren Streits über die Übersetzung die Regel. Das passierte immer.

»Hat Alison angerufen?«

»Nein, meine Liebe. Der einzige persönliche Anruf war von Teddy Rawley.«

Casey seufzte. »Ach, was soll's.«

»Würde ich auch sagen«, entgegnete Norma.

In ihrem Büro blätterte Casey in dem Stapel auf ihrem Tisch. Es war vorwiegend Material, das sich auf TransPacific 545 bezog. Der erste Packen enthielt ausschließlich Formulare der FAA, darunter Unfallberichte, Protokolle der diversen Luftüberwachungsstellen, den Flugplan und ähnliches.

Sie sah ein Dutzend Seiten der Flugroutenkarte; Transkriptionen des Funkverkehrs mit den Bodenkontrollstationen und weitere Wetterberichte. Der nächste Packen war Material, das von Norton selbst hereingekommen war, darunter Ausdrucke mit den Daten der Störungsrecorder – die bis dahin die einzigen harten Fakten lieferten, mit denen sie arbeiten konnten.

Sie beschloß, das Material mit nach Hause zu nehmen. Sie war müde, und sie konnte es ja zu Hause durchgehen.

GLENDALE   *22 Uhr 45*

Er setzte sich abrupt im Bett auf und stellte die Füße auf den Boden.
»So. Hör mal, Baby«, sagte er, ohne sie anzusehen.
Sie betrachtete die Muskeln seines nackten Rückens. Die Knubbel seines Rückgrats. Seine kräftigen Schultern.
»Das war toll«, sagte er. »Es ist immer schön, dich zu sehen.«
»Hmhm«, sagte sie.
»Aber du weißt schon, anstrengender Tag morgen.«
Es wäre ihr lieber gewesen, wenn er geblieben wäre. Denn sie fühlte sich einfach besser, wenn er über Nacht blieb. Aber sie wußte, daß er gehen würde. Das tat er immer. »Ich verstehe, Teddy«, sagte sie. »Ist schon okay.«
Er drehte sich zu ihr um und schenkte ihr sein charmantes, schiefes Grinsen. »Du bist die Beste, Casey.« Er beugte sich über sie und küßte sie, ein langer Kuß. Sie wußte, daß er es tat, weil sie ihn nicht bat zu bleiben. Sie erwiderte seinen Kuß, ein leichter Biergeruch stieg ihr in die Nase. Sie legte ihm die Hand in den Nacken, streichelte die feinen Haare.
Doch er löste sich fast sofort wieder von ihr. »So. Ich tu's zwar ungern, aber ich muß los.«
»Schon klar, Teddy.«
»Übrigens«, sagte Teddy. »Ich habe gehört, du bist ein bißchen in den hängenden Gärten rumgeturnt, beim Schichtwechsel...«
»Ja, bin ich.«
»Du solltest dich nicht mit den falschen Leuten anlegen.«
»Ich weiß.«
Er grinste. »Kann ich mir denken.« Er küßte sie auf die Wange und bückte sich dann nach seinen Socken. »So, jetzt sollte ich aber wirklich...«
»Schon klar, Teddy«, sagte sie. »Willst du Kaffee, bevor du gehst?«

Er zog seine Cowboystiefel an. »Ah, nein, Baby. Das war toll. Wirklich schön, dich zu sehen.«

Da sie nicht allein im Bett bleiben wollte, stand sie ebenfalls auf. Sie zog ein großes T-Shirt über, brachte ihn zur Tür und küßte ihn kurz zum Abschied. Er berührte ihre Nase und grinste. »Toll«, sagte er.

»Gute Nacht, Teddy«, sagte sie.

Sie verriegelte die Tür und schaltete die Alarmanlage ein.

Dann ging sie durch die Wohnung, machte die Stereoanlage aus und sah nach, ob er etwas liegengelassen hatte. Andere Männer ließen meistens etwas liegen, weil sie einen Vorwand fürs Wiederkommen brauchten. Teddy tat das nie. Jede Spur seiner Anwesenheit war getilgt. Nur das halb ausgetrunkene Bier stand noch auf dem Küchentisch. Sie warf es in den Abfall, wischte den Feuchtigkeitsring von der Tischplatte.

Eigentlich wollte sie es schon seit Monaten beenden (Was beenden? Was denn? fragte eine innere Stimme), aber irgendwie schaffte sie es nie, es ihm zu sagen. Sie hatte in der Arbeit so viel zu tun, daß es sie Mühe kostete, sich mit Leuten zu treffen. Vor sechs Monaten war sie mit Eileen, Marders Assistentin, in eine Country-and-Western-Bar in Studio City gegangen. Angeblich trafen sich dort junge Leute vom Film, Disney-Animatoren – ein lustiger Haufen, hatte Eileen gesagt. Aber Casey fand es beinahe unerträglich. Sie war nicht schön, und sie war nicht jung; sie hatte nicht die mühelos, schlanke Anmut der Mädchen, die in engen Jeans und nabelfreien Tops durch die Bar schwebten.

Die Männer waren alle zu jung für sie, ihre glatten Gesichter noch ungeformt. Sie konnte keinen Small Talk mit ihnen machen. Sie kam sich zu ernst vor für diese Umgebung. Sie hatte einen Job, ein Kind, sie ging auf die Vierzig zu. Mit Eileen ging sie nie wieder aus.

Es war nicht so, daß sie kein Interesse hatte, andere Leute zu sehen. Es war einfach nur schwierig. Sie hatte nie genug Zeit, nie genug Energie. Und am Ende ließ sie es einfach sein.

Hin und wieder rief Teddy an und sagte, er sei in der Nachbarschaft. Dann schloß sie die Tür für ihn auf und ging unter die Dusche. Machte sich bereit.

So ging es nun schon ein ganzes Jahr.

Sie kochte sich Tee und ging wieder ins Bett. Sie lehnte sich gegen das Kopfbrett, griff nach den Papieren und begann sie durchzugehen.

Als erstes wandte sie sich den Aufzeichnungen der Störungsrecorder zu und blätterte die Ausdrucke durch:

A/S PWR TEST	0 0 0 0 0 0 1 0 0 0
AIL SERVO COMP	0 0 0 0 1 0 0 1 0 0 0
AOA INV	1 0 2 0 0 0 1 0 0 0 1
CFDS SENS FAIL	0 0 0 0 0 0 1 0 0 0
CRZ CMD MON INV	1 0 0 0 0 0 2 0 1 0 0
EL SERVO COMP	0 0 0 0 0 0 0 0 1 0
EPR/N1 TRA-1	0 0 0 0 0 1 0 0 0 0
FMS SPEED INV	0 0 0 0 0 4 0 0 0 0
PRESS ALT INV	0 0 0 0 0 3 0 0 0 0
G/S SPEED ANG	0 0 0 0 0 1 0 0 0 0
SLAT XSIT T/O	0 0 0 0 0 0 0 0 0 0
G/S DEV INV	0 0 1 0 0 0 5 0 0 0 1
GND SPD INV	0 0 0 0 0 2 1 0 0 0
TAS INV	0 0 0 1 0 1 0 0 0 0
TAT INV	0 0 0 0 0 1 0 0 0 0
AUX 1	0 0 0 0 0 0 0 0 0 0
AUX 2	0 0 0 0 0 0 0 0 0 0
AUX 3	0 0 0 0 0 0 0 0 0 0
AUX COA	0 1 0 0 0 0 0 0 0 0
A/S ROX-P	0 0 0 0 0 1 0 0 0 0
RDR PROX-1	0 0 0 1 0 0 1 0 0 0

Es waren insgesamt zehn dichtbedruckte Seiten. Casey war sich nicht sicher, worauf sich all die Angaben bezogen, vor allem die mit AUX gekennzeichneten. Eine betraf wahrscheinlich das Außenstromaggregat, die Gasturbine im Heck des Rumpfes, die Strom lieferte, wenn die Maschine auf dem Boden stand oder wenn es während des Flugs zu einem elektrischen Defekt kam. Aber die anderen? Daten über Zusatzleitungen? Oder über redundante Systeme? Und was bedeutete AUX COA?

Sie würde Ron fragen müssen.

Sie blätterte zur DEU-Auflistung, die die Störungsmeldungen nach Flugetappen sortierte. Gähnend überflog sie die Liste und stutzte plötzlich:

Deu Fault Review

Leg 04   Faults 01

R/L Sib Prox Sens Miscompare
4 APR   00:36
FLT 180   FCO52606H
Alt 37000
A/S 320

Sie runzelte die Stirn.
Sie konnte kaum glauben, was sie da las.
Eine Störung in einem Näherungssensor.
Genau das, wonach sie bei ihrer Überprüfung der Wartungsprotokolle hatte suchen wollen.

Nach etwa zwei Stunden Flugzeit war im inneren Stromkreis eine Näherungssensorenstörung registriert worden. Der Flügel hatte viele Näherungssensoren – kleine elektronische Sensorköpfe, die die Anwesenheit von Metall feststellten. Die Sensoren waren nötig zur Kontrolle der Position der Slats und anderen Klappen am Flügel, da die Piloten sie vom Cockpit aus nicht sehen konnten.

Nach dieser Störungsmeldung war zwischen den Sensoren auf der linken und der rechten Seite ein »*miscompare*« aufgetreten, eine Nichtübereinstimmung in den Meßergebnissen der Sensoren also. Hätte ein Defekt im primären Verteilerkasten im Rumpf vorgelegen, wäre es zu Störungen an beiden Flügeln gekommen. Aber die Störung war nur im rechten Flügel aufgetreten. Casey blätterte weiter, um nachzusehen, ob sich diese Störung wiederholte.

Sie überflog die Liste, entdeckte aber auf die Schnelle nichts mehr. Aber ein einzelner Fehler im Sensor bedeutete, daß er überprüft werden sollte. Wieder würde sie Ron fragen müssen...

Es war ziemlich schwierig, sich anhand dieser isolierten Informationen ein Bild des Fluges zu machen. Sie brauchten die kontinuierlichen Daten des Flugschreibers. Gleich am nächsten Morgen würde sie Rob Wong anrufen und ihn fragen, wie er damit vorankam.

Unterdessen...

Sie gähnte, rutschte ein Stückchen tiefer ins Kissen und arbeitete weiter.

MITTWOCH

GLENDALE 6 Uhr 12

Das Telefon klingelte. Casey wachte auf, rollte sich ziemlich benommen zur Seite und stützte sich auf. Dabei hörte sie, wie unter ihrem Ellbogen Papier knisterte. Sie schaute nach unten und sah, daß überall auf dem Bett die Datenblätter verstreut lagen. Das Telefon klingelte weiter. Sie hob ab.

»Mom.« Alison klang ernst, den Tränen nahe.

»Hi, Allie.«

»Mom, Dad sagt, daß ich das rote Kleid anziehen soll, aber ich will das blaue mit den Blumen anziehen.«

Casey seufzte. »Was hast du denn gestern angehabt?«

»Das blaue. Aber es ist nicht schmutzig und nichts!«

Das war ein immerwährender Kampf. Alison trug gern die Kleidung, die sie schon am Tag zuvor getragen hatte. Der typische Konservatismus einer Siebenjährigen. »Liebling, ich will, daß du in sauberen Kleidern zur Schule gehst, das weißt du doch.«

»Aber es ist sauber, Mom. Und ich hasse das rote Kleid.«

Im letzten Monat war das rote ihr Lieblingskleid gewesen. Alison hatte jeden Tag darum gekämpft, es anziehen zu dürfen.

Casey setzte sich auf, gähnte und starrte die Papiere, die dichten Datenreihen an. Sie hörte die quengelnde Stimme ihrer Tochter aus dem Telefon und dachte: Muß das sein? Kann Jim sich denn nicht darum kümmern? Am Telefon war alles so schwierig. Jim hielt sich nicht an die Abmachungen – er war nicht streng genug mit ihr –, und die natürliche Neigung des Kindes, ein Elternteil gegen das andere auszuspielen, führte zu einer unendlichen Kette von Ferngesprächen wie diesem. Triviale Probleme, kindliche Machtspiele.

»Alison«, sagte Casey, um den Redeschwall ihrer Tochter zu unterbrechen. »Wenn dein Vater sagt, du sollst das rote Kleid anziehen, dann tust du, was er sagt.«

»Aber Mom...«

»Er bestimmt, was getan wird.«

»Aber Mom...«

»Schluß jetzt, Alison. Keine Diskussionen mehr. Das rote Kleid.«

»Ach, Mom...« Sie fing an zu weinen. »Ich hasse dich.«

Und sie legte auf.

Casey überlegte kurz, ob sie noch einmal zurückrufen sollte, entschied sich dann aber dagegen. Sie gähnte, stand auf, ging in die Küche und schaltete die Kaffeemaschine an. Ihr Faxgerät im Wohnzimmer summte. Sie ging hinüber, um sich die Nachricht anzusehen, die sich langsam aus dem Schlitz schob.

Es war die Kopie einer Pressemitteilung einer PR-Agentur in Washington. Obwohl die Firma einen neutralen Namen hatte – *Institute for Aviation Research*, Institut für Luftfahrtforschung –, wußte Casey, daß es eine PR-Firma des europäischen Konsortiums war, das den Airbus produzierte. Die Mitteilung war aufgemacht wie eine reißerische Nachrichtenagenturmeldung, komplett mit Schlagzeile. Sie lautete:

JAA verzögert Freigabe des N-22-Grossraumjets wegen fortdauernder Zweifel an der Lufttauglichkeit.

Casey seufzte.

Es würde wieder ein schwerer Tag werden.

WAR ROOM

7 Uhr 00

Casey stieg die Mitteltreppe zum War Room hoch. Auf dem Laufsteg wartete John Marder bereits auf sie, er ging nervös auf und ab.

»Casey.«

»Morgen, John.«

»Haben Sie diese JAA-Geschichte gesehen?« Er hielt das Fax in die Höhe.

»Ja, habe ich.«

»Das ist natürlich Unsinn, aber Edgarton ist an die Decke gegangen. Er ist sehr wütend. Erst diese beiden Vorfälle mit der N-22 und jetzt das. Er hat Angst, daß die Presse uns in die Pfanne haut. Und er traut Benson und seinen PR-Leuten nicht zu, daß sie diese Sache in den Griff bekommen.«

Bill Benson war einer der Norton-Veteranen; er war schon seit der Zeit, als die Firma noch von Militäraufträgen lebte, für die Medienarbeit zuständig, und er sagte der Presse kein Wort. Reizbar und barsch wie er war, hatte er sich nie an die Welt nach Watergate gewöhnt, in der Journalisten Berühmtheiten waren, die Regierungen zu Fall bringen konnten. Bills Fehden mit Reportern waren legendär.

»Dieses Fax könnte die Presse auf den Plan rufen, Casey. Vor allem Reporter, die nicht wissen, was für ein Sauhaufen die JAA ist. Und seien wir doch ehrlich, die Reporter wollen nicht mit unseren Presseheinis reden. Sie wollen einen Manager der Firma. Deshalb wünscht Hal, daß alle Anfragen wegen der JAA zu Ihnen durchgestellt werden.«

»Zu mir«, sagte sie und dachte: Vergiß es. Sie hatte bereits eine Aufgabe. »Benson wird nicht sehr glücklich sein, wenn Sie das tun...«

»Hal hat persönlich mit ihm gesprochen. Benson ist einverstanden.«

»Sind Sie sicher?«

»Und ich glaube«, fuhr Marder fort, »wir sollten eine anständige Pressemappe über die N-22 vorbereiten. Nicht den üblichen PR-Unsinn. Hal meinte, Sie sollten eine umfassende Dokumentation zusammenstellen, die dieses JAA-Zeug widerlegt – Sie wissen schon, Betriebsstunden, Sicherheitsstandard, Daten über Zuverlässigkeit beim Start, und so weiter.«

»Okay...« Das würde eine Menge Arbeit werden, und...

»Ich habe Hal gesagt, daß Sie sehr viel zu tun haben und daß dies noch eine zusätzliche Belastung bedeutet«, sagte Marder. »Er hat einer Erhöhung Ihrer IC um zwei Punkte zugestimmt.«

Incentive Compensation, der Leistungszuschlag der Firma, machte einen großen Teil des Gehalts jedes Managers aus. Eine Erhöhung um zwei Punkte würde für Casey eine beträchtliche Summe bedeuten.

»Okay«, sagte sie.

»Die Sache ist die«, sagte Marder, »daß wir eine gute Antwort auf dieses Fax haben – eine stichhaltige Antwort. Und Hal will, daß die an die Öffentlichkeit kommt. Kann ich mich dabei auf Sie verlassen?«

»Natürlich.«

»Danke, Casey«, sagte Marder. Und dann ging er die letzten Stufen hinauf in das Konferenzzimmer.

Richman war bereits da, adrett in Sportsakko und Krawatte. Casey setzte sich leise auf einen Stuhl. Marder legte sofort los; er schwenkte das JAA-Fax und haderte mit den Ingenieuren. »Sie haben vermutlich bereits gesehen, daß die JAA ein Spiel mit uns spielt. Perfekt getimt, um das China-Geschäft zu torpedieren. Aber wenn Sie das Memo gelesen haben, wissen Sie, daß es nur um das Triebwerk in Miami geht und nicht um TransPacific. Wenigstens noch nicht...«

Casey versuchte sich zu konzentrieren, aber sie war abgelenkt, denn sie rechnete sich gerade aus, was diese Erhöhung des IC bedeuten würde. Zwei Punkte mehr waren – sie überschlug es im Kopf – ungefähr so viel wie eine zwanzigprozentige Gehaltserhöhung. Mein Gott, dachte sie. Zwanzig Prozent! Sie konnte Alison in eine Privatschule schicken. Und sie konnten an einem schönen Ort Urlaub machen, in Hawaii oder sonstwo. Sie würden in einem chicen Hotel wohnen. Und nächstes Jahr in ein größeres Haus ziehen, mit einem großen Garten, damit Alison herumtoben konnte, und...

Jeder am Tisch starrte sie an.

Marder sagte: »Casey? Der DFDR? Wann können wir mit den Daten rechnen?«

»'tschuldigung«, sagte sie. »Ich habe heute morgen mit Rob gesprochen. Die Kalibrierung kommt nur langsam voran. Morgen weiß er mehr.«

»Okay. Struktur?«

Doherty begann mit seiner kummervoll monotonen Stimme. »John, das ist sehr schwierig, wirklich sehr schwierig. Wir haben an der zweiten Innenslat einen schlechten Haltestift entdeckt. Es ist eine Imitation und...«

»Das prüfen wir beim Testflug«, unterbrach ihn Marder. »Hydraulik?«

»Noch beim Testen, aber bis jetzt alles in Ordnung. Stahlkabel sind gemäß Spezifikationen verlegt.«

»Wann werden Sie fertig?«

»Heute am Ende der ersten Schicht.«

»Elektrik?«

»Wir haben die Hauptleitungsstränge überprüft. Bis jetzt noch nichts. Ich glaube, wir sollten einen CET der gesamten Maschine ansetzen«, sagte Ron.

»Einverstanden. Können wir ihn über Nacht laufen lassen, um Zeit zu sparen?«

Ron zuckte die Achseln. »Sicher. Ist zwar teuer, aber...«

»Zum Teufel mit den Kosten. Sonst noch was?«

»Na, eins ist noch komisch, ja. Die DEU-Störungsliste deutet darauf hin, daß es möglicherweise ein Problem mit den Näherungssensoren im Flügel gegeben hat. Eine Fehlfunktion der Sensoren könnte zu einer Slats-Störungsmeldung im Cockpit geführt haben.«

Darauf war Casey ja letzte Nacht auch gestoßen. Sie schrieb sich auf, Ron später danach zu fragen. Und nach der Sache mit den AUX-Angaben auf dem Ausdruck.

Ihre Gedanken schweiften wieder ab. Alison würde von jetzt an in eine richtige Schule gehen können. Sie sah sie an einem niedrigen Tisch, in einer kleinen Klasse...

»Triebwerkanlage?« fragte Marder eben.

»Wir sind uns noch nicht sicher, ob er die Schubumkehr aktiviert hat«, sagte Kenny Burne. »Einen Tag brauchen wir noch.«

»Machen Sie weiter, bis Sie es ausschließen können. Avionik?«

Trung antwortete: »Bis jetzt ist alles in Ordnung.«

»Und die Sache mit dem Autopilot?«

»Beim Autopilot sind wir noch nicht. Der ist der letzte Punkt in der Testsequenz, da er allen anderen Systemen übergeordnet ist. Bis zum Testflug wissen wir Bescheid.«

»Na gut«, sagte Marder. »Also: Neues Problem bezüglich Näherungssensoren, wird heute überprüft. Flugschreiber, Triebwerke, Avionik stehen noch aus. Ist das alles?«

Alle nicken.

»Dann will ich Sie nicht länger aufhalten«, sagte Marder. »Ich brauche Antworten.« Er hielt das JAA-Fax in die Höhe. »Das ist nur die Spitze des Eisbergs, Leute. Ich muß Sie nicht an die DC-10 erinnern. Das fortschrittlichste Flugzeug seiner Zeit, ein Wunder der Ingenieurkunst. Aber dann kam es zu einer Reihe von Unfällen, ein paar üblen Bildern im Fernsehen und peng – die DC-10 ist Vergangenheit. *Vergangenheit.* Also liefern Sie mir die Antworten!«

NORTON AIRCRAFT 9 Uhr 31

Als sie über das Betriebsgelände zu Hangar 5 gingen, sagte Richman: »Marder war ja ganz schön aufgebracht. Glaubt er denn wirklich, was er da erzählt?«

»Über die DC-10? Ja. Ein einziger Absturz hat diesem Flugzeug den Garaus gemacht.«

»Was für ein Absturz?«

»Es war ein American Airlines Flug von Chicago nach LA«, sagte Casey. »Im Mai 1979. Schöner Tag, gutes Wetter. Gleich nach dem Start brach das linke Triebwerk vom Flügel. Die Maschine geriet in Sackflug und stürzte neben dem Flughafen ab. Alle an Bord wurden getötet. Sehr dramatisch, das Ganze dauerte nur dreißig Sekunden. Ein paar Leute hatten den Flug gefilmt, und so hatten die Sender genug Material für die Elf-Uhr-Nachrichten. Die Medien waren völlig aus dem Häuschen; sie nannten die Maschine einen geflügelten Sarg. Die Reisebüros wurden mit Stornierungen von DC-10-Flügen überschwemmt. Douglas hat nie mehr ein Flugzeug dieses Typs verkauft.«

»Warum ist das Triebwerk abgebrochen?«

»Schlechte Wartung«, sagte Casey. »American hatte Douglas' Instruktionen zur Demontage des Triebwerks vom Flügel nicht befolgt. Douglas hatte angeordnet, zuerst das Triebwerk zu entfernen und dann den Träger, der das Triebwerk am Flügel festhält. Aber um Zeit zu sparen, nahm American die ganze Triebwerk-Träger Baugruppe auf einmal ab. Das sind sieben Tonnen Metall auf einem Gabelstapler. Einem Gabelstapler ging während des Abtransports das Benzin aus, und der Träger bekam einen Riß. Aber der Riß wurde nicht bemerkt, und nach einiger Zeit brach das Triebwerk vom Flügel. Schuld war also die Wartung.«

»Das kann schon sein«, sagte Richman. »Aber sollte ein Flugzeug nicht auch dann noch fliegen können, wenn ein Triebwerk fehlt?«

»Ja«, sagte Casey. »Die DC-10 war so konstruiert, daß sie einen solchen Vorfall überstehen konnte. Die Maschine war immer noch lufttauglich. Wenn der Pilot seine Geschwindigkeit beibehalten hätte, wäre alles in Ordnung gewesen. Er hätte die Maschine sicher landen können.«

»Warum hat er es nicht getan?«

»Weil es, wie immer, eine Kaskade von Ereignissen gab, die letztendlich zu dem Unfall führte«, sagte Casey. »In diesem Fall kam der Strom für die Instrumente des Piloten vom linken Triebwerk. Als das linke Triebwerk abbrach, schalteten sich die Instrumente des Piloten aus, darunter auch die Sackflugwarnung und die Zusatzwarnung mit dem schönen Namen Knüppelschüttler. Das ist eine Vorrichtung, die den Steuerknüppel schüttelt, um dem Piloten zu sagen, daß er sich kurz vor dem Sackflug befindet. Der Erste Offizier hatte weiterhin Strom und seine Instrumente, aber für seine Seite gab es keinen Knüppelschüttler. Für den Ersten Offizier ist das eine Kundenoption, die American nicht bestellt hatte. Und Douglas hatte in das Sackflug-Warnsystem keine Redundanz eingebaut. Als die Maschine deshalb in den Sackflug überging, merkte der Erste Offizier nicht, daß er mehr Gas geben mußte.«

»Okay«, sagte Richman, »aber eigentlich hätte es auf der Kapitänsseite überhaupt nicht zu einem Stromausfall kommen dürfen.«

»Nein, das war ein eingebautes Sicherheitsmerkmal«, sagte Casey. »Douglas hatte die Maschine so konstruiert, daß sie solche Störungen überstand. Als das linke Triebwerk abbrach, schaltete die Maschine bewußt die Stromzuführung des Kapitäns ab, um weitere Kurzschlüsse zu verhindern. Vergessen Sie nicht, alle Systeme eines Flugzeugs sind redundant. Wenn eins ausfällt, übernimmt das Reservesystem. Und es wäre einfach gewesen, die Instrumente des Kapitäns wieder zu aktivieren; der Flugingenieur hätte nur ein Relais zu überbrücken oder das Notstromaggregat zuzuschalten brauchen. Aber er tat keins von beiden.«

»Warum nicht?«

»Das weiß kein Mensch«, sagte Casey. »Und da dem Ersten Offizier die notwendigen Informationen auf seinem Display fehlten, reduzierte er die Fluggeschwindigkeit, was zum Sackflug und zum Absturz führte.«

Eine Weile gingen sie schweigend nebeneinander her.

»Überlegen Sie, auf wie viele Arten dieses Unglücks hätte vermieden werden können«, sagte Casey schließlich. »Die Wartungsteams hätten die Träger auf Schäden hin untersuchen können, nachdem sie schon beim Ausbau nicht vorschriftsmäßig vorgegangen waren. Das haben sie aber nicht getan. Continental hatte bereits zweimal Träger beim Transport mit Gabelstaplern beschädigt und hätte American sagen können, daß dieses Vorgehen gefährlich ist. Das haben sie aber nicht getan. Douglas hatte American von Continentals Problemen berichtet, aber American ignorierte die Warnung.«

Richman schüttelte den Kopf.

»Und nach dem Unfall konnte Douglas nicht sagen, daß es ein Wartungsproblem war, weil American ein geschätzter Kunde war. Douglas wollte sich deshalb bedeckt halten. Bei all diesen Unfällen ist es immer dasselbe – die Sache kommt nur an die Öffentlichkeit, wenn die Medien sie ausgraben. Aber die Geschichte ist kompliziert, und das ist schwierig fürs Fernsehen... deshalb zeigen sie einfach ihr Bildmaterial. Das Band des Unfalls, das zeigt, wie das linke Triebwerk abbricht, die Maschine nach links abschmiert und abstürzt. Die Bilder lassen den Eindruck entstehen, daß das Flugzeug schlecht konstruiert war, daß Douglas einen Trägerschaden nicht vorausgesehen und deshalb keine entsprechenden Sicherheitsvorkehrungen eingebaut hatte. Was natürlich absolut nicht stimmte. Aber Douglas hat nie mehr eine DC-10 verkauft.«

»Nun ja«, sagte Richman. »Ich glaube nicht, daß man die Medien dafür verantwortlich machen kann. Die *machen* die Nachrichten doch nicht. Sie berichten nur darüber.«

»Um das geht's mir ja«, sagte Casey. »Sie haben nicht darüber berichtet, sie haben nur das Band gesendet. Der Absturz in Chicago war ein Wendepunkt für unsere Industrie. Das erstemal, daß ein gutes Flugzeug von einer schlechten Presse zerstört wurde. Der Gnadenstoß war der NTSB-Bericht vom 21. Dezember. Niemand hat darauf geachtet.

Wenn deshalb jetzt Boeing sein neues Flugzeug, die 777, vorstellt, wird parallel zur Markteinführung eine umfassende Pressekampagne gestartet. Boeing hat einer Fernsehgesellschaft erlaubt, die Jahre der Entwicklung zu filmen, und herauskommen wird dabei ein sechsteiliger Dokumentarbericht im öffentlichen Fernsehen. Es wird ein Begleitbuch geben. Sie haben alles getan, um dem Flugzeug schon im voraus ein gutes Image zu verschaffen. Weil die Risiken zu hoch sind.«

»Ich kann mir nicht vorstellen, daß die Medien so viel Macht haben«, sagte Richman.

Casey schüttelte den Kopf. »Marder macht sich berechtigterweise Sorgen«, sagte sie. »Wenn irgend jemand in den Medien Wind vom Flug 545 bekommt, dann hatte die N-22 zwei Vorfälle in zwei Tagen. Und dann stecken wir bis zum Hals in Schwierigkeiten.«

NEWSLINE/NEW YORK 13 Uhr 54 Ortszeit

In Manhattan, in den Redaktionsräumen der wöchentlichen Nachrichtensendung *Newsline* im dreiundzwanzigsten Stock eines Hochhauses, stand Jennifer Malone am Schneidetisch und arbeitete gerade an einem Interview mit Charles Manson, als ihre Assistentin Deborah ins Zimmer kam und ihr ein Fax auf den Tisch warf. »Pacino ist abgesprungen«, bemerkte sie beiläufig.

Jennifer drückte den PAUSE-Knopf. »Was ist?«

»Al Pacino ist eben abgesprungen«, sagte Deborah.

»Wann?«

»Vor zehn Minuten. Hat Marty stehenlassen und ist auf und davon.«

»Was? Wir haben vier Tage lang Background-Material am Set in Tanger abgedreht. Sein Film kommt dieses Wochenende raus – und Pacino war für den großen Zwölfer eingeplant.« Ein zwölfminütiger Bericht in *Newsline*, der meistgesehenen Nachrichtensendung des Landes, war eine Art von Publicity, die mit Geld nicht zu bezahlen war. Jeder Star in Hollywood wollte in die Sendung. »Was ist passiert?«

»Marty hat sich in der Maske mit Pacino unterhalten und dabei erwähnt, daß er ihn darauf ansprechen wolle, daß er seit vier Jahren keinen Erfolg mehr gelandet hat. Schätze, Pacino hat sich auf den Schlips getreten gefühlt. Und ist deshalb abgehauen.«

»Vor laufender Kamera?«

»Nein. Vorher.«

»O Gott«, sagte Jennifer. »Das kann Pacino doch nicht tun. Sein Vertrag verpflichtet ihn zu Publicity. Das war doch seit Monaten vereinbart.«

»Na ja, trotzdem. Er hat's getan.«

»Was sagt Marty dazu?«

»Marty ist stinksauer. Marty sagt, was er denn erwartet hätte, das ist eine Nachrichtensendung, wir stellen unangenehme Fragen. Sie wissen schon, typisch Marty.«

Jennifer fluchte. »Das ist genau das, wovor jeder Angst hatte.«

Marty Reardon war berüchtigt für seinen schroffen Interviewstil. Obwohl er vor zwei Jahren die Nachrichtenabteilung verlassen hatte, um – für ein viel höheres Gehalt – als Moderator für *Newsline* zu arbeiten, sah er sich immer noch als kämpferischen Nachrichtenmann, der, hart, aber gerecht, kein Blatt vor den Mund nimmt. Tatsächlich aber brachte er seine Interviewpartner gerne in Verlegenheit, indem er ihnen ungemein persönliche Fragen stellte, auch wenn die mit der Story gar nichts zu tun hatten. Eigentlich hatte niemand Marty für den Pacino-Beitrag einsetzen wollen, weil er keine Berühmtheiten mochte und nicht gerne »Lobhudeleien« machte, wie er es nannte. Aber Frances, die sonst für die Prominenz zuständig war, interviewte in Tokio die Prinzessin.

»Hat Dick schon mit Marty gesprochen? Können wir da noch was retten?« Dick Shenk war geschäftsführender Produzent von *Newsline*. In nur drei Jahren hatte er mit viel Geschick aus dem ehemaligen sommerlichen Lückenfüller ein ganzjährig ausgestrahltes Nachrichtenereignis zur besten Sendezeit gemacht. Shenk traf alle wichtigen Entscheidungen, und er war der einzige mit genug Autorität, um mit einer Primadonna wie Marty fertig zu werden.

»Dick ist noch beim Mittagessen mit Mr. Early.« Shenks Mittagessen mit Early, dem Präsidenten des Senders, dauerten immer bis in den späten Nachmittag.

»Dick weiß es also nicht?«

»Noch nicht.«

»Toll«, sagte Jennifer. Sie sah auf die Uhr: 14 Uhr. Wenn Pacino abgesprungen war, hatten sie ein Zwölf-Minuten-Loch zu füllen, dafür aber weniger als zweiundsiebzig Stunden Zeit. »Was haben wir denn im Kasten?«

»Nichts. Mutter Teresa wird umgeschnitten. Mickey Mantle ist noch nicht da. Das einzige, was wir haben, ist die Story über die Rollstuhl-Basketballiga.«

Jennifer stöhnte. »Da macht Dick nie und nimmer mit.«

»Ich weiß«, sagte Deborah. »Stinklangweilig.«

Jennifer nahm das Fax zur Hand, das ihre Assistentin ihr auf den

Tisch geworfen hatte. Es war eine Pressemitteilung einer PR-Agentur, eine von Hunderten, die jeden Tag in der Redaktion landeten. Wie alle diese Faxe war es aufgemacht wie eine reißerische Nachrichtenagenturmeldung, komplett mit Schlagzeile.

JAA VERZÖGERT FREIGABE DES N-22-GROSSRAUMJETS WEGEN FORTDAUERNDER ZWEIFEL AN DER LUFTTAUGLICHKEIT.

»Was ist denn das?« fragte sie mit einem Stirnrunzeln.
»Hector meinte, ich soll es Ihnen geben.«
»Warum?«
»Er glaubt, daß da was dran sein könnte.«
»Warum? Was ist denn diese JAA überhaupt?« Jennifer überflog den Text; jede Menge Luftfahrt-Jargon, kompliziert und unverständlich. Kein Bildmaterial, dachte sie.
»Anscheinend«, sagte Deborah, »ist das der Flugzeugtyp, der in Miami Feuer gefangen hat.«
»Oh, Hector will eine Story über Flugsicherheit bringen? Viel Glück. Die Bilder von der brennenden Maschine hat doch schon jeder gesehen. Und die waren nicht einmal gut.« Jennifer warf das Fax beiseite. »Fragen Sie ihn, ob er sonst noch was hat.«
Deborah ging, und Jennifer starrte das eingefrorene Bild von Charles Manson an. Dann schaltete sie ab. Sie brauchte einen Augenblick Zeit zum Nachdenken.

Jennifer Malone war neunundzwanzig Jahre alt, die jüngste Beitragsproduzentin in der Geschichte von *Newsline*. Sie hatte schnell Karriere gemacht, weil sie gut war in ihrem Job. Sie hatte früh Talent gezeigt; schon als Studentin an der Brown hatte sie, wie jetzt Deborah, in den Sommerferien als Volontärin in der Redaktion gearbeitet, hatte bis spät in die Nacht recherchiert, war am Nexis-Computer gesessen und hatte sich durch Agenturmeldungen gewühlt. Schließlich, mit klopfendem Herzen, war sie zu Dick Shenk gegangen und hatte ihm eine Story über dieses merkwürdige neue Virus in Afrika und den tapferen CDC-Arzt vor Ort vorgeschlagen. Das hatte zu der berühmten Ebola-Story geführt, der größten *Newsline*-Sensation des Jahres, und zu einem weiteren Peabody Award für Dick Shenks Trophäensammlung.

Kurz darauf hatte Jennifer den Darryl-Strawberry-Beitrag nachgereicht, dann den Bericht über den Tagebergbau in Montana und schließlich die Story über die Glücksspiellizenz der Irokesen. Bis dahin hatte es kein Volontär je mit einem eigenen Beitrag in die Sendung geschafft; Jennifer gleich mit vieren. Shenk verkündete, ihm gefalle, wieviel Mumm sie habe, und bot ihr eine Stelle an. Daß sie dazu noch intelligent und gutaussehend war und von einer Ivy-League-Uni kam, schadete auch nicht. Nach ihrem Diplom im folgenden Juni ging sie direkt zu *Newsline*.

Die Redaktion hatte fünfzehn Produzenten, die die Beiträge herstellten. Jeder war einem der vor der Kamera agierenden Moderatoren zugeteilt, und von jedem wurde alle vierzehn Tage eine Story erwartet. Im Durchschnitt dauerte die Produktion einer Story vier Wochen: Zwei Wochen Recherche und dann Besprechungen mit Dick Shenk, bis der grünes Licht gab. Danach mußte der Produzent die Locations besuchen, das ganze Background-Material abdrehen und die zweitrangigen Interviews machen. Die Story wurde vom Produzenten geformt und geschliffen und dann für den sogenannten Tele-Star aufbereitet, der nur für einen Tag dazukam, die An- und Abmoderation und die zentralen Interviews machte, sich dann wieder verabschiedete und dem Produzenten den endgültigen Schnitt des Bandes überließ. Irgendwann vor dem Sendetermin kam der Star dann ins Studio und las von einem Skript, das der Produzent vorbereitet hatte, den Off-Kommentar zu den Bildern ab.

Wenn der Beitrag schließlich gesendet wurde, wirkte der Tele-Star wie ein »echter« Reporter: *Newsline* wachte eifersüchtig über den Ruf seiner Stars. Tatsächlich aber waren die Produzenten die wirklichen Reporter. Die Produzenten waren es, die die Geschichten aufdeckten, ermittelten und gestalteten, die die Skripts verfaßten und den Beitrag schnitten. Die Tele-Stars taten nur, was man ihnen sagte.

Jennifer mochte dieses System. Sie hatte beträchtliche Macht, und es gefiel ihr, daß sie hinter den Kulissen arbeitete und ihr Name nie bekannt wurde. Sie fand ihre Anonymität durchaus hilfreich. Wenn sie Interviews machte, betrachteten ihre Gesprächspartner sie oft nur als Handlangerin und redeten deshalb offener, obwohl die Kamera lief. Meist fragten die Interviewten irgendwann: »Wann treffe ich Marty Reardon?«, und sie antwortete dann mit ernster Miene, das sei noch nicht entschieden, und fuhr mit ihren Fragen fort. Und horchte dabei den dummen Trottel aus, der dachte, die Unterhaltung mit ihr sei nur eine Sprechprobe.

Tatsache war, sie hatte die Story gemacht, und es war ihr gleichgültig, daß die Stars dafür die Lorbeeren einheimsten. »Wir behaupten ja nie, daß sie die Reporterarbeit machen«, pflegte Shenk zu bemerken. »Wir tun nie so, als würden sie jemanden interviewen, den sie nicht tatsächlich interviewt haben. In dieser Sendung steht der Star nicht im Mittelpunkt. Die Story steht im Mittelpunkt. Der Star ist nur der Leiter – er geleitet die Zuschauer durch die Geschichte. Der Star ist jemand, dem sie vertrauen, den sie gern bei sich zu Hause sehen.«

Und das stimmte ja auch, dachte Jennifer. Außerdem blieb gar keine Zeit, es anders zu machen. Eine Medienstar wie Marty Reardon hatte einen volleren Terminkalender als der Präsident, er war vermutlich sogar berühmter und hatte einen höheren Wiedererkennungswert. Man konnte nicht erwarten, daß jemand wie Marty seine wertvolle Zeit mit mühsamer Kleinarbeit vergeudete, daß er eventuell über falsche Spuren stolperte und trotzdem aus dem, was er hatte, eine Story zusammenbastelte. Das war einfach lächerlich.

Dazu blieb keine Zeit.

So war das Fernsehen: Es war nie genug Zeit.

Sie sah noch einmal auf die Uhr. Dick würde kaum vor drei oder halb vier vom Mittagessen zurück sein. Marty Reardon würde sich kaum bei Al Pacino entschuldigen. Das hieß, wenn Dick vom Essen zurückkam, würde er an die Decke gehen. Reardon gehörig zusammenstauchen – und dann verzweifelt eine neue Geschichte brauchen, um das Loch zu füllen.

Jennifer hatte eine Stunde Zeit, um ihm eine zu besorgen. Sie schaltete ihren Fernseher ein und zappte sich durch die Kanäle. Und dann fiel ihr Blick noch einmal auf das Fax auf ihrem Tisch.

JAA verzögert Freigabe des N-22-Grossraumjets wegen fortdauernder Zweifel an der Lufttauglichkeit.

Moment mal, dachte sie. *Fortdauernde* Zweifel an der Lufttauglichkeit? Bedeutete das ein schon länger bestehendes Sicherheitsproblem? Falls das so war, steckte vielleicht doch eine Story dahinter. Nicht allgemeine Flugsicherheit – dieses Thema war abgegrast. Diese endlosen Geschichten über die Flugverkehrskontrolle, zum Beispiel, daß dazu Computer aus den Sechzigern benutzt wurden, und wie veraltet und risikobehaftet das ganze System war. Solche Geschichten verängstigten die Leute nur. Das Publikum konnte nichts damit anfangen, weil es nichts dagegen unternehmen konnte. Aber ein spezieller Flugzeugtyp mit einem Problem? Das war eine Geschichte über Produktsicherheit. Kaufen Sie dieses Produkt nicht. Fliegen Sie nicht mit dieser Maschine.

Das könnte sehr, sehr wirkungsvoll sein, dachte sie.

Sie griff zum Telefon und wählte.

Hangar 5 — *11 Uhr 15*

Ron Smith hatte den Kopf im vorderen Hilfsgerätefach knapp hinter dem Bugrad, als Casey ihn besuchte. Um ihn herum war sein Elektrik-Team bei der Arbeit.

»Ron«, sagte sie. »Erklären Sie mir diese Störungsliste.« Sie hatte die ganze Liste, alle zehn Seiten, mitgebracht.

»Was ist damit?«

»Diese vier ›AUX‹-Angaben hier. Die Leitungen 1,2,3 und COA. Wozu dienen die?«

»Ist das wichtig?«

»Das versuche ich ja gerade herauszufinden.«

»Na ja«, seufzte Ron. »AUX 1 ist der Hilfsgenerator, die Turbine im Heck. AUX 2 und 3 sind redundante Leitungen, für den Fall, daß das System erweitert wird und sie dann benötigt werden. AUX COA ist eine Zusatzleitung für Customer Optional Additions, also für alles, was der Kunde zusätzlich einbauen läßt, zum Beispiel einen QAR. Den diese Maschine nicht hat.«

»Die Meßwerte dieser Leitungen sind alle null«, sagte Casey. »Heißt das, daß sie in Gebrauch sind?«

»Nicht unbedingt. Der vordefinierte Standardwert ist null, man kann deshalb nicht sagen, ob die Leitung benutzt wird oder nicht.«

»Okay.« Sie faltete die Datenblätter zusammen. »Und was ist mit der Störung des Näherungssensors?«

»Wir sind gerade dran. Vielleicht finden wir ja etwas. Aber wissen Sie, diese Störungsmeldungen sind nur Schnappschüsse, isolierte Daten über den Zustand des Flugzeugs zu einem bestimmten Zeitpunkt. Mit Schnappschüssen allein finden wir nie raus, was auf diesem Flug passiert ist. Wir brauchen die DFDR-Daten. Die müssen Sie uns besorgen, Casey.«

»Ich habe Rob Wong schon zur Eile angetrieben...«

»Dann treiben Sie ihn noch mehr«, sagte Smith. »Der Flugschreiber ist der Schlüssel.«

Vom Heck des Flugzeugs kam ein gequälter Aufschrei: »So eine verdammte Scheiße. Das glaub ich einfach nicht.«

Es kam von Kenny Burne.

Er stand auf einer Plattform hinter dem linken Triebwerk und fuchtelte verärgert mit den Armen. Die anderen Ingenieure bei ihm schüttelten die Köpfe.

Casey ging zu ihm. »Haben Sie was gefunden?«

»Könnte man sagen, ja«, erwiderte Burne. »Erstens, die Dichtungen der Kühlmittelleitungen sind falsch eingebaut. Irgendein blinder Trottel hat sie bei der Wartung verkehrt herum eingeschraubt.«

»Kann das den Flug beeinträchtigen?«

»Früher oder später, ja. Aber das ist nicht alles. Sehen Sie sich das an. Die innere Klappe am Umkehrer.«

Casey kletterte am Gerüst zum Heck der Maschine hoch, wo die Ingenieure vor den geöffneten Schubumkehrklappen standen.

»Zeigt es ihr, Jungs«, sagte Burne.

Sie richteten einen Strahler auf die Innenfläche einer Klappe. Casey sah eine solide, präzise gekrümmte Stahlplatte, die mit feinem Ruß aus der Turbine bedeckt war. Die Männer hielten die Lampe an das Pratt-and-Whitney-Logo, das knapp vor der Vorderkante der Metallplatte aufgeprägt war.

»Sehen Sie das?« fragte Kenny.

»Was? Meinen Sie den Herstellerstempel?« sagte Casey. Das Pratt-and-Whitney-Logo bestand aus einem Kreis mit einem Adler darin und den Buchstaben P und W.

»Genau. Der Stempel.«

»Was ist damit?«

Burne schüttelte den Kopf. »Casey«, sagte er vorwurfsvoll. »Der Adler ist *verkehrt herum*. Er schaut in die falsche Richtung.«

»Oh.« Das war ihr nicht aufgefallen.

»Und glauben Sie, daß Pratt and Whitney ihren Adler verkehrt herum aufprägen? Auf keinen Fall. Das Teil ist eine verdammte Imitation, Casey.«

»Okay«, sagte sie. »Aber hat es den Flug beeinträchtigt?« Das war die entscheidende Frage. Sie hatten an diesem Flugzeug bereits ein gefälschtes Teil gefunden. Amos hatte gesagt, es würde noch mehr geben, und er hatte zweifellos recht. Aber die Frage war, ob diese Teile das Verhalten des Flugzeugs während des Unfalls beeinflußt hatten.

»Könnte sein«, sagte Kenny, der wütend auf und ab marschierte. »Aber ich kann dieses Triebwerk nicht auseinandernehmen, verdammt noch mal. Das alleine würde vierzehn Tage dauern.«

»Und wie finden wir es sonst heraus?«

»Wir brauchen diesen Flugschreiber, Casey. Wir brauchen diese Daten.«

Richman sagte: »Soll ich hinüber in die Computerabteilung? Nachsehen, wie Wong vorankommt?«

»Nein«, sagte Casey. »Das bringt nichts.« Rob Wong konnte ziemlich aufbrausend werden. Ihn noch mehr unter Druck zu setzen würde nichts bewirken, außer daß er wütend davonmarschierte und zwei Tage lang nicht mehr auftauchte.

Ihr Handy klingelte. Es war Norma.

»Jetzt geht's los. Sie haben Anrufe von Jack Rogers, von Barry Jordan von der *LA Times*, von jemand namens Winslow von der *Washington Post*. Und eine Bitte um Hintergrundinformationen über die N-22 von *Newsline*.«

»*Newsline?* Diese Nachrichtensendung im Fernsehen?«

»Ja.«

»Bringen die einen Bericht?«

»Ich glaube nicht«, sagte Norma. »Es klang eher so, als würde da jemand ein wenig im trüben fischen.«

»Okay«, sagte Casey. »Ich rufe zurück.« Sie setzte sich in einen Winkel des Hangars und zog ihren Notizblock heraus. Sie stellte sich eine Liste der Unterlagen zusammen, die in die Pressemappe kommen sollten. Überblick über das Genehmigungsverfahren der FAA für neue Flugzeuge. Bekanntgabe der FAA-Freigabe der N-22; die würde Norma aus den Unterlagen von vor fünf Jahren heraussuchen müssen. Der letztjährige FAA-Bericht über Flugsicherheit. Der firmeninterne Bericht über die Sicherheit an Bord der in Betrieb befindlichen N-22 von 1991 bis zur Gegenwart – hier zeigte sich der herausragende Standard. Die jährlich aktualisierte Geschichte der N-22. Die Liste der bis jetzt für die Maschine ausgegebenen ADs – es waren nur sehr wenige. Eine Kurzbeschreibung des Flugzeugs, einige grundlegende Daten über Geschwindigkeit und Reichweite, Größe und Gewicht. Sie wollte nicht zu viel verschicken. Aber das würde alles Wesentliche abdecken.

Richman sah ihr zu. »Was jetzt?« fragte er.

Sie riß das Blatt ab und gab es ihm. »Bringen Sie das Norma. Sagen Sie ihr, sie soll eine Pressemappe zusammenstellen und sie jedem schicken, der danach fragt.«

»Okay.« Er starrte die Liste an. »Ich weiß nicht, ob ich alles lesen kann...«

»Norma kann es. Geben Sie ihr die Liste einfach.«

»Okay.«

Fröhlich summend ging Richman davon.

Ihr Telefon klingelte. Es war Jack Rogers, der direkt bei ihr anrief. »Ich höre noch immer, daß der Flügel ausgelagert wird. Es heißt, Norton verschifft die Vorrichtungen nach Korea, und von dort werden sie dann nach Shanghai weitergeleitet.«

»Hat Marder mit Ihnen gesprochen?«

»Nein. Wir haben uns immer verpaßt.«

»Reden Sie mit ihm«, sagte Casey, »bevor Sie etwas unternehmen.«

»Wird mir Marder etwas sagen, das ich schreiben kann?«

»Reden Sie einfach mit ihm.«

»Okay«, erwiderte Rogers. »Aber er wird es abstreiten, nicht?«

»Reden Sie mit ihm.«

Roger seufzte. »Hören Sie, Casey. Ich will mit einer so heißen Geschichte, wie ich sie an der Angel habe, nicht hinterm Berg halten – und sie dann zwei Tage später in der *LA Times* lesen. Helfen Sie mir da raus. Ist an dieser Auslagerung nach China etwas dran oder nicht?«

»Ich kann dazu nichts sagen.«

»Ich will Ihnen was sagen«, entgegnete Rogers. »Falls ich schreibe, daß diverse hochrangige Quellen bei Norton leugnen, daß der Flügel nach China geht, dann hätten Sie wohl kein Problem damit, oder?«

»Nein, hätte ich nicht.« Eine vorsichtige Antwort, aber es war auch eine vorsichtige Frage gewesen.
»Okay, Casey. Danke. Ich werde Marder anrufen.«
Er legte auf.

NEWSLINE   *14 Uhr 25 Ortszeit*

Jennifer Malone wählte die Nummer auf dem Fax und fragte nach dem angegebenen Ansprechpartner, Alan Price. Mr. Price war beim Mittagessen, und so sprach sie mit seiner Assistentin, Ms. Weld.

»Ich lese hier, daß es bei der europäischen Freigabe des Norton-Flugzeugs eine Verzögerung gibt. Wo liegt das Problem?«

»Sie meinen die N-22?«

»Ja.«

»Nun, das ist ein strittiges Thema, ich möchte deshalb keine offizielle Stellungnahme dazu abgeben.«

»Aber ein paar Hintergrundinformationen könnten Sie mir doch liefern.«

»Das kann ich, ja.«

»Okay.«

»In der Vergangenheit haben die Europäer die FAA-Freigabe eines neuen Flugzeugs immer übernommen, weil sie das Genehmigungsverfahren für streng genug erachteten. In letzter Zeit hat die JAA dieses Genehmigungsverfahren jedoch in Frage gestellt. Sie haben den Eindruck, daß die amerikanische Behörde, die FAA, mit den amerikanischen Herstellern unter einer Decke steckt und in ihrem Prüfstandard nachgelassen hat.«

»Tatsächlich?« Perfekt, dachte Jennifer. Unfähige amerikanische Bürokratie. Dick Shenk liebte solche Geschichten. Und die FAA stand schon seit Jahren unter Beschuß; sie mußte einige Leichen im Keller haben. »Gibt es Beweise?« fragte sie.

»Nun, die Europäer finden das ganze System unbefriedigend. Zum Beispiel werden die für das Genehmigungsverfahren nötigen Dokumente nicht bei der FAA aufbewahrt. Die Behörde gestattet den Herstellern die Archivierung. Und das scheint doch ein zu gutes Einvernehmen zu sein.«

»Aha.«

Sie schrieb:

— *FAA unter einer Decke mit Herst. Korrupt!*

»Wie auch immer«, sagte die Frau, »falls Sie noch mehr Informationen brauchen, würde ich vorschlagen, daß Sie die JAA direkt anrufen, oder vielleicht Airbus. Ich kann Ihnen die Nummern geben.«

Stattdessen rief sie bei der FAA an. Sie wurde zur Abteilung für Öffentlichkeitsarbeit durchgestellt, zu einem Mann namens Wilson.

»Soweit ich weiß, verweigert die JAA die Freigabe der Norton N-22.«

»Ja«, sagte Wilson. »Die lassen das jetzt schon eine ganze Weile schleifen.«

»Die FAA hat die N-22 schon freigegeben?«

»Natürlich. Man kann in diesem Land kein Flugzeug bauen, ohne daß die FAA den Entwurf und das Herstellungsverfahren von Anfang bis Ende kontrolliert und genehmigt.«

»Und bewahren Sie die für das Genehmigungsverfahren nötigen Dokumente auf?«

»Nein. Das macht der Hersteller. Norton hat sie.«

»Aha, dachte sie. Das stimmte also.

— *Norton bewahrt Dokumente auf, nicht FAA.*

— *Den Bock zum Gärtner machen.*

»Macht Ihnen das kein Kopfzerbrechen, daß Norton die Dokumente aufbewahrt?«

»Nein, überhaupt nicht.«

»Und Sie sind überzeugt, daß das Genehmigungsverfahren ordnungsgemäß abgelaufen ist?«

»Aber natürlich. Und wie gesagt, diese Maschine wurde schon vor fünf Jahren freigegeben.«

»Ich habe gehört, daß die Europäer unzufrieden sind mit dem gesamten Genehmigungsverfahren.«

»Ach, wissen Sie«, sagte Wilson in diplomatischem Tonfall, »die JAA ist eine relativ neue Organisation. Im Gegensatz zur FAA hat sie keine hoheitsrechtliche Befugnis. Ich glaube, die sind erst noch dabei, ihre eigenen Verfahrensweisen zu entwickeln.«

Jennifer rief im Informationsbüro der Airbus Industrie in Washington an und wurde zu einem Marketing-Menschen namens Samuelson durchgestellt. Er bestätigte ihr etwas widerwillig, daß er von der Verzögerung der JAA-Freigabe gehört habe, konnte ihr aber keine weiteren Einzelheiten nennen.

»Aber Norton hat in letzter Zeit eine Menge Probleme«, sagte er. »Ich glaube zum Beispiel, daß das China-Geschäft noch nicht so sicher ist, wie sie behaupten.«

Das war das erste, was sie von einem China-Geschäft hörte. Sie schrieb:

– *China-Geschäft N-22?*

»Aha...«, sagte sie.

»Ich meine, seien wir doch ehrlich«, fuhr Samuelson fort. »Der Airbus A-340 ist in jeder Hinsicht das überlegene Flugzeug. Er ist neuer als der Norton-Großraumjet. Er ist besser in jeder Hinsicht. Wir haben versucht, dies den Chinesen zu erklären, und allmählich verstehen sie unseren Standpunkt. Also, meine Vermutung ist, daß aus Nortons Geschäft mit der Volksrepublik nichts wird. Und natürlich spielen Sicherheitsbedenken bei dieser Entscheidung eine Rolle. Unter uns gesagt, ich glaube, die Chinesen sind sehr besorgt, daß dieses Flugzeug unsicher ist.«

– *C halten Flugzeug für unsicher.*

»Mit wem könnte ich darüber reden?« fragte sie.

»Nun, wie Sie wissen, sprechen die Chinesen nur sehr ungern über laufende Verhandlungen«, sagte Samuelson. »Aber ich kenne da einen Mann im Handelsministerium, der Ihnen vielleicht weiterhelfen kann. Er gehört zur Ex-Im-Bank, die für die langfristige Finanzierung von Auslandsgeschäften sorgt.«

»Wie heißt er?« fragte sie.

Sein Name war Robert Gordon. Die Telefonistin im Handelsministerium brauchte fünfzehn Minuten, bis sie ihn gefunden hatte. Jennifer malte Männchen. Schließlich meldete sich seine Sekretärin. »Es tut mir leid, aber Mr. Gordon ist in einer Besprechung«, sagte sie.

»Ich rufe vom *Newsline* an«, sagte Jennifer.

»Oh.« Eine Pause. »Einen Augenblick, bitte.«

Sie lächelte. Das funktionierte immer.

Gordon meldete sich, und sie fragte ihn nach der JAA-Freigabe und Nortons China-Geschäft. »Stimmt es, daß dieser Verkauf gefährdet ist?«

»Jeder Flugzeugverkauf ist gefährdet, bis er abgeschlossen ist, Ms. Malone«, sagte Gordon. »Aber soweit ich weiß, steht das China-Geschäft auf soliden Füßen. Allerdings habe ich Gerüchte gehört, daß Norton Schwierigkeiten mit der JAA-Freigabe für Europa hat.«

»Was sind das für Schwierigkeiten?«

»Nun ja«, sagte Gordon. »Ich bin ja eigentlich kein Luftfahrtexperte, aber die Firma hat eine Menge Probleme.«

– Norton hat Probleme.

Gordon sagte: »Da war diese Sache gestern in Miami. Und Sie haben wahrscheinlich von diesem Vorfall in Dallas gehört.«

»Was war da?«

»Letztes Jahr ging auf der Rollbahn ein Triebwerk in Flammen auf. Und alle sind aus der Maschine gesprungen. Einige Leute haben sich die Beine gebrochen, weil sie vom Flügel gesprungen sind.«

– Dallas Vorfall – Triebwerk/gebrochene Beine. Band?

»Ah ja...«, sagte sie.

»Ich weiß ja nicht, wie das bei Ihnen ist«, sagte Gordon, »aber ich fliege nicht sehr gerne, und mein Gott, wenn Leute aus dem Flugzeug springen, in so einer Maschine möchte ich nicht sein.

Sie schrieb:

– Aus Maschine gesprungen, WOW!
– Unsicheres Flugzeug.

Und darunter, in großen Blockbuchstaben:

– TODESFALLE.

Sie rief bei Norton Aircraft an, um ihre Version der Geschichte zu hören. Sie wurde zu einem PR-Menschen namens Benson durchgestellt. Mit seiner verschlafenen Art und seiner gedehnten Sprechweise klang er wie ein typischer Firmenvertreter. Sie beschloß, ihn zu überrumpeln. »Ich möchte Sie nach dem Vorfall in Dallas fragen.«

»Dallas?« Er klang überrascht.

Gut.

»Letztes Jahr«, sagte sie. »Ein Triebwerk ging in Flammen auf, und die Leute sprangen aus dem Flugzeug. Brachen sich die Beine.«

»Ach ja. Bei diesem Vorfall handelte es sich um eine 737«, sagte Benson.

— *Vorfall m/737.*

»Aha. Und was können Sie mir darüber sagen?«

»Nichts«, erwiderte Benson. »Das war nicht unser Flugzeug.«

»Ach, kommen Sie«, sagte sie. »Ich weiß doch bereits Bescheid über den Vorfall.«

»Das ist eine Maschine von Boeing.«

Sie seufzte. »Mein Gott. Machen Sie es mir doch nicht so schwer.« Es war ermüdend, wie diese PR-Typen mauerten. Als würde ein guter Reporter nie die Wahrheit herausfinden. Sie schienen zu glauben, wenn sie es ihr nicht sagten, würde es auch sonst niemand tun.

»Es tut mir leid, Ms. Malone, aber wir bauen dieses Flugzeug nicht.«

»Nun, wenn das wirklich stimmt«, sagte sie nun unverhüllt sarkastisch, »dann können Sie mir vermutlich auch sagen, wo ich das bestätigt bekommen kann.«

»Ja, Ma'am«, sagte Benson. »Wählen Sie die Vorwahl 206 und lassen Sie sich zu Boeing durchstellen. Die werden Ihnen weiterhelfen.«

Klick.

Mein Gott. Was für ein Arschloch. Wie konnten diese Firmen die Medien nur so behandeln? Behandle einen Reporter schlecht, und der wird es dir heimzahlen. Begriffen die das denn nicht?

Sie rief bei Boeing an und verlangte die PR-Abteilung. Daraufhin wurde sie zu einem Anrufbeantworter durchgestellt, und irgendeine Tussi nannte eine Faxnummer und sagte, Fragen sollten doch bitte gefaxt werden, und die Abteilung werde dann zurückrufen. Unglaublich, dachte sie. Eine bedeutende amerikanische Firma, und die gehen nicht mal ans Telefon.

Verärgert legte sie auf. Warten hatte keinen Sinn. Wenn es sich bei dem Vorfall in Dallas wirklich um eine Boeing-Maschine gehandelt hatte, dann hatte sie keine Story.

Keine verdammte Story.

Sie trommelte mit den Fingern auf den Tisch und überlegte, was sie tun sollte.

Sie rief noch einmal bei Norton an und sagte, sie wolle mit jemandem aus dem Management reden, nicht mit der PR-Abteilung. Sie wurde ins Büro des Präsidenten durchgestellt und dann an eine Frau namens Singleton weitergeleitet. »Wie kann ich Ihnen helfen?« fragte die Frau.

»Soweit ich weiß, gibt es bei der europäischen Freigabe der N-22 eine Verzögerung. Hat diese Maschine ein Problem?«

»Absolut kein Problem«, sagte Singleton. »Wir fliegen die N-22 in diesem Land bereits seit fünf Jahren.«

»Nun, ich habe aber aus gewissen Quellen gehört, daß es ein unsicheres Flugzeug ist«, sagte Jennifer. »Erst gestern ging auf der Rollbahn in Miami ein Triebwerk in Flammen auf...«

»Um genau zu sein, ein Rotor ist geborsten. Und das wird jetzt untersucht.« Die Frau sprach ruhig und gelassen, als sei es das Normalste auf der Welt, daß ein Triebwerk explodiert.

– »*Rotor geborsten*«!

»Aha«, sagte Jennifer. »Verstehe. Aber wenn es stimmt, daß Ihre Maschine keine Probleme hat, warum verweigert dann die JAA die Freigabe?«

Die Frau am anderen Ende zögerte kurz. »Dazu kann ich Ihnen nur Hintergrundinformationen liefern«, sagte sie dann. »Bitte zitieren Sie mich nicht.«

Jetzt klang sie verunsichert, angespannt.

Gut. Hier schien Jennifer auf der richtigen Fährte zu sein.

»Es gibt absolut kein Problem mit dem Flugzeug, Ms. Malone. In diesem Land fliegt die Maschine mit Triebwerken von Pratt and Whitney. Aber die JAA sagt uns, daß wir, wenn wir das Flugzeug in Europa verkaufen wollen, es mit IAE-Triebwerken ausstatten müssen.«

»IAE?«

»Ein europäisches Konsortium, das Triebwerke herstellt. Wie Airbus. Ein Konsortium.«

»Aha«, sagte Jennifer.

– *IAE = Konsortium/Europa.*

»Angeblich«, fuhr Singleton fort, »will die JAA, daß wir das Flugzeug mit dem IAE-Triebwerk ausstatten, um den europäischen Lärm- und Abgasvorschriften zu entsprechen, die strenger sind als bei uns in den USA. Tatsächlich ist es aber so, daß wir Flugzeugzellen herstellen, keine Triebwerke, und daß unserer Ansicht nach die Entscheidung, welcher Triebwerkstyp in die Maschine installiert wird, dem Kunden überlassen werden sollte. Wir bauen das Triebwerk ein, das der Kunde verlangt. Wenn er ein IAE will, bauen wir ein IAE ein. Wenn er ein Pratt and Whitney will, bauen wir ein Pratt and Whitney ein. Wenn er ein GE will, bauen wir ein GE ein. So war es immer in diesem Geschäft. Der Kunde sucht das Triebwerk aus. Wir betrachten dies also als einen ungerechtfertigten regulatorischen Eingriff der JAA. Wir bauen sehr gern IAE-Triebwerke ein, wenn Lufthansa oder Sabena das wollen. Aber wir denken, daß es der JAA nicht möglich sein darf, diesen freien Markt zu kontrollieren. Das heißt also, diese ganze Sache hat mit Lufttauglichkeit nichts zu tun.«

Als sie das hörte, runzelte Jennifer die Stirn. »Sie sagen also, daß es bei diesem Streit um behördliche Kontrolle geht.«

»Genau. Hier geht es um Handelsbeschränkungen. Die JAA ist eine europäische Organisation, die uns europäische Triebwerke aufzuzwingen versucht. Wenn das ihre Absicht ist, sollte sie diese Triebwerke den europäischen Fluggesellschaften aufzwingen, nicht uns.«

– *Streit um behördliche Kontrolle.*

»Und warum hat sie sie den Europäern nicht aufgezwungen?«

»Das müssen Sie die JAA fragen. Aber ehrlich gesagt, ich kann mir vorstellen, daß sie es bereits versucht hat und zum Teufel geschickt worden ist. Wissen Sie, Flugzeuge werden gemäß der Spezifikationen der Fluggesellschaften maßgeschneidert. Sie suchen sich die Triebwerke, die Elektronikkonfigurationen und die Innengestaltung aus. Es ist ihre Entscheidung.«

Jennifer malte nun wieder Männchen. Sie hörte nur noch auf den Ton in der Stimme der Frau am anderen Ende und versuchte, zu erspüren, was sie empfand. Die Frau klang leicht gelangweilt, wie eine Lehrerin am Ende des Tages. Jennifer spürte keine Anspannung, kein Zögern, keine Geheimnisse.

Scheiße, dachte sie. Keine Story.

Sie machte noch einen letzten Versuch: Sie rief beim National Transportation Safety Board in Washington an und wurde zu einem Mann namens Kenner in der PR-Abteilung durchgestellt.

»Ich rufe an wegen der JAA-Freigabe der N-22.«

Kenner klang überrascht. »Also wissen Sie, das fällt eigentlich gar nicht in unseren Bereich. Da sollten Sie wohl eher mit jemandem von der FAA sprechen.«

»Können Sie mir wenigstens ein paar Hintergrundinformationen geben?«

»Na ja, die FAA-Bestimmungen für die Freigabe von Flugzeugen sind sehr streng und dienen oft als Vorbild für die Genehmigungsverfahren in anderen Ländern. So lange ich zurückdenken kann, haben ausländische Behörden auf der ganzen Welt die FAA-Freigabe als ausreichend akzeptiert. Jetzt hat die JAA diese Tradition durchbrochen, und ich glaube, der Grund dafür ist kein Geheimnis. Hier geht's um Politik, Ms. Malone. Die JAA will, daß die Amerikaner europäische Triebwerke benutzen, ansonsten drohen sie mit Nichtfreigabe. Und natürlich steht Norton kurz vor einem Geschäftsabschluß mit China, und Airbus will dieses Geschäft.«

»Dann will die JAA das Flugzeug also schlechtmachen?«

»Nun, sie lassen auf jeden Fall Zweifel aufkommen.«

»Berechtigte Zweifel?«

»Was mich angeht, nein. Die N-22 ist ein gutes Flugzeug. Ein bewährtes Flugzeug. Airbus sagt, sie haben ein brandneues Flugzeug; Norton sagt, sie haben ein älteres, aber bewährtes Flugzeug. Die Chinesen werden wahrscheinlich das bewährte Produkt nehmen. Es ist auch etwas weniger teuer.«

»Aber ist das Flugzeug sicher?«

»Oh, absolut.«

– NTSB sagt, Flugzeug ist sicher.

Jennifer dankte ihm und legte auf. Dann lehnte sie sich zurück und seufzte. Keine Story.

Nichts.

Punktum.

Das Ende.

»Scheiße«, sagte sie.

Sie betätigte die Gegensprechanlage. »Deborah«, sagte sie. »Wegen dieser Flugzeugsache...«

»*Sehen Sie es gerade?*« fragte Deborah beinahe kreischend.

»Was denn?«

»CNN. Das ist *unglaublich*.«

Jennifer griff nach ihrer Fernbedienung.

Restaurant El Torito   *12 Uhr 05*

Das El Torito bot annehmbares Essen zu einem vernünftigen Preis und zweiundfünfzig Sorten Bier; es war ein Stammlokal der Ingenieure von Norton Aircraft. Das IRT-Team saß an einem Mitteltisch im Hauptraum gleich rechts neben der Bar. Die Kellnerin hatte die Bestellungen aufgenommen und ging gerade wieder weg, als Kenny Burne sagte: »Also, ich habe gehört, daß Edgarton ein paar Probleme hat.«

»Haben wir die nicht alle«, erwiderte Doug Doherty und griff nach Chips und Salsa.

»Marder haßt ihn.«

»Na und?« fragte Ron Smith. »Marder haßt jeden.«

»Schon, aber die Sache ist die«, sagte Kenny. »Ich habe gehört, daß Marder nicht zulassen wird...«

»O Gott. *Schaut!*« Doug Doherty deutete quer durchs Zimmer zum anderen Ende der Bar.

Sie alle drehten sich um und starrten zu dem Fernseher hinüber, der über dem Tresen montiert war. Der Ton war abgedreht, aber die Bilder waren unmißverständlich: der Innenraum eines Norton-Großraumjets, gesehen durch eine heftig wackelnde Videokamera. Passagiere flogen buchstäblich durch die Luft, knallten gegen Gepäckfächer und Wandverkleidung, purzelten über Sitzlehnen.

»Ach du Scheiße«, sagte Kenny.

Sie sprangen auf, schrien: »Ton! Ton an!« und liefen in die Bar. Die entsetzlichen Bilder flimmerten weiter über den Bildschirm.

Als Casey die Bar betrat, waren die Video-Aufnahmen bereits vorüber. Der Bildschirm zeigte jetzt einen dünnen Mann mit einem Schnurrbart in einem maßgeschneiderten dunklen Anzug, der entfernt an eine Uniform erinnerte. Sie erkannte Bradley King, einen Anwalt, der sich auf Flugzeugunfälle spezialisiert hatte.

»Na, das paßt ja«, sagte Burne. »Es ist Sky King.«

»Ich glaube, diese Bilder sprechen für sich«, sagte gerade Bradley King. »Mein Klient, Mr. Song, hat sie uns zur Verfügung gestellt, und sie zeigen sehr deutlich, welche Torturen die Passagiere dieses Unglücksflugs über sich ergehen lassen mußten. Dieses Flugzeug ging ohne Veranlassung in einen unkontrollierten Sturzflug über und konnte erst in einer Höhe von fünfhundert Fuß über dem Pazifik wieder abgefangen werden.«

»*Was?*« rief Kenny Burne. »Es hat *was* getan?«

»Wie Sie wissen, bin ich selbst Pilot, und ich kann Ihnen absolut zuverlässig versichern, daß dieses Vorkommnis ein Resultat bekannter Konstruktionsmängel des N-22-Jet ist. Norton weiß seit Jahren über diese Mängel Bescheid und hat nichts getan. Piloten, Bodenpersonal und FAA-Spezialisten haben sich bitter über dieses Flugzeug beklagt. Ich kenne persönlich Piloten, die sich weigern, die N-22 zu fliegen, weil sie so unsicher ist.«

»Vor allem diejenigen, die auf deiner Gehaltsliste stehen«, sagte Burne.

Im Fernsehen sagte King weiter: »Und doch hat die Norton Aircraft Company nichts Grundlegendes gegen diese Mängel getan. Es ist eigentlich unerklärlich, daß trotz des Wissens um diese Probleme nichts unternommen wurde. Angesichts dieser kriminellen Nachlässigkeit war es nur eine Frage der Zeit, bis eine solche Tragödie passierte. Jetzt sind drei Personen tot, zwei Passagiere gelähmt, und der Copilot liegt noch immer im Koma. Insgesamt mußten siebenundfünfzig Personen zur stationären Behandlung ins Krankenhaus. Eine Schande für die Luftfahrt.«

»Dieser Drecksack«, sagte Kenny Burne. »Er weiß, daß das nicht stimmt.«

Nun zeigte der Bildschirm noch einmal das CNN-Band, diesmal in Zeitlupe; abwechselnd verschwommen und scharf wirbelten Körper durch die Luft. Als Casey das sah, brach ihr kalter Schweiß aus und die Brust wurde ihr eng. Ihre Umgebung verschwamm hinter einem blaßgrünen Schleier. Sie ließ sich schnell auf einen Barhocker sinken und atmete tief durch.

Jetzt zeigte der Fernseher einen bärtigen Mann mit leicht professoralem Habitus, der vor einer der Startbahnen in LAX stand. Im

Hintergrund waren rollende Flugzeuge zu erkennen. Sie konnte nicht hören, was der Mann sagte, weil die Ingenieure um sie herum das Bild anschrien.

»Du Arschloch!«

»Wichser!«

»Schlappschwanz!«

»Verlogener Blödsack!«

»Seid ihr jetzt vielleicht mal still?« rief sie. Der Bärtige im Fernsehen war Frederick Barker, ein ehemaliger FAA-Beamter, der jetzt jedoch nicht mehr bei der Behörde war. Barker hatte in den letzten Jahren mehrere Male vor Gericht gegen die Firma ausgesagt. Die Ingenieure haßten ihn.

Barker sagte eben: »O ja, ich fürchte, dieses Problem steht außer Frage.« Was für ein Problem? dachte sie, aber jetzt wechselte das Bild in die CNN-Studios in Atlanta, wo die Moderatorin vor einem Foto der N-22 saß. Unter dem Foto stand in großen roten Druckbuchstaben: »UNSICHER?«

»O Gott, diese Scheiße ist doch wirklich nicht zu glauben«, sagte Burne. »Sky King und dieser Drecksack Barker. Wissen die denn nicht, daß Barker für King *arbeitet*?«

Das Fernsehen zeigte jetzt Bilder eines ausgebombten Hauses im Mittleren Osten. Casey wandte sich ab, rutschte vom Hocker und atmete tief durch.

»Verdammt noch mal, jetzt brauch ich ein Bier«, sagte Burne. Er ging zum Tisch zurück. Die anderen folgten ihm, über Fred Barker murmelnd.

Casey nahm ihre Handtasche, zog das Handy heraus und rief im Büro an. »Norma«, sagte sie, »rufen Sie CNN an und besorgen Sie sich eine Kopie des Bands aus der N-22, das sie eben gezeigt haben.«

»Ich wollte gerade weg, um...«

»Jetzt«, sagte Casey. »Tun Sie es sofort.«

NEWSLINE **15 Uhr 06 Ortszeit**

»Deborah!« schrie Jennifer, als sie die Bilder sah. »Rufen Sie CNN an und besorgen Sie sich eine Kopie dieses Norton-Bands!« Jennifer starrte gebannt auf den Bildschirm. Jetzt zeigte man es noch einmal, diesmal in Zeitlupe, sechs Bilder pro Sekunde. Und die Wirkung hielt sich! Phantastisch!

Sie sah einen armen Kerl durch die Luft taumeln wie einen Taucher, der die Kontrolle verloren hatte, Arme und Beine wedelten in alle Richtungen. Er knallte gegen einen Sitz, ein *Knacken*, und sein Genick brach, der Körper zuckte, schnellte dann wieder in die Luft und krachte gegen die Decke ... Unglaublich! Ein Genickbruch *vor der Kamera*! Es war das großartigste Band, das sie je gesehen hatte. Und der Ton. Fabelhaft! Menschen, die in nacktem Entsetzen schrien – Geräusche, die man nicht nachstellen konnte –, Menschen, die auf chinesisch schrien, was es sehr, sehr exotisch machte, und die ganze Zeit dieses Krachen, wenn Menschen und Taschen und alles mögliche gegen Wände und Decke knallten. Mein Gott!

Es war ein fabelhaftes Band. Es war unglaublich! Und es dauerte eine Ewigkeit, fünfundvierzig Sekunden vielleicht, und alles davon war gut! Auch wenn die Kamera wackelte, wenn das Bild verschwamm und streifig wurde, das machte es höchstens noch besser! Nicht für noch so viel Geld konnte ein Kameramann so etwas hinkriegen!

»Deborah!« schrie sie. »Deborah!«

Sie war so aufgeregt, daß ihr Herz hämmerte. Sie fühlte sich, als würde sie gleich platzen. Nur aus dem Augenwinkel sah sie den Kerl, der jetzt vor der Kamera stand, irgendein Winkeladvokat, der dem Reporter seine Argumente vortrug; anscheinend war es sein Band. Aber sie wußte, daß er es *Newsline* geben würde, er wollte die Publicity, und das bedeutete – sie hatten eine Story! Phantastisch! Ein bißchen ausschmücken und zurechtmachen – und sie hatten ihre Reportage!

Deborah kam hereingelaufen, das Gesicht rot vor Aufregung. Jennifer sagte: »Besorgen Sie mir alles Material über Norton Aircraft aus den letzten fünf Jahren. Suchen Sie die Nexis-Dateien ab nach der N-22, einem Kerl namens Bradley King und einem Kerl namens...« – Sie sah auf den Bildschirm – ...Frederick Barker. Kopieren Sie alles. Ich will es sofort haben!«

Zwanzig Minuten später hatte sie die Umrisse der Story und den Hintergrund über die Schlüsselfiguren. Eine *LA-Times*-Reportage von vor fünf Jahren über die Präsentation, das FAA-Freigabeverfahren und den Jungfernflug für den Erstkäufer der Norton N-22, Modernste Avionik, modernste elektronische Steuerungssysteme und Autopilot, bla, bla, bla.

Eine *New-York-Times*-Geschichte über Bradley King, den umstrittenen Anwalt, der unter Beschuß geraten war, weil er sich an Familien von Absturzopfern herangemacht hatte, bevor die von den Fluggesellschaften offiziell über den Tod ihrer Angehörigen informiert worden waren. Eine weitere *LA-Times*-Geschichte über Bradley King und seine Erfolge bei einem Gemeinschaftsprozeß aller Opfer des Atlanta-Absturzes. Das *Independent Press-Telegram*, Long Beach, über Bradley King, den »König der Luftfahrtprozesse«: King wird von Anwaltskammer in Ohio wegen Fehlverhaltens bei der Kontaktaufnahme mit Familien der Opfer verwarnt, er leugnet jede Unrechtmäßigkeit. *New York Times*: Ist Bradley King zu weit gegangen?

LA Times über den »Seitenwechsler« Frederick Barker und dessen Ausstieg bei der FAA: Barker, ein freimütiger Kritiker, sagt, er sei im Streit um die N-22 gegangen. FAA-Beamter sagt, Barker sei wegen Informationsweitergabe an die Medien gefeuert worden. Barker eröffnet private Kanzlei als »Luftfahrtberater«.

Independent Press-Telegram, Long Beach: Fred Barker beginnt Kreuzzug gegen Nortons N-22, die, wie er behauptet, eine »lange Geschichte nicht akzeptabler Sicherheitsvorfälle« hat. *Telegraph-Star*, Orange County: Barkers Kampagne zur Verbesserung der Flugsicherheit. *Telegraph-Star*, Orange County: Barker beschuldigt FAA, gegen »unsicheres Norton-Flugzeug« nicht energisch genug vorgegangen zu sein. *Telegraph-Star*, Orange County: Barker Schlüsselzeuge in Bradley Kings Prozeß; außergerichtliche Einigung.

Jennifer sah nun schon langsam die Richtung, die diese Story einschlagen würde: Von dem Bluthund Bradley King würden sie wohl besser die Finger lassen. Aber Barker, ein ehemaliger FAA-Beamter, konnte ihnen nützlich sein. Er wäre außerdem in der Lage, das Genehmigungsverfahren der FAA zu kritisieren.

Außerdem fiel ihr auf, daß Jack Rogers, der Reporter des *Telegraph-Star* im Orange County, eine sehr kritische Haltung gegenüber Norton Aircraft an den Tag legte. Sie stieß auf mehrere neuere Artikel unter seinem Namen:

Telegraph-Star, Orange County: Edgarton unter Druck, neue Verträge für gefährdete Firma an Land zu ziehen. Interne Zwistigkeiten im Topmanagement. Zweifel an seinem Erfolg.

Telegraph-Star, Orange County: Probleme bei Nortons Twinjet-Fertigung.

Telegraph-Star, Orange County: Gerüchte über Gewerkschaftsprobleme. Arbeiter gegen China-Geschäft, da es ihrer Ansicht nach Firma ruiniert.

Jennifer lächelte. Das sah alles sehr vielversprechend aus.

Sie rief Jack Rogers bei seiner Zeitung an. »Ich habe Ihre Artikel über Norton gelesen. Die sind ausgezeichnet. Ich vermute, Sie glauben, daß die Firma Probleme hat.«

»Eine Menge Probleme«, sagte Rogers.

»Meinen Sie mit den Flugzeugen?«

»Ja, schon, aber sie haben auch Probleme mit der Gewerkschaft.«

»Worum geht's da?«

»Das ist nicht ganz klar. Aber der Betrieb ist in Aufruhr, und das Management gibt keine klaren Antworten. Die Gewerkschaft ist wütend über das China-Geschäft. Ihrer Meinung nach sollte das nicht zustande kommen.«

»Sind Sie bereit, vor der Kamera darüber zu reden?«

»Klar. Ich kann Ihnen meine Quellen zwar nicht nennen, aber ich werde Ihnen sagen, was ich weiß.«

Natürlich würde er das, dachte Jennifer. Es war der Traum jedes Zeitungsreporters, irgendwann ins Fernsehen zu kommen. Die Zeitungsfritzen wußten alle sehr genau, daß man das große Geld nur machte, wenn man sein Gesicht im Flimmerkasten zeigte. Wie erfolgreich oder berühmt man in anderen Medien auch war, man war nichts, wenn man nicht ins Fernsehen kam. Aber hatte man sich erst einmal im Fernsehen einen Namen gemacht, erhielt man auch Zugang zum lukrativen Vortrags-Zirkus, wo man fünf- oder zehntausend Dollar verdienen konnte, wenn man bei einem Mittagessen vor Geschäftsleuten sprach.

»Ich werde irgendwann diese Woche drüben bei Ihnen sein... Mein Büro wird sich mit Ihnen in Verbindung setzen.«

»Sagen Sie mir nur, wann«, sagte Rogers.

Sie rief Fred Barker in Los Angeles an. Es schien beinahe, als hätte er ihren Anruf erwartet. »Das ist ein ziemlich dramatisches Videoband«, sagte sie.

»Es ist beängstigend«, sagte Barker, »wenn bei einem Flugzeug, das gerade fast Schallgeschwindigkeit fliegt, die Slats ausgefahren werden. Aber genau das ist bei dem TransPacific-Flug passiert. Es ist das neunte Mal, daß das passierte, seit diese Maschine in Dienst gestellt wurde.«

»Das neunte Mal?«

»O ja. Das ist nichts Neues, Ms. Malone. Mindestens drei weitere Tote gehen auf das Konto von Nortons Pfuscharbeit, und doch hat die Firma nichts dagegen unternommen.«

»Haben Sie eine Liste?«

»Geben Sie mir Ihre Faxnummer.«

Jennifer starrte die Liste an. Sie war ein bißchen zu detailliert für ihren Geschmack, aber dennoch sehr überzeugend:

Norton N-22 Slats-Vorfälle

1. **4. Januar 1992:** Slats ausgefahren bei FH 350 und 0,84 Mach. Der Klappen/Slats-Hebel wurde unabsichtlich bewegt.
2. **2. April 1992:** Slats ausgefahren im Dauerflug bei 0,81 Mach. Angeblich fiel Klemmbrett auf Klappen/Slats-Hebel.
3. **17. Juli 1992:** Was ursprünglich als heftige Turbulenzen gemeldet wurde, erwies sich später als Ausfahren der Slats infolge unabsichtlichen Bewegens des Klappen/Slats-Hebels. Fünf Passagiere verletzt, drei schwer.
4. **20. Dezember 1992:** Ausfahren der Slats bei Reisegeschwindigkeit ohne Bewegung des Klappen/Slats-Hebels im Cockpit. Zwei Passagiere verletzt.
5. **12. März 1993:** Flattern des Flugzeugs kurz vor Sackflug bei 0,82 Mach. Überprüfung ergab, daß Slats ausgefahren und Hebel nicht in Verriegelungsposition war.
6. **4. April 1993:** Erster Offizier stützte Arme auf Klappen/Slats-Hebel, wodurch Hebel nach unten gedrückt und Slats ausgefahren wurden. Mehrere Passagiere verletzt.
7. **4. Juli 1993:** Pilot berichtete Bewegung des Klappen/Slats-Hebels und Ausfahren der Slats. Maschine in Reisegeschwindigkeit bei 0,81 Mach.
8. **10. Juni 1994:** Ausfahren der Slats bei Reisegeschwindigkeit ohne Bewegung des Klappen/Slats-Hebels.

Sie griff noch einmal zum Telefon und rief Barker zurück. »Würden Sie vor der Kamera über diese Vorfälle sprechen?«

»Ich habe schon des öfteren vor Gericht in dieser Sache ausgesagt«, entgegnete Barker. »Und ich spreche sehr gern vor der Kamera darüber. Ich will nämlich, daß dieses Flugzeug repariert wird, bevor noch mehr Leute umkommen. Aber niemand war bisher bereit, sich darum zu kümmern – weder die Firma noch die FAA. Es ist eine Schande.«

»Aber wie können Sie so sicher sein, daß es auch bei diesem Flug zu einem Vorfall mit den Slats kam?«

»Ich habe eine Quelle innerhalb von Norton«, sagte Barker. »Ein verärgerter Angestellter, der genug hat von all diesen Lügen. Meine Quelle sagt mir, daß es die Slats waren und daß die Firma es vertuscht.«

Jennifer legte auf und betätigte die Gegensprechanlage.

»Deborah!« schrie sie. »Geben Sie mir die Reiseabteilung!«

Jennifer schloß die Tür ihres Büros und setzte sich still hin. Sie wußte, daß sie jetzt eine Story hatte.

Eine fabelhafte Story.

Die Frage war jetzt nur: Was war der Aufhänger? Wie sollte sie die Story anpacken?

Bei einer Sendung wie *Newsline* war der Aufhänger das wichtigste. Ältere Produzenten in der Redaktion sprachen von »Kontext«, was für sie bedeutete, die Geschichte in einen größeren Zusammenhang zu stellen. Darauf hinzuweisen, was die Story bedeutete, zu berichten, was davor passiert war, oder von ähnlichen Dingen zu berichten, die schon einmal geschehen waren. Für die Älteren war der Kontext so wichtig, daß sie ihn als eine Art moralische Verpflichtung zu betrachten schienen.

Jennifer war da anderer Meinung. Denn wenn man all diesen scheinheiligen Quark wegließ, war der Kontext nichts anderes als ein Kick für die Story, eine Art, aus ihr das letzte herauszuholen – und eine nicht sehr sinnvolle Art, denn Kontext bedeutete, die Vergangenheit mit einzubeziehen.

Jennifer hatte kein Interesse an der Vergangenheit; sie gehörte zur neuen Generation, die begriff, daß fesselndes Fernsehen *Jetzt* bedeutete, Ereignisse im Jetzt, eine Flut von Bildern in einer unendlichen elektronischen Gegenwart. Kontext verlangte von seinem Wesen her mehr als das *Jetzt*, und ihr Interesse reichte nicht über das *Jetzt* hinaus. Und auch sonst niemandes Interesse, dachte sie. Die Vergangenheit war tot und begraben. Wen interessierte denn, was er gestern gegessen hatte? Was er gestern getan hatte? Das direkt Berührende, das Fesselnde war das *Jetzt*.

Und Fernsehen war im Idealfall *Jetzt* pur.

Deshalb hatte ein guter Aufhänger nichts mit der Vergangenheit zu tun. Fred Barkers erdrückende Liste früherer Vorfälle war genau betrachtet ein Problem, weil sie die Aufmerksamkeit auf die langweilige Vergangenheit richtete. Sie würde einen Weg um sie herum finden müssen – sie kurz erwähnen und dann weitermachen.

Was sie jetzt suchte, war ein Weg, die Geschichte so zu gestalten, daß sie sich im Jetzt entwickelte, auf eine Art, der der Zuschauer folgen konnte. Die besten Aufhänger fesselten das Publikum, indem sie die Story als einen Konflikt zwischen Gut und Böse, als eine Frage der Moral hinstellten. Denn das kapierten die Leute. Wenn man eine Geschichte so anpackte, wurde man augenblicklich verstanden. Man sprach ihre Sprache.

Aber weil die Story sich auch schnell zu entwickeln hatte, mußte die Moral an einer Reihe von Punkten festgemacht werden, die nicht erklärt zu werden brauchten. Sachen, die vom Publikum als wahr anerkannt wurden. Die Leute wußten bereits, daß große Firmen korrupt und ihre Führer gierige sexistische Schweine waren. Das mußte man nicht beweisen, man mußte es nur erwähnen. Sie wußten bereits, daß staatliche Bürokratien unfähig und faul waren. Auch das mußte man nicht beweisen. Und sie wußten bereits, daß Produkte zynisch, weil ohne Rücksicht auf die Sicherheit des Konsumenten, hergestellt wurden.

Ausgehend von solchen allgemein akzeptierten Prämissen mußte sie ihre moralische Story aufbauen.

Eine sich schnell entwickelnde moralische Geschichte, die jetzt passierte.

Natürlich mußte der Aufhänger auch noch einer zweiten Anforderung genügen. Vor allem anderen mußte sie ihre Reportage Dick Shenk verkaufen. Sie mußte einen Aufhänger finden, der Dick Shenk zusagte, der zu seiner Weltsicht paßte. Und das war nicht einfach. Shenk war kultivierter als das Publikum. Und schwerer zu befriedigen.

In der Redaktion von *Newsline* war Shenk als »der Kritiker« bekannt, wegen der barschen Art, mit der er vorgeschlagene Themen niedermachte. Wenn er durch die Büros schlenderte, gab Shenk sich liebenswürdig, er spielte den gütigen alten Mann. Doch das änderte sich, wenn er einem Vorschlag zuhörte. Dann wurde er gefährlich.

Dick Shenk war sehr gebildet und klug – sehr klug –, und er konnte charmant sein, wenn er wollte. Aber im Grunde war er gemein. Und mit dem Alter war er noch gemeiner geworden, er hatte seine häßliche Seite kultiviert, weil er sie als Schlüssel zu seinem Erfolg betrachtete.

Jetzt mußte sie ihm einen Vorschlag präsentieren. Sie wußte, daß Shenk dringend eine Story brauchte, aber er würde außerdem wütend sein, wütend auf Pacino und auf Marty, und diese Wut konnte sich sehr schnell gegen Jennifer und ihren vorgeschlagenen Beitrag richten.

Um dieser Wut zu entgehen und ihm den Beitrag zu verkaufen, mußte sie vorsichtig vorgehen. Sie mußte die Geschichte so darstellen, daß sie vor allem als Ventil für Dick Shenks Feindseligkeit und Wut dienen konnte und sie in eine nützliche Richtung lenkte.

Sie begann damit, sich aufzuschreiben, was sie sagen würde.

VERWALTUNGSGEBÄUDE   *13 Uhr 04*

Casey betrat mit Richman im Gefolge den Aufzug des Verwaltungsgebäudes. »Ich verstehe das nicht«, sagte er. »Warum sind denn alle so wütend auf King?«

»Weil er lügt«, sagte Casey. »Er weiß, daß das Flugzeug nie bis auf fünfhundert Fuß über dem Pazifik abgesackt ist. Weil nämlich alle tot wären, wenn das passiert wäre. Der Vorfall hat sich in einer Höhe von siebenunddreißigtausend Fuß ereignet. Die Maschine ist höchstens drei- oder viertausend Fuß abgesackt. Das ist schlimm genug.«

»Na und? Er verschafft sich Aufmerksamkeit. Baut den Fall für seinen Klienten auf. Er weiß, was er tut.«

»Ja, das weiß er.«

»Aber hat Norton sich denn nicht schon in der Vergangenheit außergerichtlich mit ihm geeinigt?«

»Dreimal«, sagte sie.

Richman zuckte die Achseln. »Wenn Sie solide Argumente haben, dann verklagen Sie ihn doch.«

»Schon«, sagte Casey. »Aber Prozesse sind sehr teuer, und die Publicity tut uns nicht gut. Es ist billiger, sich außergerichtlich zu einigen und dieses Schmiergeld auf den Preis unserer Flugzeuge umzulegen. Die Fluggesellschaften zahlen diesen Preis und geben ihn an die Kunden weiter. Am Ende zahlt so jeder Fluggast ein paar Dollar mehr für sein Ticket, eine Art versteckte Steuer. Die Prozeßkostensteuer. Die Bradley King-Steuer. So läuft das in der Realität.«

Sie stiegen im vierten Stock aus, und Casey eilte den Korridor hinunter zu ihrer Abteilung.

»Wohin gehen wir jetzt?« fragte Richman.

»Etwas Wichtiges holen, das ich völlig vergessen habe.« Sie sah ihn an. »Und Sie auch.«

NEWSLINE *16 Uhr 45 Ortszeit*

Jennifer Malone ging zu Dick Shenks Büro. Unterwegs kam sie an seiner Trophäensammlung vorbei, einer Ansammlung von dicht an dicht hängenden Fotos, Plaketten und Preisen. Die Fotos zeigten vertrauliche Augenblicke mit den Reichen und Berühmten: Shenk beim Reiten mit Ronald Reagan; Shenk auf einer Yacht mit Cronkite; Shenk bei einem Softball-Spiel mit Tisch in Southampton; Shenk mit Clinton; Shenk mit Ben Bradlee. Und ganz hinten das Foto eines absurd jungen Shenk mit schulterlangen Haaren, wie er, eine Arriflex auf der Schulter, John F. Kennedy im Oval Office filmt.

Dick Shenk hatte seine Karriere in den Sechzigern als aggressiver Dokumentarfilmer begonnen, in jener guten alten Zeit, als die Nachrichten noch prestigeträchtige Zuschußprojekte der Sender waren, unabhängig, mit einem üppigen Budget und jeder Menge Personal. Das war die große Zeit der CBS-*White Papers* und der NBC-*Reports*. Damals, als Shenk noch ein Junge war, der mit einer Arri herumlief, war er in der wirklichen Welt und filmte, was wirklich wichtig war. Mit zunehmendem Alter und Erfolg hatte Shenks Horizont sich verengt. Seine Welt war jetzt begrenzt von seinem Wochenendhaus in Conncecticut und seinem Reihenhaus in New York. Wenn er sich nach draußen wagte, dann nur in einer Limousine. Aber trotz seiner privilegierten Erziehung, seiner Yale-Bildung, seiner wunderschönen Ex-Frauen, seines komfortablen Lebens und seines beruflichen Erfolgs war Shenk mit sechzig unzufrieden mit seinem Leben. Wenn er in seiner Limousine herumfuhr, fühlte er sich nicht gebührend gewürdigt: Er bekam nicht genug Anerkennung, nicht genug Respekt für seine Leistungen. Aus dem aufgeweckten Jungen mit der Kamera war ein nörgelnder, verbitterter Erwachsener geworden. Aus dem Gefühl heraus, daß man ihm den Respekt verweigert hatte, verweigerte Shenk ihn auch anderen, indem er seine Umgebung mit allumfassendem Zynismus betrachtete. Und genau das war der Grund, da war Jennifer sich sicher, warum er ihr den Aufhänger für die Story abkaufen würde.

Jennifer betrat das Vorzimmer und blieb vor Marians Tisch stehen.
»Wollen Sie zu Dick?« fragte Marian.
»Ist er da?«
Sie nickte. »Wollen Sie Begleitung?«
»Brauch ich welche?« fragte Jennifer mit erhobener Augenbraue.
»Na ja«, sagte Marian. »Er hat getrunken.«
»Ist schon okay«, sagte Jennifer. »Ich weiß, wie ich mit ihm umgehen muß.«

Mit geschlossenen Augen, die Fingerspitzen aneinandergelegt, hörte ihr Dick Shenk zu. Von Zeit zu Zeit nickte er leicht.

Kurz skizzierte sie ihm den geplanten Beitrag, nannte alle wesentlichen Punkte: den Vorfall in Miami, die Sache mit der JAA-Freigabe, den TransPacific-Flug, das gefährdete China-Geschäft. Der ehemalige FAA-Experte, der behauptete, daß das Flugzeug eine lange Geschichte nicht korrigierter Konstruktionsmängel habe. Der Luftfahrtreporter, der behauptete, in der Firma gebe es Mißmanagement, Drogen- und Bandenprobleme, einen umstrittenen neuen Präsidenten, der versuche, den lahmen Absatz anzukurbeln. Es war das Porträt einer ehemals stolzen Firma in Schwierigkeiten.

Der Aufhänger für die Story, sagte sie, sei »außen hui, innen pfui«. Sie legte es ihm dar: schlecht geführte Firma baut seit Jahren ein schlechtes Produkt. Leute, die es wissen müssen, beschweren sich, aber die Firma reagiert nicht darauf. FAA steckt mit der Firma unter einer Decke und läßt die Sache schleifen. Jetzt kommt endlich die Wahrheit ans Licht. Die Europäer verweigern die Freigabe; die Chinesen bekommen kalte Füße; das Fliegen in der Maschine kostet weiterhin Passagieren das Leben, so wie die Kritiker es prophezeit haben. Und es gibt Bildmaterial, fesselndes Bildmaterial, das die Todesängste der Passagiere während eines Vorfalls zeigt, bei dem mehrere starben. Und am Ende wird eines offensichtlich: Die N-22 ist eine Todesfalle.

Als sie geendet hatte, entstand ein langes Schweigen. Schließlich öffnete Shenk die Augen.

»Nicht schlecht«, sagte er.

Sie lächelte.

»Wie reagiert die Firma darauf?« fragte er mit träger Stimme.

»Sie mauert. Das Flugzeug ist sicher, die Kritiker lügen.«

»War ja auch nicht anders zu erwarten«, sagte Shenk kopfschüttelnd. »Amerikanische Produkte sind Scheiße.« Dick fuhr einen BMW; er bevorzugte Schweizer Uhren, französische Weine, englische Schuhe. »Alles, was dieses Land produziert, ist Schrott.« Er ließ sich in seinen Sessel zurücksinken, als hätte ihn der Gedanke erschöpft. Dann wurde seine Stimme wieder träge, nachdenklich: »Aber was können sie als Beweis anbieten?«

»Nicht viel«, erwiderte Jennifer. »Der Miami- und der TransPacific-Vorfall werden noch untersucht.«

»Wann werden Ergebnisse erwartet?«

»Erst in Wochen.«

»Aha.« Er nickte langsam. »Gefällt mir. Gefällt mir sogar sehr gut. Das ist unwiderstehlicher Journalismus – und läßt *60 Minutes* verdammt schlecht aussehen. Die haben letzten Monat was über unsichere Flugzeuteile gemacht. Aber wir reden von einem komplett unsicheren Flugzeug! Eine Todesfalle. *Perfekt!* Das jagt jedem eine Heidenangst ein.«

»Das denke ich auch«, sagte sie und grinste breit. Er hatte es ihr abgekauft!

»Und ich werde es Hewitt mit Freuden hinreiben«, sagte Dick. Don Hewitt, der legionäre Produzent von *60 Minutes*, war Shenks Nemesis; er erhielt permanent bessere Presse als Shenk, was den ärgerte. »Dieser Wichser«, sagte er. »Wissen Sie noch, als die diese Enthüllungsstory über Golfprofis außerhalb der Saison gebracht haben?«

Sie schüttelte den Kopf. »Um ehrlich zu sein, nein...«

»Ist schon eine Weile her«, sagte Dick. Einen Augenblick lang starrte er wie abwesend in die Luft, und sie merkte jetzt auch, daß er beim Mittagessen heftig getrunken hatte. »Ist ja auch egal. Okay, wo stehen wir? Sie haben den FAA-Typen, Sie haben den Reporter, Sie haben das Miami-Band. Der Knaller ist das Amateurvideo, das nehmen wir als Aufreißer.«

»Gut«, sagte sie und nickte.

»Aber CNN wird das Tag und Nacht senden«, sagte er. »Nächste

Woche ist das schon ein alter Hut. Wir müssen die Story diesen Samstag bringen.«

»Gut.«

»Sie haben zwölf Minuten«, sagte er. Er drehte sich im Sessel herum, betrachtete die farbigen Streifen an der Wand, die die in Produktion befindlichen Beiträge und die Einsatzorte der Tele-Stars darstellten. »Und Sie haben, äh, Marty. Er macht donnerstags Bill Gates in Seattle, wir fliegen ihn am Freitag nach LA. Sie haben ihn dann sechs, sieben Stunden.«

»Okay.«

Er drehte sich wieder um. »Machen Sie sich an die Arbeit.«

»Okay«, sagte sie. »Danke, Dick.«

»Sind Sie sicher, daß Sie es rechtzeitig schaffen?«

Sie packte ihre Notizen zusammen. »Vertrauen Sie mir.«

Als sie an Marian vorbei nach draußen ging, hörte sie ihn rufen: »Aber vergessen Sie nicht, Jennifer – kommen Sie mir nicht mit einer Teile-Story. Ich will keine verdammte *Teile*-Story!«

QA 14 Uhr 21

Casey kam mit Richman in die Büros der Qualitätssicherung. Norma war vom Mittagessen zurück und zündete sich eben eine Zigarette an. »Norma«, sagte sie. »Haben Sie hier irgendwo ein Videoband herumliegen sehen? Eins dieser kleinen Acht-Millimeter-Dinger?«

»Ja«, sagte Norma, »Sie haben eins auf Ihrem Schreibtisch liegenlassen. Ich hab's weggeräumt.« Sie wühlte in ihrer Schublade und zog es heraus. Dann wandte sie sich an Richman. »Und Sie haben zwei Anrufe von Marder. Er will, daß Sie ihn sofort zurückrufen.«

»Okay«, sagte Richman und ging den Gang hinunter zu seinem Büro. Als er verschwunden war, sagte Norma: »Wissen Sie, er redet ziemlich viel mit Marder. Ich habe es von Eileen gehört.«

»Marder schmeißt sich an die Norton-Verwandten ran?«

Norma schüttelte den Kopf. »Mein Gott, er hat doch schon Charleys einzige Tochter geheiratet.«

»Was wollen Sie dann damit sagen?« fragte Casey. »Daß er Marder berichtet?«

»Ungefähr dreimal täglich.«

Casey runzelte die Stirn. »Warum?«

»Gute Frage, Kleine. Ich glaube, man will Sie reinlegen.«

»Wozu?«

»Keine Ahnung«, sagte Norma.

»Wegen des China-Geschäfts?«

Norma zuckte die Achseln. »Ich weiß es nicht. Aber was interne Machtkämpfe angeht, hat es einen so gerissenen Hund wie Marder in dieser Firma noch nicht gegeben. Außerdem ist er sehr gut im Spurenverwischen. Ich wäre mit diesem Jungen sehr, sehr vorsichtig.« Sie beugte sich über den Tisch und senkte die Stimme. »Als ich vom Mittagessen zurückgekommen bin«, sagte sie, »war noch niemand da. Ich weiß, daß er seine Aktentasche in seinem Büro aufbewahrt. Also hab ich mal nachgesehen.«

»Und?«

»Richman kopiert alles, was ihm unter die Augen kommt. Er hat Kopien von jedem Memo auf Ihrem Schreibtisch. Und er hat jeden Tag Ihr Anrufsprotokoll kopiert.«

»Mein Anrufsprotokoll? Wozu soll denn das gut sein?«

»Keine Ahnung«, sagte Norma. »Rein rechtlich sind das öffentliche Dokumente. Also keine große Sache. Aber da ist noch mehr. Ich habe auch seinen Paß gefunden. Er war in den letzten zwei Monaten fünfmal in Korea.«

»In Korea?« wiederholte Casey.

»Genau, Seoul. Fast jede Woche einmal. Immer nur kurze Aufenthalte. Nur ein, zwei Tage. Nie länger.«

»Aber...«

»Geht noch weiter«, sagte Norma. »Die Koreaner markieren jedes Einreisevisum mit einer Flugnummer. Aber die Nummern in Richmans Paß waren keine Flugnummern einer Liniengesellschaft. Das waren Heck-Kennzeichen.«

»Er ist mit einer Privatmaschine geflogen?«

»So sieht's aus.«

»Ein Norton-Jet?«

Norma schüttelte den Kopf. »Nein. Ich habe mit Alice von der Flugverwaltung gesprochen. Keiner der Firmenjets war im letzten Jahr in Korea. Seit Monaten fliegen die dauernd zwischen hier und Peking hin und her. Aber keiner nach Korea.«

Casey runzelte die Stirn.

»Es kommt noch besser«, sagte Norma. »Ich habe mit dem Fizer in Seoul gesprochen. Wissen Sie noch, als Marder letzten Monat diese Zahngeschichte hatte und drei Tage freigenommen hat?«

»Ja...«

»Er und Richman waren zusammen in Seoul. Der Fizer hat es erst erfahren, als sie schon wieder weg waren, und war verärgert, daß man ihn außen vor gelassen hat. War zu keiner der Besprechungen eingeladen, die sie dort hatten. Hat das als persönliche Beleidigung aufgefaßt.«

»Was für Besprechungen?« fragte Casey.

»Das weiß niemand.« Norma sah sie an. Aber seien Sie vorsichtig mit diesem Jungen.«

Casey saß in ihrem Büro und ging den neuesten Fax-Stapel durch, als Richman den Kopf zur Tür hereinsteckte. »Was jetzt?« fragte er fröhlich.

»Es hat sich was ergeben«, sagte Casey. »Sie müssen für mich ins FSDO. Gehen Sie zu Dan Greene und lassen Sie sich Kopien des Flugplans und der Mannschaftsliste für TPA 545 geben.«

»Haben wir die nicht bereits?«

»Nein, wir haben nur die vorläufigen. Inzwischen dürfte Dan die endgültigen haben. Ich brauche sie rechtzeitig für die Besprechung morgen. Sein Büro ist in El Segundo.«

»El Segundo? Dazu brauche ich den ganzen Rest des Tages.«

»Ich weiß, aber es ist wichtig.«

Er zögerte. »Ich glaube, ich könnte Ihnen mehr helfen, wenn ich hierbleibe...«

»Machen Sie sich auf die Socken«, sagte sie. »Und rufen Sie mich an, wenn Sie die Kopien haben.«

Video Imaging Systems 16 Uhr 30

Das Hinterzimmer der Firma Video Imaging Systems in Glendale war vollgepackt mit summenden Computern, den gedrungenen, lila gestreiften Kästen der Indigo-Maschinen von Silicon Graphics. Scott Harmon humpelte, ein Bein in Gips, über die Kabel, die sich über den Boden schlängelten.

»Okay«, sagte er, »jetzt müßte es gleich kommen.«

Er führte Casey in einen der Schneideräume. Es war ein mittelgroßer Raum mit einem bequemen Sofa an der Rückwand, darüber hingen Filmposter. Die Bearbeitungskonsole nahm die übrigen drei Wände des Raums ein: drei Monitore, zwei Oszilloskope und diverse Tastaturen. Scott begann, die Tasten zu bearbeiten. Er winkte Casey auf einen Stuhl neben sich.

»Was ist das für Material?« fragte er.

»Amateurvideo.«

»Normales Hi-8?« Er sah beim Reden eins der Oszilloskope an. »So sieht's aus. Dolby-kodiert. Standardzeugs.«

»Glaub schon...«

»Okay. Nach dieser Anzeige haben wir neunvierzig auf einer Sechzig-Minuten-Kassette.«

»Fangen Sie einfach an.«

Der Bildschirm flimmerte, und sie sah nebelverhüllte Berggipfel. Die Kamera schwenkte zu einem jungen, amerikanisch aussehenden Mann Anfang Dreißig, der mit einem Baby auf der Schulter eine Straße entlangging. Der Mann lächelte und winkte in die Kamera. Im Hintergrund war ein Dorf zu sehen, ockerfarbene Dächer. Bambus zu beiden Seiten der Straße.

»Wo ist das?« fragte Harmon.

Casey zuckte die Achseln. »Sieht aus wie China. Können Sie es schnell vorlaufen lassen?«

»Klar.«

Die Bilder flackerten, von Störungsstreifen durchzogen, über den Bildschirm. Casey erkannte ein kleines Haus mit geöffneter Vordertür; eine Küche, schwarze Töpfe und Pfannen; einen offenen Koffer auf einem Bett; einen Bahnhof, eine Frau, die in einen Zug einstieg; hektischer Verkehr in einer Stadt, die aussah wie Hongkong; der Wartesaal eines Flughafens bei Nacht, der Mann hielt das Baby auf den Knien, das Baby wand sich und weinte. Dann eine Sperre, eine Stewardeß nahm Tickets entgegen.

»Stop«, sagte sie.

Er drückte ein paar Knöpfe, das Band lief wieder mit normaler Geschwindigkeit. »Ist das der Teil, den Sie wollen?«

»Ja.«

Sie sah, wie die Frau mit dem Baby im Arm die Rampe zum Flugzeug entlangging. Dann kam ein Schnitt, und der Bildschirm zeigte ein schlafendes Baby auf dem Schoß der Frau. Die Kamera schwenkte hoch und zeigte die Frau, die übertrieben gähnte. Sie waren im Flugzeug, während des Flugs, in der Kabine brannte die Nachtbeleuchtung, die Fenster im Hintergrund waren schwarz. Das gleichmäßige Dröhnen von Turbinen.

»Ist ja irre«, sagte Casey. Das war die Frau, die sie im Hospital befragt hatte. Wie hieß sie gleich wieder? Sie hatte es sich notiert.

Harmon neben ihr an der Konsole verlagerte ächzend sein eingegipstes Bein. »Das wird mir eine Lehre sein.«

»Was denn?«

»Bei Nebel nie mehr eine schwarze Abfahrt zu machen.«

Casey nickte, nahm den Blick aber nicht vom Monitor. Die Kamera schwenkte wieder zum schlafenden Baby, dann verschwamm das Bild und wurde schwarz. »Der Kerl konnte wohl die Kamera nicht ausschalten«, sagte Harmon.

Das nächste Bild zeigte gleißendes Tageslicht. Das Baby saß aufrecht und lächelte. Eine Hand kam ins Bild und winkte, um das Baby auf sich aufmerksam zu machen. Die Stimme des Mannes sagte: »Sarah... Sarah... Ein Lächeln für Daddy. Lä-cheln...«

Das Baby lächelte und gluckste.

»Niedliches Kind«, sagte Harmon.

Die Männerstimme sagte: »Wie ist es denn, nach Amerika zu kommen, Sarah? Bist du bereit für das Land deiner Eltern?«

Das Baby gluckste und streckte die Hände nach der Kamera aus. Die Frau, die das Baby hielt, sagte etwas darüber, daß jeder komisch aussehe, und die Kamera schwenkte zu ihr hoch. Der Mann fragte: »Und was ist mit dir, Mom? Bist du froh, wieder nach Hause zu kommen?«

»Ach, Tim«, sagte sie und wandte den Kopf ab. »Bitte.«

»Na komm, Emily. Woran denkst du?«

Die Frau sagte: »Also, was ich wirklich will – wovon ich schon seit Monaten träume – ist ein Cheeseburger.«

»Mit scharfer Xu-xiang-Bohnensoße?«

»O Gott, nein. Ein Cheesburger«, sagte sie, »mit Zwiebeln und Tomaten und Salat und Pickles und Mayonnaise.«

Jetzt schwenkte die Kamera wieder zu dem Kind, das sich den Fuß in den Mund steckte und die Zehen beschlabberte.

»Schmeckt's?« fragte der Mann lachend. »Ist das dein Frühstück, Sarah? Hast wohl keine Lust, bei diesem Flug auf die Stewardeß zu warten?«

Abrupt riß die Frau den Kopf herum. »Was war das?«

»Ganz ruhig, Em«, sagte der Mann noch immer lachend.

»Stoppen Sie das Band«, sagte Casey.

Harmon drückte auf einen Knopf. Das Bild erstarrte auf dem ängstlichen Gesichtsausdruck der Frau.

»Spulen Sie fünf Sekunden zurück.«

Am unteren Rand des Bildschirms erschien der weiße Bildzähler. Das Band lief zurück, wieder waren Störungsstreifen zu sehen.

»Okay«, sagte Casey. »Drehen Sie den Ton lauter.«

Das Baby nuckelte an seinen Zehen, und das Schlabbern war so laut, daß es fast wie ein Wasserfall klang. Die Hintergrundgeräusche der Kabine wurden zu einem beständigen Dröhnen. »Schmeckt's?« fragte der Mann und lachte sehr laut; seine Stimme klang verzerrt. »Ist das dein Frühstück, Sarah? Hast wohl keine Lust, bei diesem Flug auf die Stewardeß zu warten?«

Casey versuchte, auf die Geräusche zwischen den Sätzen des Mannes zu hören: die Innengeräusche der Kabine, das leise Murmeln anderer Stimmen, das Rascheln von Stoff, das Klappern von Besteck in der vorderen Bordküche...

Und dann noch etwas anderes.

Ein anderes Geräusch?

Die Frau riß den Kopf herum. »Was war das?«

»Verdammt«, sagte Casey.

Sie war sich nicht sicher. Das Dröhnen der Kabinengeräusche übertönte alles andere. Sie beugte sich vor, spitzte die Ohren.

Die Stimme des Mannes mischte sich dazwischen, sein Lachen dröhnte: »Ganz ruhig, Em.«

Das Baby kicherte wieder, ein schrilles, ohrenbetäubendes Geräusch.

Casey schüttelte frustriert den Kopf. War da ein tiefes Rumpeln oder nicht? Vielleicht sollten sie zurückspulen und es sich noch einmal anhören. »Können Sie den Ton filtern?«

Der Mann sagte eben: »Wir sind fast zu Hause, Liebling.«

»O Gott«, sagte Harmon und starrte den Monitor an.

Die Bilder schienen plötzlich aus dem Lot geraten zu sein. Das Baby rutschte vom Schoß der Mutter, sie packte es und drückte es sich voller Entsetzen an die Brust. Die Kamera schwankte und kippte. Im Hintergrund schrien Passagiere und klammerten sich an Armstützen fest, als das Flugzeug steil nach unten ging.

Die Kamera kippte wieder, und alle schienen in die Sitze zu sinken, die Mutter wurde von der Schwerkraft in die Polster gepreßt, ihre Wangen wurden eingedrückt, die Schultern sackten nach unten, das Baby schrie. Dann rief der Mann: »Was soll denn das?«, und die Frau stieg plötzlich, nur vom Sicherheitsgurt gehalten, in die Höhe.

Die Kamera sauste durch die Luft, ein Knirschen war zu hören, und danach begann das Bild sich schnell zu drehen. Als es wieder stabil wurde, war etwas Weißes mit Streifen zu sehen. Bevor Casey erkennen konnte, was es war, bewegte sich die Kamera, und sie sah eine Armstütze von unten, Finger, die sich um das Polster krallten. Die Kamera war irgendwo in den Mittelgang gefallen und filmte jetzt senkrecht nach oben. Die Schreie hörten nicht auf.

»Mein Gott«, sagte Harmon noch einmal.

Das Bild begann zu rutschen, gewann an Tempo und glitt an Sitz um Sitz vorbei. Aber es ging nach hinten, das erkannte Casey; das Flugzeug mußte also wieder steigen. Bevor sie sich orientieren konnte, erhob sich die Kamera in die Luft.

Schwerelos, dachte sie. Das Flugzeug hatte offensichtlich den Scheitelpunkt des Anstiegs erreicht und neigte sich jetzt wieder nach unten, und einen Augenblick lang herrschte Schwerelosigkeit, bevor...

Das Bild sauste, hektisch torkelnd und taumelnd, wieder nach unten. Etwas mußte die Kamera getroffen haben, denn ein *Donk* war zu hören, und Casey sah verschwommen einen aufgerissenen Mund, Zähne. Dann bewegte die Kamera sich wieder und landete offensichtlich auf einem Sitz. Ein großer Schuh kam auf die Linse zu, stieß dagegen.

Das Bild drehte sich schnell, beruhigte sich dann wieder. Die Kamera lag wieder im Mittelgang, das Objektiv Richtung Heck. Das kurzfristig ruhige Bild war grauenhaft: Arme und Beine, die aus den Sitzreihen in den Mittelgang ragten. Die Leute schrien und hielten sich an allem fest, was sie in die Finger bekamen. Die Kamera begann sofort wieder zu rutschen, diesmal nach vorne.

Die Maschine befand sich im Sturzflug.

Die Kamera wurde immer schneller, krachte gegen ein Schott und drehte sich, so daß sie jetzt nach vorne zeigte. Sie raste auf einen Körper zu, der im Mittelgang lag. Es war eine ältere Chinesin, die eben den Kopf hob, so daß die Kamera sie an der Stirn traf, und dann flog die Kamera, sich schwindelerregend um die eigene Achse drehend, durch die Luft und knallte wieder auf den Boden.

Es gab eine Großaufnahme von etwas Glänzendem, einer Gürtelschnalle vielleicht, und dann rutschte die Kamera weiter nach vorne, ins Bugabteil, rutschte weiter, stieß gegen einen Frauenschuh im Mittelgang und drehte sich wieder nach vorne.

Sie erreichte die vordere Bordküche, wo sie kurz an etwas hängenblieb. Eine Weinflasche rollte über den Boden, stieß gegen die Kamera, die sich ein paarmal drehte und dann begann, über die eigene Längsachse abzurollen; die Bilder verwirbelten, als die Kamera durch das Bugabteil bis zum Cockpit taumelte.

Die Cockpittür war offen, und kurz sah Casey durch die Cockpitfenster den Himmel, dann blaue Schultern und eine Mütze, und schließlich kam die Kamera mit einem Krachen zum Stehen und zeigte das ruhige Bild eines grauen Feldes. Nach einem Augenblick erkannte Casey, daß die Kamera jetzt unter der Cockpittür eingeklemmt war, genau an der Stelle, wo sie sie gefunden hatte, das Objektiv auf den Teppich gerichtet. Sonst gab es nichts mehr zu sehen, nur noch das verschwommene Grau dieses Teppichs, aber sie konnte die Alarmmeldungen im Cockpit hören, das schrille Bimmeln der elektronischen Warnungen, und die Stimmen vom Band, die nun eine nach der anderen aktiviert wurden: »*Airspeed... Airspeed*« und »*Stall... Stall*«. Dann weitere elektronische Warnungen, und Stimmen, die aufgeregt auf chinesisch schrien.

»Stoppen Sie das Band«, sagte Casey.

Harmon stoppte es.

»Mein Gott«, sagte er.

Sie sah sich das Band ein zweitesmal an, und dann noch einmal in Zeitlupe. Aber auch in Zeitlupe, das mußte sie erkennen, waren viele Bewegungen nur nicht zu identifizierende Schlieren. »Ich kann nichts sehen«, sagte Casey immer wieder. »Ich kann nicht sehen, was passiert.«

Harmon, der sich inzwischen an die Sequenz gewöhnt hatte, sagte: »Ich kann eine erweiterte Einzelbildanalyse für Sie machen.«

»Was ist denn das?«

»Ich kann mit dem Computer drübergehen und Bilder interpolieren, wo die Bewegung zu schnell ist.«

»Interpolieren?«

»Der Computer sieht sich das erste Bild an und dann das folgende und erzeugt dann ein Bild, das zwischen die beiden paßt. Im wesentlichen ist das eine Mittelwertbildung der Intensitäten aufeinanderfolgender Bilder, die für jeden Bildpunkt einzeln durchgeführt wird. Aber es verlangsamt...«

»Nein«, sagte sie. »Ich will nichts, das vom Computer hinzugefügt wird. Was können Sie sonst noch machen?«

»Ich kann die Bilder verdoppeln oder verdreifachen. In schnellen Abschnitten wird das Ganze dann ein wenig ruckartig, aber wenigstens können Sie etwas erkennen. Hier, sehen Sie.« Er spulte zu der Stelle, wo die Kamera durch die Luft wirbelte, und verlangsamte dann die Sequenz. »Diese Bilder da sind einfach nur Schlieren – das ist Kamerabewegung, keine Motivbewegung –, aber hier. Sehen Sie diese Bildfolge da? Damit ist etwas zu machen.«

Die Sequenz zeigte einen Blick die Kabine entlang. Passagiere fielen über Sitze, ihre Arme und Beine waren nur Streifen schneller Bewegung.

»Das ist eine verwendbare Sequenz«, sagte Harmon. Sie sah, worauf er hinauswollte. Trotz der schnellen Bewegung war die Kamera so ruhig, daß daraus in gewissen Abständen immer wieder ein brauchbares Bild zu erzeugen war.

»Okay«, sagte sie. »Tun Sie es.«

»Wir können noch mehr tun«, entgegnete er. »Wir können es wegschicken und...«

Sie schüttelte den Kopf. »Dieses Band darf unter keinen Umständen von hier weg«, sagte sie.

»Okay.«

»Ich brauche zwei Kopien davon«, sagte Casey. »Aber sorgen Sie dafür, daß wirklich alles bis zum Ende kopiert wird.«

IRA, HANGAR 4 *17 Uhr 25*

Die RAMS-Teams kletterten noch immer auf der TransPacific-Maschine in Hangar 5 herum. Casey ging daran vorbei zum nächsten Hangar. In der riesigen Halle herrschte fast völlige Stille, Mary Ringers Team machte dort eine Innenraumanalyse, eine IRA.

Auf den Boden geklebtes orangefarbenes Band von fast hundert Metern Länge markierte dort die Innenwände der TransPacific N-22. Quer verlegte Bänder kennzeichneten die Hauptschotts und parallele Bänder die Sitzreihen. Hier und dort standen in Holzblöcken weiße Fahnen, zur Markierung kritischer Punkte.

Etwa einen Meter achtzig über dem Boden waren weitere Bänder straff gespannt, die zur Kennzeichnung der Decke und der oberen Gepäckfächer dienten. Insgesamt entstand so eine etwas gespenstische, orangefarbene Silhouette in den Abmessungen der Passagierkabine.

Innerhalb dieser Silhouette bewegten sich fünf Frauen, Psychologinnen und Ingenieurinnen, leise und vorsichtig. Die Frauen verteilten Kleidungsstücke, Tragetüten, Kameras, Spielzeuge und andere persönliche Habseligkeiten auf dem Boden. In einigen Fällen verlief ein schmales blaues Band von einem Gegenstand zu einer anderen Stelle, ein Hinweis darauf, wie dieser Gegenstand sich während des Unfalls bewegt hatte.

Überall an den Wänden hingen riesige Vergrößerungen von Fotos des Innenraums, die am Montag aufgenommen worden waren. Das IRA-Team arbeitete in fast völliger Stille, nachdenklich, immer wieder zogen sie Notizen und Fotos zu Rate.

Eine Innenraumanalyse wurde nur selten durchgeführt. Es war ein eher verzweifelter Versuch, der nur selten verwertbare Ergebnisse zeitigte. Im Falle des TPA 545 war Ringers Team von Anfang an hinzugezogen worden, weil die große Zahl von Verletzungen eine Prozeßflut nach sich ziehen konnte. Die Passagiere wußten oft gar nicht, was mit ihnen passiert war, es kam zu wilden Spekulationen. Eine IRA versuchte, die Bewegungen von Personen und Gegenständen in der Kabine zu erklären. Aber es war ein langwieriges und schwieriges Unterfangen.

Casey entdeckte Mary Ringer, eine korpulente, grauhaarige Frau von etwa fünfzig Jahren, im hinteren Teil der Kabine. »Mary«, sagte sie. »Wie sieht's mit Kameras aus?«

»Ich habe mir schon gedacht, daß Sie das wissen wollen.« Mary sah in ihren Notizen nach. »Wir haben neunzehn Kameras gefunden. Dreizehn Fotoapparate und sechs Videokameras. Von den dreizehn Fotoapparaten sind fünf aufgesprungen, und die Filme wurden belichtet. In zwei anderen war kein Film. Die Filme der übrigen sechs wurden entwickelt, und auf dreien davon waren Bilder, die alle vor dem Vorfall aufgenommen wurden. Aber wir versuchen, anhand dieser Fotos die Passagiere zu plazieren, weil TransPacific uns noch immer keine Sitzliste geliefert hat.«

»Und die Videos?«

»Ah, wollen mal sehen...« Sie schlug in ihren Notizen nach und seufzte. »Sechs Videokameras, zwei mit Aufnahmen an Bord des Flugzeugs, keine während des Vorfalls. Aber ich habe gehört, daß im Fernsehen ein Video zu sehen war. Der Passagier muß es in LAX mit von Bord genommen haben.«

»Wahrscheinlich.«

»Was ist mit dem Flugschreiber? Wir brauchen die Daten wirklich, um...«

»Sie und alle anderen auch«, sagte Casey. »Ich arbeite daran.« Sie blickte sich in dem von den Bändern markierten Heckabteil um. In einer Ecke sah sie die Pilotenmütze auf dem Boden liegen. »War da denn nicht ein Name in dieser Mütze?«

»Ja, auf der Innenseite«, sagte Mary. »Zen Ching oder so ähnlich. Wir haben den Schriftzug übersetzen lassen.«

»Wer hat ihn übersetzt?«

»Eileen Han, aus Marders Büro. Sie kann Mandarin lesen und schreiben und hilft uns aus. Warum?«

»Nur eine Frage. Nicht weiter wichtig.« Casey ging zur Tür. »Casey«, sagte Mary. »Wir brauchen den Flugschreiber.«

»Ich weiß«, sagte Casey. »Ich weiß.«

Sie rief Norma an. »Wer kann Chinesisch für mich übersetzen?«

»Sie meinen außer Eileen?«

»Genau. Außer ihr.« Cesay hatte das Gefühl, daß es besser war, diese Sache von Marders Büro fernzuhalten.

»Mal sehen«, sagte Norma. »Wie wär's mit Ellen Fong aus der Buchhaltung? Die hat früher für die FAA als Übersetzerin gearbeitet.«

»Ist ihr Mann nicht in Dohertys Abteilung?«

»Schon, aber Ellen ist verschwiegen.«

»Sind Sie sicher?«

»Ich weiß es«, erwiderte Norma mit Bestimmtheit.

GEBÄUDE 102/BUCHHALTUNG   *17 Uhr 50*

Kurz vor sechs traf Casey in der Buchhaltung im Keller vom Gebäude 102 ein. Ellen Fong wollte sich gerade auf den Nachhauseweg machen.

»Ellen«, sagte sie. »Können Sie mir einen Gefallen tun?«

»Klar.« Ellen war eine immer fröhliche Vierzigjährige und Mutter von drei Kindern.

»Haben Sie nicht für die FAA als Übersetzerin gearbeitet?«

»Das ist schon lange her«, sagte Ellen.

»Ich muß etwas übersetzen lassen.«

»Casey, Sie können viel bessere Übersetzer bekommen...«

»Mir wäre es lieber, wenn Sie es machen«, sagte sie. »Es ist vertraulich.«

Sie gab Ellen das Band. »Ich brauche die Stimmen der letzten neun Minuten.«

»Okay...«

»Und mir wäre es sehr recht, wenn Sie mit niemandem darüber reden würden.«

»Auch mit Bill nicht?« Das war Ellens Mann.

Casey nickte. »Ist das ein Problem?«

»Überhaupt nicht.« Sie betrachtete das Band in ihrer Hand. »Bis wann?«

»Bis morgen? Spätestens Freitag?«

»Schon erledigt«, sagte Ellen Fong.

NAIL   17 Uhr 55

Casey brachte die zweite Kopie des Bands ins Norton-Akkustik-Interpretations-Labor, kurz NAIL, das sich auf der Rückseite vom Gebäude 24 befand. Geleitet wurde NAIL von einem ehemaligen CIA-Agenten aus Omaha, einem paranoiden Elektronikgenie namens Jay Ziegler, der sich seine eigenen Akkustikfiltersysteme und Playbackgeräte baute, weil er es, wie er sagte, keinem anderen zutraute.

Norton hatte NAIL eingerichtet, um den Regierungsbehörden bei der Auswertung von Cockpitstimmenrecordern zu helfen. Bei Unfällen nahmen die Behörden diese CVRs immer an sich und analysierten sie in Washington, vor allem, um zu verhindern, daß etwas an die Presse durchsickerte, bevor die Untersuchung abgeschlossen war. Die Behörden hatten erfahrene Leute zur Transkription der Bänder, waren aber bei der Interpretation der Geräusche im Cockpit weniger effektiv – sprich, der elektronischen und stimmlichen Alarmmeldungen, die bei Zwischenfällen oft ausgelöst wurden. Da diese häufig mit eigentumsrechtlich geschützten Systemen in Verbindung standen, hatte Norton ein spezielles Labor zur Analyse solcher Geräusche eingerichtet.

Die schwere schalldichte Tür war wie immer abgeschlossen. Casey klopfte, und nach einer Weile sagte eine Stimme über Lautsprecher: »Nennen Sie das Kennwort.«

»Es ist Casey Singleton, Jay.«

»Nennen Sie das Kennwort.«

»Ach du meine Güte, Jay. Machen Sie die Tür auf.«

Ein Klicken war zu hören, dann wieder Stille. Sie wartete. Die dicke Tür wurde einen Spalt geöffnet. Sie sah Jay Ziegler, mit Haaren bis zu den Schultern, eine dunkle Sonnenbrille auf der Nase. »Oh. In Ordnung. Kommen Sie rein, Singleton. *Sie* haben hier Zutritt.«

Er öffnete die Tür ein kleines Stückchen mehr, und sie zwängte sich an ihm vorbei in den verdunkelten Raum. Ziegler knallte die Tür sofort wieder zu und schob drei Riegel vor.

»Es ist besser, wenn Sie vorher anrufen, Singleton. Wir haben eine sichere Leitung hier rein. Vierfach zerhackt.«

»Tut mir leid, Jay, aber es hat sich überraschend etwas ergeben.«

»Sicherheit geht jeden was an.«

Sie gab ihm die Magnetbandspule. Er warf einen Blick darauf. »Das ist ein Ein-Zoll-Band, Singleton. So was sehen wir hier nicht sehr oft.«

»Können Sie es auswerten?«

Ziegler nickte. »Kann alles auswerten, Singleton. Alles, was Sie mir vorlegen.« Er legte die Spule auf einen horizontalen Teller und fädelte sie ein. Dann warf er ihr über die Schulter einen Blick zu. »Haben Sie überhaupt eine Zugriffsberechtigung für den Inhalt?«

»Das ist mein Band, Jay.«

»Frage ja nur.

Sie sagte: »Ich sollte Ihnen besser sagen, daß dieses Band...«

»Sagen Sie mir gar nichts, Singleton. Ist besser so.«

Auf allen Monitoren leuchteten nun grüne Linien auf, die über den schwarzen Leuchtschirmen tanzten, als das Band sich zu drehen begann. »Ah... okay«, sagte Ziegler. »Wir haben eine Hi-8-Tonspur, Dolby-D-kodiert, muß also eine Amateur-Videokamera sein...« Aus dem Lautsprecher hörte Carey ein rhythmisches Knirschen.

Ziegler starrte die Monitore an. Einige erzeugten nun anhand der Daten vom Band dreidimensionale Frequenzspektren, die aussahen wie schimmernde bunte Perlen auf einer Kette. Die Programme erzeugten außerdem Ausschnittdiagramme bei verschiedenen Frequenzintervallen.

»Schritte«, verkündete Ziegler. »Gummisohlen auf Gras oder Erde. Auf dem Land, keine städtischen Merkmale. Schritte vermutlich männlich. Und, äh, etwas arhythmisch, er trägt wahrscheinlich etwas. Nicht zu schwer. Aber genug, um ihn aus dem Rhythmus zu bringen.«

Casey erinnerte sich an die ersten Bilder auf dem Videoband: ein Mann, der, mit einem Kind auf der Schulter, auf einem Pfad von einem chinesischen Dorf wegging.

»Sie haben recht«, sagte sie beeindruckt.

Jetzt war ein Zwitschern zu hören – irgendeine Vogelstimme.
»Moment mal, Moment mal«, sagte Ziegler und drückte auf Knöpfe. Das Zwitschern wurde mehrmals wiederholt, die Perlen auf der Kette hüpften. »Huch«, sagte Ziegler schließlich. »Nicht in der Datei. Schauplatz im Ausland?«

»China.«

»Na ja. Ich kann nicht alles haben.«

Die Schritte gingen weiter. Windgeräusche waren zu hören. Dann sagte eine Männerstimme: »Sie ist eingeschlafen...«

Ziegler sagte: »Amerikaner, Größe einssiebenundsiebzig bis einsfünfundachtzig. Mitte Dreißig.«

Wieder nickte Casey beeindruckt.

Er drückte auf einen Knopf, und einer der Monitoren zeigte das Videoband, den Mann auf dem Pfad. Das Bild erstarrte. »Okay«, sagte Ziegler. »Und was soll ich damit?«

Casey sagte: »Die letzten neun Minuten des Bands stammen von Flug 545. Die Kamera hat den ganzen Vorfall aufgenommen.«

»Wirklich?« fragte Ziegler und rieb sich die Hände. »Das dürfte interessant werden.«

»Ich will wissen, was Sie mir über ungewöhnliche Geräusche in den Sekunden kurz vor dem Vorfall sagen können. Ich habe da eine Frage wegen...«

»Sagen Sie's nicht«, sagte Ziegler und hob die Hand. »Ich will's nicht wissen. Ich will unvoreingenommen rangehen.«

»Wann können Sie mir etwas sagen?«

»In zwanzig Stunden.« Ziegler sah auf seine Uhr. »Morgen nachmittag.«

»Okay. Und Jay? Mir wäre es sehr recht, wenn Sie das mit dem Band für sich behalten könnten.«

Ziegler sah sie verständnislos an. »Was für ein Band?«

QA *18 Uhr 10*

Kurz nach sechs war Casey wieder an ihrem Schreibtisch. Neue Faxe erwarteten sie.

> Von: S. Nieto, Fsr Vanc
> An: C. Singleton, QU/IRT
>
> Erster Offizier Zan Ping im Vanc gen Hospital nach Komplikationen bei der Operation bewusstlos, aber stabil. Vertreter der Fluggesellschaft Mike Lee war heute im Krankenhaus. Ich habe vor, E/O morgen zu besuchen, um mich über Zustand zu informieren und ihn, wenn möglich, zu befragen.

»Norma«, rief Casey. »Erinnern Sie mich daran, morgen vormittag in Vancouver anzurufen.«

»Ich schreibe es mir auf«, sagte Norma. »Ach übrigens, Sie haben das hier bekommen.« Sie gab Casey ein Fax.

Das einzelne Blatt schien eine Seite aus einem Bordmagazin zu sein. Die Überschrift lautete: »Mitarbeiter des Monats«, dann folgte ein tintig schwarzes, unkenntliches Foto.

Unter dem Foto stand: »Captain John Zhen Chang, Chefpilot von TransPacific Airlines, ist unser Mitarbeiter des Monats. Schon Captain Changs Vater war Pilot, und John selbst fliegt seit zwanzig Jahren, sieben davon bei TransPacific. Wenn er nicht im Cockpit sitzt, fährt er gerne Rad und spielt Golf. Hier entspannt er sich am Strand von Lantan Island zusammen mit seiner Frau Soon und seinen Kindern Erica und Tom.«

Casey runzelte die Stirn. »Was ist denn das?«

»Keine Ahnung«, sagte Norma.

»Wo ist es denn her?« Oben auf der Seite stand eine Telefonnummer, aber kein Name.
»Aus einem Copyshop an der La Tijera«, sagte Norma.
»Beim Flughafen.«
»Ja. Ist ziemlich viel Betrieb in dem Laden, die hatten keine Ahnung, wer es abgeschickt hat.«
Casey starrte das Foto an. »Ist das aus einem Bordmagazin?«
»TransPacific. Aber nicht von diesem Monat. Sie haben die Sitznetze ausgeräumt und den Inhalt – Sie wissen schon, Passagierinformationen, Sicherheitshinweise, Kotztüten, das Bordmagazin – zu uns geschickt. Aber die Seite ist nicht in dem Magazin.«
»Können wir ältere Ausgaben durchsehen?«
»Bin schon dabei«, sagte sie.
»Ich würde mir gern dieses Foto genauer ansehen«, sagte Casey.
»Hab ich mir gedacht«, sagte Norma.
Casey wandte sich wieder den Papieren auf ihrem Schreibtisch zu.

VON: T. KORMAN, PROD UNT
AN: C. SINGLETON, QU/IRT

DIE ENTWICKLUNG DES VIRTUAL-DISPLAY-GERÄTS (VD) ZUR VERWENDUNG DURCH DAS BODENPERSONAL IN EINHEIMISCHEN UND AUSLÄNDISCHEN REPARATURSTATIONEN IST ABGESCHLOSSEN. DER CD-ROM-SPIELER LÄSST SICH NUN AN DEN GÜRTEL KLEMMEN, DER KOPFAUFSATZ IST LEICHTER GEWORDEN. DAS VD GESTATTET ES DEM WARTUNGSPERSONAL, DAS WARTUNGSHANDBUCH 12A/102 –12A/406, EINSCHLIESSLICH DIAGRAMMEN UND TEILE-SCHNITTZEICHNUNGEN, EINZUSEHEN. PROTOTYPEN WERDEN MORGEN ZUR BEGUTACHTUNG VERTEILT. PRODUKTION BEGINNT 5/1.

Das Virtual-Display-Gerät war ein Resultat von Nortons ständigem Bemühen, den Kunden bei der Verbesserung ihrer Wartung zu helfen. Die Flugzeughersteller wußten schon lange, daß ein Großteil der während des Flugbetriebs auftretenden Probleme durch schlechte Wartung verursacht wurden. Im allgemeinen konnte ein ordentlich gewartetes Zivilflugzeug jahrzehntelang funktionieren: einige der alten Norton N-5 waren sechzig Jahre alt und flogen immer noch. Andererseits konnte eine schlecht gewartete Maschine innerhalb von Minuten in Schwierigkeiten kommen – und sogar abstürzen.

Da die Fluggesellschaften im Zuge der Deregulierung unter finanziellen Druck gerieten, reduzierten sie ihr Personal, darunter eben auch das Wartungspersonal. Und sie verkürzten die Standzeiten zwischen den Flugzyklen; in manchen Fällen wurde die Zeit auf dem Boden von zwei Stunden auf weniger als zwanzig Minuten reduziert. Dies alles setzte die Wartungscrews unter enormen Druck. Norton hatte, wie Boeing und Douglas, ein Interesse daran, den Crews bei der Effektivierung ihrer Arbeit zu helfen. Deshalb war das Virtual-Display-Gerät, das die Reparaturhandbücher auf die Innenseite eines Kopfaufsatzes für das Wartungspersonal projizierte, so wichtig.

Casey machte weiter.

Als nächstes sah sie die wöchentliche Fehlerliste, die zusammengestellt wurde, um der FAA eine effektivere Überwachung von Problembereichen zu ermöglichen. Keine der Störungen in der vergangenen Woche war ernsthaft. Ein Turbinenverdichter war abgestorben, ein Abgastemperaturanzeiger der Turbine war ausgefallen, in einem Cockpit hatte das Ölfilter-Kontrollämpchen irrtümlich eine Verstopfung angezeigt, in einem anderen die Treibstofftemperaturkontrolle fälschlich eine Überhitzung gemeldet.

Anschließend kamen einige Abschlußberichte ans IRT über zurückliegende Vorfälle. Immer wenn ein Flugzeug in einen Vorfall verwickelt war, kontrollierte die Produktunterstützung sechs Monate lang alle zwei Wochen die Maschine, um sicherzugehen, daß bei der Untersuchung durch das IRT tatsächlich das Problem identifiziert worden war und es zu keinen weiteren Störungen mehr kommen würde. Darüber wurde ein zusammenfassender Bericht verfaßt, wie der, den Casey jetzt auf ihrem Schreibtisch hatte.

FLUGZEUG-VORFALL-BERICHT
VERTRAULICH – NUR FÜR INTERNE VERWENDUNG

BERICHT-NR.:	IRT-8-2776	HEUTIGES DATUM:	08. April
MODELL:	N-20	DATUM/VORFALL:	04. März
BETREIBER:	Air Portugal	RUMPF-NR.:	1280

Bericht von:	J. Ramones FSR
Ort:	PS, Portugal
Bezug:	a) AVN-SVC-08774/ADH
Betreff:	Störung am vorderen Fahrwerksrad beim Start

Beschreibung des Vorfalls:
Berichten zufolge sprang während der Anfahrt zum Start die Anzeige »Rad dreht sich nicht« an, und die Flugcrew brach den Start ab. Die Reifen des Bugfahrwerks platzten, und es kam zu einem Feuer im Fahrwerksschacht, das vom Bodenpersonal gelöscht wurde. Passagiere und Crew verließen Maschine über Notrutschen. Keine gemeldeten Verletzten.

Ergriffene Maßnahmen:
Die Inspektion des Flugzeugs ergab folgende Schäden:
1. Beide Klappen erheblich beschädigt.
2. Triebwerk Nr. 1 war stark verrußt.
3. Scharnierverkleidung der Innenklappe wurde leicht beschädigt.
4. Rad Nr. 2 war geplatzt, etwa 30 Prozent fehlten. Achse und Kolben des Bugfahrwerks waren nicht beschädigt.

Überprüfung menschlicher Faktoren ergab folgendes:
1. Prozeduren im Cockpit erfordern stärkere Überwachung durch die Fluggesellschaft.
2. Reparaturprozeduren im Ausland erfordern stärkere Überwachung durch die Fluggesellschaft.

Das Flugzeug wird gegenwärtig repariert. Interne Prozeduren werden von der Fluggesellschaft überprüft.

David Levine
Technische Integration
Produktunterstützung
Norton Aircraft Company
Burbank, CA

Solche zusammenfassenden Berichte waren immer diplomatisch formuliert; in diesem Fall, das wußte Carey, war die Wartung so ungenügend gewesen, daß das Bugrad beim Start blockierte, was die Reifen platzen ließ und beinahe zu einem ernsten Unfall geführt hätte. Aber in dem Bericht stand das nicht, man mußte schon zwischen den Zeilen lesen. Das Problem lag bei der Fluggesellschaft, aber die war auch der Kunde, und es war schlechter Stil, über den Kunden herzuziehen.

Irgendwann, das wußte Casey, würde auch der Fall des TransPacific-Flugs 545 in einem ähnlich diplomatischen Bericht zusammengefaßt werden. Aber bis dahin war noch viel zu tun.

Norma kam zurück. »Das TransPacific-Büro ist schon zu. Ich kann das Magazin erst morgen besorgen.«

»Okay.«

»Schätzchen?«

»Was?«

»Gehen Sie nach Hause.«

Casey seufzte. »Sie haben recht, Norma.«

»Und ruhen Sie sich ein wenig aus, okay?«

GLENDALE   *21 Uhr 15*

Ihre Tochter hatte ihr die Nachricht hinterlassen, daß sie bei Amy übernachten werde und daß Dad es ihr erlaubt habe. Casey war nicht gerade glücklich darüber, ihrer Ansicht nach sollte ihre Tochter nicht bei Freundinnen übernachten, wenn am nächsten Tag Schule war, aber jetzt konnte sie nichts mehr dagegen unternehmen. Sie ging ins Bett, sah sich kurz das Foto ihrer Tochter auf dem Nachttischchen an und wandte sich dann ihrer Arbeit zu. Sie ging die Flugaufzeichnungen von TPA 545 durch und verglich eben die Routenkoordinaten für jeden Flugabschnitt mit den schriftlichen Funktranskriptionen von Honolulu ARINC und Oakland Center, als das Telefon klingelte.

»Casey Singleton.«

»Hallo, Casey. John Marder hier.«

Sie setzte sich auf. Marder hatte sie noch nie zu Hause angerufen. Sie sah auf die Uhr. Es war schon nach neun.

Marder räusperte sich. »Eben hat mich Benson von der PR angerufen. Die Nachrichtenredaktion eines Fernsehsenders hat angefragt, ob sie im Betrieb filmen dürfen. Er hat sie abgewiesen.«

»Aha.« Das war üblich so, Filmteams wurde nie Zutritt zum Firmengelände gewährt.

»Dann erhielt er einen Anruf von einer Produzentin dieses *Newsline*-Magazins namens Malone. Sie sagte, diese Anfrage komme von *Newsline*, und sie bestehe darauf, Zutritt zu bekommen. Sehr aufdringlich und von sich eingenommen. Er hat abgelehnt.«

»Aha.«

»Auf freundliche Art, wie er sagte.«

»Aha.« Sie wartete.

»Diese Malone sagte, *Newsline* mache einen Bericht über die N-22, und sie wolle den Präsidenten der Firma interviewen. Er erwiderte ihr, Hal sei im Ausland und stehe nicht zur Verfügung.

»Aha.«

»Dann meinte sie, wir sollten uns ihre Bitte gut überlegen, weil der *Newsline*-Bericht sich mit Fragen der Flugsicherheit beschäftige, zwei Probleme in zwei Tagen, ein Triebwerksproblem und ein Ausfahren der Slats, mehrere Tote. Sie sagte, sie habe mit Kritikern gesprochen – keine Namen, aber ich kann mir denken, mit wem –, und sie wolle dem Präsidenten Gelegenheit zur Stellungnahme geben.«

Casey seufzte.

Marder fuhr fort: »Benson sagte, er könne ihr vielleicht nächste Woche ein Interview mit der Firmenleitung verschaffen, und sie meinte, nein, das gehe nicht, weil *Newsline* die Story an diesem Wochenende bringe.«

»An diesem Wochenende?«

»Genau«, sagte Marder. »Der Zeitpunkt könnte nicht ungünstiger sein. An dem Tag, bevor ich nach China fliege, Sie wissen, daß das eine sehr populäre Magazinsendung ist. Das ganze verdammte Land wird Sie sehen.«

»Ja.«

»Dann sagte die Frau, sie wolle ja nur fair sein und daß es immer schlecht aussehe, wenn eine Firma auf Fragen nicht antworte. Wenn schon unser Präsident nicht mit *Newsline* reden könne, dann vielleicht ein anderer ranghoher Sprecher.«

»Aha...«

»Das heißt, ich habe diese Tussi morgen mittag in meinem Büro«, sagte Marder.

»Vor laufender Kamera?«

»Nein, nein. Nur ein Hintergrundgespräch, keine Kameras. Aber es wird sicher auch um die IRT-Untersuchung gehen. Ich glaube, Sie sollten besser auch dabeisein.

»Natürlich.«

»Anscheinend planen die wirklich eine Horrorstory über den N-22«, sagte Marder. »Es ist dieses verdammte CNN-Band. Damit hat alles angefangen. Aber jetzt sind wir dran, Casey. Wir müssen sehen, daß wir so gut wie möglich aus diesem Schlamassel herauskommen.«

»Ich werde dasein.«

Donnerstag

Flughafenhotel   6 Uhr 30

Ein leises, aber beharrliches Summen weckte Jennifer Malone. Sie schaltete den Wecker auf dem Nachttischchen aus, sah dann zu der braunen Schulter des Mannes neben ihr hinüber und ärgerte sich. Er war Stuntman in einer Fernsehserie, und sie hatte ihn vor ein paar Monaten kennengelernt. Er hatte ein zerfurchtes Gesicht und einen hübschen muskulösen Körper, und er war ein guter Liebhaber... aber o Gott, sie fand es furchtbar, wenn die Kerle über Nacht blieben. Nach dem zweiten Mal hatte sie einige höfliche Andeutungen in diese Richtung gemacht. Aber er hatte sich einfach umgedreht und war eingeschlafen. Und jetzt lag er da und schnarchte.

Jennifer haßte es, mit einem Mann im Zimmer aufzuwachen. Sie haßte alles daran, die Geräusche seines Atmens, den Geruch seiner Haut, die fettigen Haare auf dem Kissen. Sogar die Traumtypen, die Berühmtheiten, die bei Kerzenlicht ihr Herz schneller schlagen ließen, sahen am nächsten Morgen aus wie schwabbelige gestrandete Wale.

Es war, als wüßten die Kerle nicht, wohin sie gehörten. Sie kamen vorbei, sie kriegten, was sie wollten; auch sie kriegte, was sie wollte, und alle waren zufrieden. Also warum zum Teufel gingen sie nicht nach Hause?

Sie hatte ihn vom Flugzeug aus angerufen: Hi, ich komme in die Stadt, was treibst du heute abend? Und er hatte ohne Zögern erwidert: Mit dir treib' ich's heute abend. Was ihr nichts ausmachte. Es war irgendwie lustig, in einem Flugzeug zu sitzen, neben irgendeinem Buchhalter, der sich über seinen Laptop beugte, und eine Stimme flüsterte einem ins Ohr: Ich treib's mit dir heute abend, in jedem Zimmer deiner Suite.

Was er, das mußte sie ihm zugestehen, auch getan hatte. Er war nicht gerade der Raffinierteste, dieser Typ, aber er hatte viel Energie, diese nackte kalifornische Körperenergie, die man in New York nie fand. Kein Grund, über irgend etwas zu reden. Nur vögeln.

Aber jetzt strömt Sonnenlicht durch die Fenster...

Verdammt.

Sie stand auf und spürte die kühle Luft aus der Klimaanlage auf ihrer Haut. Sie ging zum Schrank, um sich die Kleider zurechtzulegen, die sie an diesem Tag tragen wollte. Sie würde es mit normalen, nüchternen Typen zu tun haben, und so entschied sie sich für Jeans, ein weißes Agnes B.-T-Shirt und eine marineblaue Jil-Sanders-Jacke. Sie trug die Sachen ins Bad und drehte die Dusche auf. Während das Wasser sich erwärmte, rief sie den Kameramann an und sagte ihm, er solle mit seiner Crew in einer Stunde in der Lobby bereitstehen.

Beim Duschen ging sie den bevorstehenden Tag noch einmal durch. Zuerst um neun Barker; zum Aufwärmen eine kurze Szene vor dem Flughafen, den Rest dann in seinem Büro.

Anschließend der Reporter, Rogers. Keine Zeit, ihn in den Redaktionsräumen seiner Zeitung abzufilmen, mit ihm würde sie in Burbank anfangen, anderer Flughafen, anderes Aussehen. Über Norton würde er mit dem Norton Verwaltungsgebäude im Hintergrund sprechen.

Um Mittag dann hatte sie den Termin mit diesem Kerl von Norton. Zu dieser Zeit würde sie bereits die Argumente der beiden anderen kennen, und sie würde versuchen, Norton so viel Angst einzujagen, daß man sie zum Präsidenten vorließ.

Und dann... mal sehen. Nachmittags kurz diesen Bluthund von Anwalt, nur als Lückenfüller. Freitags dann, wegen der Ausgewogenheit, jemanden von der FAA. Und vielleicht noch jemanden von Norton. Marty würde auf jeden Fall eine Anmoderation vor dem Norton-Gelände machen müssen; der Text war noch nicht vorbereitet, aber sie brauchte ja nur ein paar einleitende Worte, der Rest war Off-Kommentar, das konnte sie heute nacht schreiben. Als Background-Material Aufnahmen von Passagieren, die eine Maschine bestiegen und damit ins Verderben rannten. Ein paar Starts und Landungen und einige gute Absturzszenen.

Und damit war die Sache erledigt.

Die Story wird funktionieren, dachte sie, als sie aus der Dusche stieg. Es gab nur noch eines, das sie quälte.

Dieser verdammte Kerl in ihrem Bett.

Warum ging er nicht nach Hause?

QA   *6 Uhr 40*

Als Casey das Großraumbüro der QA betrat, sah Norma zu ihr hoch und zeigte dann den Gang entlang.

Casey runzelte die Stirn.

Norma deutete mit dem Daumen. »Er war schon da, als ich heute früh hier ankam«, sagte sie. »Seit einer geschlagenen Stunde telefoniert er. Mister Schlafmütze ist auf einmal gar nicht mehr so verschlafen.«

Casey ging den Korridor entlang. Als sie zu Richmans Büro kam, hörte sie ihn sagen: »Auf keinen Fall. Wir sind sehr zuversichtlich, was den Ausgang dieser Sache betrifft. Nein. Nein, ich bin mir sicher. Hat keinen Schimmer. Nicht die geringste Ahnung.«

Casey streckte den Kopf zur Tür hinein.

Richman lümmelte in seinem Sessel, die Füße auf dem Schreibtisch, und telefonierte. Er schien zu erschrecken, als er sie sah, und legte die Hand über den Hörer. »Bin hier gleich fertig.«

»Gut.« Sie kehrte in ihr Büro zurück und blätterte Papiere durch. Sie wollte Richman nicht in ihrer Nähe haben. Mal wieder Zeit für einen Botengang, dachte sie.

»Guten Morgen«, sagte er beim Eintreffen. Er war sehr fröhlich, ein breites Grinsen lag auf seinem Gesicht. »Ich habe die FAA-Papiere bekommen, die Sie wollten. Ich habe sie auf Ihren Schreibtisch gelegt.«

»Danke«, sagte sie. »Heute müssen Sie für mich ins Hauptbüro von TransPacific fahren.«

»TransPacific? Ist das denn nicht am Flughafen?«

»Nein, ich glaube, das ist im Stadtzentrum von LA. Norma wird Ihnen die Adresse geben. Sie müssen dort für mich alte Ausgaben des Bordmagazins abholen. Alle zurückliegenden, die sie haben. Mindestens ein Jahr zurück.«

»O Mann«, sagte Richman. »Könnten wir die nicht von einem Boten abholen lassen?«

»Es ist dringend«, erwiderte Casey.

»Aber dann versäume ich die IRT-Besprechung.«

»Sie werden beim IRT nicht benötigt, Bob. Und ich brauche diese Magazine so bald wie möglich.«

»Bordmagazine? Wozu denn die?«

»Bob«, sagte sie. »Holen Sie sie einfach.«

Ein schiefes Grinsen zog sich über sein Gesicht. »Sie versuchen doch nicht etwa, mich loszuwerden?«

»Holen Sie diese Magazine, geben Sie sie Norma, und dann rufen Sie mich an.«

War Room   7 Uhr 30

John Marder hatte sich verspätet. Mit zerstreuter, gereizter Miene marschierte er in den Konferenzsaal und ließ sich auf einen Stuhl sinken. »Okay«, sagte er. »Dann mal los. Wo stehen wir bei Flug 545? Flugschreiber?«

»Noch nichts«, sagte Casey.

»Wir brauchen die Daten – sorgen Sie dafür, Casey. Struktur?«

»Es ist sehr schwierig, wirklich sehr schwierig«, sagte Doherty trübselig. »Ich zerbreche mir immer noch den Kopf über diesen schlechten Haltestift. Ich glaube, wir sollten vorsichtiger...«

»Doug«, sagte Marder. »Ich hab's Ihnen doch gesagt. Das überprüfen wir beim Testflug. Und was ist mit der Hydraulik?«

»Die Hydraulik ist in Ordnung.«

»Kabelführung?«

»In Ordnung. Zumindest bei normalen Umgebungsbedingungen. Um ganz sicherzugehen, müssen wir einen Kältetest machen.«

»Okay. Das machen wir beim Testflug. Elektrik?«

Ron sagte: »Wir haben den CET für heute abend 18 Uhr angesetzt. Er wird die ganze Nacht durchlaufen. Wenn es da irgendwo ein Problem gibt, werden wir es morgen wissen.«

»Schon jetzt irgendeinen Verdacht?«

»Nur diese Näherungssensoren im rechten Flügel.«

»Haben wir sie schon kontrolliert?«

»Ja, und sie scheinen normal zu funktionieren. Für eine gründliche Überprüfung müßten wir sie natürlich ausbauen, und das würde bedeuten...«

»Daß sich alles verzögert«, ergänzte Marder. »Lassen Sie es. Triebwerkanlage?«

»Nichts«, sagte Kenny Burne. »Triebwerke sind in Ordnung. Im Kühlsystem sind ein paar Dichtungen verkehrt herum eingebaut.

Und wir haben eine nachgemachte Umkehrklappe. Aber nichts davon hätte den Unfall verursachen können.«

»Okay. Triebwerke sind also ausgeschlossen. Avionik?«

Trung sagte: »Alle Testergebnisse im Normbereich.«

»Was ist mit dem Autopilot? Der Pilot hatte doch mit ihm zu kämpfen.«

»Autopilot ist in Ordnung.«

»Verstehe.« Marder sah sich am Tisch um. »Wir haben also nichts, sehe ich das richtig? Nach zweiundsiebzig Stunden Ermittlungen haben wir noch immer keinen blassen Schimmer, was mit Flug 545 passiert ist? Wollen Sie mir das sagen?«

Am Tisch herrschte Schweigen.

»Verdammt«, sagte Marder empört. Er schlug auf den Tisch. »Versteht ihr Leute denn nicht? Ich will diese verdammte Geschichte vom Tisch haben.«

SEPULVEDA BOULEVARD   10 Uhr 10

Fred Barker löste alle ihre Probleme.

Zuerst brauchte Jennifer eine Szene mit Barker auf dem Weg zur Arbeit für Martys Einführung aus dem Off. (»Wir haben mit Frederik Barker gesprochen, einem ehemaligen FAA-Beamten, der jetzt ein streitbarer Kämpfer für mehr Luftfahrtsicherheit ist.«) Barker schlug einen Abschnitt des Sepulveda Boulevards vor, von dem aus man einen Panoramablick auf die südlichen Rollbahnen des Los Angeles International Airport hatte. Es war ein perfekter Drehort, und Barker beeilte sich zu erwähnen, daß auch schon andere Filmteams ihn benutzt hatten.

Als nächstes brauchte sie eine Einstellung bei der Arbeit, wiederum für einen Off-Kommentar. (»Seit seinem Weggang von der FAA arbeitet Barker unermüdlich daran, fehlerträchtige Flugzeugkonstruktionen der Öffentlichkeit bekannt zu machen – vor allem die der Norton N-22.«) Barker schlug eine Ecke seines Büros vor, wo er sich vor einem Regal mit dicken FAA-Dokumenten an einem Schreibtisch voller technisch aussehender Broschüren präsentieren wollte, in denen er für die Kamera blätterte.

Als drittes kam ihr Hintergrundinterview mit ihm, in dem sie ihm die Details entlockte, mit denen Reardon sich bei seinem Gespräch nicht aufhalten würde. Auch dafür war Barker bereit. Er wußte, wo die Schalter für die Klimaanlage, den Kühlschrank, die Telefone waren, für all die Lärmquellen, die man fürs Drehen ausschalten mußte. Barker hatte außerdem einen Videomonitor bereit, auf dem man das CNN-Band von Flug 545 abspielen konnte, während er es kommentierte. Der Monitor war ein studiotauglicher Trinitron, der in einer dunklen Ecke des Zimmers stand, so daß er auch abgefilmt werden konnte. Er hatte außerdem eine Video-Buchse, so daß das Material direkt und synchron zu seinem Kommentar überspielt werden konnte. Außerdem benutzte Barker Ein-Zoll-Band, die Bildqualität war also exzellent. Er hatte sogar ein großes Modell der N-22 mit beweglichen Teilen an Tragflächen und Leitwerk, an dem er demonstrieren konnte, was bei dem Flug schiefgegangen war. Das Modell stand auf einem Podest auf seinem Schreibtisch, es sah also nicht aus wie eine Requisite. Und Barker war für seine Rolle perfekt angezogen, in Hemdsärmeln und Krawatte, was ihn wie einen Ingenieur wirken ließ. Er sah aus, als wisse er Bescheid.

Barker agierte gut vor der Kamera. Er wirkte entspannt, benutzte kein Fachchinesisch, und seine Antworten waren kurz. Er schien zu begreifen, wie sie das Band schneiden würde, und so nagelte er sie auf nichts fest. Zum Beispiel griff er nicht mitten in einer Antwort nach dem Modell, sondern sagte nach der Antwort: »An diesem Punkt würde ich gerne auf das Modell verweisen.« Wenn sie einverstanden war, wiederholte er die Antwort und nahm dabei das Modell zur Hand. Alles, was er tat, wirkte gewandt, es gab kein Fummeln, keine Ungeschicklichkeiten.

Natürlich war Barker ein alter Hase, nicht nur vor der Kamera, sondern auch im Gerichtssaal. Das einzige Problem war, daß er keine starken Gefühle herüberbrachte – kein Schock, keine Entrüstung. Im Gegenteil, sein Tonfall, seine Art, seine Körpersprache drückten eher tiefes Bedauern aus. Es war bedauerlich, daß diese Situation entstand. Es war bedauerlich, daß nichts unternommen wurde, um dieses Problem zu beheben. Es war bedauerlich, daß die Behörden all die Jahre nicht auf ihn gehört hatten.

»Bei dieser Maschine gab es bereits achtmal Probleme mit den Slats«, sagte er. Er hielt das Modell auf Höhe seines Gesichts und drehte es, damit es das Licht nicht reflektierte. »Das sind die Slats«, sagte er und zog die beweglichen Teile an der Vorderkante der Flügel heraus. Dann nahm er die Hand weg und fragte: »Haben Sie das in Großaufnahme?«

»Ich war zu spät dran«, sagte der Kameramann. »Können Sie es noch einmal machen?«

»Klar. Kommen Sie aus der Totalen?«

»Halbtotale«, sagte der Kameramann.

Barker nickte. Er wartete kurz, begann dann noch einmal. »Bei dieser Maschine gab es bereits achtmal Probleme mit den Slats.« Wieder hielt er das Modell in die Höhe, und diesmal von Anfang an so, daß es das Licht nicht reflektierte. »Das sind die Slats«, sagte er und zog die Teile an der Flügelvorderkante heraus. Dann hielt er wieder inne.

»Diesmal hab ich's«, sagte der Kameramann.

Barker fuhr fort. »Die Slats werden nur beim Start und bei der Landung ausgefahren. Während des Flugs befinden sie sich im Flügel. Aber bei der Norton N-22 sind mehrere Fälle bekannt, in denen es zu einem selbsttätigen Ausfahren der Slats während des Flugs kam. Es ist ein Konstruktionsfehler.« Wieder eine Pause. »Ich werde jetzt demonstrieren, was passiert ist. Sie sollten also genug Totale haben, um das ganze Flugzeug draufzubekommen.«

»In die Totale«, sagte der Kameramann.

Barker wartete geduldig und sagte dann: »Die Folge dieses Konstruktionsfehlers ist, daß die Maschine, wenn die Slats ausgefahren werden, mit der Nase steil nach oben geht, etwa so, und daß sie abzusacken droht.« Er kippte das Modell leicht nach oben. »An diesem Punkt ist es fast nicht mehr zu kontrollieren. Wenn der Pilot versucht, die Maschine wieder in die Horizontale zu bringen, überkompensiert sie und geht in den Sturzflug über. Wieder korrigiert der Pilot, um aus dem Sturzflug herauszukommen. Die Maschine steigt. Taucht dann wieder ab. Und steigt wieder. Genau das ist bei Flug 545 passiert. Das ist der Grund, warum Menschen gestorben sind.«

Barker hielt inne.

»Mit dem Modell sind wir jetzt fertig«, sagte er. »Ich werde es jetzt abstellen.«

»Okay«, sagte Jennifer. Sie hatte Barker auf dem Kontrollmonitor beobachtet, und jetzt dachte sie, daß es vielleicht schwierig werden würde, von der Totalen zu einer Nahaufnahme zu überblenden, die zeigt, wie Barker das Modell absetzt. Was sie jetzt eigentlich bräuchte, wäre eine Wiederholung des...

Barker sagte: »Die Maschine steigt. Taucht dann wieder ab. Und steigt wieder. Genau das ist bei Flug 545 passiert. Das ist der Grund, warum Menschen gestorben sind.« Mit einer Miene des Bedauerns stellte er das Modell ab. Obwohl er es sanft tat, schien diese kleine Geste einen Absturz anzudeuten.

Jennifer machte sich keine Illusionen über das, was sie da sah. Das war kein Interview, das war ein bühnenreifer Auftritt. Aber diese Art der Professionalität war heutzutage nichts Seltenes mehr. Immer mehr Interviewte schienen sich mit Kamerablickwinkeln und Schnittsequenzen auszukennen. Sie hatte schon erlebt, daß Manager perfekt geschminkt zu einem Interview erschienen. Anfangs waren die Fernsehleute erschrocken über diese neue Raffinesse. Aber in letzter Zeit hatten sie sich daran gewöhnt. Es war nie genug Zeit, sie hasteten immer von einem Drehort zum nächsten. Ein gut vorbereiteter Interviewpartner erleichterte ihnen die Arbeit.

Aber nur weil Barker gewandt und kameratauglich war, wollte sie ihn nicht davonkommen lassen, ohne ein wenig nachzubohren. Der letzte Teil ihrer Arbeit an diesem Tag war die Abklärung der grundlegenden Fragen, für den Fall, daß Marty die Zeit ausging oder er vergaß, diese Fragen zu stellen.

»Mr. Barker?« sagte sie.

»Ja?« Er wandte sich ihr zu.

»Kontrollieren Sie seine Blickrichtung«, sagte sie zum Kameramann.

»Er schaut zu sehr zur Seite. Rutschen Sie ein bißchen näher zur Kamera.«

Jennifer verschob ihren Stuhl, bis sie direkt neben dem Objektiv saß. Barker drehte sich leicht, so daß er sie in ihrer neuen Position direkt ansehen konnte.

»Blickrichtung ist jetzt okay.«

»Mr. Barker«, sagte Jennifer. »Sie sind ehemaliger FAA-Beamter...«

»Ich habe für die FAA gearbeitet«, sagte Barker, »die Behörde aber verlassen, weil ich mit ihrer Politik der Nichteinmischung den Herstellern gegenüber nicht einverstanden war. Das Norton-Flugzeug ist ein Resultat dieser laxen Haltung.«

Wieder demonstrierte Barker sein Können: Seine Antwort war ein komplettes Statement. Er wußte, daß seine Kommentare viel eher gesendet wurden, wenn sie mehr als nur eine Erwiderung auf eine Frage darstellten.

Jennifer sagte: »Es gibt da gewisse Kontroversen in bezug auf Ihr Ausscheiden.«

»Ich kenne die Gerüchte, die über meinen Weggang von der FAA im Umlauf sind«, sagte Barker, und auch das wurde wieder ein Statement. »Aber Tatsache ist doch, daß mein Ausscheiden eine Blamage für die FAA war. Ich habe ihre Arbeitsweise kritisiert, und als die Behörde nicht auf diese Kritik reagierte, habe ich sie verlassen. Es überrascht mich deshalb nicht, daß man noch immer versucht, mich zu diskreditieren.«

Jennifer sagte: »Die FAA behauptet, Sie hätten Material an die Presse weitergegeben. Und daß Sie deshalb entlassen wurden.«

»Bis jetzt wurde keine der Behauptungen, die die FAA über mich aufgestellt hat, je bewiesen. Ich habe noch nicht erlebt, daß ein FAA-Beamter auch nur die Andeutung eines Beweises vorgelegt hätte, der ihre Kritik an mir stützen könnte.«

»Sie arbeiten für Bradley King, den Anwalt?«

»Ich bin bei mehreren Rechtsstreitigkeiten in meiner Eigenschaft als Luftfahrtexperte als Zeuge aufgetreten. Ich halte es für wichtig, daß sich jemand mit Fachwissen zu Wort meldet.«

»Sie werden von Bradley King bezahlt?«

»Jeder Gutachter vor Gericht erhält eine Auslagen- und Aufwandsentschädigung. Das ist das übliche Verfahren.«

»Stimmt es denn nicht, daß Sie ein Vollzeitangestellter von Bradley King sind? Daß Ihr Büro, alles in diesem Zimmer, alles, was wir hier sehen, von King bezahlt wird?«

»Ich erhalte meine Mittel vom gemeinnützigen Institute for Aviation Research. Meine Aufgabe ist es, für mehr Sicherheit in der Zivilluftfahrt zu kämpfen. Ich tue, was ich kann, um das Fliegen für Reisende sicherer zu machen.«

»Mal ehrlich, Mr. Barker: Sind Sie denn als Experte nicht käuflich?«

»Ich habe natürlich sehr pointierte Ansichten zur Flugsicherheit. Da ist es nur natürlich, daß ich von Leuten engagiert werde, die meine Sorgen teilen.«

»Was ist Ihre Meinung in bezug auf die FAA?«

»Die FAA hat die besten Absichten, zugleich aber auch einen doppelten Auftrag; sie soll den Flugverkehr sowohl regulieren wie fördern. Die Behörde muß umfassend reformiert werden. Sie ist den Herstellern gegenüber viel zu nachsichtig.«

»Können Sie mir ein Beispiel nennen?« Das war nur ein Stichwort; sie wußte schon aus früheren Gesprächen, was er sagen würde.

Wieder machte Barker ein Statement. »Ein gutes Beispiel für diese enge Beziehung ist die Art, wie die FAA das Freigabeverfahren betreibt. Die Dokumente, die für dieses Verfahren nötig sind, werden nicht von der FAA archiviert, sondern von den Herstellern selbst. Das scheint doch kaum angemessen. So wird der Bock zum Gärtner gemacht.«

»Leistet die FAA gute Arbeit?«

»Ich fürchte, daß die FAA sehr schlechte Arbeit leistet. Das Leben amerikanischer Bürger wird grundlos Risiken ausgesetzt. Offen gesagt, ist es Zeit für eine gründliche Überholung. Ansonsten, fürchte ich, werden weiterhin Passagiere sterben, wie es in dieser Norton-Maschine passiert ist.« Er deutete – langsam, damit die Kamera auch folgen konnte – auf das Modell auf seinem Schreibtisch. »Meiner Meinung nach«, ergänzte er, »ist das, was in diesem Flugzeug passiert ist ... eine Schande.«

Das Interview war beendet. Während ihre Crew zusammenpackte, kam Barker zu ihr. »Mit wem reden Sie sonst noch?«

»Jack Rogers ist der nächste.«

»Er ist ein guter Mann.«

»Und mit jemandem von Norton.« Sie sah in ihren Notizen nach. »Ein gewisser John Marder.«

»Oh.«

»Was soll das heißen?«

»Nun, Marder ist ein Dampfplauderer. Er wird Ihnen eine Menge Blabla über sogenannte ADs, Lufttauglichkeitsdirektiven, auftischen. Eine Menge FAA-Fachchinesisch. Aber Tatsache ist, daß er Programmanager bei der N-22 war. Er hat die Entwicklung dieses Flugzeugs überwacht. Er weiß, daß es da ein Problem gibt – er ist ein Teil dieses Problems.«

VOR NORTON   11 Uhr 10

Nach Barkers geübter Gewandtheit war der Reporter, Jack Rogers, eine Art Schock. Er erschien in einem limonengrünen Sportsakko, das Orange County schrie, und seine karierte Krawatte moirierte auf dem Bildschirm. Er sah aus wie ein Golfprofi, der sich für ein Vorstellungsgespräch herausgeputzt hatte.

Jennifer sagte zunächst gar nichts; sie dankte dem Reporter nur fürs Kommen und stellte ihn vor den Maschendrahtzaun, mit Norton Aircraft im Rücken. Dann ging sie die Fragen mit ihm durch, und er gab ihr zögernde, kleine Antworten. Man merkte ihm an, daß er aufgeregt war und einen guten Eindruck machen wollte.

»Gott, ist das heiß«, sagte sie und drehte sich zum Kameramann um. »Wie läuft's, George?«

»Wir sind fast soweit.«

Sie wandte sich wieder Rogers zu. Der Tontechniker knöpfte Rogers das Hemd auf, fädelte das Kabel ein und befestigte ihm das Mikrofon am Kragen. Während der Vorbereitungen begann Rogers zu schwitzen. Jennifer rief das Make-up-Mädchen, damit sie ihm den Schweiß abtupfte. Er schien erleichtert zu sein. Die Hitze vorschützend, überzeugte sie Rogers, das Sakko auszuziehen und es sich über die Schulter zu hängen. So sehe er eher aus wie ein Journalist bei der Arbeit, sagte sie. Er ging dankbar darauf ein. Dann schlug sie ihm vor, die Krawatte zu lockern, und auch das tat er. Sie kehrte zum Kameramann zurück. »Wie ist es?«

»Besser ohne das Sakko. Aber die Krawatte ist ein Alptraum.«

Sie drehte sich zu Rogers um und lächelte. »Läuft alles hervorragend«, sagte sie. »Aber wie wäre es, wenn Sie Ihre Krawatte abnehmen und die Ärmel hochkrempeln würden?«

»Oh, das mache ich nie«, sagte Rogers. »Ich krempe nie die Ärmel hoch.«

»Es würde sie zupackend und gleichzeitig lässig aussehen lassen. Sie wissen schon, die Ärmel hochgekrempelt, bereit zum Kampf. Aggressiver Journalist. Diese Richtung.«

»Ich kremple nie die Ärmel hoch.«

Sie runzelte die Stirn. »Nie?«

»Nein. Das mache ich nie.«

»Also, wir reden hier nur von einer bestimmten Optik. Es würde sie für die Kamera einfach besser rüberkommen lassen. Sie würden nachdrücklicher, energischer wirken.«

»Tut mir leid.«

Was soll denn das, dachte sie. Die meisten Leute würden alles tun, um in *Newsline* zu kommen. Sie würden das Interview in Unterwäsche machen, wenn sie sie darum bäte. Einige hatten es auch getan. Und dann dieser verdammte Zeitungsreporter, was verdiente der denn überhaupt? Dreißigtausend pro Jahr? Weniger als Jennifers monatliches Spesenbudget.

»Ich, äh, kann es nicht«, sagte Rogers, »weil ich, äh, Schuppenflechte habe.«

»Kein Problem. *Make-up!*«

Mit dem Sakko über der Schulter, ohne Krawatte und mit hochgekrempelten Ärmeln stand Jack Rogers wenig später vor der Kamera und beantwortete ihre Fragen. Er schwadronierte, redete dreißig, vierzig Sekunden am Stück. Wenn sie, in der Hoffnung auf eine kürzere Antwort, die Frage wiederholte, fing er nur an zu schwitzen und redete noch länger.

Immer wieder mußten sie unterbrechen, um ihn abtupfen zu lassen. Sie mußte ihm immer und immer wieder versichern, daß er sich großartig mache, einfach großartig. Daß er ihr wirklich gutes Material liefere.

Das tat er wirklich, er konnte es nur nicht rüberbringen. Er schien nicht zu begreifen, daß eine solche Reportage wie ein Mosaik zusammengesetzt wurde, daß die Durchschnittseinstellung weniger als drei Sekunden dauern würde, daß sie ihn immer nur für einen Satz oder den Teil eines Satzes einblenden würden. Rogers war ernsthaft, er versuchte, hilfreich zu sein, aber er überschüttete sie mit Details, die sie nicht verwenden konnte, und mit Hintergrundinformationen, die ihr gleichgültig waren.

Schließlich begann sie sich Sorgen zu machen, daß sie überhaupt nichts von diesem Interview verwenden konnte, daß sie hier nur ihre Zeit verschwendete. Deshalb griff sie auf den Trick zurück, den sie in solchen Situationen immer anwandte.

»Das ist alles perfekt«, sagte sie. »Aber jetzt kommen wir zur Schlußfolgerung. Wir brauchen etwas Markiges« – sie machte eine Faust – »für den Abschluß. Ich werde Ihnen jetzt ein paar Fragen stellen, die Sie bitte jeweils mit einem markigen Satz beantworten.«

»Okay.«

»Mr. Rogers, könnte die N-22 Norton das China-Geschäft kosten?«

»Angesichts der Häufung der Vorfälle in letzter Zeit...«

»Tut mir leid«, sagte sie, »aber ich brauche einen einfachen Satz. Könnte die N-22 Norton das China-Geschäft kosten?«

»Ja, das könnte er mit Sicherheit.«

»Tut mir leid«, sagte sie noch einmal. »Jack, ich brauche einen Satz wie: ›Die N-22 könnte Norton durchaus das China-Geschäft kosten.‹«

»Ach so. Okay.« Er schluckte.

»Kann die N-22 Norton das China-Geschäft kosten?«

»Ja, ich fürchte, ich muß sagen, er könnte sie das China-Geschäft kosten.«

O Gott, dachte sie.

»Jack, Sie müssen in diesem Satz ›Norton‹ nennen. Sonst wissen wir nicht, worauf Sie sich beziehen.«

»Ach so.«

»Schießen Sie los.«

»Die N-22 könnte Norton durchaus das China-Geschäft kosten, meiner Meinung nach.«

Sie seufzte. Es klang trocken. Ohne emotionale Wucht. Er könnte ebensogut über seine Telefonrechnung reden. Aber die Zeit wurde ihr knapp. »Ausgezeichnet«, sagte Jennifer. »Sehr gut. Und jetzt weiter. Sagen Sie mir: Ist Norton in Schwierigkeiten?«

»Absolut«, sagte er, nickte und schluckte.

Sie seufzte. »Jack.«

»Oh. Tut mir leid.« Er atmete durch. Dann stand er steif da und sagte: »Ich glaube, daß...«

»Moment mal«, sagte sie. »Verlagern Sie Ihr Gewicht auf den vorderen Fuß. Neigen Sie sich ein Stückchen zur Kamera hin.«

»So etwa?« Er verlagerte das Gewicht, drehte sich ein wenig.

»Ja, das ist es. Perfekt. Und jetzt schießen Sie los.«

In dieser Haltung, mit dem Maschendrahtzaun vor Norton Aircraft im Rücken, das Sakko über der Schulter und die Ärmel hochgekrempelt, sagte der Reporter Jack Rogers: »Ich glaube, es besteht kein Zweifel daran, daß Norton Aircraft in ernsten Schwierigkeiten ist.«

Dann hielt er inne und sah sie an.

Jennifer lächelte. »Vielen Dank«, sagte sie. »Sie waren großartig.«

VERWALTUNGSGEBÄUDE *11 Uhr 55*

Als Casey kurz vor Mittag John Marders Büro betrat, strich er gerade seine Krawatte glatt und rückte die Manschetten zurecht. »Ich habe mir gedacht, wir könnten hier sitzen«, sagte er und deutete zu einem Couchtisch und Sesseln in der Ecke seines Büros. »Sie sind bereit?«

»Ich glaube schon«, sagte Casey.

»Lassen Sie mich den Anfang übernehmen«, sagte Marder. »Ich werde mich dann an Sie wenden, wenn ich Unterstützung brauche.«

»Okay.«

Marder ging auf und ab. »Der Sicherheitsdienst meldet, daß vor dem Südzaun ein Filmteam war«, sagte er. »Sie haben ein Interview mit Jack Rogers gedreht.«

»Oh-oh«, sagte Casey.

»Dieser Idiot. Mein Gott, ich kann mir schon vorstellen, was *der* zu sagen hatte.«

»Haben Sie je mit Rogers geredet?« fragte Casey.

Die Gegensprechanlage summte. Eileen sagte: »Ms. Malone ist hier, Mr. Marder.«

»Schicken Sie sie rein.«

Er ging zur Tür, um sie zu begrüßen.

Für Casey war die Frau, die nun hereinkam, ein Schock. Jennifer Malone war fast noch ein Mädchen, kaum älter als Richman. Nicht älter als acht- oder neunundzwanzig, dachte Casey. Malone war blond und ziemlich hübsch – auf zugeknöpfte New Yorker Art. Sie hatte eine Kurzhaarfrisur, mit der sie ihre Sexualität herunterspielte, und sie war sehr lässig gekleidet: Jeans, ein weißes T-Shirt und einen blauen Blazer mit einem verrückten Kragen. Der modische Hollywood-Look.

Allein der Anblick dieser Frau bereitete Casey Unbehagen. Aber inzwischen hatte Marder sich umgedreht und sagte: »Ms. Malone, ich möchte Ihnen gern Casey Singleton vorstellen, die Qualitätssicherungsspezialistin beim IRT, unserem Team, das nach einem Vorfall die Untersuchungen durchführt.«

Das blonde Mädchen grinste.

Casey schüttelte ihr die Hand.

Das ist ja wohl ein Witz, dachte Jennifer Malone. Das soll ein Industrieboß sein? Dieser nervöse Kerl mit den angeklatschten Haaren und dem schlechtsitzenden Anzug? Und wer ist diese Frau wie aus dem Talbot-Katalog? Singleton war größer als Jennifer – was Jennifer nicht mochte –, und sie sah gut aus, auf gesunde, provinzielle Art. Sie wirkte wie eine Sportlehrerin und schien tatsächlich in ziemlich guter Verfassung zu sein – wenn auch schon längst über das Alter hinaus, in dem man mit dem Minimum an Make-up auskam, das sie trug. Und ihre Gesichtszüge wirkten überarbeitet und angespannt. Unter Druck.

Jennifer war enttäuscht. Den ganzen Tag lang hatte sie sich auf dieses Treffen vorbereitet und an ihren Argumenten gefeilt. Aber sie hatte einen viel eindrucksvolleren Gegner erwartet. Jetzt fühlte sie sich in die High-School zurückversetzt – mit dem Konrektor und einer furchtsamen Bibliothekarin. Kleine Leute ohne Stil.

Und dieses Büro! Klein, mit grauen Wänden und billigen, funktionellen Möbeln. Es hatte keinen Charakter. Nur gut, daß sie hier nicht filmten, dieser Raum würde einfach nichts hermachen. Sah das Büro des Präsidenten auch so aus? Falls ja, würden sie das Interview irgendwo anders aufnehmen müssen. Draußen, oder in der Produktionshalle. Weil diese schäbigen, kleinen Büros nicht das vermittelten, was sie für ihre Show brauchte. Flugzeuge waren groß und mächtig. Das Publikum würde ihr nie abnehmen, daß sie von miefigen kleinen Leuten in drögen Büros gemacht wurden.

Marder führte sie zu einer Sitzgruppe in der Ecke. Mit großer Geste, als würde er sie zu einem Festessen einladen. Da er ihr die Wahl des Sitzplatzes überließ, setzte sie sich mit dem Rücken zum Fenster, so daß ihm die Sonne in die Augen schien.

Sie zog ihre Notizen heraus, blätterte in ihnen. Marder sagte: »Darf ich Ihnen etwas zu trinken anbieten? Kaffee?«

»Kaffee wäre großartig.«
»Wie nehmen Sie ihn?«
»Schwarz«, sagte Jennifer.

Casey sah zu, wie Jennifer Malone ihre Notizen hervorzog. »Ich will ganz offen sein«, sagte Malone. »Wir haben von Kritikern ziemlich belastendes Material über die N-22 bekommen. Und über die Art, wie diese Firma vorgeht. Aber jede Geschichte hat zwei Seiten. Und wir wollen Ihnen Gelegenheit geben, auf diese Kritik zu reagieren.«

Marder sagte nichts, sondern nickte nur. Er saß mit übereinandergeschlagenen Beinen da, einen Notizblock auf dem Schoß.

»Einleitend möchte ich sagen«, begann Malone nun, »daß wir wissen, was bei Flug 545 passiert ist.« Wirklich? dachte Casey. Das wissen ja noch nicht mal wir.

Malone sagte: »Die Slats wurden mitten im Flug ausgefahren – ich glaube, man spricht von *slats deployment* –, die Maschine wurde instabil, ging mit der Nase hoch und runter, und dabei wurden Passagiere getötet. Jeder hat den Film über diesen tragischen Unfall gesehen. Wir wissen, daß Passagiere Prozesse gegen die Firma angestrengt haben. Wir wissen außerdem, daß die N-22 eine lange Geschichte von Slats-Problemen hat, die weder die FAA noch die Firma zu beheben bereit waren. Und das, obwohl es in den vergangenen Jahren zu acht verschiedenen Vorfällen gekommen ist.«

Malone hielt einen Augenblick inne und fuhr dann fort: »Wir wissen, daß die FAA bei ihren Genehmigungsverfahren so lax ist, daß sie nicht einmal die Übereignung der dazu nötigen Dokumente verlangt. Die FAA hat Norton gestattet, diese Unterlagen hier aufzubewahren.«

O Gott, dachte Casey. Die hat ja absolut keine Ahnung.

»Lassen Sie mich zuerst auf den letzten Punkt eingehen«, sagte Marder. »Die FAA verwahrt von keinem Hersteller die zur Freigabe nötigen Dokumente. Nicht von Boeing, nicht von Douglas, nicht von Airbus und auch nicht unsere. Offen gesagt, uns wäre es lieber, wenn die FAA die Archivierung übernehmen würde. Aber die FAA kann sie nicht aufbewahren, weil diese Dokumente eigentumsrechtlich geschützte Informationen enthalten. Wenn sie im Besitz der FAA wären, könnten unsere Konkurrenten sich gemäß dem Gesetz zur Informationsfreiheit diese Informationen beschaffen. Und einige Konkurrenten würden nichts lieber tun. Vor allem Airbus arbeitet seit längerem auf eine Änderung der FAA-Politik hin – aus den eben genannten Gründen. Ich nehme deshalb an, daß Sie Ihre Ansichten über die FAA von jemandem bei Airbus haben.«

Casey sah Malone zögern und in ihre Notizen schauen. Es stimmt, dachte sie. Marder hatte ihre Quelle dingfest gemacht: Airbus hatte ihr diesen Leckerbissen zukommen lassen, wahrscheinlich über seinen PR-Ausleger, das Institute for aviation Research. Wußte Malone überhaupt, daß das Institut nur eine Deckorganisation von Airbus war?

»Aber sind Sie nicht auch der Ansicht«, sagte Malone kühl, »daß das Verhältnis ein bißchen zu eng ist, wenn die FAA Norton die eigenen Dokumente aufbewahren läßt?«

»Ms. Malone«, sagte Marder, »wie ich bereits gesagt habe, wäre es uns lieber, wenn die FAA die Archivierung übernehmen würde. Aber wir haben das Gesetz zur Informationsfreiheit nicht verfaßt. Wir machen die Gesetze nicht. Wir sind allerdings der Ansicht, daß, wenn wir Milliarden in die Entwicklung eines eigentumsrechtlich geschützten Produkts stecken, diese Informationen unseren Konkurrenten nicht kostenfrei zur Verfügung gestellt werden sollten. So wie ich es verstehe, wurde das Informationsfreiheitsgesetz nicht erlassen, um ausländischer Konkurrenz die Plünderung amerikanischer Technologie zu ermöglichen.«

»Sie haben also etwas gegen das Informationsfreiheitsgesetz?«

»Ganz und gar nicht. Ich sage nur, daß es nie dazu bestimmt war, Industriespionage zu erleichtern.« Marder lehnte sich zurück. »Doch nun, Sie haben Flug 545 erwähnt.«

»Ja.«

»Zunächst einmal sind wir nicht der Ansicht, daß der Unfall eine Folge von *slats deployment* war.«

Oh-oh, dachte Casey. Marder wagte sich da auf dünnes Eis. Was er sagte, stimmte nicht, und es konnte gut sein, daß...

Marder sagte: »Gegenwärtig untersuchen wir diesen Vorfall, und obwohl es verfrüht ist, schon jetzt über die Ergebnisse dieser Untersuchung zu sprechen, glaube ich jedoch, daß Sie über diese Situation falsch informiert wurden. Ich nehme an, diese Slats-Geschichte haben Sie von Fred Barker.«

»Wir haben unter anderem auch mit Mr. Barker gesprochen ...«

»Haben Sie mit der FAA über Mr. Barker gesprochen?« fragte Marder.

»Wir wissen, daß er umstritten ist ...«

»Das ist gelinde ausgedrückt. Sagen wir einfach, er nimmt eine Fürsprecherhaltung ein, deren Argumente faktisch inkorrekt sind.«

»Die Sie für inkorrekt halten.«

»Nein, Ms. Malone, die faktisch inkorrekt sind«, erwiderte Marder gereizt. Er deutete auf die Papiere, die Malone auf dem Tisch ausgebreitet hatte. »Ich konnte nicht umhin, Ihre Liste der Slats-Vorfälle zu bemerken. Haben Sie die von Barker?«

Malone zögerte einen Augenblick. »Ja.«

»Darf ich sie sehen?«

»Sicher.«

Sie gab Marder das Papier. Er sah es sich an.

Malone fragte: »Ist die Liste faktisch inkorrekt, Mr. Marder?«

»Nein, aber sie ist unvollständig und irreführend. Diese Liste basiert auf unseren eigenen Dokumenten, aber sie ist unvollständig. Was wissen Sie über Lufttauglichkeitsdirektiven, Ms. Malone?«

»Lufttauglichkeitsdirektiven?«

Marder stand auf und ging zu seinem Schreibtisch. »Sooft es bei einer unserer Maschinen zu einem Vorfall im Flugbetrieb kommt, untersuchen wir diesen Vorfall sehr gründlich, um herauszufinden, was passiert ist und warum. Wenn es ein Problem mit dem Flugzeug ist, formulieren wir eine entsprechende Handlungsanweisung, ein Service-Bulletin, und wenn die FAA den Eindruck hat, daß die Ausführung dieser Anweisung für die Betreiber zur Pflicht gemacht werden sollte, gibt sie eine Lufttauglichkeitsdirektive, eine AD, heraus. Nachdem die N-22 in Betrieb genommen wurde, entdeckten wir ein Problem mit den Slats, und es wurde eine Lufttauglichkeitsdirektive ausgegeben, um dieses Problem zu beheben. Unsere einheimischen Fluggesellschaften sind gesetzlich verpflichtet, die Maschinen entsprechend zu modifizieren, um weitere Vorkommnisse zu verhindern.«

Er kehrte mit einem anderen Blatt Papier zurück, das er Malone gab. »Das ist eine vollständige Liste der Vorfälle.«

Slats-Vorfälle bei Norton N-22

1. **4. Januar 1992. (HB)** Slats ausgefahren bei FH 350 und 0,84 Mach. Der Klappen/Slats-Hebel wurde unabsichtlich bewegt. Als Folge dieses Vorfalls wurde A/D 44-8 ausgegeben.
2. **2. April 1992. (HB)** Slats ausgefahren im Dauerflug bei 0,81 Mach. Angeblich fiel Klemmbrett auf Klappen/Slats-Hebel. A/D 44-8 war nicht umgesetzt worden, hätte aber diesen Vorfall verhindert.
3. **17. Juli 1992. (HB)** Was ursprünglich als heftige Turbulenzen gemeldet wurde, erwies sich später als Ausfahren der Slats infolge unabsichtlichen Bewegens des Klappen/Slats-Hebels. A/D 44-8 war nicht umgesetzt worden, hätte aber diesen Vorfall verhindert.
4. **20. Dezember 1992. (HB)** Ausfahren der Slats bei Reisegeschwindigkeit ohne Bewegung des Klappen/Slats-Hebels im Cockpit. Überprüfung ergab, Kabelführung zu den Slats war an drei Stellen nicht im Toleranzbereich. Als Folge dieses Vorfalls wurde 51-29 ausgegeben.
5. **12. März 1993. (HB)** Flattern des Flugzeugs kurz vor Sackflug bei 0,82 Mach. Überprüfung ergab, daß Slats ausgefahren und Hebel nicht in Verriegelungsposition war. A/D 51-29 war nicht umgesetzt worden, hätte aber diesen Vorfall verhindert.
6. **4. April 1993. (AB)** Erster Offizier stützte Arme auf Klappen/Slats-Hebel, wodurch Hebel nach unten gedrückt und Slats ausgefahren wurden. A/D 44-8 war nicht umgesetzt worden, hätte aber diesen Vorfall verhindert.
7. **4. Juli 1993. (AB)** Pilot meldete Bewegung des Klappen/Slats-Hebels und Ausfahren der Slats. Maschine in Reisegeschwindigkeit bei 0,81 Mach. A/D 44-8 war nicht umgesetzt worden, hätte aber diesen Vorfall verhindert.

8. 10. Juni 1994. **(AB)** Ausfahren der Slats bei Reisegeschwindigkeit ohne Bewegung des Klappen/Slats-Hebels. Überprüfung ergab, Kabelführung zu den Slats nicht im Toleranzbereich. <u>A/D 51-29 war nicht umgesetzt worden, hätte aber diesen Vorfall verhindert.</u>

»Die unterstrichenen Sätze«, sagte Marder, »sind das, was Mr. Barker in dem Dokument, das er Ihnen gegeben hat, unterschlagen hat. Nach dem ersten Slats-Vorfall gab die FAA eine Lufttauglichkeitsdirektive zur Umgestaltung der Steuereinheit im Cockpit heraus. Die Fluggesellschaften hatten ein Jahr Zeit, dieser Direktive zu entsprechen. Einige taten es sofort, andere nicht. Wie Sie sehen können, passierten alle nachfolgenden Unfälle in Flugzeugen, in denen diese Veränderung noch nicht vorgenommen worden war.«

»Nun, nicht ganz...«

»Lassen Sie mich ausreden. Im Dezember 1992 entdeckten wir ein zweites Problem. Die zu den Slats führenden Kabelstränge wurden manchmal schlaff. Die Wartungscrews erkannten das Problem nicht. Wir gaben also eine zweite Handlungsanweisung heraus und fügten ein Spannungsmeßinstrument hinzu, damit das Bodenpersonal einfacher feststellen konnte, ob die Kabelführung den Spezifikationen entsprach. Das löste das Problem. Ende Dezember war alles wieder in Ordnung.«

»Offensichtlich nicht, Mr. Marder«, sagte Malone und deutete auf die Liste. »Sie hatten 1993 und '94 noch weitere Vorfälle.«

»Nur bei ausländischen Fluggesellschaften«, entgegnete Marder. »Sehen Sie diese Kürzel, HB und AB? Die stehen für Heimische Betreiber und Ausländische Betreiber. Die Heimischen Betreiber müssen die Änderungen vornehmen, die die Lufttauglichkeitsdirektiven der FAA verlangen. Aber für die ausländischen Betreiber ist die FAA nicht zuständig. Und die führen die Änderungen nicht immer aus. Alle Vorfälle seit 1992 betrafen ausländische Fluggesellschaften, die die Modifikationen nicht vorgenommen hatten.«

Malone überflog die Liste. »Sie lassen also wider besseres Wissen zu, daß Fluggesellschaften unsichere Maschinen fliegen? Sie lehnen sich einfach zurück und lassen es geschehen. Wollen Sie mir das sagen?«

Marder holte geräuschvoll Luft. Casey dachte, er würde gleich explodieren, aber er tat es nicht. »Ms. Malone, wir bauen Flugzeuge, wir betreiben sie nicht. Wenn Air Indonesia oder Pakistani Air den Lufttauglichkeitsdirektiven nicht folgen, können wir sie nicht dazu zwingen.«

»Na gut. Wenn Sie nichts anderes tun als Flugzeuge zu bauen, lassen Sie uns darüber reden, wie gut Sie das tun«, sagte Malone. »Ausgehend von dieser Liste hier, wie viele Änderungen an den Slats hatten Sie? Acht?«

Die kapiert nichts, dachte Casey. Sie hört nicht zu. Sie versteht gar nicht, was man ihr sagt.«

»Nein. Zwei Modifikationen«, sagte Marder.

»Aber hier stehen acht Vorfälle. Das werden Sie doch zugeben...«

»Ja«, erwiderte Marder gereizt, »aber wir reden nicht von Vorfällen, wir reden von ADs, und es gab nur zwei ADs.« Er wurde allmählich wütend, sein Gesicht rötete sich.

»Verstehe«, sagte Malone. »Norton hatte also zwei Konstruktionsprobleme bei den Slats dieser Maschine.«

»Es gab zwei Korrekturen.«

»Zwei Korrekturen ihrer ursprünglichen fehlerhaften Konstruktion«, sagte Malone. »Und das nur bei den Slats. Von den Klappen oder vom Seitenruder oder den Treibstofftanks und dem ganzen Rest des Flugzeugs haben wir noch gar nicht gesprochen. Zwei Korrekturen, nur in diesem einen winzigen System. Haben Sie dieses Flugzeug denn nicht getestet, bevor Sie es arglosen Kunden verkauft haben?«

»Natürlich haben wir die Maschine getestet«, sagte Marder mit zusammengebissenen Zähnen. »Aber Sie müssen erkennen...«

»Was ich erkenne«, sagte Malone, »ist, daß wegen Ihrer Konstruktionsfehler Menschen gestorben sind, Mr. Marder. Dieses Flugzeug ist eine Todesfalle. Und Ihnen scheint dies völlig gleichgültig zu sein.«

»*Herrgott noch mal!*« Marder warf die Hände in die Höhe und sprang auf. Er stampfte durchs Zimmer. »Ich glaub's einfach nicht!«

Es ist fast zu einfach, dachte Jennifer. Und tatsächlich war es zu einfach. Sie mißtraute Marders theatralischem Ausbruch. Während des Interviews hatte sie von diesem Mann einen anderen Eindruck gewonnen. Er war eben nicht nur ein Konrektor. Er war viel gescheiter. Das merkte sie, wenn sie seine Augen beobachtete. Die meisten Menschen machten eine unwillkürliche Augenbewegung, wenn man ihnen eine Frage stellte. Sie sahen nach oben, nach unten oder zur Seite. Aber Marders Blick war stetig und ruhig. Er hatte sich vollkommen unter Kontrolle.

Und sie vermutete, daß er sich auch jetzt unter Kontrolle hatte, daß dieses Kragenplatzen eine beabsichtigte Inszenierung war. Wozu?

Aber eigentlich war es ihr gleichgültig. Sie hatte von Anfang an nur vorgehabt, diese Leute aus der Reserve zu locken. Ihnen einen solchen Schrecken einzujagen, daß sie sie an den Firmen-Präsidenten weiterreichten. Jennifer wollte, daß Marty Reardon den Präsidenten interviewte.

Das war grundlegend für ihre Story. Es würde die Glaubwürdigkeit der Reportage untergraben, wenn *Newsline* ernste Vorwürfe gegen die N-22 vorbrachte, die Firma aber nur irgendeinen Erfüllungsgehilfen aus dem Mittelbau oder einen PR-Fritzen ins Feld schickte. Aber wenn sie den Präsidenten vor die Kamera holen konnte, gab das ihrer Reportage ein ganz anderes Gewicht.

Sie wollte den Präsidenten.

Bis jetzt lief alles gut.

Doch dann sagte Marder: »Erklären Sie es, Casey.«

Casey war entsetzt gewesen über Marders Ausbruch. Marder war berühmt für seine Wutanfälle, aber es war ein schwerer taktischer Fehler, vor einer Reporterin zu explodieren. Und jetzt sagte Marder, der noch immer rot im Gesicht und vor Wut schnaubend hinter seinem Schreibtisch saß: »Erklären Sie es, Casey.«

Sie wandte sich Malone zu.

»Ms. Malone«, sagte Casey. »Ich glaube, uns allen hier liegt die Flugsicherheit sehr am Herzen.« Sie hoffte, daß das Marders Ausbruch erklären würde. »Wir nehmen die Produktsicherheit sehr ernst, und die N-22 hat ausgewiesenermaßen einen sehr hohen Sicherheitsstandard. Und falls einmal bei einer unserer Maschinen etwas passiert...«

»Es *ist* etwas passiert«, sagte Malone und sah Casey unverwandt an.

»Ja«, sagte Casey. »Wir sind eben dabei, diesen Vorfall zu untersuchen. Ich gehöre zu dem Team, das die Untersuchung durchführt, und wir arbeiten rund um die Uhr, um zu verstehen, was passiert ist.«

»Sie meinen, warum die Slats ausgefahren wurden? Aber das müssen Sie doch wissen. Es ist doch schon so oft passiert.«

Casey sagte: »Zu diesem Zeitpunkt...«

Doch Marder unterbrach sie. »Hören Sie«, sagte er, »es waren nicht die verdammten Slats. Frederick Barker ist ein hoffnungsloser Alkoholiker und ein bezahlter Lügner, der für einen Winkeladvokaten arbeitet. Keiner, der noch alle Tassen im Schrank hat, würde auf ihn hören.«

Casey biß sich auf die Unterlippe. Sie konnte Marder nicht vor der Reporterin widersprechen, aber...

Malone sagte: »Wenn es nicht die Slats waren...«

»Es waren nicht die Slats«, sagte Marder bestimmt. »Wir werden in vierundzwanzig Stunden einen Zwischenbericht herausgeben, der dies schlüssig beweisen wird.«

Was? dachte Casey. Was sagt er denn da? So etwas wie einen Zwischenbericht gab es nicht.

»Wirklich?« fragte Malone leise.

»Ja«, sagte Marder. »Casey Singleton ist die Pressesprecherin des IRT. Wir werden uns wieder mit Ihnen in Verbindung setzen, Ms. Malone.«

Malone schien zu erkennen, daß Marder damit das Interview abschließen wollte. Sie sagte: »Aber es gibt noch viel mehr, das wir besprechen müssen, Mr. Marder. Da ist zum einen die Rotorgeschichte in Miami. Dann gewerkschaftlicher Widerstand gegen dieses China-Geschäft und...«

»Ach, kommen Sie«, sagte Marder.

»Angesichts der Schwere dieser Vorwürfe«, fuhr Malone fort, »sollten Sie sich vielleicht unser Angebot, Ihrem Präsidenten, Mr. Edgarton, Gelegenheit zu einer Stellungnahme zu geben, noch einmal überlegen.«

»Das wird nicht passieren«, sagte Marder.

»Es wäre nur zu Ihrem Vorteil«, sagte Malone. »Wenn wir sagen müssen, daß der Präsident ein Gespräch mit uns verweigert hat, dann klingt das wie...«

»Hören Sie«, unterbrach Marder sie. »Lassen wir den Blödsinn. Ohne TransPacific haben Sie keine Story. Und wir werden morgen einen Zwischenbericht über TransPacific herausgeben. Wir werden Ihnen noch mitteilen, wann genau. Das ist alles, was wir im Augenblick für Sie haben, Ms. Malone. Vielen Dank für Ihren Besuch.«

Damit war das Interview beendet.

VERWALTUNGSGEBÄUDE 12 Uhr 43

»Diese Frau ist unglaublich«, sagte Marder, nachdem Malone gegangen war. »Sie interessiert sich nicht für die Fakten. Sie interessiert sich nicht für die FAA. Sie interessiert sich nicht dafür, wie wir Flugzeuge bauen. Sie will einfach nur einen Verriß bringen. Arbeitet sie für Airbus? Das würde ich gerne wissen.«

»John«, sagte Casey, »wegen dieses Zwischenberichts...«

»Vergessen Sie ihn«, blaffte Marder. »Ich werde mich darum kümmern. Gehen Sie wieder an die Arbeit, ich rede mit dem zehnten Stock, spreche mich mit denen da oben ab, arrangiere ein paar Sachen. Wir reden später darüber.«

»Aber John«, entgegnete Casey, »Sie haben gesagt, es waren nicht die Slats.«

»Das ist mein Problem«, sagte Marder. »Gehen Sie wieder an Ihre Arbeit.«

Nachdem Casey gegangen war, rief Marder Edgarton an.

»Mein Flug geht in einer Stunde«, sagte Edgarton. »Ich fliege nach Hongkong, um mit einem persönlichen Besuch den Familien der Getöteten meine Anteilnahme zu zeigen. Ich werde mit der Fluggesellschaft reden, den Verwandten mein Mitgefühl ausdrücken.«

»Gute Idee, Hal«, sagte Marder.

»Was ist mit dieser Pressegeschichte?«

»Es ist so, wie ich befürchtet habe«, sagte Marder. »*Newsline* bastelt eine Reportage zusammen, die extrem kritisch mit dem N-22 umspringt.«

»Und können Sie das verhindern?«

»Absolut. Keine Frage«, sagte Marder.

»Wie?« fragte Edgarton.

»Wir werden einen Zwischenbericht herausgeben mit dem Ergebnis, daß es nicht die Slats waren. Unser Bericht wird sagen, daß der Unfall von einer gefälschten Umkehrklappe verursacht wurde.«

»Gibt es ein solches schlechtes Teil an der Maschine?«

»Ja. Aber es hat den Unfall nicht verursacht.«

»Das ist gut«, sagte Edgarton. »Ein schlechtes Teil ist gut. So ist es nämlich kein Norton-Problem.«

»Genau«, sagte Marder.

»Und Casey Singleton wird das sagen?«

»Ja«, erwiderte Marder.

»Sollte sie auch besser«, sagte Edgarton, »diese Wichser können nämlich verdammt unangenehm werden...«

»Reardon«, sagte Marder. »Es ist Marty Reardon.«

»Wie auch immer. Sie weiß, was sie sagen muß?«

»Ja.«

»Sie haben sie präpariert?«

»Ja. Und ich werde es später noch einmal mit ihr durchgehen.«

»Okay«, sagte Edgarton. »Außerdem will ich, daß sie zu dieser Medientrainingsfrau geht.«

»Ich weiß nicht, Hal, halten Sie das wirklich für...«

»Ja, das tue ich«, unterbrach ihn Edgarton. »Und Sie auch. Singleton sollte auf dieses Interview perfekt vorbereitet sein.«

»Okay«, sagte Marder.

»Und vergessen Sie nicht«, sagte Edgarton. »Wenn Sie das vermasseln, sind Sie weg vom Fenster.«

Er legte auf.

VOR DEM VERWALTUNGSGEBÄUDE 13 Uhr 04

Vor dem Verwaltungsgebäude stieg Jennifer Malone, beunruhigter als sie zugeben wollte, in ihr Auto. Inzwischen schien es ihr eher unwahrscheinlich, daß die Firma ihren Präsidenten vor die Kamera schickte. Stattdessen beschlich sie das ungute Gefühl, daß sie Singleton zu ihrer Sprecherin machen würden.

Und das konnte den emotionalen Tenor ihrer Reportage ändern. Das Publikum wollte, daß bullige, arrogante Industriebosse ihr Fett abbekamen. Eine intelligente, ernsthafte, attraktive Frau machte sich da bei weitem nicht so gut. Waren die von Norton gerissen genug, um das zu wissen?

Und natürlich würde Marty sie angreifen.

Das würde auch nicht gut aussehen.

Schon bei der Vorstellung der beiden zusammen lief es Jennifer kalt über den Rücken. Singleton war klug, sie wirkte einnehmend und offenherzig. Marty würde Mutterschaft und Apfelkuchen angreifen. Und man konnte Marty nicht zurückhalten. Er ging den Leuten immer an die Kehle.

Aber darüber hinaus beschlich Jennifer nun auch die Befürchtung, daß der ganze Beitrag auf schwachen Beinen stand. Barker hatte sehr überzeugend gewirkt, als sie ihn interviewte. Danach war sie in Hochstimmung gewesen. Aber wenn das mit den ADs stimmte, dann war die Firma aus dem Schneider. Außerdem machte Jennifer sich Sorgen um Barkers Ruf.

Wenn die FAA etwas gegen ihn in der Hand hatte, dann war seine Glaubwürdigkeit beim Teufel. Und sie würden dumm dastehen, wenn sie ihm Sendezeit gewährten.

Und der Reporter, dieser Jack Wie-hieß-er-gleich, war eine Enttäuschung gewesen. Er machte sich nicht gut vor der Kamera, und sein Material war dürftig. Er hatte ihr keine echten Hinweise dafür geliefert, daß das Flugzeug schlecht war – doch genau das brauchte sie. Sie brauchte lebendige, überzeugende Bilder, die bewiesen, daß das Flugzeug eine Todesfalle war.

Doch die hatte sie nicht.

Bis jetzt hatte sie nur das CNN-Band, was bereits ein alter Hut war, und die Rotorgeschichte in Miami, die nicht sehr überzeugend war: Rauch, der aus einem Flügel quoll.

Nicht gerade ein Knüller.

Und das schlimmste war, wenn die Firma wirklich einen Zwischenbericht veröffentlichte, der Barker widersprach –

Ihr Handy klingelte.

»Wie läuft's?« fragte Dick Shenk.

»Hallo, Dick«, sagte sie.

»Also? Wo stehen wir?« fragte Shenk. »Ich sehe mir jetzt gerade unseren Einsatzplan an. Marty ist in zwei Stunden mit Bill Gates fertig.«

Ein Teil von ihr wollte sagen, vergessen Sie es. Die Story ist bröckelig. Sie fügt sich einfach nicht zusammen. Dumm von mir, daß ich geglaubt habe, ich könne sie in zwei Tagen festklopfen.

»Jennifer? Soll ich ihn schicken oder nicht?«

Aber sie konnte nicht nein sagen. Sie konnte nicht zugeben, daß sie sich getäuscht hatte. Er würde sie umbringen, wenn sie jetzt einen Rückzieher machte. Wie sie ihm die Story aufgetischt hatte und die coole Art, mit der sie aus seinem Büro marschiert war, als das zwang sie jetzt zum Handeln.«

»Ja, Dick. Ich will ihn.«

»Sie schaffen die Story bis Samstag?«

»Ja, Dick.«

»Und es ist keine Teile-Story?«

»Nein, Dick.«

»Ich will nämlich keinen mickerigen Zweitaufguß von *60 Minutes*. Es darf keine Teile-Story sein.«

»Ist es nicht, Dick.«

»Das klingt aber nicht sehr zuversichtlich«, sagte er.

»Ich bin zuversichtlich, Dick. Nur etwas müde.«

»Okay. Marty verläßt Seattle um vier. Er wird gegen acht im Hotel sein. Halten Sie den Drehplan bereit, wenn er kommt, und faxen Sie mir eine Kopie nach Hause. Sie haben ihn morgen den ganzen Tag.«

»Okay, Dick.«

»Ich will einen Knüller«, sagte er und legte auf.

Sie klappte das Handy zu und seufzte.

Dann startete sie den Motor und legte den Rückwärtsgang ein.

Casey sah Malone aus dem Parkplatz zurückstoßen. Sie fuhr einen schwarzen Lexus, das gleiche Auto wie Jim. Malone sah sie nicht, und das war auch gut so. Casey hatte andere Sorgen.

Sie versuchte immer noch herauszufinden, was Marder vorhatte. Er war vor der Reporterin explodiert, hatte ihr gesagt, es seien nicht die Slats gewesen und daß es einen Zwischenbericht des IRT geben würde. Wie konnte er so etwas sagen? Marder war zwar ein Draufgänger, aber diesmal setzte er sich auf einen zu dünnen Ast. Sie sah einfach nicht, wie er mit seinem Verhalten etwas anderes tun konnte, als der Firma zu schaden – und sich selbst.

Aber John Marder, das wußte sie, schadete nie sich selbst.

QA 14 Uhr 10

Norma hörte Casey einige Minuten lang zu, ohne sie zu unterbrechen. Schließlich sagte sie: »Und wie heißt jetzt Ihre Frage?«

»Ich glaube, Marder will mich zur Firmensprecherin machen.«

»Was haben Sie denn erwartet?« fragte Norma. »Die Großen halten sich immer bedeckt. Edgarton wird es nie tun. Und Marder auch nicht. Sie sind die Pressesprecherin des IRT. Und Sie sind Vizepräsidentin von Norton Aircraft. Das wird unten auf dem Bildschirm stehen.«

Casey schwieg.

Norma sah sie an. »Wie heißt jetzt Ihre Frage?« wiederholte sie.

»Marder hat der Reporterin gesagt, daß TPA 545 kein Slats-Problem hatte«, sagte sie, »und daß wir morgen einen Zwischenbericht herausgeben werden.«

»Hmm.«

»Es stimmt nicht.«

»Hmm.«

»Warum tut Marder das?« fragte Casey. »Und warum schiebt er mich dabei vor?«

»Um seine Haut zu retten«, sagte Norma. »Um einem Problem aus dem Weg zu gehen, das er kennt, Sie aber nicht.«

»Was für ein Problem?«

Norma schüttelte den Kopf. »Ich würde sagen, etwas an der Maschine. Marder war Programmanager für die N-22. Er weiß mehr über dieses Flugzeug als sonst jemand in der Firma. Vielleicht gibt es ja etwas, von dem er nicht will, daß es herauskommt.«

»Und deshalb verkündet er ein getürktes Ergebnis.«

»Das nehme ich an.«

»Und ich muß für ihn die Wasserträgerin spielen?«

»Sieht so aus«, sagte Norma.

Casey schwieg. »Was soll ich tun?« fragte sie nach einer Weile.

»Finden Sie es raus«, sagte Norma und kniff gegen den Rauch ihrer Zigarette die Augen zusammen.

»Ich habe keine Zeit dazu...«

Norma zuckte die Achseln. »Das ist Ihre einzige Chance. Finden Sie heraus, was auf diesem Flug passiert ist. Sie sind nämlich diejenige, die den Kopf hinhalten muß. So hat Marder es eingerichtet.«

Im Korridor traf Casey Richman. »Na, hallo...«

»Später«, sagte sie.

Sie ging in ihr Büro und schloß die Tür. Dann zog sie ein Foto ihrer Tochter heraus und sah es an. Auf dem Foto war Alison eben aus dem Swimmingpool eines Nachbarn gestiegen. Mit einem anderen Mädchen ihres Alters stand sie da, beide in Badeanzügen, beide tropfnaß. Geschmeidige junge Körper, lächelnde, zahnlückige Gesichter, sorglos und unschuldig.

Casey legte das Foto weg und wandte sich einem großen Karton auf ihrem Schreibtisch zu. Sie öffnete ihn und zog einen schwarzen tragbaren CD-Player mit einer Neoprenschlaufe heraus. Von dem Gerät führten Drähte zu einer etwas merkwürdig aussehenden Brille. Sie war etwas groß geraten und sah aus wie eine Schutzbrille, nur daß sie an den Schläfen nicht dicht abschloß. Die Innenseiten der Gläser hatten eine merkwürdige Beschichtung, die im Licht leicht schimmerte. Dies, das wußte sie, war das VD-Gerät für das Wartungspersonal. Eine Karte von Tom Korman fiel aus dem Karton. »Erster Test des VD. Viel Spaß!« stand darauf.

Viel Spaß.

Sie schob das Gerät beiseite und sah sich die anderen Papiere auf ihrem Schreibtisch an. Die CVR-Transkription der Cockpitgespräche war endlich eingetroffen. Darunter lag eine Ausgabe von *TransPacific Flightlines*, dem Bordmagazin von TPA. Auf einer Seite klebte ein Post-it.

Sie schlug das Heft auf dieser Seite auf und sah ein Foto von John Chang, Mitarbeiter des Monats, vor sich. Das Bild war anders, als sie es sich anhand des Faxes vorgestellt hatte. John Chang war ein sehr sportlicher Mitvierziger. Seine Frau stand neben ihm, lächelnd, etwas fülliger. Und die Kinder, die zu Füßen der Eltern kauerten, waren beide erwachsen: ein achtzehn- oder neunzehnjähriges Mädchen und ein Junge Anfang Zwanzig. Der Sohn wirkte wie eine zeitgemäße Ausgabe seines Vaters: extrem kurzgeschnittene Haare, ein winziger Goldknopf im Ohr.

Sie las die Unterzeile: »Hier entspannt er sich am Strand von Lantan Island zusammen mit seiner Frau Soon und seinen Kindern Erica und Tom.«

Vor der Familie lag ein blaues Badetuch im Sand, daneben stand ein Weidenkorb, aus dem ein blaukariertes Tuch herauslugte. Die Szene war banal und uninteressant.

Warum sollte ihr das jemand faxen?

Sie sah sich das Datum des Magazins an. Es war von Januar, also drei Monate alt.

Aber irgend jemand besaß eine Ausgabe dieses Magazins und hatte Casey die Seite gefaxt. Wer? Ein Angestellter der Fluggesellschaft? Ein Passagier? Wer?

Und *warum*?

Was sollte ihr das sagen?

Während sie das Bild betrachtete, fielen ihr die vielen noch offenen Fragen der laufenden Ermittlungen wieder ein. So viel war noch zu überprüfen, und sie wußte, wenn sie es nicht tat, würde niemand es tun. Vielleicht sollte sie sich an die Arbeit machen.

Norma hatte recht.

Casey wußte nicht, was Marder vorhatte, und sie würde es wahrscheinlich auch nicht herausfinden. Aber vielleicht war das auch unwichtig. Ihre Aufgabe war noch immer dieselbe wie vorher: Herausfinden, was mit Flug 545 passiert war.

Sie kam aus ihrem Büro.

»Wo ist Richman?«

Norma grinste. »Ich habe ihn zu Benson in die PR geschickt. Ein paar von den Pressemappen holen, falls wir sie brauchen.«

»Benson wird ziemlich wütend sein wegen dieser Geschichte«, sagte Casey.

»Mhm«, sagte Norma. »Vielleicht läßt er es sogar an Mr. Richman aus.« Sie lächelte und sah auf die Uhr. »Aber ich würde sagen, Sie haben ungefähr eine Stunde, um zu tun, was Sie tun wollen. Also los.«

NAIL   *15 Uhr 05*

»Also, Singleton«, sagte Ziegler und winkte sie zu einem Stuhl. Nach fünf Minuten Klopfen an der schalldichten Tür hatte er sie ins Audio-Labor eingelassen. »Ich glaube, wir haben gefunden, was Sie suchten«, sagte Ziegler.

Auf dem Monitor vor sich sah sie das erstarrte Bild des lächelnden Babys auf dem Schoß seiner Mutter.

»Sie wollten die Zeit kurz vor dem Vorfall«, sagte Ziegler. »Hier sind wir ungefähr achtzehn Sekunden davor. Ich fange mit dem gesamten Audio-Spektrum an und schalte dann die Filter zu. Bereit?«

»Ja«, sagte sie.

Ziegler startete das Band. Bei hoher Lautstärke klang das Schlabbern des Babys wie Bachplätschern. Das Summen in der Kabine war ein beständiges Dröhnen. »Schmeckt's?« sagte die Männerstimme sehr laut zu dem Baby.

»Schalte jetzt zu«, sagte Ziegler. »Hochpaßfilter.«

Der Ton wurde gedämpfter.

»Bandpaßfilter für Kabinengeräusche.«

Das Schlabbern war plötzlich sehr laut vor einem stillen Hintergrund, das Kabinendröhnen war verschwunden.

»Hochfrequenz-Bandpaßfilter.«

Das Schlabbergeräusch wurde leiser. Was sie jetzt vorwiegend hörte, waren Hintergrundgeräusche – Klappern von Besteck, Rascheln von Stoff.

Der Mann sagte: »Ist-as-ein-ühstück-arah?« Die Stimme klang zerhackt.

»Der HF-Bandpaßfilter ist nicht gut für menschliche Stimmen«, sagte Ziegler. »Aber das ist Ihnen egal, nicht?«

»Richtig.«

Der Mann sagte: »ast-ohl-eine-ust-bei-sem-ug-auf-ie-ewardeß-u-arten?«

Danach wurde es fast völlig still, nur ein paar entfernte Geräusche waren zu hören.

»Jetzt«, sagte Ziegler. »Gleich geht's los.«

Auf dem Monitor erschien ein Zahlenfeld. Der Timer klickte, rote Ziffern jagten einander, zählten Zehntel und Hundertstel von Sekunden.

Die Frau riß den Kopf herum. »Wa-wa-as?«

»Verdammt«, sagte Casey.

Sie konnte es jetzt hören. Ein tiefes Rumpeln, ein eindeutiger, bebender Baßton.

»Der Filter dünnt den Ton aus«, sagte Ziegler. »Ein tiefes, leises Rumpeln. Unten im Bereich von zwei bis fünf Hertz. Fast eine Vibration.«

Keine Frage, dachte Casey. Dank der zugeschalteten Filter konnte sie es hören. Es war da.

Die Männerstimme mischte sich dazwischen: »anz-uhig-Em.«

Das Baby kicherte, ein ohrenbetäubendes Prasseln.

Der Mann sagte: »ir-ind-ast-u-ause-iebling.«

Das tiefe Rumpeln hörte auf.

»Stop!« sagte Casey.

Die roten Ziffern erstarrten. Die Zahlen leuchteten groß auf dem Bildschirm – 11:59:32.

Fast zwölf Sekunden, dachte sie. Und zwölf Sekunden war genau die Zeitspanne, die die Slats zum Ausfahren brauchten.

Bei Flug 545 waren die Slats ausgefahren worden.

Nun zeigte das Band den Sturzflug, wie das Baby vom Schoß der Mutter rutschte, sie es festhielt, ihr entsetztes Gesicht. Im Hintergrund die verängstigten Passagiere. Mit den zugeschalteten Filtern klangen ihre Schreie ungewohnt abgehackt.

Ziegler stoppte das Band.

»Das sind Ihre Daten, Singleton. Unmißverständlich, würde ich sagen.«

»Die Slats wurden ausgefahren.«

»Klingt danach. Ist eine ziemlich eindeutige Signatur.«

»Warum?« Die Maschine war mit Reisegeschwindigkeit geflogen. War es ohne Steuerbefehl geschehen oder hatte der Pilot es getan? Wieder wünschte sich Casey, die Daten des Flugschreibers zu haben. All diese Fragen könnten in ein paar Minuten beantwortet werden, wenn sie nur diese Daten hätte. Aber das kam nur langsam voran.

»Haben Sie sich auch den Rest des Bandes angesehen?«

»Na ja, das nächste Interessante sind die Alarmmeldungen aus dem Cockpit«, sagte Ziegler. »Von dem Zeitpunkt an, da die Kamera sich unter der Tür verklemmt, kann ich mir die Tonspur vornehmen und eine Sequenz dessen zusammenstellen, was das Flugzeug dem Piloten mitzuteilen hatte. Aber dazu brauche ich noch einen Tag.«

»Bleiben Sie dran«, sagte sie. »Ich brauche alles, was Sie mir liefern können.«

In diesem Augenblick meldete sich ihr Piepser. Sie zog ihn vom Gürtel und las die Meldung:

*** JM ADMIN ASAP BTOYA

John Marder wollte sie sehen. In seinem Büro. Sofort.

VERWALTUNGSGEBÄUDE *17 Uhr*

John Marder war sehr ruhig – was bei ihm immer Gefahr bedeutete.

»Nur ein kurzes Interview«, sagte er. »Zehn, maximal fünfzehn Minuten. Sie werden keine Zeit haben, um ins Detail zu gehen. Aber als Leiterin des IRT sind Sie in der optimalen Position, um zu erklären, wie sehr der Firma die Flugsicherheit am Herzen liegt. Wie gründlich wir Unfälle untersuchen. Wie ernst wir die Produktunterstützung nehmen. Dann können Sie das Ergebnis unseres Zwischenberichts bekanntgeben: daß der Unfall nämlich durch eine gefälschte Umkehrklappe verursacht wurde, die von ausländischem Reparaturpersonal eingebaut wurde, so daß es kein Slats-Vorfall gewesen sein kann. Und machen Sie Barker fertig. Machen Sie *Newsline* fertig.«

»John«, sagte Casey. »Ich war eben im Audio-Labor. Es steht außer Frage – die Slats wurden ausgefahren.«

»Also, die akustische Analyse kann höchstens Indizien liefern«, sagte Marder. »Ziegler ist ein Spinner. Wir müssen auf die Flugschreiberdaten warten, um genau zu wissen, was passiert ist. Unterdessen ist das IRT zu dem vorläufigen Ergebnis gekommen, daß es nicht die Slats waren. Das ist alles.«

Als würde sie ihre eigene Stimme aus weiter Ferne hören, sagte Casey: »John, mir ist nicht wohl dabei, daß ich das sagen muß.«

»Wir reden über die Zukunft, Casey.«

»Ich verstehe das, aber...«

»Das China-Geschäft wird die Firma retten. Liquidität, Expansion, neue Flugzeuge, eine glänzende Zukunft. Über das reden wir hier, Casey. Tausende von Jobs.«

»Ich verstehe das ja, aber...«

»Ich will Sie mal was fragen, Casey. Glauben *Sie*, daß mit der N-22 irgendwas nicht stimmt?«

»Absolut nicht.«

»Halten Sie ihn für eine Todesfalle?«
»Nein.«
»Was ist mit der Firma? Halten Sie uns für eine gute Firma?«
»Natürlich.«
Er starrte sie kopfschüttelnd an. Schließlich sagte er: »Ich habe jemanden hier, mit dem Sie reden sollten.«

Edward Fuller war der Leiter der Rechtsabteilung bei Norton, ein dünner, linkischer Mann von vierzig Jahren. Er saß nervös auf einem Stuhl in Marders Büro.
»Edward«, sagte Marder, »wir haben ein Problem. *Newsline* wird dieses Wochenende zur besten Sendezeit eine Reportage über den N-22 bringen, und die wird unvorteilhaft sein.«
»Wie unvorteilhaft?«
»Sie nennen die N-22 eine Todesfalle.«
»Oje«, sagte Fuller. »Das ist sehr ungünstig.«
»Ja«, sagte Marder. »Ich habe Sie rufen lassen, weil ich wissen will, was ich dagegen tun kann.«
»Dagegen tun?« fragte Fuller mit einem Stirnrunzeln.
»Ja«, sagte Marder. »Wir haben den Eindruck, daß *Newsline* gröbste Sensationsmache betreibt. Wir betrachten ihre Geschichte als schlecht recherchiert und unserem Produkt gegenüber mit Vorurteilen behaftet. Wir glauben, daß sie uns absichtlich und rücksichtslos diffamieren wollen.«
»Verstehe.«
»Also«, sagte Marder. »Was können wir tun? Können wir verhindern, daß sie die Story bringen?«
»Nein.«
»Können wir einen Gerichtsbeschluß gegen die Sendung erwirken?«
»Nein. Das wäre eine einstweilige Verfügung. Und vom PR-Standpunkt her nicht zu empfehlen.«
»Sie meinen, es würde schlecht aussehen.«
»Ein Versuch, der Presse einen Maulkorb zu verpassen? Das Grundrecht auf freie Meinungsäußerung einschränken? Das würde doch so aussehen, als hätten Sie wirklich etwas zu verbergen.«

»Mit anderen Worten«, sagte Marder, »die können die Story bringen, und wir können nichts dagegen unternehmen.«

»Ja.«

»Okay. Aber ich glaube, daß *Newslines* Informationen ungenau und einseitig sind. Können wir verlangen, daß sie uns gleichlange Sendezeit für die Darstellung unserer Argumente einräumen?«

»Nein«, sagte Fuller. »Die Fairneß-Doktrin, zu der auch der Anspruch auf gleichlange Sendezeit gehörte, wurde unter Reagan gekippt. Nachrichtensendungen sind nicht verpflichtet, alle Aspekte eines Themas zu präsentieren.«

»Sie können also sagen, was sie wollen, egal, wie unausgewogen das ist?«

»Korrekt.«

»Aber das ist doch ungerecht.«

»Es ist das Gesetz«, sagte Fuller mit einem Achselzucken.

»Okay«, sagte Marder. »Jetzt geht aber diese Reportage zu einem für die Firma sehr kritischen Zeitpunkt auf Sendung. Negative Publicity kann uns das China-Geschäft kosten.«

»Ja, das ist möglich.«

»Angenommen, wir verlieren als Folge dieser Sendung das Geschäft. Wenn wir beweisen können, daß *Newsline* irrige Ansichten verbreitet hat – und wir ihnen gesagt haben, daß sie irrig sind –, können wir sie dann auf Schadenersatz verklagen?«

»Praktisch nein. Wir würden beweisen müssen, daß sie sich ›fahrlässiger Nichtbeachtung‹ der ihnen bekannten Fakten schuldig gemacht haben. Und die Geschichte zeigt uns, daß so etwas äußerst schwierig zu beweisen ist.«

»*Newsline* ist also nicht schadensersatzpflichtig?«

»Nein.«

»Sie können sagen, was sie wollen, und wenn sie uns damit aus dem Geschäft werfen, ist das unser Pech.«

»Das ist richtig.«

»Gibt es denn gar keine Einschränkungen in bezug auf das, was sie sagen dürfen?«

»Nun ja.« Fuller rutschte in seinem Stuhl nach vorn. »Wenn sie die Firma falsch darstellen, sind sie vielleicht haftbar zu machen. Aber im vorliegenden Fall haben wir eine Klage, die ein Anwalt im Namen eines Passagiers vom Flug 545 angestrengt hat. *Newsline* kann deshalb behaupten, daß sie nur über Tatsachen berichten: daß nämlich ein Anwalt die folgenden Anklagen gegen uns vorgebracht hat.«

»Verstehe«, sagte Marder. »Aber eine vor Gericht vorgebrachte Klage hat nur beschränkte Publicity. *Newsline* wird diese verrückte Behauptung vierzig Millionen Zuschauern präsentieren. Und gleichzeitig werden sie diese Behauptung bekräftigen, einfach indem sie sie im Fernsehen wiederholen. Der Schaden für uns rührt von der Verbreitung der Behauptung her, nicht von der Behauptung selbst.«

»Ich verstehe, was Sie meinen«, sagte Fuller. »Aber das Gesetz sieht es nicht so, *Newsline* hat das Recht, über einen anhängigen Prozeß zu berichten.«

»*Newsline* ist nicht zu einer unabhängigen Prüfung der vorgebrachten Anschuldigungen verpflichtet, gleichgültig wie ungeheuerlich die sind? Wenn also der Anwalt sagt, daß wir, zum Beispiel, Kinderschänder beschäftigen, dann könnte *Newsline* das bringen, ohne daß sie haftbar gemacht werden können?«

»Korrekt.«

»Nehmen wir an, wir gehen vor Gericht und gewinnen. Es ist klar, daß *Newsline* irrige Ansichten über unser Produkt verbreitet hat, irrige Ansichten, basierend auf den Behauptungen des Anwalts, die vor Gericht verworfen wurden. Ist *Newsline* dann verpflichtet, die Aussagen zurückzunehmen, die sie vor vierzig Millionen Zuschauern gemacht haben?«

»Nein. Sie sind nicht dazu verpflichtet.«

»Warum nicht?«

»*Newsline* kann entscheiden, was berichtenswert ist. Wenn sie den Ausgang des Prozesses für nicht berichtenswert halten, müssen sie nicht darüber berichten. Es ist ihre Entscheidung.«

»Und unterdessen geht die Firma bankrott«, sagte Marder. »Dreißigtausend Angestellte verlieren ihre Arbeit, ihre Häuser, ihre Krankenversicherung und fangen eine neue Karriere bei Burger King an. Dazu noch einmal fünfzigtausend Angestellte, wenn unsere Zulieferfirmen in Georgia, Ohio, Texas und Connecticut ihre Tore schließen müssen. All diese guten Leute, die ihr Leben lang gearbeitet haben, um das beste Flugzeug auf dem Markt zu entwickeln, zu bauen und zu warten, kriegen einen Händedruck und einen schnel-

len Tritt in den Hintern. Wollen Sie mir sagen, daß das so läuft?«
Fuller zuckte die Achseln. »So funktioniert das System. Ja.«
»Ich würde sagen, das System ist beschissen.«
»Das System ist das System«, sagte Fuller.

Marder warf Casey einen flüchtigen Blick zu und wandte sich dann wieder an Fuller. »Nun, Ed«, sagte er. »Die Situation scheint mir sehr einseitig. Wir bauen ein erstklassiges Produkt, und alle objektiven Bewertungsdaten beweisen, daß es sicher und zuverlässig ist. Wir haben Jahre investiert, um es zu entwickeln und zu testen. Der gute Ruf unserer Maschine ist unbestreitbar. Aber Sie sagen mir, daß ein Fernsehteam einfach daherkommen, ein paar Tage herumhängen und dann unser Produkt vor den Augen des ganzen Landes in den Dreck ziehen kann. Und wenn sie es tun, sind sie für ihre Handlungen nicht zur Verantwortung zu ziehen, und wir können nicht einmal Schadensersatz fordern.«

Fuller nickte.

»Wirklich ziemlich einseitig«, sagte Marder.

Fuller räusperte sich. »Nun, das war nicht immer so. Aber in den letzten dreißig Jahren, seit Sullivan 1964, beriefen sich die Beklagten bei Verleumdungsklagen auf das First Amendment, das Grundrecht auf freie Meinungsäußerung. Seitdem hat die Presse viel mehr Spielraum.«

»Und das bedeutet auch mehr Spielraum für Diffamierungen«, sagte Marder.

Fuller zuckte die Achseln. »Das ist eine alte Klage«, sagte er. »Schon wenige Jahre nach dem Erlaß des First Amendment beklagte sich Thomas Jefferson, wie ungenau die Presse doch sei, wie unfair...«

»Aber Ed«, sagte Marder. »Wir reden nicht über die Zeit vor zweihundert Jahren. Und wir reden nicht über ein paar gemeine Leitartikel in Kolonialzeitungen. Wir reden von einer Fernsehsendung mit ergreifenden Bildern, die gleichzeitig vierzig, fünfzig Millionen Menschen erreicht – einen beträchtlichen Teil unserer Gesamtbevölkerung – und unseren Ruf ruiniert. *Ruiniert.* Ungerechtfertigterweise. Das ist die Situation, über die wir reden. Also, Ed«, sagte Marder, »was können Sie uns raten?«

»Nun.« Fuller räusperte sich erneut. »Ich rate meinen Klienten immer, die Wahrheit zu sagen.«

»Das ist gut, Ed. Ein ausgezeichneter Rat. Aber was sollen wir tun?«

»Das beste wäre«, sagte Fuller, »wenn Sie bereit wären zu erklären, was mit Flug 545 passiert ist.«

»Das ist vor vier Tagen passiert. Wir haben noch kein Ergebnis.«

Darauf entgegnete Fuller: »Es wäre aber das beste, wenn Sie eins hätten.«

Nachdem Fuller gegangen war, wandte Marder sich an Casey. Er sagte nichts, er sah sie nur an.

Einen Augenblick lang stand Casey einfach da. Sie begriff, was Marder und der Anwalt beabsichtigten. Es war eine eindrucksvolle Vorstellung gewesen. Aber der Anwalt hat auch recht, dachte sie. Das beste wäre, die Wahrheit zu sagen und zu erklären, was auf diesem Flug passiert war. Während sie ihm zuhörte, kam sie auf den Gedanken, daß sie vielleicht irgendeinen Weg finden könnte, die Wahrheit zu sagen – oder genug von der Wahrheit –, ohne die Strategie insgesamt zu gefährden. Es gab genug lose Enden, genug Unsicherheiten, die sie vielleicht zu einer kohärenten Geschichte zusammenflechten konnte.

»Also gut, John«, sagte sie. »Ich mache das Interview.«

»Ausgezeichnet«, sagte Marder lächelnd und rieb sich die Hände. »Ich wußte, daß Sie das Richtige tun würden, Casey. *Newsline* hat sich für morgen 16 Uhr angesagt. Unterdessen möchte ich, daß Sie kurz mit einer Medienberaterin arbeiten, jemand von außerhalb der Firma.«

»John«, sagte sie. »Ich mache es auf meine Art.«

»Sie ist eine sehr nette Frau, und ...«

»Tut mir leid«, entgegnete Casey. »Die Zeit habe ich nicht.«

»Sie kann Ihnen helfen, Casey. Ihnen ein paar Tips geben.«

»John«, sagte sie. »Ich habe zu arbeiten.«

Und sie verließ das Zimmer.

NORTON AIRCRAFT/FIRMENGELÄNDE *18 Uhr 15*

Casey hatte nicht versprochen zu sagen, was Marder von ihr verlangte; sie hatte nur versprochen, das Interview zu machen. Bis dahin hatte sie noch knapp vierundzwanzig Stunden, um in der Untersuchung einen wesentlichen Fortschritt zu machen. Sie war nicht so dumm zu glauben, daß sie in dieser Zeit endgültig aufklären könnte, was während des Fluges passiert war. Aber sie konnte etwas finden, das sie der Reporterin sagen konnte.

Es gab noch viele lose Enden: Das mögliche Problem mit dem Haltestift. Das mögliche Problem mit dem Näherungssensor. Das mögliche Gespräch mit dem Ersten Offizier in Vancouver. Das Videoband bei Video Imaging Systems. Die Übersetzung, die Ellen Fong machte. Die Tatsache, daß die Slats aus-, gleich darauf aber wieder eingefahren worden waren – was genau hatte das zu bedeuten?

Noch so viel zu überprüfen.

»Ich weiß, daß Sie die Daten brauchen«, sagte Rob Wong und drehte sich mit seinem Stuhl zu ihr um. Er saß im Digital-Display-Labor der Computerabteilung, vor einer Wand mit Monitoren voller Daten. »Aber was erwarten Sie denn von mir?«

»Rob«, sagte Casey. »Die Slats wurden ausgefahren. Ich muß wissen, warum und was sonst noch bei diesem Flug passiert ist. Ohne die Flugschreiberdaten finde ich das nie heraus.«

»In dem Fall«, sagte Wong, »sollten Sie wohl besser den Tatsachen ins Auge sehen. Wir haben alle einhundertzwanzig Stunden Daten nachkalibriert. Die ersten siebenundneunzig Stunden sind okay. Die letzten dreiundzwanzig Stunden sind anomal.«

»Ich interessiere mich nur für die letzten drei Stunden.«

»Ich verstehe«, sagte Wong. »Aber um diese drei Stunden nachzukalibrieren, müssen wir zu der Stelle zurückgehen, wo die Sicherungen des Leitungsstrangs durchgebrannt sind, und uns von da vorarbeiten. Wir müssen dreiundzwanzig Stunden Daten nachkalibrieren. Und wir brauchen pro Datenblock zwei Minuten zum Nachkalibrieren.«

Sie runzelte die Stirn. »Was wollen Sie mir damit sagen?« Aber sie rechnete es bereits im Kopf aus.

»Zwei Minuten pro Datenblock bedeutet, wir brauchen dazu fünfundsechzig Wochen.«

»Das ist ja mehr als ein Jahr!«

»Bei vierundzwanzig Arbeitsstunden pro Tag. Tatsächlich würden wir mehr als drei Jahre brauchen, um die Daten zu rekonstruieren.«

»Rob, wir brauchen sie *jetzt*.«

»Es geht einfach nicht, Casey. Sie werden diese Untersuchung ohne die Flugschreiberdaten durchführen müssen. Es tut mir leid, Casey. Aber so ist es eben.«

Sie rief in der Buchhaltung an. »Ist Ellen Fong da?«

»Sie ist heute gar nicht gekommen. Sie hat gesagt, sie arbeitet zu Hause.«

»Haben Sie Ihre Nummer?«

»Klar«, sagte die Frau. »Aber Sie wird nicht mehr zu Hause sein. Sie mußte zu einem offiziellen Abendessen. Irgendeine Wohltätigkeitsveranstaltung mit ihrem Mann.«

»Sagen Sie ihr, daß ich angerufen habe.«

Sie rief bei Video Imaging Systems in Glendale an, der Firma, die das Videoband für sie bearbeitete. Sie fragte nach Scott Harmon. »Scott hat schon Feierabend gemacht. Morgen ab neun ist er wieder da.«

Sie rief Steve Nieto an, den Fizer in Vancouver. Seine Sekretärin meldete sich. »Steve ist nicht da«, sagte sie. »Er mußte früh weg. Aber ich weiß, daß er mit Ihnen reden wollte. Er sagte, er habe schlechte Nachrichten.«

Casey seufzte. Schlecht schienen so ziemlich alle Nachrichten zu sein, die sie im Augenblick bekam. »Können Sie ihn erreichen?«
»Erst morgen wieder.«
»Sagen Sie ihm, daß ich angerufen habe.«

Ihr Handy klingelte.
»Mein Gott, ist dieser Benson unangenehm«, sagte Richman. »Was hat denn der für ein Problem? Ich hatte schon Angst, daß er mich schlägt.«
»Wo sind Sie?«
»Im Büro. Soll ich zu Ihnen kommen?«
»Nein«, sagte Casey. »Es ist nach sechs. Sie sind für heute fertig.«
»Aber...«
»Bis morgen, Bob.«
»Aber...«
Sie schaltete das Handy ab.

Auf dem Weg zum Hangar 5 sah sie, daß die Elektrikcrew die TPA 545 für den CET-Test in dieser Nacht vorbereitete. Die ganze Maschine ruhte in acht Metern Höhe auf schweren blauen Stahlgestellen, die unter den Tragflächen, dem Heck und dem Bug des Rumpfes standen. In etwa sieben Metern Höhe war darunter ein schwarzes Sicherheitsnetz gespannt. Alle Türen und Inspektionsklappen am Rumpf waren geöffnet, und Elektriker, die auf dem Netz standen, verlegten Kabel von den Verteilerkästen zu der CET-Testkonsole, einem Kasten von knapp zwei Meter im Quadrat, der seitlich des Flugzeugs auf dem Boden stand.
Beim CET, dem Cycle Electrical Test, einem zyklischen Test aller elektrischen Komponenten, wurden elektrische Impulse von der Testkonsole an alle Teile des elektrischen Systems des Flugzeugs geschickt. In schneller Folge wurde jede Komponente getestet – von der Kabinenbeleuchtung und den Leselampen an der Decke über die Anzeigen im Cockpit bis hin zu den Fahrwerksrädern. Ein ganzer Testzyklus dauerte vierzig Minuten. Er würde die Nacht über gut zwanzigmal wiederholt werden.

Als Casey an der Konsole vorbeikam, sah sie Ted Rawley. Er winkte ihr, kam aber nicht auf sie zu. Er war beschäftigt, zweifellos hatte er bereits gehört, daß der Testflug in drei Tagen stattfinden sollte, und er wollte sichergehen, daß der Elektriktest auch korrekt durchgeführt wurde.

Sie erwiderte sein Winken, aber er hatte sich bereits wieder abgewandt.

Casey ging in ihr Büro zurück.

Draußen wurde es dunkel, der Himmel nahm ein tiefes Blau an. Auf dem Weg zum Verwaltungsgebäude hörte sie das entfernte Brausen von startenden Flugzeugen auf dem Burbank Airport. Vor ihr schlurfte Amos Peters mit einem Stapel Papiere unter dem Arm zu seinem Auto. Er drehte sich um.

»Hallo, Casey.«

»Hallo, Amos.«

Er knallte die Papiere auf das Dach seines Autos und bückte sich, um die Tür aufzuschließen. »Ich habe gehört, sie legen Ihnen jetzt die Daumenschrauben an.«

»Ja.« Es überraschte sie nicht, daß er es wußte.

Wahrscheinlich wußte es inzwischen schon die ganze Firma. Das war so ziemlich das erste, was sie bei Norton gelernt hatte. Daß jeder alles wußte. Schon Minuten nachdem es passiert war.

»Und Sie machen das Interview?«

»Ich habe gesagt, daß ich es mache.«

»Werden Sie sagen, was die von Ihnen wollen?«

Sie zuckte die Achseln.

»Sie dürfen nur nicht hochnäsig werden«, sagte er. »Das sind Fernsehleute. Die stehen auf der Evolutionsleiter noch unter Tümpelschleim. Lügen Sie einfach. Was soll's denn.«

»Wir werden sehen.«

Er seufzte. »Sie sind doch alt genug, um zu wissen, wie es funktioniert«, sagte er. »Fahren Sie jetzt nach Hause?«

»Noch eine ganze Weile nicht.«

»Ich würde spätabends nicht mehr in der Firma herumhängen.«

»Warum nicht?«

»Die Leute sind aufgebracht«, sagte Amos. »In den nächsten paar Tagen sollten Sie abends besser nach Hause fahren. Sie wissen, was ich meine?«

»Ich werde daran denken.«

»Tun Sie es, Casey. Ich meine es ernst.«

Er stieg in sein Auto und fuhr davon.

QA   *19 Uhr 20*

Norma war schon gegangen. Die QA-Büros waren verlassen. Das Reinigungspersonal hatte in den hinteren Räumen bereits mit der Arbeit begonnen; aus einem Kofferradio drang ein blechernes *Run Baby Run*.

Casey ging zur Kaffeemaschine, goß sich einen Becher kalten Kaffee ein und trug ihn in ihr Büro. Sie schaltete das Licht ein und starrte den Stapel Papiere auf ihrem Schreibtisch an.

Dann setzte sie sich und versuchte, sich nicht entmutigen zu lassen: Sie hatte noch gut zwanzig Stunden bis zum Interview, und alle ihre Spuren verliefen im Sand.

Lügen Sie einfach. Was soll's denn.

Sie seufzte. Vielleicht hatte Amos recht.

Sie schob das Bild von John Chang und seiner lächelnden Familie beiseite und starrte auf die Papiere. Sie wußte nicht, was sie tun sollte, außer diese Unterlagen durchzugehen. Und sie zu überprüfen.

Ihr fiel wieder der Flugplan in die Hände. Und wieder reizte er sie. Sie wußte, daß sie eine Idee gehabt hatte, kurz vor Marders Anruf am Abend zuvor. Sie hatte ein bestimmtes Gefühl... aber was war es?

Was es auch war, jetzt war es verschwunden. Sie legte den Flugplan beiseite, zu dem unter anderem auch die Mannschaftsliste gehörte.

John Zhen Chang, Kapitän	7/5/51	M
Lu Zan Ping, Erster Offizier	11/3/59	M
Richard Yong, Erster Offizier	9/9/61	M
Gerhard Reimann, Erster Offizier	23/7/49	M
Thomas Chang, Erster Offizier	29/6/70	M
Henri Marchand, Techniker	25/4/69	M
Robert Sheng, Techniker	13/6/62	M

Harriet Chang, Flugbegleiterin	12/5/77	W
Linda Ching, Flugbegleiterin	18/5/76	W
Nancy Morley, Flugbegleiterin	19/7/75	W
Kay Liang, Flugbegleiterin	4/6/72	W
John White, Flugbegleiter	30/1/70	M
M. V. Chang, Flugbegleiterin	1/4/77	W
Sha-Yan Hao, Flugbegleiterin	13/3/73	W
Yee Jiao, Flugbegleiterin	18/11/76	W
Harriet King, Flugbegleiterin	10/10/75	W
B. Choi, Flugbegleiterin	18/11/76	W
Yee Chang, Flugbegleiterin	8/1/74	W

Sie hielt inne, trank den kalten Kaffee. Etwas ist merkwürdig an dieser Liste, dachte sie. Etwas Offensichtliches, das ihr eigentlich in die Augen springen müßte. Aber sie sah es einfach nicht.

Sie legte die Liste beiseite.

Das nächste war eine Transkription der Funkkommunikation des SOCAL ATAC, des Luftverkehrskontrollzentrums für Südkalifornien. Wie üblich war es ohne Interpunktion gedruckt, und der Funkverkehr mit Flug 545 war vermischt mit Gesprächen zu anderen Maschinen:

0543:12	UAH198	drei sechs fünf boden fünfunddreißigtausend
0543:17	USA2585	wieder auf frequenz entschuldigung habe funkgerät gewechselt
0543:15	ATAC	eins neun acht verstanden
0543:19	AAL001	treibstoff bei vier zwei null eins
0543:22	ATAC	verstanden zwei fünf acht fünf kein problem empfangen sie wieder
0543:23	TPA545	hier transpacific fünf vier fünf wir haben einen notfall
0543:26	ATAC	korrekt null null eins

0543:29	ATAC	berichten sie transpacific fünf vier fünf
0543:31	TPA545	erbitten dringlichkeitsfreigabe für notlandung in los angeles
0543:32	AAL001	unten auf neunundzwanzigtausend
0543:35	ATAC	okay fünf vier fünf verstehen ihre bitte um dringlichkeitsfreigabe für landung
0543:40	TPA545	korrekt
0543:41	ATAC	beschreiben sie art ihres notfalls
0543:42	UAH198	drei zwei eins boden zweiunddreißigtausend
0543:55	AAL001	halten zwei sechs neun
0544:05	TPA545	wir haben einen notfall mit passagierbeteiligung wir brauchen ambulanzen auf dem boden ich würde sagen dreißig oder vierzig ambulanzen vielleicht mehr
0544:10	ATAC	fünf vier fünf sagen sie das noch einmal verlangen sie vierzig ambulanzen
0544:27	UAH198	wenden eins zwei vier punkt neuner
0544:35	TPA545	korrekt es gab heftige turbulenzen während des flugs wir haben verletzte bei passagieren und crew
0544:48	ATAC	verstanden eins neun acht guten tag
0544:50	ATAC	transpacific bestätige ihre anforderung von vierzig ambulanzen auf dem boden
0544:52	UAH198	danke

Casey verwirrte dieser Wortwechsel, denn er deutete auf ein sehr unberechenbares Verhalten des Piloten hin.

So hatte zum Beispiel der TransPacific-Vorfall um kurz nach fünf Uhr morgens stattgefunden. Zu dieser Zeit befand sich die Maschine noch mitten über dem Pazifik, in Funkkontakt mit Honolulu ARINC. Bei so vielen Verletzten hätte der Pilot den Notfall schon Honolulu melden müssen.

Aber das hatte er nicht getan.

Warum nicht?

Stattdessen war der Pilot bis Los Angeles weitergeflogen. Und dann hatte er den Notfall erst kurz vor der Landung gemeldet.

Warum hatte er so lang gewartet?

Und warum hatte er gesagt, der Vorfall sei von Turbulenzen ausgelöst worden? Er wußte, daß das nicht stimmte. Der Kapitän hatte der Stewardeß gesagt, der Vorfall sei durch ein Ausfahren der Slats ausgelöst worden. Und dank Zieglers Audio-Analyse wußte Casey, daß die Slats tatsächlich ausgefahren worden waren. Warum hatte der Pilot das nicht gemeldet? Warum hatte er die Bodenstation angelogen?

Jeder hielt John Chang für einen guten Piloten. Was war dann die Erklärung für dieses Verhalten? Hatte er einen Schock gehabt? Auch die besten Piloten verhielten sich in Krisen manchmal komisch. Aber hier schien ein Verhaltensmuster vorzuliegen – fast schon ein Plan. Sie las weiter:

0544:59	ATAC	brauchen sie auch ärztliches personal welcher art sind die verletzungen die sie hereinbringen.
0545:10	TPA545	ich bin mir nicht sicher
0545:20	ATAC	können sie uns eine ungefähre einschätzung geben
0545:30	TPA545	tut mir leid nein eine einschätzung ist nicht möglich
0545:32	AAL001	zwei eins zwei neuner klar

0545:35 ATAC ist jemand ohnmächtig

0545:40 TPA545 nein ich glaube nicht aber zwei sind tot

Der Kapitän schien die Todesfälle zu melden, als seien sie ihm eben erst wieder eingefallen. Was war da nur los gewesen?

0545:43 ATAC verstanden null null eins

0545:51 ATAC tpa fünf vier fünf wie ist der zustand ihres flugzeugs

0545:58 TPA545 wir haben schäden in der passagierkabine allerdings nur geringe schäden

Nur geringe Schäden? dachte Casey. In der Kabine war ein Millionenschaden entstanden. Hatte der Kapitän denn nicht persönlich nachgesehen? Kannte er das Ausmaß des Schadens gar nicht? Warum redete er nur einen solchen Unsinn?

0546:12 ATAC wie ist der zustand des cockpits

0546:22 TPA545 cockpit ist voll funktionstüchtig fdau zeigt normwerte

0546:31 ATAC verstanden fünf vier fünf wie ist der zustand der crew

0546:38 TPA545 kapitän und erster offizier in guter verfassung

Zu diesem Zeitpunkt war einer der Ersten Offiziere bereits blutüberströmt gewesen. War sich der Kapitän auch dessen nicht bewußt? Sie überflog den Rest des Transkripts und legte es dann weg. Sie würde es morgen Felix zeigen und ihn fragen, was er davon hielt.

Was nun folgte, waren der Bericht über den strukturellen Gesamtzustand des Flugzeugs, der Bericht über den Kabinenzustand und die relevanten Berichte der Originalteilhersteller über den gefälschten Slats-Haltestift und die gefälschte Umkehrklappe. Konzentriert und geduldig arbeitete Casey in die Nacht hinein.

Es war schon nach zehn, als sie sich wieder dem Ausdruck mit der Störungsliste von Flug 545 zuwandte. Sie hatte gehofft, dies überspringen zu können, daß die Daten des Flugschreibers es überflüssig machen würden. Aber jetzt wußte sie, daß ihr nichts anderes übrigblieb, als sich hindurchzukämpfen.

Gähnend starrte sie die Zahlenreihen auf der ersten Seite an:

A/S PWR TEST	0 0 0 0 0 0 1 0 0 0 0
AIL SERVO COMP	0 0 0 0 1 0 0 1 0 0 0
AOA INV	1 0 2 0 0 0 1 0 0 0 1
CFDS SENS FAIL	0 0 0 0 0 0 1 0 0 0 0
CRZ CMD MON INV	1 0 0 0 0 0 2 0 1 0 0
EL SERVO COMP	0 0 0 0 0 0 0 0 0 1 0
EPR/N1 TRA-1	0 0 0 0 0 0 1 0 0 0 0
FMS SPEED INV	0 0 0 0 0 0 4 0 0 0 0
PRESS ALT INV	0 0 0 0 0 0 3 0 0 0 0
G/S SPEED ANG	0 0 0 0 0 0 1 0 0 0 0
SLAT XSIT T/O	0 0 0 0 0 0 0 0 0 0 0
G/S DEV INV	0 0 1 0 0 0 5 0 0 0 1
GND SPD INV	0 0 0 0 0 0 2 1 0 0 0
TAS INV	0 0 0 0 1 0 1 0 0 0 0
TAT INV	0 0 0 0 0 0 1 0 0 0 0
AUX 1	0 0 0 0 0 0 0 0 0 0 0
AUX 2	0 0 0 0 0 0 0 0 0 0 0
AUX 3	0 0 0 0 0 0 0 0 0 0 0
AUX COA	0 1 0 0 0 0 0 0 0 0 0
A/S ROX-P	0 0 0 0 0 0 1 0 0 0 0
RDR PROX-1	0 0 0 0 1 0 0 1 0 0 0
AOA BTA	1 0 2 0 0 0 0 0 0 0 1
FDS RG	0 0 0 0 0 0 1 0 0 0 0
F-CMD MON	1 0 0 0 0 0 2 0 1 0 0

Sie wollte das nicht tun. Sie hatte noch kein Abendessen gehabt, und sie wußte, daß sie etwas essen sollte. Und das einzige, was sie an dieser Fehlerliste interessierte, waren die AUX-Angaben. Sie hatte Ron danach gefragt, und er hatte gesagt, das erste sei der Hilfsgenerator, das zweite und dritte sei unbenutzt, und das vierte, AUX COA, sei eine für Kundenoptionen installierte Zusatzleitung. Aber hier sei nichts zu erkennen, hatte Ron gesagt, weil eine Null-Meldung normal sei. Null sei der vordefinierte Wert.

Sie hatte wirklich die Nase voll von dieser Liste.

Sie war fertig.

Casey stand auf, streckte sich und sah auf die Uhr. Es war zehn Uhr fünfzehn. Sollte lieber ein bißchen schlafen, dachte sie. Schließlich mußte sie morgen vor der Kamera auftreten. Sie wollte nicht, daß ihre Mutter nach der Sendung anrief und sagte: »Meine Güte, hast du müde ausgesehen...«

Casey faltete den Ausdruck zusammen und legte ihn weg.

Null, dachte sie, die perfekte Meldung. Denn genau das hatte sie nach diesem Abend in der Hand.

Eine große Null.

Nichts.

»Eine dicke fette Null«, sagte sie laut, »heißt: Nichts in der Hand.«

Sie wollte nicht daran denken, was das bedeutete – daß ihr die Zeit knapp wurde, daß ihr Plan, die Ermittlung voranzutreiben, fehlgeschlagen war, daß sie morgen nachmittag vor der Kamera stehen würde, mit dem berühmten Marty Reardon, der ihr Fragen stellte, und daß sie dann keine Antworten für ihn haben würde. Außer den Antworten, die John Marder von ihr verlangte – und diese Antworten waren Lügen.

Lügen Sie einfach. Was soll's denn.

Vielleicht lief es ja doch darauf hinaus.

Sie sind doch alt genug, um zu wissen, wie es funktioniert.

Casey schaltete ihre Schreibtischlampe aus und ging zur Tür. Sie sagte gute Nacht zu Esther, der Putzfrau, und trat auf den Gang. Sie stieg in den Aufzug und drückte den Knopf fürs Erdgeschoß.

Der Knopf leuchtete auf, als sie ihn berührte.

Er strahlte sie an: »1.«

Sie gähnte, als die Türen des Lifts zugingen. Sie war wirklich sehr müde. Es war töricht, so lange zu arbeiten. Man machte nur dumme Fehler, übersah Dinge.

Sie betrachtete den leuchtenden Knopf und wartete.

Und dann traf es sie wie ein Blitz.

»Was vergessen?« fragte Esther, als Casey in die Abteilung zurückkam.
»Nein«, sagte Casey.
Sie eilte in ihr Büro, wühlte in den Papieren auf ihrem Schreibtisch. Sie suchte hektisch. Warf Papiere in alle Richtungen. Ließ sie zu Boden flattern.

Ron hatte gesagt, der vordefinierte Wert sei Null, und bei einer Null wisse man nicht, ob die Leitung benutzt werde oder nicht. Aber wenn es eine Eins gab ... dann würde das bedeuten ... Sie fand die Liste und fuhr mit dem Finger die Zahlenreihen entlang:

AUX 1   0 0 0 0 0 0 0 0 0 0
AUX 2   0 0 0 0 0 0 0 0 0 0
AUX 3   0 0 0 0 0 0 0 0 0 0
AUX COA   0 1 0 0 0 0 0 0 0 0

Da war eine Eins! Bei AUX COA war ein Fehler registriert worden, auf der zweiten Etappe des Flugs. Das bedeutete, daß AUX COA in dieser Maschine benutzt worden war.

Aber wofür?

Sie hielt die Luft an.

Sie wagte es kaum zu hoffen.

Ron hatte gesagt, daß AUX COA für vom Kunden gewünschte Zusatzinstallationen benutzt wurde, wie zum Beispiel für einen QAR.

Der QAR war ein Schnellzugriffsrecorder, ebenfalls ein Flugdatenrecorder, der installiert wurde, um den Wartungscrews die Arbeit zu erleichtern. Er nahm einen Großteil derselben Parameter auf wie ein normaler DFDR. Wenn sich ein QAR an Bord dieser Maschine befand, würde er alle ihre Probleme lösen.

Aber Ron beharrte darauf, daß diese Maschine keinen QAR hatte. Er hatte gesagt, er habe im Heck nachgesehen, wo der QAR bei der N-22 für gewöhnlich installiert wurde. Und dort war er nicht.

Hatte er sonst irgendwo nachgesehen?

Hatte er das Flugzeug wirklich abgesucht?

Denn Casey wußte, daß optionale Geräte wie der QAR nicht den FAA-Bestimmungen unterlagen. Er konnte buchstäblich an jeder Stelle der Maschine sein, die der Betreiber sich aussuchte – im vorderen Hilfsgerätefach, irgendwo im Frachtraum, in der Funkanlage unter dem Cockpit... Er konnte so ziemlich überall sein.

Hatte Ron wirklich nachgesehen?

Sie beschloß, der Sache selber auf den Grund zu gehen.

Zehn Minuten lang blätterte sie in den dicken Reparaturhandbüchern für die N-22, ohne jeden Erfolg. Die Handbücher erwähnten den QAR überhaupt nicht, zumindest konnte sie keine Erwähnung finden. Allerdings waren die Handbücher, die sie in ihrem Büro hatte, ihre persönlichen Ausgaben; und da Casey nicht direkt mit der Wartung zu tun hatte, hatte sie auch nicht die neuesten Versionen. Die meisten ihrer Handbücher stammten aus der Zeit ihres Eintritts in die Firma, sie waren fünf Jahre alt.

Doch dann fiel ihr Blick auf das VD-Gerät auf ihrem Schreibtisch.

Moment mal, dachte sie. Sie griff nach der Brille und setzte sie auf. Sie stöpselte sie in den CD-ROM-Player. Und schaltete ihn ein.

Nichts passierte.

Eine Weile fummelte sie an dem Gerät herum, bis sie merkte, daß keine CD-ROM in der Maschine war. Sie sah in dem Karton nach, fand die Silberscheibe und steckte sie in den Player. Und drückte noch einmal auf den Startknopf.

Die Brillenfront leuchtete auf. Sie sah eine Seite des ersten Wartungshandbuchs vor sich, das auf die Innenseite der Brille projiziert wurde. Sie begriff nicht so recht, wie das System funktionierte: Die Brille war nur gut zwei Zentimeter von ihren Augen entfernt, aber die projizierte Seite schien einen guten halben Meter von ihr entfernt in der Luft zu schweben. Die Seite war praktisch transparent, sie konnte durch sie hindurchsehen.

Korman pflegte zu bemerken, daß virtuelle Realität von virtuoser Nutzlosigkeit sei, außer bei einigen sehr speziellen Anwendungen. Eine davon war die Wartung. Vielbeschäftigte Leute, die in einer technischen Umgebung arbeiteten, Leute, die die Hände voll oder fettverschmiert hatten, hatten weder Zeit noch Lust, in einem dicken Handbuch zu blättern. Wenn man in zehn Metern Höhe versuchte, ein Triebwerk zu reparieren, konnte man nicht einen Stapel fünfpfündiger Handbücher mit sich herumschleppen. Für solche Situationen waren Virtual-Display-Geräte deshalb perfekt. Und dafür hatte Korman eins gebaut.

Casey merkte, daß sie in den Handbüchern blättern konnte, indem sie Knöpfe auf dem Player drückte. Es gab außerdem eine Suchfunktion, mit der eine Tastatur in die Luft projiziert wurde; sie mußte ein paarmal auf einen anderen Knopf drücken, um ein Pfeilsymbol, eine Art Cursor, zum Buchstaben Q, dann zu A und zu E zu bewegen. Es war ein bißchen umständlich.

Aber es funktionierte.

Nach kurzem Surren hing vor ihr in der Luft:

N-22
QUICK ACCESS RECORDER (QAR)
EMPFOHLENE PLAZIERUNGEN

Indem sie weitere Knöpfe drückte, konnte sie eine Reihe von Diagrammen einsehen, die in allen Einzelheiten zeigten, wo der QAR in der N-22 positioniert werden konnte.

Es waren insgesamt ungefähr dreißig mögliche Stellen.

Casey klemmte sich den CD-ROM-Player an den Gürtel und ging zur Tür.

FLUGHAFENHOTEL *22 Uhr 20*

Marty Reardon war noch immer in Seattle.

Sein Interview mit Gates hatte länger gedauert, und er hatte seine Maschine verpaßt. Jetzt kam er erst am Morgen nach LA. Jennifer mußte den Terminplan umstellen.

Es würde ein schwieriger Tag werden. Sie hatte gehofft, um neu anfangen zu können. Jetzt konnte sie frühestens um zehn beginnen. Sie saß mit ihrem Laptop im Hotelzimmer und puzzelte an dem Plan.

9:00-10:00	Transfer von LAX
10:00-10:45	Barker im Büro
11:00-11:30	King am Flughafen
11:30-12:00	FAA am Flughafen
12:15-13:45	Transfer nach Burbank
14:00-14:30	Rogers in Burbank
14:30-15:30	Anmoderation vor Norton
16:00-16:30	Singleton bei Norton
16:30-18:00	Transfer nach LAX

Zu eng. Keine Zeit fürs Mittagessen, für Verkehrsstaus, für normale Produktionsprobleme. Und morgen war Freitag; Marty würde mit der Sechs-Uhr-Maschine nach New York zurückfliegen wollen. Er verbrachte die Wochenenden gern mit seiner neuen Freundin. Marty wäre ziemlich sauer, wenn er den Flug verpassen würde.

Und er würde ihn auf jeden Fall verpassen.

Das Problem war, daß Marty, wenn er mit Singleton in Burbank fertig war, mitten in der Stoßzeit zurückfahren mußte. Er würde seinen Flug niemals kriegen. Eigentlich müßte er Burbank schon um 14 Uhr 30 verlassen. Das bedeutete, Jennifer mußte Singleton vorverlegen und den Anwalt nach hinten schieben. Sie hatte Angst, den

FAA-Typen zu verlieren, wenn sie seinen Termin in letzter Minute änderte. Aber der Anwalt war flexibel. Der würde bis Mitternacht warten, wenn er mußte.

Sie hatte zuvor mit ihm gesprochen. King war ein Angeber, aber in kurzen Sequenzen recht plausibel. Fünf, zehn Sekunden. Ein paar Schlagworte. Es rentierte sich.

9:00-10:00	Transfer von LAX
10:00-10:45	Barker im Büro
11:00-11:30	FAA am Flughafen
11:30-12:30	Transfer nach Burbank
12:30-13:00	Rogers in Burbank
13:00-14:00	Anmoderation vor Norton
14:00-14:30	Singleton bei Norton
14:30-16:00	Transfer nach LAX
16:00-16:30	King am Flughafen
17:00-18:00	Puffer

Das würde funktionieren. Im Geiste ging sie das ganze Szenario noch einmal durch. Wenn der FAA-Typ etwas taugte – Jennifer hatte ihn noch nicht getroffen, nur am Telefon mit ihm gesprochen –, konnte Marty ihn im Schnelldurchgang schaffen. Wenn der Transfer nach Burbank zu lange dauerte, würde sie Rogers abblasen, der sowieso schwach war, und direkt zu Martys Anmoderation übergehen. Singleton würde ziemlich schnell gehen – bei ihr wollte Jennifer Marty auf Trab halten, damit er die Frau nicht zu sehr angriff. Ein knapper Terminplan würde da helfen.

Zurück nach LAX, Abschluß mit King, Marty um sechs ab nach New York, und Jennifer hätte ihr gesamtes Material. Sie würde sich bei O and O einen Schneideraum suchen, den Beitrag zusammenstellen und ihn noch in der Nacht online nach New York schicken. Samstag morgen würde sie Dick anrufen, sich seine Bemerkungen anhören, dann die Schlußredaktion machen und den fertigen Beitrag gegen Mittag wieder hochschicken. So blieb genug Zeit bis zur Sendung.

Sie notierte sich, gleich morgens bei Norton anzurufen und ihnen zu sagen, daß sie Singleton um zwei Stunden vorverlegen mußten.

Schließlich wandte sie sich dem Stapel gefaxter Hintergrundinformationen zu, die Norton ihrem Büro geschickt hatte, als Deborah anfing, die Story zu recherchieren. Jennifer hatte sich nie die Mühe gemacht, dieses Material durchzusehen, und sie hätte es auch jetzt nicht getan, wenn sie etwas Besseres vorgehabt hätte. Sie blätterte den Stapel schnell durch. Es war genau das, was sie erwartet hatte – selbstgerechte Pamphlete, die erzählten, wie sicher die N-22 doch sei, was für einen ausgezeichneten Ruf er habe ...

Doch beim Blättern hielt sie plötzlich inne.

Und starrte eine Seite an.

»Die machen wohl Witze«, sagte sie.

Sie klappte die Mappe zu.

Hangar 5   22 Uhr 30

Nachts wirkte Nortons Firmengelände verlassen, die Parkplätze waren so gut wie leer, die Gebäude an der Peripherie still. Aber alles war hell erleuchtet, aus Sicherheitsgründen brannte die ganze Nacht das Flutlicht. Außerdem gab es Überwachungskameras an den Ecken jedes Gebäudes. Als Casey vom Verwaltungstrakt zu Hangar 5 ging, hörte sie ihre eigenen Schritte auf dem Asphalt.

Die großen Rolltore von Hangar 5 waren heruntergezogen und zugesperrt. Sie sah Teddy Rawley vor der Halle stehen, wo er sich mit einem Mechaniker des Elektrikteams unterhielt. Eine dünne Rauchfahne stieg von einer Zigarette zum Flutlichtstrahler hoch. Sie ging zur Seitentür.

»He, Babe«, sagte Teddy. »Immer noch hier?«

»Ja«, sagte sie.

Sie wollte die Tür öffnen, doch der Elektriker sagte: »Die Halle ist geschlossen. Niemand darf hinein. Wir machen gerade den CET.«

»Das ist schon in Ordnung«, sagte sie.

»Tut mir leid, aber Sie können nicht rein«, erwiderte der Mann. »Ron Smith hat strikte Anweisung gegeben. Niemand darf hinein. Wenn Sie irgendwas an der Maschine berühren . . .«

»Ich werde vorsichtig sein«, sagte sie.

Teddy sah sie an und kam dann zu ihr. »Ich weiß, daß du vorsichtig sein wirst«, sagte er, »aber du wirst das da brauchen.« Er gab ihr eine schwere, fast einen Meter lange Stablampe. »Es ist nämlich dunkel da drin.«

Der Elektriker sagte: »Und Sie können das Licht nicht anschalten, wir können nämlich keine Veränderung der elektrischen Umgebungsbedingungen . . .«

»Ich verstehe«, sagte Casey. Die Testgeräte waren sehr empfindlich, und ein Anschalten der Deckenbeleuchtung konnte die Meßwerte verändern.

Der Elektriker war noch immer unsicher. »Vielleicht sollte ich Ron anrufen und ihm sagen, daß Sie hineingehen.«

»Rufen Sie an, wen Sie wollen.«

»Und kommen Sie nicht an die Handläufe, weil ...«

»Werde ich schon nicht«, sagte Casey. »Mein Gott, ich weiß, was ich tue.«

Sie öffnete die Tür und betrat den Hangar.

Teddy hatte recht, es war wirklich dunkel. Den riesigen leeren Raum um sich herum spürte sie mehr, als daß sie ihn sah. Sie konnte gerade eben die Umrisse des Flugzeugs erkennen, das über ihr aufragte; alle Türen und Fächer waren geöffnet, überall hingen Kabel heraus. Unter dem Schwanz stand der Kasten der Testkonsole in einem Tümpel bläulichen Lichts. Der Monitor flimmerte, während die verschiedenen Systeme nacheinander aktiviert wurden. Sie sah die Cockpitbeleuchtung anspringen und wieder ausgehen. Dann die Lichter in der vorderen Kabine, die plötzlich hell erleuchtet zehn Meter über ihr thronte. Dann wieder Dunkelheit. Einen Augenblick später gingen die Positionslichter an den Flügelspitzen und am Heck an und schickten grellweiße Stroboskopblitze durch die Halle. Dann wieder Dunkelheit.

Plötzlich strahlten die Landscheinwerfer hell von den Tragflächen, und das Fahrwerk wurde eingefahren. Weil die Maschine auf Gestellen in der Luft hing, konnte das Fahrwerk sich frei bewegen. Das würde in dieser Nacht noch häufig passieren.

Draußen vor dem Hangar hörte sie den Elektriker noch immer mit besorgter Stimme reden. Teddy lachte, und der Elektriker sagte wieder etwas.

Casey schaltete ihre Stablampe ein und setzte sich in Bewegung. Die Taschenlampe leuchtete hell auf. Sie drehte am Kopfteil, und der Strahl verbreiterte sich.

Das Fahrwerk war jetzt voll eingefahren. Dann öffneten sich die Klappen, das Fahrwerk senkte sich heraus. Die großen Gummiräder richteten sich aus und begannen sich dann mit hydraulischem Jaulen zu drehen. Einen Augenblick später sprang ein Hecklicht an, das die Beschriftung am Schwanz beleuchtete. Dann ging es wieder aus.

Sie ging zum Hilfsgerätefach im Heck. Zwar hatte Ron gesagt, daß es dort keinen QAR gebe, aber sie wollte es selbst noch einmal nachprüfen. Sie stieg die breite Treppe hoch, die man ans Heck gerollt hatte, und achtete dabei darauf, die Handläufe nicht zu berühren. An den Handläufen waren mit Klebeband Elektrokabel befestigt; sie wollte sie nicht verschieben oder mit ihrer Hand eine Feldschwankung verursachen.

Das hintere Hilfsgerätefach in der nach oben geneigten Schräge des Hecks befand sich jetzt direkt über ihrem Kopf. Die Fachtüren waren geöffnet. Sie leuchtete hinein. Oben schloß die Unterseite des APU, des Turbinengenerators, der als Hilfsstromaggregat diente, das Fach ab: ein Gewirr halbkreisförmig verlaufender Röhren und weißer Kupplungen um eine Zentraleinheit in der Mitte. Darunter befanden sich dicht gedrängt Meßinstrumente, Einschübe für Zusatzgeräte und schwarze FCS-Kästen mit gefrästen Kühlrippen für die Wärmeabfuhr. Falls sich hier auch ein QAR befand, konnte sie ihn leicht übersehen, denn diese Recorder maßen nur etwa zwanzig Zentimeter im Quadrat.

Sie setzte ihre VD-Brille auf und schaltete den CD-ROM-Player ein. Sofort hing ein Diagramm des hinteren Hilfsgerätefachs vor ihr in der Luft. Durch das Diagramm hindurch konnte sie das tatsächliche Fach sehen. Der rechteckige Block, der den QAR markierte, war im Diagramm rot umrahmt. Im Fach selbst nahm ein zusätzliches Meßinstrument diesen Platz ein: Hydraulikdruck für ein Steuersystem.

Ron hatte recht.

Hier gab es keinen QAR.

Casey stieg die Treppe wieder hinunter und ging unter dem Rumpf hindurch zum vorderen Hilfsgerätefach, knapp hinter dem Bugrad. Auch dieses Fach war geöffnet. Sie leuchtete mit ihrer Stablampe hinein und blätterte in dem Display zur entsprechenden Handbuchseite. Ein neues Bild hing in der Luft. Es zeigte den QAR im vorderen rechten Einschubschrank für elektronische Komponenten direkt neben den Kabelsträngen für die Hydraulik.

Er war nicht da. Der Einschub war leer, man konnte die runde Anschlußbuchse an der Rückseite sehen, die Metallkontakte glänzten im Schein der Lampe.

Er mußte irgendwo im Inneren des Flugzeugs sein.

Sie ging nach rechts, wo eine fahrbare Treppe zu der Passagiertür direkt hinter dem Cockpit führte. Sie hörte ihre Schritte auf dem Metall, als sie in zehn Metern Höhe das Flugzeug betrat.

Es war dunkel. Sie richtete ihre Stablampe nach hinten, der Strahl wanderte durch die Kabine. Die Passagierkabine sah noch schlimmer aus als zuvor, an vielen Stellen war das mattsilbrige Isoliermaterial zu sehen. Die Elektrikcrew hatte die Innenverkleidung um die Fenster abgeschraubt, um an die Verteilerkästen entlang dem Wänden heranzukommen. Ein schwacher Geruch nach Erbrochenem stieg ihr in die Nase, den jemand mit einem blumigsüßen Duftspray zu überdecken versucht hatte.

Plötzlich wurde es hinter ihr im Cockpit hell. Die Überkopf-Leselampen sprangen an und tauchten die beiden Sitze in sanftes Licht, dann die Reihe der Videomonitore und die Signallichter an der Decke. Der FDAU-Drucker auf der Konsole summte, druckte ein paar Testzeilen aus und verstummte dann wieder. Alle Cockpitlichter gingen aus.

Wieder Dunkelheit.

Der Testzyklus.

Sofort darauf sprang die Beleuchtung der vorderen Bordküche an, die Anzeigen der Wärmeplatten und der Mikrowellen blinkten, der Timer und die Überhitzungsanzeige piepsten. Dann ging alles wieder aus. Stille.

Wieder Dunkelheit.

Casey stand immer noch in der Tür und hantierte mit ihrem CD-ROM-Player, als sie Schritte zu hören glaubte. Sie hielt inne und lauschte.

Es war schwer, etwas festzustellen; da die elektrischen Systeme durchgetestet wurden, war ein beständiges leises Summen und Klicken von den Relais und Magnetspulen überall in den Wänden zu hören. Sie lauschte angestrengt.

Ja, jetzt war sie sich sicher.

Schritte.

Jemand ging langsam und gleichmäßig durch den Hangar.

Erschrocken beugte sie sich aus der Tür und rief laut: »Teddy? Bist du das?«

Sie lauschte.

Keine Schritte mehr.

Stille.

Das Klicken der Relais.

Was soll's, dachte sie sich. Sie war alleine hier oben in diesem aufgeschlitzten Flugzeug, und das zerrte an ihren Nerven. Sie war müde. Und sie bildete sich alles mögliche ein.

Sie ging an der Küche vorbei zur linken Seite, wo ihr Display knapp über dem Boden ein weiteres Gerätefach anzeigte. Die Abdeckung war bereits entfernt worden. Sie sah es sich durch das transparente Diagramm hindurch an. Es war fast völlig ausgefüllt mit sekundären Avionik-Kästen, und es war nur wenig Platz...

Kein QAR.

Sie ging weiter bis zum Druckschott in der Mitte der Kabine. Auch hier war ein kleines Gerätefach, direkt im Schottrahmen, unterhalb einer Zeitschriftenablage. Ein blöder Platz für einen QAR, dachte sie, und war nicht überrascht, als sie keinen fand.

Vier abgehakt. Noch sechsundzwanzig.

Sie ging weiter nach hinten, zum inneren Heck-Staufach. Hier war ein wahrscheinlicherer Platz für einen QAR: eine quadratische Wartungsklappe direkt links neben der Hecktür an der Seite des Flugzeugs. Die Abdeckung mußte man nicht abschrauben, sie ließ sich einfach herunterklappen, um Crews, die es eilig hatten, den Zugriff zu erleichtern.

Sie kam zur Tür, die geöffnet war. Sie spürte einen kühlen Luftzug. Draußen Dunkelheit: Den Boden zehn Meter unter ihren Füßen konnte sie nicht sehen. Die Wartungsklappe links von der Tür war bereits geöffnet. Sie sah sich das Innere durch das Diagramm hindurch an. Wenn der QAR hier war, mußte er sich in der unteren rechten Ecke befinden, direkt neben den Schaltern für die Kabinenbeleuchtung und die Gegensprechanlage.

Er war nicht da.

Die Positionslichter an den Tragflächen sprangen an und schickten grelle Blitze aus. Durch die offene Tür und die Fensterreihen warfen sie harte Schatten ins Innere. Dann verlöschten sie wieder.

Klick.

Sie erstarrte.

Das Geräusch war aus der Richtung des Cockpits gekommen. Es war ein metallisches Geräusch, als würde ein Fuß gegen Werkzeug stoßen.

Sie horchte noch einmal und hörte ein leises Auftreten, ein Knarren.

Jemand war in der Kabine.

Sie nahm die Brille ab und hängte sie sich um den Hals. Sie huschte nach rechts und versteckte sich hinter einer der letzten Sitzreihen.

Sie hörte die Schritte näher kommen. Ein kompliziertes Geräuschmuster. Ein Murmeln. War es mehr als einer?

Sie hielt den Atem an.

Die Kabinenbeleuchtung sprang an, zuerst vorne, dann mittschiffs, dann hinten. Aber die meisten Deckenlampen hingen herunter, so daß sie merkwürdige Schatten warfen, und gingen gleich darauf wieder aus.

Sie umklammerte die Stablampe. Das Gewicht in ihrer Hand beruhigte sie. Sie drehte den Kopf nach rechts, um zwischen den Sitzen hervorlugen zu können.

Wieder hörte sie die Schritte, sah aber nichts.

Dann sprangen die Landescheinwerfer an, und ihr Widerschein, der durch die Fensterreihen zu beiden Seiten hereinfiel, warf eine Reihe heller Ovale an die Decke. Ein Schatten tauchte auf, der die Ovale, eins nach dem anderen, verdeckte.

Jemand, der den Mittelgang entlangkam.

Nicht gut, dachte sie.

Was konnte sie tun? Sie hatte die Lampe in der Hand, aber sie machte sich keine Illusionen über ihre Fähigkeiten zur Selbstverteidigung. Sie hatte ihr Handy. Sie hatte ihren Piepser. Ihren ...

Sie griff nach unten und schaltete leise den Piepser aus. Jemand kam immer näher. Sie schob sich ein Stück vor, reckte den Hals, und dann sah sie einen Mann. Er war schon fast im Heck des Flugzeugs, und er sah sich nach allen Richtungen um. Sein Gesicht konnte sie nicht erkennen, aber im Widerschein der Landescheinwerfer sah sie sein rotkariertes Hemd.

Die Landescheinwerfer gingen aus.

Dunkelheit in der Kabine.

Sie hielt den Atem an.

Sie hörte das leise Klacken eines Relais irgendwo weiter vorne. Sie wußte, daß es ein elektrisches Geräusch war, aber der Mann im roten Hemd offensichtlich nicht. Er brummte leise, wie überrascht, und ging dann schnell wieder nach vorne.

Sie wartete.

Nach einer Weile glaubte sie auf der Metalltreppe Schritte zu hören, die nach unten gingen. Sie war sich nicht sicher, aber sie glaubte es.

Im Flugzeug war alles still.

Vorsichtig kroch sie hinter dem Sitz hervor. Zeit, daß ich hier rauskomme, dachte sie. Sie ging zur offenen Tür und lauschte. Keine Frage, die Schritte entfernten sich, das Geräusch wurde schwächer. Das Buglicht sprang an, und sie sah einen langen Schattenstreifen. Ein Mann.

Der sich entfernte.

Eine innere Stimme sagte *Raus hier*, aber dann spürte sie die Brille um ihren Hals und zögerte. Sie mußte dem Mann genug Zeit geben, den Hangar zu verlassen – auf dem Boden wollte sie ihm nicht noch einmal begegnen. So beschloß sie, noch in einem anderen Fach nachzusehen.

Sie setzte die Brille auf und drückte den Knopf auf dem Player. Sie sah die nächste Seite.

Das nächste Fach war ganz in der Nähe, gleich außerhalb der Hecktür, vor der sie jetzt stand. Sie hielt sich mit der rechten Hand am Türholm fest, beugte sich hinaus und sah das Fach direkt vor sich. Die Abdeckung war bereits offen. Sie sah drei vertikale Reihen Kabelstränge, die wahrscheinlich die beiden Hecktüren steuerten. Und darunter...

Ja.

Der Quick Access Recorder.

Er war grün, mit einem weißen Streifen am oberen Ende. Mit der aufgedruckten Beschriftung: MAINT QAR 041/B MAINT. Ein quadratischer Metallkasten von etwa zwanzig Zentimeter Kantenlänge, mit einer Buchse an der Vorderseite. Casey griff nach dem Kasten und zog vorsichtig daran. Mit einem metallischen Klicken löste er sich aus seiner Steckverbindung. Sie hatte ihn in der Hand.

Na also!

Sie schwang sich zurück in die Kabine und nahm den Kasten in beide Hände. Sie war so aufgeregt, daß sie zitterte. Das änderte alles!

Sie war so aufgeregt, daß sie die heranstürmenden Schritte erst hörte, als es zu spät war. Starke Hände stießen sie, sie stöhnte auf und dann fiel sie durch die Tür ins Leere.

Fiel.

Zehn Meter tief auf den Boden.

Zu bald – viel zu bald – spürte sie einen stechenden Schmerz an der Wange, und dann prallte ihr Körper auf, aber etwas stimmte nicht. Es gab merkwürdige Druckpunkte überall auf ihrem Körper. Und sie fiel nicht mehr, sie stieg. Fiel wieder. Es war wie eine riesige Hängematte.

Das Netz.

Sie war ins Sicherheitsnetz gefallen.

Sie hatte das Netz in der Dunkelheit nicht sehen können, aber es war unter dem Flugzeug aufgespannt, und sie war hineingefallen. Casey drehte sich auf den Rücken, sah in der Tür eine Silhouette. Die Gestalt drehte sich um und rannte durchs Flugzeug. Casey rappelte sich auf, hatte aber Schwierigkeiten mit dem Gleichgewicht. Das Netz schwankte leise.

Sie ging vorwärts, auf die matte Metallfläche des Flügels zu. Irgendwo noch weiter vorne hörte sie Schritte über Metallstufen klappern. Der Mann kam zu ihr herunter.

Sie mußte weg.

Sie mußte von dem Netz herunter, bevor er sie erwischte. Sie näherte sich dem Flügel, und dann hörte sie ein Husten. Es kam vom anderen Ende der Tragfläche, irgendwo links von ihr.

Es war noch jemand da.

Unten auf dem Boden.

Wartend.

Sie hielt inne, spürte das sanfte Schwanken des Netzes unter ihren Füßen. In wenigen Augenblicken, das wußte sie, würden wieder Lichter anspringen. Dann würde sie sehen können, wer der Mann war.

Plötzlich fingen die Positionslichter auf dem Leitwerk schnell zu blinken an. Sie waren so hell, daß sie den ganzen Hangar erleuchteten.

Jetzt konnte sie sehen, wer gehustet hatte.

Es war Richman.

Er trug eine dunkelblaue Windjacke und eine dunkle Hose. Alles jungenhaft Schlaffe an ihm war verschwunden. Angespannt und hellwach stand Richman unter dem Flügel. Er sah sich eingehend nach beiden Seiten um, suchte den Boden ab.

Abrupt gingen die Scheinwerfer wieder aus, der Hangar war aufs neue in Dunkelheit getaucht. Casey bewegte sich wieder, hörte das Netz unter ihren Füßen leise knarren. Konnte Richman das auch hören? Konnte er so feststellen, wo sie war?

Sie kam zum Flügel, der sich in die Dunkelheit streckte.

Sie faßte danach, bewegte sich an ihm entlang nach außen. Früher oder später würde das Netz zu Ende sein, das wußte sie. Ihr Fuß stieß gegen ein dickes Seil, sie bückte sich, spürte Knoten.

Casey legte sich aufs Netz, hielt sich an der Kante fest und rollte sich seitlich darüber. Einen Augenblick lang baumelte sie an einem Arm, das Netz bog sich durch. Sie war umgeben von Schwärze. Sie wußte nicht, wie weit es noch bis zum Boden war: Zweieinhalb Meter? Drei Meter?

Laufschritte.

Sie ließ das Netz los und fiel.

Sie kam mit den Füßen auf und fiel auf die Knie. Ein scharfer Schmerz in den Kniescheiben, als sie auf den Beton knallte. Sie hörte Richman noch einmal husten. Er war sehr nahe, irgendwo links von ihr. Sie stand auf und lief auf die Seitentür zu. Die Landescheinwerfer sprangen wieder an, stark und grell. In ihrem Schein sah sie, daß Richman die Hände hochriß, um seine Augen zu bedecken.

Sie wußte, daß er einige Sekunden geblendet sein würde. Nicht sehr lange.

Aber vielleicht lange genug.

Wo war der andere Mann?

Sie rannte los.

Mit einem dumpfen metallischen Knall stieß sie gegen die Hangarwand. Jemand hinter ihr rief: »He!« Sie tastete sich an der Wand entlang zur Tür. Sie hörte Laufschritte.

Wo? Wo?

Hinter ihr, Laufschritte.

Ihre Hand berührte Holz, vertikale Fugen, wieder Holz, dann Metall. Der Türgriff. Sie drückte.

Kühle Luft.

Sie war draußen.

Teddy drehte sich um. »He, Babe«, sagte er lächelnd. »Was ist denn los?«

Sie sank keuchend auf die Knie. Teddy und der Elektriker kamen zu ihr gelaufen. »Was ist denn? Was ist denn los?«

Sie beugten sich über sie und berührten sie besorgt. Casey versuchte, wieder zu Atem zu kommen. »Ruft den Sicherheitsdienst!« stieß sie hervor.

»Was?«

»Ruft den Sicherheitsdienst! Da drin ist jemand!«

Der Elektriker rannte zum Telefon. Teddy blieb bei ihr. Dann fiel ihr der QAR wieder ein. Einen Augenblick lang überfiel sie Panik. Wo war er?

Sie stand auf. »O nein«, sagte sie. »Ich habe ihn fallen lassen.«

»Was fallen lassen, Babe?«

»Diesen Kasten . . .« Sie schaute zum Hangar zurück. Sie mußte noch einmal hinein, um . . .

»Meinst du den in deiner Hand?« fragte Teddy.

Sie sah zu ihrer linken Hand hinunter.

Da war der QAR; sie hielt ihn so fest umklammert, daß ihre Finger weiß waren.

GLENDALE   *23 Uhr 30*

»Jetzt komm, Babe«, sagte Teddy. Er hatte den Arm um sie gelegt und führte sie ins Schlafzimmer. »Es ist alles gut, Babe.«
»Teddy«, sagte sie, »ich weiß nicht, warum ...«
»Das finden wir morgen heraus«, sagte er besänftigend.
»Aber was wollte er ...«
»Morgen«, sagte Teddy.
»Aber was wollte ...«
Sie konnte ihre Sätze nicht beenden. Plötzlich überwältigte sie die Erschöpfung, sie sank aufs Bett.
»Ich schlafe auf der Couch«, sagte er. »Ich will nicht, daß du heute nacht allein bist.« Er sah sie an, stupste sie zärtlich am Kinn. »Jetzt denk an gar nichts mehr.«
Er griff nach dem QAR, den sie noch in der Hand hielt. Sie ließ ihn nur widerwillig los. »Den legen wir jetzt da hin«, sagte er und stellte ihn auf den Nachttisch. Er redete mit ihr wie mit einem Kind.
»Teddy, er ist wichtig ...«
»Ich weiß. Er wird auch noch dasein, wenn du wieder aufwachst. Okay?«
»Okay.«
»Ruf mich, wenn du was brauchst.« Er verließ das Zimmer und schloß die Tür hinter sich.
Sie mußte sich ausziehen, sich bettfertig machen. Ihr Gesicht schmerzte; sie wußte nicht, was mit ihm passiert war. Sie mußte sich ihr Gesicht ansehen.
Sie nahm den QAR und steckte ihn unters Kissen. Sie starrte das Kissen an, legte dann den Kopf darauf und schloß die Augen.
Nur einen Augenblick, dachte sie.

FREITAG

GLENDALE   6 *Uhr 30*

Etwas stimmte nicht.
  Casey setzte sich schnell auf. Schmerz schoß durch ihren Körper, sie stöhnte auf. Ihr Gesicht brannte. Sie berührte ihre Wange und zuckte zusammen.
  Sonnenlicht strömte durchs Fenster auf das Fußende des Bettes. Als sie nach unten sah, entdeckte sie zwei Schmutzstreifen auf der Decke. Sie hatte noch ihre Schuhe an. Sie hatte noch ihre Kleidung an.
  Sie lag voll angezogen auf der Tagesdecke.
  Ächzend drehte sie sich zur Seite und stellte die Füße auf den Boden. Alles schmerzte. Sie sah zum Wecker auf dem Nachttisch. Sechs Uhr dreißig.
  Sie griff unter das Kissen und zog den grünen Metallkasten mit dem weißen Streifen heraus.
  Der QAR.
  Sie roch Kaffee.
  Die Tür ging auf, und Teddy kam in Boxershorts herein, eine Tasse in der Hand. »Wie schlimm ist es?«
  »Alles tut weh.«
  »Hab ich mir schon gedacht.« Er hielt ihr die Tasse hin. »Schaffst du das?«
  Sie nickte. Ihre Schultern schmerzten, als sie die Tasse an die Lippen hob. Der Kaffee war heiß und stark.
  »Das Gesicht ist nicht so schlimm«, sagte er und sah sie kritisch an. »Vor allem an der Seite. Ich vermute, du bist mit der Wange auf dem Netz aufgekommen ...«
  Plötzlich fiel es ihr wieder ein: Das Interview.
  »O Gott«, sagte sie und stand ächzend auf.
  »Drei Aspirin«, sagte Teddy. »Und ein sehr heißes Bad.«
  »Ich habe keine Zeit.«

»Dann mußt du sie dir nehmen. So heiß, wie du's aushältst.«

Sie ging ins Bad und drehte die Dusche auf. Dann sah sie in den Spiegel. Ihr Gesicht war dreckverschmiert. Ein blauer Fleck breitete sich vom Ohr hinunter in den Nacken aus. Den kann ich mit den Haaren zudecken, dachte sie. Dann sieht man ihn nicht.

Sie trank noch einen Schluck Kaffee, zog sich aus und stieg in die Dusche. Sie hatte Prellungen am Ellbogen, an der Hüfte, an den Knien. Sie wußte nicht mehr, wie sie dazu gekommen war. Der brennend heiße Strahl tat gut.

Als sie aus der Dusche kam, klingelte das Telefon. Sie stieß die Tür auf.

»Geh nicht ran«, sagte sie zu Teddy.

»Bist du sicher?«

»Keine Zeit«, sagte sie. »Nicht heute.«

Sie ging ins Schlafzimmer, um sich anzuziehen.

Sie hatte nur noch knapp zehn Stunden bis zu ihrem Interview mit Marty Reardon. Und bis dahin gab es nur eins, was sie tun wollte.

Flug 545 aufklären.

NORTON/COMPUTERABTEILUNG 7 Uhr 40

Rob Wong stellte den grünen Kasten auf den Tisch, schloß ein Kabel an und drückte eine Taste auf seiner Konsole. Ein kleines rotes Licht leuchtete auf dem QAR auf.

»Strom ist da«, sagte Wong. Er lehnte sich zurück, sah Casey an. »Bereit, es auszuprobieren?«

»Bereit«, erwiderte sie.

»Dann Daumen halten«, sagte Wong. Er drückte noch eine Taste. Das rote Licht auf dem QAR begann schnell zu blinken.

Verunsichert fragte Casey: »Ist das ...«

»Alles in Ordnung. Die Daten werden runtergeladen.«

Nach ein paar Sekunden leuchtete das rote Licht wieder stetig.

»Und jetzt?«

»Fertig«, sagte Wong. »Jetzt wollen wir uns die Daten mal ansehen.« Auf dem Monitor tauchten Zahlenreihen auf. Wong beugte sich vor, sah sie sich an. »Oh ... sieht ziemlich gut aus, Casey. Das könnte Ihr Glückstag werden.« Ein paar Sekunden lang tippte er schnell. Dann lehnte er sich zurück.

»Jetzt sehen wir gleich, wie gut es ist.«

Auf dem Monitor erschien das Drahtgittermodell eines Flugzeugs, das sich schnell auffüllte und kompakt und dreidimensional wurde. Ein himmelblauer Hintergrund erschien. Ein silbernes Flugzeug, horizontal im Profil gesehen. Das Fahrgestell ausgefahren.

Wong drückte ein paar Tasten und drehte das Flugzeug so, daß sie es vom Heck her sahen. Er fügte eine grüne Wiese dazu, die sich bis zum Horizont erstreckte, und eine graue Rollbahn. Die Darstellung war schematisch, aber wirkungsvoll. Das Flugzeug setzte sich in Bewegung, fuhr die Rollbahn entlang. Die Nase stieg in die Höhe, das Flugzeug hob ab. Das Fahrgestell wurde eingeklappt.

»Sie sind eben gestartet«, sagte Wong grinsend.

Das Flugzeug stieg weiter. Wong drückte eine Taste, auf der rechten Seite des Monitors öffnete sich ein Fenster. Zahlenkolonnen erschienen, die sich schnell änderten. »Es ist kein DFDR, aber es ist gut genug«, sagte Wong. »Alles Wichtige ist da. Höhe, Fluggeschwindigkeit, Kurs, Treibstoff, Position der Steuerflächen – Klappen, Slats, Querruder, Höhenruder, Seitenruder. Alles, was Sie brauchen. Und die Daten sind stabil, Casey.«

Das Flugzeug stieg noch immer. Wong drückte einen Knopf, weiße Wolken erschienen. Das Flugzeug stieg weiter durch die Wolken in die Höhe.

»Ich nehme an, Sie wollen das nicht alles in Echtzeit sehen«, sagte er. »Wissen Sie, wann der Unfall passiert ist?«

»Ja«, sagte sie. »Ungefähr nach neun-vierzig.«

»Neun Stunden vierzig Minuten Flugzeit?«

»Richtig.«

»Kommt gleich.«

Das Flugzeug auf dem Monitor war horizontal, die Zahlen in dem Fenster rechts stabil. Dann begann zwischen den Zahlen ein rotes Licht zu blinken.

»Was ist das?«

»Störungsmeldung. Eine, äh, Nichtübereinstimmung bei den Slats.«

Sie sah die Maschine auf dem Monitor an. Es blieb alles unverändert.

»Werden die Slats ausgefahren?«

»Nein«, sagte Wong. »Nichts. Nur eine Störungsmeldung.«

Sie sah weiter hin. Das Flugzeug war noch immer horizontal. Fünf Sekunden vergingen. Dann schoben sich die Slats aus der Vorderkante der Tragflächen heraus.

»Slats werden ausgefahren«, sagte Wong mit einem Blick auf die Zahlen. Und dann: »Slats voll ausgefahren.«

»Dann gab es also zuerst eine Störungsmeldung?« fragte Casey. »Und danach wurden die Slats ausgefahren.«

»Richtig.«

»Ohne Steuerbefehl?«

»Nein, mit Steuerbefehl. Jetzt zieht die Maschine steil hoch und –

oh – oh – überschreitet die Flattergrenze –, jetzt kommt die Sackflugwarnung und ...«

Die Maschine auf dem Monitor ging nun in Sturzflug über. Schneller und immer schneller huschten die weißen Wolken vorbei. Warnsignale ertönten und blinkten auf dem Bildschirm.

»Was ist los?«

»Die Maschine überschreitet die Andruck-Belastungsgrenze. Mein Gott, sehen Sie sich das an.«

Das Flugzeug beendete den Sturzflug und stieg wieder steil in die Höhe. »Es steigt in einem Winkel von sechzehn ... achtzehn ... einundzwanzig Grad«, sagte Wong kopfschüttelnd.

»Einundzwanzig Grad!«

Bei Zivilflugzeugen betrug der durchschnittliche Steigewinkel drei bis fünf Grad. Zehn Grad waren steil und kamen nur beim Start vor. Bei einundzwanzig Grad mußten die Passagiere sich fühlen, als würde das Flugzeug senkrecht in die Höhe steigen.

Noch mehr Warnsignale.

»Lauter Überschreitungen«, sagte Wong tonlos. »Der belastet das Flugzeug bis zum Gehtnichtmehr. Darauf ist es nicht ausgelegt. Wurde schon eine Materialuntersuchung gemacht?«

Auf dem Bildschirm ging das Flugzeug wieder in Sturzflug über.

»Ich kann's nicht glauben«, sagte Wong. »Der Autopilot sollte das eigentlich verhindern ...«

»Er war auf manueller Steuerung.«

»Trotzdem würde sich bei diesen wilden Oszillationen der Autopilot zuschalten.« Wong deutete auf das seitliche Datenfenster. »Ja, da ist er ja. Der Autopilot versucht zu übernehmen. Der Pilot schaltet immer wieder auf manuell. Das ist verrückt.«

Wieder ein steiler Anstieg.

Und noch ein Sturzflug.

Sie sahen entgeistert zu, wie das Flugzeug insgesamt sechs solcher Zyklen aus Steig- und Sturzflug durchmachte, bevor es plötzlich und unvermittelt in eine stabile Fluglage zurückkehrt.

»Was ist passiert?« fragte sie.

»Der Autopilot hat übernommen. *Endlich.*« Rob Wong seufzte auf. »Also, ich würde sagen, Sie wissen jetzt, was mit dieser Maschine passiert ist, Casey. Aber ich habe keine Ahnung, *warum.*«

WAR ROOM 9 *Uhr* 00

Im War Room war ein Reinigungstrupp zugange. Die großen Fenster, durch die man in die Produktionshalle hinuntersehen konnte, wurden geputzt, die Stühle und der Resopaltisch abgewischt. Im Hintergrund saugte eine Frau den Teppich.

Doherty und Ron Smith standen an der Tür und sahen sich einen Ausdruck an.

»Was ist denn los?« fragte Casey.

»Heute keine IRT-Sitzung«, sagte Doherty. »Marder hat sie abgesagt.«

»Warum hat mir das niemand gesagt?« fragte Casey.

Dann fiel es ihr wieder ein. Am Abend zuvor hatte sie ihren Piepser ausgeschaltet. Sie griff sich an den Gürtel und schaltete ihn wieder ein.

»Der CET-Test heute nacht war so gut wie perfekt«, sagte Ron. »Wie wir die ganze Zeit gesagt haben, das ist ein ausgezeichnetes Flugzeug. Wir haben nur zwei sich wiederholende Störungen gefunden. Wir haben eine beständige Fehlermeldung bei AUX COA, die nach fünf Zyklen, so gegen halb elf, angefangen hat; ich weiß nicht, was da passiert ist.« Er sah sie abwartend an. Sicher hatte er schon gehört, daß sie am Abend zuvor um diese Zeit im Hangar gewesen war.

Aber sie hatte nicht vor, es ihm zu erklären. Zumindest nicht jetzt.

»Und was ist mit dem Näherungssensor?« fragte sie.

»Das war die andere Störung«, sagte Smith. »In den zweiundzwanzig Zyklen, die während der Nacht gelaufen sind, wurde sechsmal eine Störung des Näherungssensors am Flügel registriert. Das ist eindeutig ein schlechtes Teil.«

»Und wenn der Näherungssensor während des Flugs versagt...«

»Wird ins Cockpit eine Nichtübereinstimmung der Slats gemeldet.«

Sie wandte sich zum Gehen.

»He«, sagte Doherty. »Wo gehen Sie hin?«

»Ich muß mir ein Video ansehen.«

»Casey, wissen Sie, was los ist?«

»Sie werden der erste sein, der es erfährt«, sagte sie und ging davon.

Hatte Casey gestern noch das Gefühl gehabt, auf der Stelle zu treten, schien ihr jetzt die Untersuchung mit Riesenschritten ihrem Ende zuzugehen. Der QAR war der Schlüssel gewesen. Endlich konnte sie die Ereingisabfolge bei Flug 545 rekonstruieren. Und damit fügten sich die Teile des Puzzles schnell zusammen.

Auf dem Weg zu ihrem Auto rief sie mit ihrem Handy Norma an.

»Norma, ich brauche den Flugplan von TransPacific.«

»Hab einen hier«, sagte Norma. »Wurde mit dem FAA-Paket geliefert. Was wollen Sie wissen?«

»Die Flüge nach Honolulu.«

»Ich schau mal nach.« Es gab eine kurze Pause. »Die fliegen überhaupt nicht nach Honolulu«, sagte Norma. »Sie fliegen nur nach . . .«

»Schon gut«, sagte Casey. »Mehr wollte ich gar nicht wissen.« Es war die Antwort, die sie erwartet hatte.

»Hören Sie«, sagte Norma. »Marder hat schon dreimal angerufen. Er sagt, Sie reagieren nicht auf Ihren Piepser.«

»Sagen Sie ihm, Sie können mich nicht erreichen.«

»Und Richman hat versucht . . .«

»Sie können mich nicht erreichen«, sagte Casey.

Sie klappte das Handy zusammen und eilte zu ihrem Auto.

Während der Fahrt rief sie Ellen Fong in der Buchhaltung an. Die Sekretärin sagte, daß Ellen wieder zu Hause arbeite. Casey ließ sich die Nummer geben und rief dort an.

»Ellen, Casey Singleton hier.«

»Ach ja, Casey.« Ihre Stimme klang kühl, reserviert.

»Haben Sie die Übersetzung gemacht?« fragte Casey.

»Ja.« Flach. Ohne Ausdruck.

»Sind Sie fertig?«

»Ja, fertig.«

»Können Sie sie mir faxen?« sagte Casey.

Eine Pause entstand. »Ich glaube, das sollte ich lieber nicht tun«, sagte Ellen.

»Na gut ...«

»Sie wissen, warum?« fragte Ellen Fong.

»Ich kann's mir denken.«

»Ich bringe sie Ihnen in Ihr Büro«, sagte Ellen. »Um zwei?«

»Gut«, sagte Casey.

Die Teile fügten sich zusammen. Schnell.

Casey war sich jetzt ziemlich sicher, daß sie erklären konnte, was bei Flug 545 passiert war. Die gesamte Kette eher banaler Ereignisse war so gut wie rekonstruiert. Wenn sie Glück hatte, würde ihr das Band bei Video Imaging Systems die endgültige Bestätigung liefern.

Nur eine Frage war noch offen.

Was sollte sie unternehmen?

Sepulveda Boulevard   *10 Uhr 45*

Fred Barker schwitzte. Die Klimaanlage in seinem Büro war ausgeschaltet, und unter Marty Reardons bohrenden Fragen lief ihm der Schweiß die Wangen hinunter, glitzerte in seinem Bart, durchtränkte sein Hemd.

»Mr. Barker«, sagte Marty und beugte sich vor. Marty war fünfundvierzig und auf dünnlippige, scharfäugige Art gutaussehend. Er hatte die Aura eines Anklägers wider Willen, eines abgeklärten Mannes, der schon alles gesehen hatte. Er redete langsam, oft nur in bruchstückhaften Sätzen, und er gab sich den Anschein der Verständigkeit. Sein Lieblingstonfall war der der Enttäuschung. Dunkle Augenbrauen hochgezogen: Wie kann das sein? Marty sagte: »Mr. Barker, Sie haben ›Probleme‹ bei der Norton N-22 beschrieben. Doch die Firma sagt, es seien Lufttauglichkeitsdirektiven herausgegeben worden, die diese Probleme behoben hätten. Stimmt das?«

»Nein.« Unter Martys Bohren hatte Barker die ganzen Sätze aufgegeben. Jetzt sagte er so wenig wie möglich.

»Die Direktiven haben nicht funktioniert?«

»Nun, wir hatten doch eben einen weiteren Vorfall, nicht? An dem die Slats beteiligt waren.«

»Norton behauptet, es seien nicht die Slats gewesen.«

»Ich glaube, Sie werden herausfinden, daß sie es doch waren.«

»Lügt Norton Aircraft also?«

»Sie tun, was sie immer tun. Sie präsentieren irgendeine komplizierte Erklärung, die das wahre Problem verschleiert.«

»Irgendeine komplizierte Erklärung«, wiederholte Marty. »Aber ist ein Flugzeug denn nicht kompliziert?«

»Nicht in diesem Fall. Dieser Unfall ist die Folge ihres Unvermögens, einen seit langem bestehenden Konstruktionsfehler zu beheben.«

»Sie sind sich da ganz sicher?«

»Ja.«

»Wie können Sie das sein? Sind Sie Ingenieur?«

»Nein.«

»Haben Sie einen Abschluß in Luftfahrttechnik?«

»Nein.«

»Was war Ihr Hauptfach an der Universität?«

»Das ist schon lange her...«

»War es nicht Musik, Mr. Baker? Haben Sie nicht in Musik Ihren Abschluß gemacht?«

»Schon, aber, äh...«

Jennifer beobachtete Martys Attacke mit gemischten Gefühlen. Es war zwar immer komisch, einen Interviewten sich winden zu sehen, und das Publikum liebte es, wenn aufgeblasene Experten auf ihre wahre Größe zurückgestutzt wurden. Aber Martys Attacke gefährdete die ganze Reportage. Wenn Marty Barkers Glaubwürdigkeit ruinierte...

Aber natürlich konnte sie auch um Barker herum arbeiten. Sie brauchte ihn nicht unbedingt für ihre Beweisführung.

»Einen Magister Artium. In Musik«, sagte Marty mit seinem verständigen Tonfall. »Mr. Barker, glauben Sie, daß Sie das zu einem Urteil über Flugzeuge qualifiziert?«

»Nicht als solches, aber...«

»Haben Sie noch andere Abschlüsse?«

»Nein.«

»Haben Sie überhaupt eine wissenschaftliche oder technische Ausbildung?«

Barker zupfte an seinem Kragen. »Nun, ich habe für die FAA gearbeitet...«

»Haben Sie bei der FAA eine wissenschaftliche oder technische Ausbildung erhalten? Hat man Ihnen dort etwas über, sagen wir einmal, Strömungsdynamik beigebracht?«

»Nein.«

»Aerodynamik?«

»Nun, ich habe viel Erfahrung...«

»Sicher doch. Aber haben Sie eine formelle Ausbildung in Aerodynamik, Infinitesimalrechnung, Metallurgie, Strukturanalyse oder anderen Fachbereichen, die bei der Konstruktion eines Flugzeugs eine Rolle spielen?«

»Nein, keine formelle.«

»Eine informelle?«

»Ja, mit Sicherheit. Lange Jahre der Erfahrung.«

»Gut. Sehr schön. Mir fallen da eben diese Bücher hinter Ihnen und auf Ihrem Schreibtisch auf.« Reardon beugte sich vor und berührte ein Buch, das aufgeschlagen auf dem Tisch lag. »Dieses zum Beispiel. *Methoden zur erhöhten strukturellen Zuverlässigkeit für die Haltbarkeit und Schadenstoleranz von Flugwerken.* Ziemlich komplex. Verstehen Sie dieses Buch?«

»Das meiste davon, ja.«

»Zum Beispiel.« Reardon deutete auf die aufgeschlagene Seite und begann zu lesen. »Hier auf Seite 807 heißt es: ›Leevers und Radon führten einen Biaxialitäts-Parameter B ein, der die Größe der T-Belastung darstellt, wie in Gleichung 5 gezeigt.‹ Sehen Sie das?«

»Ja.« Barker schluckte.

»Was ist ein Biaxialitäts-Parameter?«

»Nun, das ist in knappen Worten ziemlich schwer zu erklären ...« Marty setzte nach: »Wer sind Leevers und Radon?«

»Wissenschaftler in diesem Fachgebiet.«

»Sie kennen sie?«

»Nicht persönlich.«

»Aber Sie sind vertraut mit ihrer Arbeit?«

»Ich habe Ihre Namen gehört.«

»Wissen Sie irgend etwas über sie?«

»Persönlich nicht, nein.«

»Sind sie wichtige Forscher auf diesem Fachgebiet?«

»Wie gesagt, ich weiß es nicht.« Barker zupfte wieder an seinem Kragen.

Jennifer merkte, daß sie dem ein Ende machen mußte. Marty spielte wieder einmal den Bluthund, der beim Geruch von Angst die Zähne bleckte. Jennifer konnte nichts von alledem gebrauchen; das einzig Wichtige war, daß Barker seit Jahren auf einem Kreuzzug war, daß er als Kämpfer für mehr Flugsicherheit bekannt war und daß er diesen Kampf sehr engagiert betrieb. Auf jeden Fall hatte sie bereits seine Slats-Erklärungen vom Tag zuvor, und sie hatte die pompösen

Antworten auf die Fragen, die sie ihm gestellt hatte. Sie klopfte Marty auf die Schulter. »Die Zeit wird knapp«, sagte sie.

Marty reagierte sofort; er langweilte sich bereits. Er sprang auf. »Tut mir leid, Mr. Barker, aber wir müssen hier abbrechen. Vielen Dank, daß Sie die Zeit für uns erübrigen konnten. Sie haben uns wirklich sehr geholfen.«

Barker schien schockiert zu sein. Er stammelte irgend etwas. Das Mädchen von der Maske kam mit Kleenex in der Hand zu ihm und sagte: »Ich werde Ihnen das Make-up abwischen . . .«

Marty Reardon wandte sich an Jennifer. Mit leiser Stimme sagte er: »Was soll denn diese Scheiße?«

»Marty«, erwiderte sie ebenso leise. »Das CNN-Band ist Dynamit. Die Story ist Dynamit. Die Leute haben Angst, in ein Flugzeug zu steigen. Wir liefern Zündstoff für die Kontroverse. Tun der Öffentlichkeit einen Dienst.«

»Nein, mit diesem Clown da nicht«, erwiderte Reardon. »Der ist doch nur Handlanger eines Prozeßwütigen. Das einzige, wozu der gut ist, ist eine außergerichtliche Einigung. Der hat doch keine Ahnung, wovon er überhaupt redet.«

»Marty. Ob's Ihnen gefällt oder nicht, dieses Flugzeug hat eine lange Geschichte von Problemen. Und das Band ist fabelhaft.«

»Ja, und jeder kennt es schon«, sagte Reardon. »Aber was ist die Story? Sie sollten mir besser etwas zeigen, Jennifer.«

»Das werde ich.«

»Würde ich Ihnen auch dringend raten.«

Der Rest des Satzes blieb unausgesprochen: Sonst rufe ich Dick Shenk an und drehe Ihnen den Hahn ab.

VOR DEM FLUGHAFEN   *11 Uhr 15*

Damit sie ein anderes Ambiente bekamen, filmten sie den FAA-Typen auf der Straße, mit dem Flughafen als Hintergrund. Der FAA-Typ war dünn und trug eine Brille. Er blinzelte in die Sonne. Er sah schwach und nichtssagend aus. Er war eine solche Null, daß Jennifer sich nicht einmal an seinen Namen erinnern konnte. Sie war sich ziemlich sicher, daß er nicht viel hermachte.

Leider war sein Urteil über Barker vernichtend.

»Die FAA hat es mit einer großen Menge heikler Informationen zu tun. Einiges ist urheberrechtlich geschützt. Anderes hat technische Aspekte. Einiges ist heikel in bezug auf die ganze Industrie, anderes in bezug auf einzelne Firmen. Da der gute Wille aller Beteiligten grundlegend ist für unsere Arbeit, haben wir sehr strikte Vorschriften, was die Weitergabe dieser Informationen betrifft. Mr. Barker hat diese Vorschriften verletzt. Er schien ein großes Verlangen danach zu haben, sich selbst im Fernsehen und seinen Namen in den Zeitungen zu sehen.«

»Er sagt, das stimme nicht«, erwiderte Marty. »Er behauptet, die FAA habe ihre Arbeit nicht gemacht, und deshalb habe er darüber reden müssen.«

»Mit Anwälten?«

»Anwälte?« wiederholte Marty.

»Ja«, sagte der FAA-Typ. »Ein Großteil der Informationen, die er weitergab, ging an Anwälte, die gegen Fluggesellschaften prozessierten. Er gab vertrauliche Informationen an Anwälte weiter, unvollständige Informationen über laufende Ermittlungen. Und das ist illegal.«

»Haben Sie ihn gerichtlich belangt?«

»Wir sind nicht in der Lage, ihn gerichtlich zu belangen. Wir haben dazu keine Vollmacht. Aber es war uns klar, daß er unter der

Hand von den Anwälten für diese Informationen bezahlt wurde. Wir haben den Fall an das Justizministerium weitergegeben, doch das Ministerium hat es versäumt, ihn zu belangen. Wir waren ziemlich empört deswegen. Unserer Ansicht nach hätte er ins Gefängnis kommen müssen, und die Anwälte mit ihm.«

»Warum ist das nicht passiert?«

»Das müssen Sie das Justizministerium fragen. Aber diese Behörde besteht aus Anwälten. Und ein Anwalt schickt einen anderen Anwalt nicht gern ins Gefängnis. Eine Hand wäscht die andere. Barker hat für Anwälte gearbeitet, und die haben ihn da rausgehauen. Barker arbeitet noch immer für Anwälte. Alles, was er sagt, dient allein dazu, schikanöse Verfahren zu unterstützen oder auszulösen. Er ist nicht wirklich an Flugsicherheit interessiert. Wenn er das wäre, würde er noch für uns arbeiten. Und versuchen, der Öffentlichkeit einen Dienst zu erweisen, anstatt viel Geld zu machen.«

Marty sagte: »Wie Sie wissen, steht die FAA gegenwärtig unter Beschuß...«

Jennifer hielt es für an der Zeit, Marty zu stoppen. Es hatte keinen Zweck, so weiterzumachen. Schon jetzt wußte sie, daß sie das meiste dieses Interviews unter den Tisch fallen lassen würde. Sie wollte nur den Satz benutzen, in dem der FAA-Typ behauptete, Barker sei versessen auf Publicity.

Das war die unschädlichste Bemerkung, und sie würde für die Ausgewogenheit des Beitrags sorgen.

Denn sie brauchte Barker unbedingt.

»Marty, tut mir leid, wir müssen noch bis an das andere Ende der Stadt.«

Marty nickte und dankte dem Kerl sofort – wieder ein Zeichen dafür, daß er gelangweilt war –, schrieb ein Autogramm für dessen Sohn und stieg vor Jennifer in die Limousine.

»Mein Gott«, sagte er, als sie losfuhren.

Er winkte dem FAA-Typen durchs Fenster zu und lächelte ihn an. Dann ließ er sich in den Sitz zurücksinken. »Ich versteh das nicht, Jennifer«, sagte er unheilvoll. »Korrigieren Sie mich, wenn ich mich irre, aber Sie haben keine Geschichte. Sie haben irgendwelche blödsinnigen Vorwürfe von Anwälten und ihren bezahlten Handlangern. Aber Sie haben nichts Fundiertes.«

»Wir haben eine Story«, sagte sie. »Sie werden sehen.« Sie bemühte sich, zuversichtlich zu klingen.

Marty brummte ungehalten.

Das Auto fädelte sich in den Verkehr ein und fuhr nach Norden in Richtung Valley, zu Norton Aircraft.

VIDEO IMAGING SYSTEMS   *11 Uhr 17*

»Band kommt jetzt«, sagte Harmon. Er trommelte mit den Fingern auf die Konsole.

Casey rutschte auf ihrem Stuhl hin und her, ihr ganzer Körper schmerzte. Noch hatte sie einige Stunden bis zum Interview. Und sie konnte sich immer noch nicht entscheiden, wie sie vorgehen sollte.

Das Band begann zu laufen.

Harmon hatte die Bilder verdreifacht, so daß die Szenen jetzt in ruckartiger Zeitlupe abliefen. Diese Manipulation ließ die Sequenz noch furchterregender erscheinen. Sie sah stumm zu, wie Körper durch die Luft geschleudert wurden, die Kamera herumwirbelte, fiel und schließlich unter der Cockpittür zu liegen kam.

»Gehen Sie zurück.«

»Wie weit?«

»So langsam, wie's geht.«

»Bild um Bild?«

»Ja.«

Die Szene lief rückwärts. Der graue Teppich. Das Licht aus der offenen Cockpittür. Der grelle Schein, der durch die Cockpitfenster fiel, die Schultern der Piloten zu beiden Seiten der Mittelkonsole, der Kapitän auf der linken, der Erste Offizier auf der rechten Seite.

Der Kapitän, der nach der Konsole griff.

»Stop.«

Sie starrte das Bild an. Der Kapitän streckte die Hand aus, keine Mütze, das Gesicht des Ersten Offiziers nach vorne gerichtet, von ihm weg.

Der Kapitän, der die Hand ausstreckte.

Casey rollte ihren Stuhl näher an die Konsole und starrte den Monitor an. Dann stand sie auf und ging so nahe heran, daß sie die Rasterlinien sehen konnte.

Da ist es, dachte sie. Unübersehbar und in Farbe.
Aber was sollte sie nun unternehmen?

Nichts, erkannte sie. Sie konnte nichts tun. Sie hatte zwar jetzt die Information, aber sie konnte sie nicht veröffentlichen und gleichzeitig hoffen, ihren Job zu behalten. Aber dann erkannte sie, daß sie ihren Job wahrscheinlich sowieso verlieren würde. Marder und Edgarton hatten sie der Presse zum Fraß hingeworfen. Ob sie log, wie Marder es wollte, oder ob sie die Wahrheit sagte, in Schwierigkeiten war sie in jedem Fall. Es gab keinen Ausweg.

Die einzige Möglichkeit, die Casey noch sah, war, dieses Interview nicht zu machen. Aber sie mußte es tun. Daran führte kein Weg vorbei.

»Okay«, sagte sie seufzend. »Ich habe genug gesehen.«

»Was soll ich jetzt tun?«

»Noch eine Kopie ziehen.«

Harmon drückte einen Knopf auf der Konsole. Dann rutschte er verlegen auf seinem Stuhl hin und her. »Ms. Singleton«, sagte er. »Ich glaube, ich muß Ihnen etwas sagen. Die Leute, die hier arbeiten, haben dieses Band gesehen, und, offen gesagt, sie sind ziemlich aufgeregt.«

»Kann ich mir vorstellen«, sagte Casey.

»Sie haben alle diesen Kerl im Fernsehen gesehen, diesen Anwalt, der behauptet, Sie würden die wahre Ursache des Unfalls verschleiern ...«

»Hmhm ...«

»Und vor allem eine Person, die Frau am Empfang, glaubt, wir sollten das Band an die Behörden oder das Fernsehen weitergeben. Ich meine, es ist wie diese Rodney-King-Geschichte. Wir sitzen hier auf einer Bombe. Menschenleben sind gefährdet.«

Casey seufzte. Sie war nicht wirklich überrascht. Aber es war ein neuer Gesichtspunkt, und sie mußte sich darum kümmern. »Ist das bereits passiert? Wollen Sie mir das sagen?«

»Nein«, sagte Harmon. »Noch nicht.«

»Aber die Leute machen sich Sorgen.«

»Ja.«

»Und was ist mit Ihnen? Was glauben Sie?«

»Nun, um Ihnen die Wahrheit zu sagen, ich mache mir auch meine Gedanken«, sagte Harmon. »Ich meine, Sie arbeiten für die Firma, Sie müssen sich loyal verhalten. Das verstehe ich. Aber wenn mit diesem Flugzeug wirklich was nicht stimmt und Menschen deswegen umgekommen sind ...«

Caseys Gedanken rasten, als sie versuchte, die Situation zu analysieren. Sie hatte keine Möglichkeit festzustellen, wie viele Kopien des Bandes bereits angefertigt worden waren. Sie hatte keine Möglichkeit mehr, Ereignisse zu kontrollieren oder zu verhindern. Außerdem hatte sie die Nase voll von diesen ewigen Taktieren – mit der Fluggesellschaft, mit den Ingenieuren, mit der Gewerkschaft, mit Marder, mit Richman. All diese kollidierenden Aspekte, und sie steckte in der Mitte fest und mußte versuchen, alles unter Kontrolle zu halten.

Und jetzt auch noch diese verdammte Videofirma.

Sie sagte: »Wie heißt diese Frau am Empfang?«

»Christine Barron.«

»Weiß sie, daß Ihre Firma mit uns ein Stillhalteabkommen unterzeichnet hat?«

»Ja, aber ... ich glaube, daß sie ihr Gewissen für noch wichtiger hält.«

»Ich muß mal telefonieren«, sagte Casey. »Auf einer privaten Leitung.«

Er brachte sie in ein unbenutztes Büro. Sie machte zwei Anrufe. Als sie zurückkam, sagte sie zu Harmon: »Das Band ist Eigentum von Norton. Es darf ohne unsere Ermächtigung an niemanden weitergegeben werden. Und Sie haben mit uns ein Stillhalteabkommen getroffen.«

»Quält Sie Ihr Gewissen denn nicht?«

»Nein«, sagte Casey. »Es quält mich nicht. Wir untersuchen diesen Vorfall, und glauben Sie mir, wir werden ihm auf den Grund gehen. Und Sie tun doch nichts anderes, als über Dinge zu reden, von denen Sie nichts verstehen. Wenn Sie dieses Band weitergeben, helfen Sie einem erbärmlichen Winkeladvokaten, uns auf Schadensersatz zu verklagen. Sie haben dieses Stillhalteabkommen mit uns. Wenn Sie es verletzen, sind Sie aus dem Geschäft. Vergessen Sie das nicht.«

Sie nahm ihre Kopie des Bandes und verließ das Zimmer.

QA   *11 Uhr 50*

Frustriert und wütend stürmte Casey in ihr Büro in der Qualitätssicherung. Eine ältere Frau wartete dort auf sie. Sie stellte sich als Martha Gershon vor, »Medienberaterin«. Mit ihren grauen, zu einem Knoten zusammengesteckten Haaren und dem hochgeschlossenen, beigefarbenen Kostüm sah sie wie eine freundliche Großmutter aus.

»Tut mir leid«, sagte Casey, »aber ich habe sehr viel zu tun. Ich weiß, daß Marder Sie zu mir geschickt hat, aber ich fürchte, ich ...«

»Oh, ich weiß, wie beschäftigt Sie sind«, sagte Martha Gershon. Ihre Stimme war entspannt, beruhigend. »Ich weiß, daß Sie keine Zeit für mich haben, vor allem heute nicht. Und ich weiß, daß Sie mich eigentlich gar nicht sehen wollen, oder? Weil Sie für John Marder nicht viel übrig haben.«

Casey schwieg überrascht.

Sie sah sich diese freundliche Frau noch einmal an, die da in ihrem Büro stand und lächelte.

»Sie haben sicher das Gefühl, daß Sie von Mr. Marder manipuliert werden. Ich verstehe das. Jetzt, da ich ihn persönlich kennengelernt habe, muß ich sagen, er vermittelt nicht gerade das Gefühl hoher Integrität. Was meinen Sie?«

»Nein«, antwortete Casey.

»Außerdem glaube ich, daß er Frauen nicht sehr mag«, fuhr Gershon fort. »Und ich fürchte, er läßt Sie vor die Fernsehkameras treten, weil er hofft, daß Sie versagen. Und mein Gott, ich möchte auf keinen Fall, daß das passiert.«

Casey starrte sie an. »Bitte setzen Sie sich«, sagte sie.

»Vielen Dank, meine Liebe.« Die Frau setzte sich auf die Couch, ihr beigefarbenes Kleid bauschte sich. Sie faltete die Hände im Schoß, blieb vollkommen ruhig. »Ich brauche nicht lange«, sagte sie.

»Aber vielleicht wird es bequemer für Sie, wenn Sie sich ebenfalls setzen.«

Casey nahm Platz.

»Es gibt da ein paar Dinge, die ich Ihnen gerne in Erinnerung rufen möchte«, sagte Gershon, »bevor Sie in dieses Interview gehen. Sie wissen, daß Sie mit Martin Reardon sprechen werden.«

»Nein, das wußte ich nicht.«

»Ja«, sagte sie, »was bedeutet, daß Sie es mit seinem sehr typischen Interviewstil zu tun haben werden. Das wird die Sache einfacher machen.«

»Ich hoffe, Sie haben recht.«

»Ganz sicher sogar, meine Liebe«, sagte sie. »Sitzen Sie jetzt bequem?«

»Ich glaube schon.«

»Ich möchte gerne, daß Sie sich zurücklehnen. Genau. Lehnen Sie sich zurück. Wenn Sie sich vorbeugen, wirkt das übereifrig, und ihr Körper verspannt sich. Lehnen Sie sich zurück, so daß Sie aufnehmen können, was man Ihnen sagt, und seien Sie entspannt. Sie sollten das auch im Interview machen. Zurücklehnen, meine ich. Und entspannt sein.«

»Na gut«, sagte Casey und lehnte sich zurück.

»Sind Sie jetzt entspannt?«

»Glaube schon«, sagte Casey.

»Falten Sie immer Ihre Hände auf dem Tisch, so wie Sie es jetzt tun? Ich würde gern sehen, was passiert, wenn Sie sie getrennt halten. Ja. Legen Sie sie auf den Tisch, so wie jetzt. Wenn Sie die Hände falten, wirkt das angespannt. Es ist viel besser, wenn sie offen bleiben. Gut. Fühlt sich das natürlich an?«

»Denke schon.«

»Sie müssen im Augenblick unter großem Streß stehen«, sagte Gershon und schüttelte mitfühlend den Kopf. »Aber ich kenne Martin Reardon, seit er ein junger Reporter war. Cronkite mochte ihn nicht. Er hielt Martin für großspurig und oberflächlich. Ich fürchte, diese Einschätzung hat sich als richtig erwiesen. Martin besteht nur aus Tricks, er hat keinen Tiefgang. Er wird Ihnen keine Schwierigkeiten machen, Katherine. Nicht einer Frau mit Ihrer Intelligenz. Sie werden keine Schwierigkeiten haben.«

»Sie wollen mir nur Mut machen«, sagte Casey.

»Ich sage Ihnen nur, wie es ist«, sagte Gershon leichthin. »Das Wichtigste bei Reardon, das, woran Sie immer denken müssen, ist, daß Sie mehr wissen als er. Sie arbeiten seit Jahren in Ihrem Beruf. Reardon ist buchstäblich gerade erst angekommen. Er ist wahrscheinlich heute morgen hergeflogen und fliegt heute abend wieder ab. Er ist intelligent, redegewandt und hat eine rasche Auffassungsgabe, aber er besitzt nicht Ihr umfassendes Wissen. Vergessen sie das nicht: Sie wissen mehr als er.«

»Okay«, sagte Casey.

»Nun, weil Reardon fast keine Informationen zur Verfügung hat, ist seine wichtigste Waffe die Manipulation der Informationen, die Sie ihm geben. Reardon hat einen Ruf als Killer, aber wenn man ihn beobachtet, sieht man, daß er eigentlich immer nur einen einzigen Trick anwendet. Und der geht folgendermaßen: Er bringt Sie dazu, daß Sie einer Reihe von Aussagen zustimmen, daß Sie dazu nicken, ja, ja – und dann überrumpelt er Sie mit etwas völlig Unerwartetem. Reardon macht es schon sein ganzes Leben lang so. Es ist erstaunlich daß die Leute das noch nicht gemerkt haben.

Er sagt zum Beispiel: Sie sind eine Frau. Ja. Sie leben in Kalifornien. Ja. Sie haben einen guten Job. Ja. Sie genießen Ihr Leben. Ja. Und warum haben Sie dann das Geld gestohlen? Und Sie haben die ganze Zeit genickt, und plötzlich sind Sie verwirrt und aus dem Gleichgewicht, und er hat eine Reaktion, die er ausnutzen kann.

Vergessen Sie nicht, alles, was er will, ist diese Ein-Satz-Reaktion. Wenn er die nicht bekommt, macht er kehrt und stellt die Frage anders. Es kann sein, daß er immer und immer wieder auf ein Thema zu sprechen kommt. Wenn er immer wieder dieselbe Frage aufwirft, dann wissen Sie, daß er noch nicht bekommen hat, was er will.«

»Okay.«

»Martin hat noch einen Trick. Er wird eine provokante Behauptung in den Raum stellen und dann innehalten und Ihre Reaktion abwarten. Er wird sagen: Casey, Sie bauen Flugzeuge, also müssen Sie doch wissen, daß Flugzeuge unsicher sind ... Und auf ihre Erwiderung warten. Aber Sie müssen sich bewußt sein, daß er Ihnen noch gar keine Frage gestellt hat.«

Casey nickte.

»Oder er wiederholt mit ungläubigem Unterton das, was Sie gesagt haben.«

»Ich verstehe«, sagte Casey.

»Sie *verstehen*?« fragte Gershon und hob überrascht die Augenbrauen. Es war eine ziemlich gute Imitation Reardons. »Sehen Sie, was ich meine. Er wird Sie dazu verleiten, sich selbst zu verteidigen. Aber das müssen Sie gar nicht. Wenn Martin Ihnen keine Frage stellt, brauchen Sie gar nichts zu sagen.«

Casey nickte. Gar nichts sagen.

»Sehr gut.« Gershon lächelte. »Sie werden das hervorragend machen. Aber denken Sie daran, sich alle Zeit zu nehmen, die Sie brauchen. Das Interview wird aufgenommen, das heißt, man wird alle Pausen herausschneiden. Wenn Sie eine Frage nicht verstehen, bitten Sie ihn, sie zu verdeutlichen. Martin versteht es hervorragend, unbestimmte Fragen zu stellen, die aber eine sehr konkrete Antwort provozieren. Denken Sie daran: Er weiß eigentlich gar nicht, wovon er spricht. Er ist nur für einen Tag hier.«

»Verstehe«, sagte Casey.

»Nun. Wenn es Ihnen nichts ausmacht, ihn anzusehen, dann tun Sie es. Wenn Sie es nicht können, sollten Sie sich einen Punkt in der Nähe seines Kopfs aussuchen, die Kante der Stuhllehne etwa oder ein Bild an der Wand hinter ihm. Konzentrieren Sie sich darauf. Die Kamera wird nicht feststellen können, ob Sie ihn direkt ansehen oder nicht. Tun Sie einfach alles, was nötig ist, damit Sie Ihre Konzentration behalten.«

Casey versuchte es und sah an Gershons Ohr vorbei.

»So ist es gut«, sagte Gershon. »Sie werden das hervorragend machen. Da ist nur noch eins, was ich Ihnen sagen kann, Katherine. Ihre Arbeit ist sehr komplex. Wenn Sie versuchen, Martin diese Komplexität zu erklären, wird Sie das frustrieren. Sie werden das Gefühl bekommen, daß ihn das nicht interessiert. Er wird Sie wahrscheinlich unterbrechen. Weil es ihn nämlich wirklich nicht interessiert. Viele Leute klagen, daß dem Fernsehen die Konzentration auf ein Thema fehlt. Aber das liegt in der Natur des Mediums. Beim Fernsehen geht es gar nicht um Information. Information ist aktiv, mitreißend. Fernsehen ist passiv. Information ist von Interessen unbeeinflußt, objektiv. Fernsehen ist Unterhaltung. Was Martin auch sagt, wie er auch agiert, in Wahrheit hat er absolut kein Interesse an Ihnen, an Ihrer Firma oder an Ihren Flugzeugen. Er wird dafür bezahlt, daß er sein einziges verläßliches Talent ausspielt: Leute zu provozieren, sie zu einem emotionalen Ausbruch zu verleiten, sie dazu zu bringen, die Beherrschung zu verlieren und etwas Unerhörtes zu sagen. Über Flugzeuge will er eigentlich gar nichts wissen. Er will einen fernsehtauglichen Augenblick. Wenn Sie das begreifen, werden Sie mit ihm fertig.«

Und dann lächelte sie ihr großmütterliches Lächeln. »Ich weiß, daß Sie es hervorragend machen werden, Casey.«

Casey fragte: »Werden Sie dabeisein? Beim Interview?«

»O nein«, erwiderte Gershon lächelnd. »Martin und ich haben eine lange gemeinsame Geschichte. Wir mögen einander nicht besonders. Wenn wir uns wirklich einmal am selben Drehort aufhalten, fürchte ich, neigen wir dazu, uns *anzuspucken*.«

Verwaltungsgebäude — *13 Uhr 00*

John Marder saß an seinem Schreibtisch und stellte die Unterlagen – die Requisiten – zusammen, die Casey in ihrem Interview benutzen sollte. Er wollte sie vollständig, und er wollte sie in der richtigen Reihenfolge. Zuerst den Bericht über die gefälschte Schubumkehrklappe am zweiten Triebwerk. Daß sie dieses Teil entdeckt hatten, war ein Glücksfall gewesen. Der ewig fluchende Kenny Burne hatte diesmal etwas richtig gemacht. Eine Schubumkehrklappe war ein wichtiges Teil, etwas, mit dem jeder etwas anfangen konnte. Und es war eindeutig eine Imitation. Pratt and Whitney würden einen Schreikrampf bekommen, wenn sie es sahen: Der berühmte Adler in ihrem Logo war seitenverkehrt aufgedruckt. Und wichtiger noch, das Vorhandensein eines gefälschten Teils würde die ganze Geschichte in diese Richtung treiben und den Druck von ihnen ...

Sein privates Telefon klingelte.

Er hob ab. »Marder.«

Er hörte das Rauschen und Knistern eines Satellitentelefons. Hal Edgarton rief aus dem Firmenjet auf dem Flug nach Hongkong an. Edgarton sagte: »Ist es schon vorbei?«

»Noch nicht, Hal. In einer Stunde.«

»Rufen Sie mich an, sobald es vorbei ist.«

»Werde ich, Hal.«

»Und es wäre besser, wenn es gute Nachrichten sind«, sagte Edgarton und legte auf.

BURBANK   13 Uhr 15

Jennifer war nervös. Sie mußte Marty für eine Weile allein lassen, und es war nie gut, Marty während eines Drehtages allein zu lassen: Er war ein ruheloser, immer unter Strom stehender Mensch, und er brauchte dauernde Aufmerksamkeit. Jemanden, der ihm die Hand hielt und sich um ihn kümmerte. Marty war wie all die Tele-Stars bei *Newsline* – früher mochten sie Reporter gewesen sein, doch jetzt waren sie Schauspieler, mit allen Unarten von Schauspielern. Egozentrisch, eitel, fordernd. Nervensägen, wenn man es genau nahm.

Sie wußte außerdem, daß Marty, trotz seiner Keiferei über die Norton-Story, sich im Grunde genommen nur Sorgen um seine Wirkung machte. Er wußte, daß der Beitrag schnell zusammengeschustert wurde. Er wußte, daß er schäbig und schmutzig war. Und er hatte Angst, daß er, nachdem der Beitrag geschnitten war, eine lahme Story moderieren würde. Er hatte Angst, daß seine Freunde beim Mittagessen im *Four Seasons* abfällige Bemerkungen über die Story fallenlassen würden. Journalistische Verantwortung war ihm gleichgültig. Für ihn zählte nur seine Wirkung.

Und den Beweis, das wußte Jennifer, hatte sie in Händen. Sie war nur zwanzig Minuten weg gewesen, doch als ihr Auto wieder auf den Drehort rollte, sah sie Marty mit gesenktem Kopf ruhelos auf und ab gehen. Kummervoll und unglücklich.

Typisch Marty.

Sie stieg aus. Er kam sofort zu ihr und fing an, sich zu beklagen, ihr zu sagen, daß sie den Beitrag sausenlassen, Dick anrufen und ihm gestehen sollte, daß es nicht funktionierte ... Sie schnitt ihm das Wort ab.

»Marty. Schauen Sie sich das an.«

Sie gab die Videokassette, die sie in der Hand hielt, dem Kameramann und bat ihn, sie abzuspielen. Der Kameramann legte sie in die

Kamera ein, und Jennifer ging zu dem kleinen Kontrollmonitor, der auf dem Rasen stand.

»Was ist das?« fragte Marty und beugte sich ebenfalls über den Monitor.

»Schauen Sie es sich an.«

Das Band begann zu laufen. Es fing an mit einem Baby auf dem Schoß seiner Mutter. Gu-gu. Ga-ga.

Das Baby nuckelte an seinen Zehen.

Marty sah Jennifer an. Er zog seine dunklen Augenbrauen hoch.

Sie sagte nichts.

Das Band lief weiter.

Wegen der Sonne, die grell auf den Monitor schien, waren Details nur schwer zu erkennen, aber sie sahen trotzdem genug. Körper, die plötzlich durch die Luft wirbelten. Marty hielt den Atem an und starrte aufgeregt auf den Monitor.

»Wo haben Sie das her?«

»Unzufriedene Angestellte.«

»Angestellte von?«

»Einem Videoladen, der für Norton Aircraft arbeitet. Eine aufrechte Bürgerin, die dachte, daß es an die Öffentlichkeit kommen sollte. Sie hat mich angerufen.«

»Ist das ein Norton-Band?«

»Sie haben es in der Maschine gefunden.«

»Unglaublich«, sagte Marty, ohne den Blick vom Monitor zu nehmen. »Un-glaublich.« Körper wirbelten durch die Luft, die Kamera bewegte sich. »Das ist schockierend.«

»Ist es nicht fabelhaft?«

Das Band lief weiter. Es war gut. Es war sehr gut – noch besser als das CNN-Band, dynamischer, radikaler. Weil die Kamera sich losgerissen hatte und frei durch die Kabine taumelte, vermittelte das Band einen besseren Eindruck davon, was an Bord dieser Maschine passiert sein mußte.

»Wer hat das sonst noch?«

»Niemand.«

»Aber Ihre unzufriedene Angestellte könnte . . .«

»Nein«, sagte Jennifer. »Ich habe ihr versprochen, daß wir ihre Prozeßkosten übernehmen, wenn sie es sonst niemandem gibt. Die wird stillhalten.«

»Dann haben wir es also exklusiv.«

»Genau.«

»Ein internes Band aus dem Besitz von Norton Aircraft.«

»Genau.«

»Dann haben wir hier eine fabelhafte Story«, sagte Marty.

Auferstanden von den Toten, dachte Jennifer, als sie Marty zum Zaun gehen sah, wo er sich auf seine Anmoderation vorbereitete. Der Beitrag war gerettet.

Sie wußte, von jetzt ab konnte sie sich auf Marty voll verlassen. Natürlich brachte das Band nichts an neuer Information. Aber Marty war ein Profi und wußte, daß ihre Reportagen mit dem zur Verfügung stehenden Bildmaterial standen und fielen. Wenn das Bildmaterial gut war, war alles andere unwichtig.

Und dieses Band war ein Aufreißer schlechthin.

Deshalb ging Marty jetzt fröhlich vor dem Zaun auf und ab und spähte durch die Maschen auf Nortons Firmengelände. Die Situation war perfekt für Marty, ein Band aus der Firma selbst, das förmlich nach Mauern und Verschleiern roch. Marty würde das Letzte aus ihm herausholen.

Während die Maskenbildnerin seinen Hals retuschierte, sagte Marty: »Wir sollten das Band Dick schicken. Damit er es ausschlachten kann.«

»Schon passiert«, sagte Jennifer und deutete auf eins der Autos, das eben davonfuhr.

Innerhalb einer Stunde würde Dick das Band haben. Und er würde sich die Hände reiben, wenn er es sah.

Natürlich würde er es ausschlachten. Er wurde mit Ausschnitten daraus für die Sendung am Samstag werben. »Schockierender neuer Film über die Norton-Katastrophe! Beängstigendes Material über den Tod in den Lüften! Nur bei *Newsline*, Samstag um zehn!«

Sie würden den Aufreißer alle halbe Stunde bis zur Sendezeit bringen. Am Samstag abend würde die ganze Nation vor dem Fernseher sitzen.

Marty improvisierte seine Anmoderation, und er machte es gut. Jetzt saßen sie wieder im Auto und fuhren zum Firmentor. Sie waren sogar ein paar Minuten zu früh dran.

»Wer ist der Gesprächspartner in der Firma?«

»Eine Frau namens Singleton.«

»Eine Frau?« Wieder zog Marty seine dunklen Augenbrauen hoch. »Was soll denn das?«

»Sie ist eine Vizedirektorin. Ende Dreißig. Und sie gehört zum Untersuchungsteam.«

Marty streckte die Hand aus. »Geben Sie mir die Unterlagen.« Er fing sofort im Auto zu lesen an. »Denn Sie wissen schon, was wir jetzt zu tun haben, nicht, Jennifer? Der ganze Beitrag ist auf den Kopf gestellt. Dieses Band läuft vier, vielleicht vier-dreißig. Vielleicht sollten Sie Ausschnitte daraus zweimal zeigen – ich würd's tun. Das heißt, Sie haben nicht mehr viel Zeit für Barker und die anderen. Es wird das Band sein und die Norton-Sprecherin. Das sind die Kernpunkte der Geschichte. Wir haben also keine andere Wahl. Wir müssen diese Frau festnageln, müssen Sie kalt erwischen.«

Jennifer sagte nichts. Sie wartete, während Marty in der Akte blätterte.

»Moment mal«, sagte Marty. Er starrte eines der Papiere an. »Soll das ein Witz sein?«

»Nein«, sagte Jennifer.

»Das ist Dynamit«, sagte Reardon. »Wo haben Sie das her?«

»Norton hat es mir in einem Paket mit Hintergrundinformationen geschickt, vor drei Tagen, aus Versehen.«

»Ein schlimmes Versehen«, sagte Marty. »Vor allem für Ms. Singleton.«

War Room — 14 Uhr 15

Casey war eben unterwegs zur Innenraumanalyse, als ihr Handy läutete. Es war Steve Nieto, der Fizer in Vancouver.

»Schlechte Nachrichten«, sagte er. »Ich war gestern im Krankenhaus. Er ist tot. Zerebrales Ödem. Mike Lee war nicht da, darum haben sie mich gebeten, die Leiche zu identifizieren, und ...«

»Steve«, sagte sie. »Nicht über Handy. Schicken Sie mir ein Fax.«

»Okay.«

»Aber nicht hierher. Schicken Sie es zum Testfluggelände in Yuma.«

»Wirklich?«

»Ja.«

»Okay.«

Sie schaltete ab und betrat Hangar 4, wo noch immer orangefarbene Bänder die Umrisse der Kabine markierten. Sie wollte mit Ringer über die Pilotenmütze reden, die sie gefunden hatten. Sie war wesentlich für die Geschichte, wie sich jetzt allmählich herausstellte.

Plötzlich fiel ihr etwas ein, und sie rief Norma an. »Hören Sie, ich glaube, ich weiß, woher das Fax aus dem Bordmagazin gekommen ist.«

»Ist das wichtig?«

»Ja. Rufen Sie im Centinela Hospital am Flughafen an. Verlangen sie eine Stewardeß namens Kay Liang. Und fragen Sie sie folgendes ... Aber das sollten Sie sich besser aufschreiben.«

Sie sprach einige Minuten mit Norma und schaltete dann ab. Sofort darauf klingelte das Handy wieder.

»Casey Singleton.«

Marder schrie: »Wo zum Teufel sind Sie?«

»Hangar 4«, sagte sie. »Ich versuche gerade ...«

»Sie sollten *hier* sein«, schrie Marder. »Für das Interview.«

»Das Interview ist um vier.«

»Sie haben es vorverlegt. Sie sind jetzt hier.«
»Jetzt?«
»Ja, Sie sind schon alle da, die Crew, alle, sie bauen schon auf. Sie warten alle auf Sie. Es ist *jetzt*, Casey.«

Und so fand sie sich plötzlich im War Room wieder, sie saß auf einem Stuhl und ließ sich von einer Maskenbildnerin das Gesicht pudern. Der War Room war voller Leute, Männer, die große Scheinwerfer auf Ständer montierten und Pappkartontafeln an die Decke klebten. Andere befestigten Mikrofone auf dem Tisch und an den Wänden. Zwei Kamerateams waren mit ihrem Aufbau beschäftigt, jedes mit zwei Kameras – insgesamt vier Kameras, die in entgegengesetzte Richtungen zeigten. Zwei Stühle standen an gegenüberliegenden Seiten des Tisches, einer für sie, einer für den Interviewer.

Sie fand es unangemessen, daß im War Room gedreht wurde; es war ihr schleierhaft, warum Marder dem zugestimmt hatte. Sie fand es respektlos, daß aus diesem Zimmer, in dem sie arbeiteten und stritten und sich abmühten, um herauszufinden, was mit Flugzeugen während des Fluges passiert war, eine Kulisse für eine Fernsehshow wurde. Es gefiel ihr überhaupt nicht.

Casey war aus dem Gleichgewicht geraten; alles geschah zu schnell. Die Maskenbildnerin bat sie immer wieder, den Kopf ruhig zu halten, die Augen zu schließen und sie wieder zu öffnen. Eileen, Marders Sekretärin, kam zu ihr und gab ihr einen braunen Schnellhefter in die Hand. »John wollte, daß Sie das haben«, sagte sie.

Casey versuchte in den Schnellhefter hineinzusehen.

»Bitte«, sagte die Maskenbildnerin. »Sie müssen kurz nach oben sehen. Nur noch kurz, dann sind Sie fertig.«

Jennifer Malone, die Produzentin, kam mit einem fröhlichen Lächeln auf sie zu. »Wie geht's heute, Ms Singleton?«

»Gut, danke«, sagte Casey, die Augen noch immer nach oben verdreht.

»Barbara«, sagte Malone zu der Maskenbildnerin. »Sehen Sie zu, daß Sie diesen, äh ...« Sie deutete mit einer unbestimmten Geste auf Casey.

»Werde ich«, sagte die Maskenbildnerin.

»Diesen was?« fragte Casey.

»Nur ein bißchen Puder«, sagte die Maskenbildnerin. »Nichts Besonderes.«

Malone sagte: »Ich gebe Ihnen noch eine Minute Zeit, und dann kommt Marty, um Sie zu begrüßen, und wir gehen in groben Zügen einmal durch, worüber wir reden wollen, bevor wir anfangen.«

»Okay.«

Malone ging weg. Die Maskenbildnerin betupfte weiter Caseys Gesicht. »Ich werde Ihnen ein bißchen was unter die Augen geben«, sagte sie. »Damit Sie nicht so müde aussehen.«

»Ms. Singleton?«

Casey erkannte die Stimme sofort, eine Stimme, die sie seit Jahren immer wieder hörte. Die Maskenbildnerin wich zurück, und Casey sah Marty Reardon vor sich stehen, in Hemdsärmeln und mit Krawatte. Er hatte ein Kleenex im Kragen. Reardon streckte ihr die Hand entgegen. »Marty Reardon. Freut mich, Ihre Bekanntschaft zu machen.«

»Hallo«, sagte sie.

»Vielen Dank für Ihre Hilfe«, sagte Reardon. »Wir werden versuchen, es so schmerzlos wie möglich zu machen.«

»Okay ...«

»Sie wissen natürlich, daß wir das aufnehmen«, sagte Reardon. »Also denken Sie sich nichts, wenn Sie mal einen Patzer machen oder ähnliches; das schneiden wir einfach raus. Und falls Sie irgendwann eine Antwort umformulieren wollen, tun Sie das. Sie können genau das sagen, was Sie sagen wollen.«

»Okay.«

»Wir werden hauptsächlich über den TransPacific-Flug reden. Ich werde aber auch ein paar andere Themen anschneiden müssen. Irgendwann werde ich Sie nach dem China-Geschäft fragen. Wahrscheinlich wird es auch ein paar Fragen zur Reaktion der Gewerkschaft geben, falls wir die Zeit dazu haben. Aber ich will diese anderen Themen eigentlich nicht vertiefen. Ich will bei TransPacific bleiben. Sie gehören zum Untersuchungsteam?«

»Ja.«

»Ah ja, gut. Ich neige dazu, mit meinen Fragen ziemliche Sprünge zu machen. Lassen Sie sich dadurch nicht verwirren. Im Grunde genommen sind wir hier, um uns ein möglichst umfassendes Bild von der Situation zu machen.«

»Okay.«

»Bis später dann«, sagte Reardon. Er lächelte und wandte sich ab.

Die Maskenbildnerin stellte sich wieder vor sie hin. »Nach oben sehen«, sagte sie. Casey starrte zur Decke. »Er ist sehr nett«, sagte die Frau. »Im Kern ist er ein herzensguter Mensch. Liebt seine Kinder abgöttisch.«

Casey hörte Malone rufen: »Wie lange noch, Jungs?«

Jemand sagte: »Fünf Minuten.«

»Ton?«

»Wir sind bereit. Warten auf die Akteure.«

Die Maskenbildnerin begann Caseys Hals zu pudern. Casey zuckte vor Schmerz zusammen. »Wissen Sie«, sagte die Frau, »ich habe da eine Nummer, die Sie anrufen können.«

»Weswegen?«

»Es ist eine sehr gute Organisation, sehr gute Leute. Vorwiegend Psychologen. Und äußerst diskret. Die können Ihnen helfen.«

»Bei was?«

»Nach links sehen, bitte. Er muß ziemlich hart zugeschlagen haben.«

Casey sagte: »Ich bin gestürzt.«

»Sicher, verstehe. Ich lasse Ihnen meine Karte da, falls Sie es sich anders überlegen sollten«, sagte die Maskenbildnerin und wischte mit der Puderquaste. »Hm, ich werde wohl besser ein bißchen Grundierung auftragen, um das Blau zu überdecken.« Sie drehte sich zu ihrem Koffer um und holte einen Schwamm mit Make-up heraus. Damit betupfte sie Caseys Hals. »Ich kann Ihnen gar nicht sagen, was ich bei meiner Arbeit alles zu sehen bekomme, und die Frauen leugnen es immer. Aber häusliche Gewalt muß gestoppt werden.«

Casey sagte: »Ich lebe alleine.«

»Ich weiß, ich weiß«, sagte die Maskenbildnerin. »Die Männer verlassen sich darauf, daß die Frauen den Mund halten. Mein eigener Gatte, mein Gott, den brachten keine zehn Pferde in eine Therapie. Ich habe ihn schließlich mit den Kindern verlassen.«

»Sie haben mir nicht zugehört«, sagte Casey.

»Ich verstehe, daß man, solange diese Gewalt andauert, meint, nichts dagegen tun zu können. Das gehört zur Depression, zur Hoffnungslosigkeit. Aber früher oder später müssen wir uns alle der Wahrheit stellen.«

Malone kam dazu. »Hat Marty Ihnen schon alles gesagt? Wir machen vorwiegend den Unfall, und er wird wahrscheinlich damit anfangen. Aber es kann auch sein, daß er das China-Geschäft und die Gewerkschaften erwähnt. Lassen Sie sich nicht beirren, wenn er von einem zum anderen springt. So ist er eben.«

»Sehen Sie nach rechts«, sagte die Maskenbildnerin und wandte sich der anderen Seite des Halses zu. Ein Mann kam dazu, sagte: »Ma'am, darf ich Ihnen das geben?« und schob Casey ein Plastikkästchen mit einem baumelnden Draht daran in die Hand.

»Was ist das?« fragte Casey.

»Nach rechts, bitte«, sagte die Maskenbildnerin. »Das ist das Funkmikro. Ich helfe Ihnen gleich damit.«

Caseys Handy in der Handtasche auf dem Boden läutete.

»Ausschalten!« rief jemand.

Casey griff nach dem Handy und klappte es aus. »Das ist meins.«

»Oh, 'tschuldigung.«

Sie hielt den Apparat ans Ohr. John Marder sagte: »Haben Sie die Mappe von Eileen bekommen?«

»Ja.«

»Haben Sie sie angesehen?«

»Noch nicht«, sagte sie.

»Das Kinn ein bißchen anheben«, sagte die Maskenbildnerin.

Am Telefon sagte Marder: »Die Mappe enthält alles, was wir besprochen haben. Teile-Bericht über die Schubumkehrklappe, alles. Es ist alles da.«

»Hmhm ... okay ...«

»Wollte nur sichergehen, daß Sie gut vorbereitet sind.«

»Ich bin gut vorbereitet«, sagte sie.

»Gut. Wir zählen auf Sie.«

Sie klappte das Handy zu und schaltete es aus.

»Kinn nach oben«, sagte die Maskenbildnerin. »So ist's gut.«

Als das Make-up fertig war, stand Casey auf, und die Frau bürstete ihr mit einer kleinen Bürste die Schultern und sprühte ihr Haarspray in die Haare. Dann ging sie mit Casey in die Toilette und zeigte ihr, wie sie den Mikrofondraht unter ihrer Bluse und dem BH hindurch hochziehen und das Mikro am Revers befestigen mußte. Der Draht führte unter dem Rock nach hinten zum Funkkästchen. Die Frau hakte das Kästchen in Caseys Rockbund und schaltete es ein.

»Vergessen Sie nicht«, sagte sie, »von jetzt an sind Sie auf Sendung. Man kann alles hören, was Sie sagen.«

»Okay«, sagte Casey und strich sich die Kleider glatt. Das Kästchen drückte ihr in die Taille, und sie spürte den Draht auf ihrer Haut. Sie fühlte sich verkrampft und unbehaglich.

Die Maskenbildnerin faßte sie am Ellbogen und brachte sie wieder in den War Room. Casey kam sich vor wie ein Gladiator, der in die Arena geführt wird.

Im War Room brannten grell die Scheinwerfer. Es war sehr heiß. Sie wurde zu ihrem Platz am Tisch geführt, man bat sie, nicht über die Kabel am Boden zu stolpern, und half ihr beim Hinsetzen. Hinter ihr standen zwei Kameras und vor ihr ebenfalls zwei. Der Kameramann hinter ihr bat sie, den Stuhl zwei Zentimeter nach rechts zu rücken. Sie tat es. Ein Mann kam zu ihr und korrigierte den Sitz des Mikros an ihrem Revers, weil er Kleiderrascheln hören konnte, wie er sagte.

Ihr gegenüber befestigte Reardon sein Mikro ohne fremde Hilfe und plauderte mit dem Kameramann. Dann setzte er sich ungezwungen. Er wirkte entspannt und lässig, sah sie an und lächelte ihr zu. »Keine Angst«, sagte er. »Das wird ein Kinderspiel.«

Malone sagte: »Sie sitzen, Jungs, los geht's. Es ist heiß hier drinnen.«

»Kamera eins bereit.«

»Kamera zwei bereit.«

»Tom bereit.«

»Licht an«, sagte Malone.

Casey hatte gedacht, alle Scheinwerfer seien bereits an, aber plötzlich strahlte aus allen Richtungen grelles Licht auf sie herab. Sie kam sich vor wie in einem glühenden Ofen.

»Kameracheck«, sagte Malone.
»Hier alles klar.«
»Alles klar.«
»Okay«, sagte Malone. »Und ab.«
Das Interview begann.

War Room   *14 Uhr 33*

Marty Reardon sah ihr in die Augen, lächelte und deutete auf das Zimmer. »Hier passiert also alles.«

Casey nickte.

»Hier treffen sich die Spezialisten von Norton, um Flugzeugunfälle zu analysieren.«

»Ja.«

»Und Sie gehören zu diesem Team.«

»Ja.«

»Sie sind Vizedirektorin der Qualitätssicherung bei Norton Aircraft.«

»Ja.«

»Und seit fünf Jahren bei der Firma.«

»Ja.«

»Man nennt dieses Zimmer den War Room, nicht?«

»Einige tun es, ja.«

»Warum?«

Sie zögerte. Sie wußte nicht so recht, wie sie die Diskussionen in diesem Zimmer beschreiben sollte – die Unbeherrschtheiten und Zornausbrüche, die das Bemühen, einen Flugzeugunfall aufzuklären, begleiteten –, ohne etwas zu sagen, das Reardon aus dem Kontext reißen und für seine Zwecke verwenden konnte.

»Es ist nur ein Spitzname«, sagte sie.

»Der War Room«, sagte Reardon. »Karten, Tabellen, Schlachtpläne, Streß. Die Anspannung, wenn man unter Beschuß ist. Ihre Firma, Norton Aircraft, ist doch im Augenblick unter Beschuß, nicht?«

»Ich weiß nicht so recht, wie Sie das meinen«, sagte Casey.

Reardon zog die Augenbrauen in die Höhe. »Die JAA, die europäische Flugaufsichtsbehörde, verweigert die Freigabe eines Ihrer Flugzeuge, der N-22, mit der Begründung, sie sei unsicher.«

»Tatsächlich ist die Maschine bereits freigegeben, aber ...«

»Und Sie stehen kurz davor, fünfzig N-22 an die Chinesen zu verkaufen. Doch jetzt sagen auch die Chinesen, daß sie sich Gedanken über die Sicherheit dieses Flugzeugs machen.«

Sie regte sich über diese Anspielung nicht auf, sondern sah Reardon gelassen an. Der Rest des Zimmers schien zu verschwimmen.

Sie sagte: »Über chinesische Bedenken ist mir nichts bekannt.«

»Aber Sie kennen«, sagte Reardon, »den Grund für diese Sicherheitsbedenken. Ein schwerer Unfall Anfang dieser Woche. Mit einer N-22.«

»Ja.«

»TransPacific-Flug 545. Ein Unfall mitten in der Luft, über dem Pazifik.«

»Ja.«

»Drei Menschen starben. Wie viele wurden verletzt?«

»Ich glaube fünfundsechzig«, sagte sie. Sie wußte, daß das schrecklich klang, egal wie sie es sagte.

»Fünfundsechzig Verletzte«, wiederholte Reardon mit Nachdruck. »Genickbrüche. Gebrochene Glieder. Gehirnerschütterungen. Hirnschäden. Zwei Menschen ein Leben lang gelähmt ...«

Reardon ließ den Satz verklingen und sah sie an.

Er hatte ihr keine Frage gestellt. Sie sagte nichts. In der sengenden Hitze der Scheinwerfer wartete sie einfach ab.

»Wie stehen Sie dazu?«

Sie sagte: »Ich glaube, daß jedem bei Norton die Luftsicherheit sehr am Herzen liegt. Das ist der Grund, warum wir unsere Maschinen bis zum Dreifachen der projektierten Lebensdauer testen ...«

»Sie liegt Ihnen sehr am Herzen. Halten Sie das für eine angemessene Reaktion?«

Casey zögerte. Was wollte er damit sagen? »Tut mir leid«, sagte sie, »ich fürchte, ich kann Ihnen nicht so recht folgen ...«

»Hat die Firma die Verpflichtung, ein sicheres Flugzeug zu bauen?«

»Natürlich. Und das tun wir auch.«

»Nicht alle stimmen dem zu«, sagte Reardon. »Die JAA stimmt dem nicht zu. Und die Chinesen möglicherweise auch nicht ... Hat die Firma die Verpflichtung, Konstruktionsmängel eines Flugzeugs zu beheben, von dem sie weiß, daß es unsicher ist?«

»Wie meinen Sie das?«

»Was ich meine«, sagte Reardon, »ist, daß das, was bei Flug 545 passiert ist, schon öfters passiert ist. Schon sehr oft. Bei anderen N-22. Stimmt das etwa nicht?«

»Nein«, sagte Casey.

»Nein?« Reardons Augenbrauen schossen in die Höhe.

»Nein«, sagte Casey bestimmt. Jetzt ist es soweit, dachte sie. Jetzt trat sie über den Rand.

»Das ist das erstemal?«

»Ja.«

»Nun«, sagte Reardon, »dann können Sie mir vielleicht diese Liste erklären.« Er hielt ein Blatt Papier in die Höhe. Sie sah schon aus der Entfernung, was es war. »Das ist eine Liste der Slats-Vorfälle an der N-22, die zurückreicht bis ins Jahr 1992, kurz nach der Markteinführung des Flugzeugs. Acht Vorfälle. Acht verschiedene Vorfälle. TransPacific ist der neunte.«

»Das trifft so nicht zu.«

»Nun, dann sagen Sie mir, warum.«

Casey erklärte, so knapp es ging, wie Lufttauglichkeitsdirektiven funktionierten. Sie erklärte, warum sie für die N-22 ausgegeben worden waren. Wie das Problem gelöst worden war, außer bei ausländischen Fluggesellschaften, die diese Direktiven nicht befolgt hatten. Und daß es seit 1992 keinen inländischen Vorfall mehr gegeben hatte.

Reardon hörte mit beständig hochgezogenen Augenbrauen zu, als hätte er noch nie etwas so Merkwürdiges gehört.

»Mal sehen, ob ich Sie verstanden habe«, sagte er. »Ihrer Ansicht nach hat die Firma alle Vorschriften befolgt. Indem sie diese Luftdirektiven herausgab, die das Problem lösen sollen.«

»Nein«, sagte Casey. »Die Firma hat das Problem behoben.«

»Wirklich? Wir haben erfahren, daß das Ausfahren der Slats schuld war am Tod von Menschen bei Flug 545.«

»Das trifft nicht zu.« Sie bewegte sich jetzt auf einem schmalen Grat, bei dem es auf feinste Nuancen ankam, und das wußte sie. Wenn er sie jetzt fragte: »Wurden die Slats ausgefahren?«, dann war sie in Schwierigkeiten. Sie wartete atemlos auf die nächste Frage.

Reardon sagte: »Die Leute, die uns gesagt haben, daß die Slats ausgefahren wurden, irren sich also?«

»Ich weiß nicht, woher sie das wissen«, sagte Casey und beschloß dann, einen Schritt weiter zu gehen. »Ja, sie irren sich.«

»Fred Barker, ein ehemaliger FAA-Beamter, irrt sich.«

»Ja.«

»Die JAA irrt sich.«

»Nun, wie Sie wissen, verzögert die JAA die Freigabe nur aus Gründen der Lärmemission, und ...«

»Bleiben wir noch einen Augenblick bei meiner Frage«, sagte Reardon.

Ihr fiel ein, was Gershon gesagt hatte: *Er hat kein Interesse an Informationen.*

»Die JAA irrt sich?« Er wiederholte die Frage.

Das verlangt nach einer komplizierten Antwort, dachte sie. Wie konnte sie es kurz sagen? »Sie irrt sich, wenn sie sagt, daß das Flugzeug unsicher ist.«

»Ihrer Meinung nach«, sagte Reardon, »gibt es also absolut keinen Grund für diese Kritik an der N-22?«

»Das ist richtig. Die N-22 ist ein ausgezeichnetes Flugzeug.«

»Ein gut konstruiertes Flugzeug?«

»Ja.«

»Ein sicheres Flugzeug?«

»Absolut.«

»Sie würden damit fliegen?«

»Wann immer es möglich ist.«

»Ihre Familie, Ihre Freunde ...«

»Absolut.«

»Ohne jedes Zögern?«

»Ja.«

»Wie war dann Ihre Reaktion, als Sie im Fernsehen das Videoband aus Flug 545 sahen?«

Er bringt Sie dazu, ja zu sagen, und dann überrumpelt er Sie mit etwas völlig Unerwartetem.

Aber Casey war darauf vorbereitet. »Alle von uns wußten, daß es ein tragischer Unfall war. Als ich das Band sah, war ich sehr traurig und fühlte mit den Beteiligten.«

»Sie waren traurig?«

»Ja.«

»Hat es Ihren Glauben an das Flugzeug erschüttert? Sie dazu gebracht, die N-22 in Frage zu stellen?«

»Nein.«

»Warum nicht?«

»Weil die N-22 einen ausgezeichneten Sicherheitsstandard hat. Einen der besten in der ganzen Branche.«

»Einen der besten *in der Branche* ...«, wiederholte Reardon mit einem Grinsen.

»Ja, Mr. Reardon. Ich will Sie mal etwas fragen. Im letzten Jahr starben dreiundvierzigtausend Amerikaner bei Autounfällen. Viertausend Menschen ertranken. Zweitausend Menschen erstickten am Essen. Wissen Sie, wie viele in der heimischen Zivilluftfahrt umgekommen sind?«

Reardon zögerte einen Augenblick und kicherte. »Ich muß gestehen, jetzt haben Sie den Spieß herumgedreht.«

»Es ist eine faire Frage, Mr. Reardon. Wie viele starben letztes Jahr in der Zivilluftfahrt?«

Reardon runzelte die Stirn. »Ich würde sagen ... ich würde sagen, tausend.«

»Fünfzig«, entgegnete Casey. »Fünfzig Menschen starben. Wissen Sie, wie viele es im Jahr davor waren? Sechzehn. Weniger als auf Fahrrädern getötet wurden.«

»Und wie viele davon starben an Bord einer N-22?« fragte Reardon mit zusammengekniffenen Augen. Er versuchte, das Ruder wieder herumzureißen.

»Keiner.«

»Sie wollen damit also sagen ...«

»Wir sind eine Nation, in der jedes Jahr dreiundvierzigtausend Menschen in Autos sterben, und keiner macht sich darüber Gedanken. Die Leute steigen ins Auto, wenn sie betrunken, wenn sie müde sind – ohne auch nur darüber nachzudenken. Aber dieselben Leute geraten in Panik bei dem Gedanken, ein Flugzeug zu besteigen. Und der Grund dafür ist«, sagte Casey, »daß das Fernsehen andauernd die wirklichen Risiken des Fliegens übertreibt. Das Band wird den Menschen Angst vor dem Fliegen machen. Und das ohne Grund.«

»Sie glauben, daß man das Band nicht hätte zeigen sollen?«

»Das habe ich nicht gesagt.«

»Aber Sie haben gesagt, daß es Leuten Angst macht – ohne Grund.«
»Richtig.«
»Sind Sie der Ansicht, daß solche Bänder nicht gezeigt werden sollten?«
Sie dachte: Worauf will er hinaus? Warum tut er das?
»Das habe ich nicht gesagt.«
»Ich frage Sie jetzt danach.«
»Ich habe gesagt«, erwiderte Casey, »daß diese Bänder eine unzutreffende Einschätzung der Risiken des Flugverkehrs produzieren.«
»Darunter die Risiken, mit einer N-22 zu fliegen?«
»Ich habe bereits gesagt, daß ich die N-22 für sicher halte.«
»Sie glauben also nicht, daß solche Bänder der Öffentlichkeit gezeigt werden sollten?«

Was hatte er nur vor? Sie konnte es sich noch immer nicht vorstellen. Sie antwortete ihm nicht, sondern dachte angestrengt nach. Versuchte herauszufinden, worauf er hinauswollte. Und hatte dabei das flaue Gefühl, daß sie es bereits wußte.

»Ms. Singleton, sollten Ihrer Meinung nach solche Bänder unterdrückt werden?«
»Nein«, sagte Casey.
»Hat Norton Aircraft je derartige Bänder unterdrückt?«
Oh-oh, dachte sie. Sie überlegte sich, wie viele Leute von dem zweiten Band wissen konnten. Eine ganze Menge: Ellen Fong, Ziegler, die Leute bei Video Imaging Systems. Ein Dutzend vielleicht, vielleicht noch mehr...

»Ms. Singleton«, sagte Reardon, »ist Ihnen persönlich die Existenz eines weiteren Bandes über diesen Unfall bekannt?«

Lügen Sie einfach, hatte Amos gesagt.
»Ja«, sagte Casey. »Ich weiß von einem anderen Band.«
»Haben Sie es gesehen?«
»Ja, habe ich.«
Reardon sagte: »Es ist verstörend. Beängstigend. Nicht?«

Sie haben es, dachte sie. Sie hatten das Band bekommen. Jetzt mußte sie sehr behutsam vorgehen.

»Es ist tragisch«, sagte sie. »Was auf Flug 545 passiert ist, ist eine Tragödie.« Sie war müde. Ihre Schultern schmerzten vor Anspannung.

»Ms. Singleton, lassen Sie mich ganz unverblümt fragen: Hat Norton dieses Band unterdrückt?«

»Nein.«

Hochgezogene Augenbrauen, überraschte Miene. »Aber Sie haben es auch nicht veröffentlicht, oder?«

»Nein.«

»Warum nicht?«

»Das Band wurde an Bord der Maschine gefunden«, sagte Casey, »und wird in unserer laufenden Untersuchung verwendet. Wir hielten es nicht für angemessen, es vor Abschluß der Ermittlungen zu veröffentlichen.«

»Sie wollten damit nicht die altbekannten Mängel der N-22 verschleiern?«

»Nein.«

»Aber dieser Meinung ist nicht jeder, Ms. Singleton. Weil nämlich *Newsline* eine Kopie dieses Bands erhalten hat, von einer von Gewissensbissen geplagten Angestellten, die der Ansicht war, daß die Firma etwas verschleierte. Die der Ansicht war, daß das Band an die Öffentlichkeit gelangen sollte.«

Casey hielt sich steif. Sie rührte sich nicht.

»Sind Sie überrascht?« fragte Reardon mit spitzen Lippen.

Sie antwortete nicht. In ihrem Kopf rasten die Gedanken. Sie mußte ihren nächsten Schachzug planen.

Reardon grinste, ein herablassendes Lächeln. Er genoß den Augenblick.

Jetzt.

»Haben Sie das Band selbst schon gesehen, Mr. Reardon?« Sie fragte das in einem Ton, der andeutete, daß das Band gar nicht existierte, daß Reardon es nur erfunden hatte.

»O ja«, sagte Reardon feierlich, »ich habe das Band gesehen. Es ist schwer, schmerzlich, es sich anzusehen. Es ist ein schrecklicher, er drückender Beweis dafür, was an Bord der N-22 passiert ist.«

»Haben Sie es bis zum Ende angesehen?«

»Natürlich. Und meine Kollegen in New York ebenfalls.«

Dann ist es also bereits in New York, dachte sie.

Vorsicht.

Vorsicht.

»Ms. Singleton, hatte Norton je vor, dieses Band zu veröffentlichen?«

»Die Veröffentlichung ist nicht unsere Entscheidung. Wir hatten vor, es nach Abschluß der Untersuchung an die Eigentümer zurückzugeben. Es wäre dann deren Entscheidung, was sie damit tun.«

»Nach Abschluß der Untersuchung . . .« Reardon schüttelte den Kopf. »Verzeihen Sie mir, aber für eine Firma, der, *wie Sie sagen*, die Flugsicherheit sehr am Herzen liegt, scheinen Sie eine ziemlich konsequente Vertuschungspolitik zu betreiben.«

»Vertuschungspolitik?«

»Ms. Singleton, wenn es ein Problem mit diesem Flugzeug gäbe – ein ernstes Problem, ein fortdauerndes Problem, ein Problem, das die Firma kennt –, würden Sie uns das sagen?«

»Aber es gibt kein Problem.«

»Nicht?« Reardon senkte jetzt den Blick zu den Papieren vor ihm auf dem Tisch. »Wenn die N-22 wirklich so sicher ist, wie Sie sagen, wie erklären Sie dann das?«

Er gab ihr ein Blatt Papier.

Sie nahm es und warf einen Blick darauf.

»O Gott«, sagte sie.

Reardon hatte seinen fernsehtauglichen Augenblick. Er hatte sie aus dem Gleichgewicht gebracht, sie zu einer unbedachten Reaktion verleitet. Sie wußte, daß es schlecht aussehen würde. Sie wußte, daß sie das nicht wiedergutmachen konnte, gleichgültig, was sie von jetzt an sagte. Aber sie konzentrierte sich auf das Papier, das vor ihr lag, und es verblüffte sie, es jetzt zu sehen.

Es war eine Kopie des Deckblatts eines drei Jahre alten Berichts.

VERTRAULICHE INFORMATION – NUR FÜR INTERNEN GEBRAUCH

  NORTON AIRCRAFT
  INTERNER UNTERSUCHUNGSAUSSCHUSS
  ZUSAMMENFASSUNG FÜR DEN AUFTRAGGEBER
  INSTABILE FLUGEIGENSCHAFTEN DER N-22

Es folgte eine Namensliste der Ausschußmitglieder, angeführt von ihrem Namen, da sie die Vorsitzende gewesen war.

Casey wußte, daß an dieser Studie nichts Unanständiges war, nichts Unanständiges an ihren Befunden. Aber alles daran, sogar die Überschrift – »Instabile Flugeigenschaften« –, wirkte belastend. Es würde ihr sehr schwerfallen, das zu erklären.

Er hat kein Interesse an Informationen.

Außerdem ist das ein firmeninterner Bericht, dachte sie. Der nie an die Öffentlichkeit hätte gelangen dürfen. Er war drei Jahre alt – wahrscheinlich erinnerte sich kaum noch jemand daran. Wie hatte Reardon den nur in die Finger bekommen?

Sie warf einen Blick auf den Kopf der Seite, sah eine Faxnummer und den Namen des Senders: NORTON QA.

Die Kopie stammte aus ihrem eigenen Büro.

Wer hatte es getan?

Richman, dachte sie erbittert.

Richman hatte diesen Bericht in die Pressemappe auf ihrem Schreibtisch gesteckt. Das Material, das Norma zu *Newsline* faxen sollte.

Wie hatte Richman davon erfahren?

Marder.

Marder wußte alles über diese Studie. Marder war Programmanager für die N-22 gewesen, er hatte sie in Auftrag gegeben. Und jetzt hatte Marder dafür gesorgt, daß die Studie veröffentlicht wurde, während sie im Fernsehen auftrat, weil ...

»Ms. Singleton?« sagte Reardon.

Sie hob den Kopf. Schaute wieder ins Licht. »Ja.«

»Erkennen Sie diesen Bericht?«

»Ja«, entgegnete sie.

»Ist das Ihre Unterschrift da unten?«

»Ja.«

Reardon gab ihr drei weitere Blätter, den Rest der Zusammenfassung. »Sie waren also Vorsitzende eines geheimen Ausschusses innerhalb von Norton, der ›Fluginstabilitäten‹ die N-22 untersuchte. Ist das richtig?«

Wie reagiere ich jetzt darauf, dachte sie.
Er hat kein Interesse an Informationen.
»Er war nicht geheim«, sagte sie. »Es ist die Art von Studie, wie wir sie häufig über funktionale Aspekte unserer Flugzeuge anfertigen, nachdem sie in Dienst gestellt wurden.«

»Aber nach Ihrem eigenen Eingeständnis ist das eine Studie über Fluginstabilitäten.«

»Hören Sie«, sagte sie, »diese Studie ist etwas Gutes.«

»Etwas Gutes?« Hochgezogene Augenbrauen, Erstaunen.

»Ja«, sagte sie. »Nach dem ersten Slats-Vorfall vor vier Jahren stellte sich die Frage, ob die Maschine in bestimmten Konfigurationen instabile Handhabungscharakteristika aufwies. Wir sind dieser Frage nicht aus dem Weg gegangen. Wir haben sie nicht ignoriert. Wir haben uns dem Problem gestellt – indem wir einen Ausschuß gebildet haben, um die Maschine unter verschiedenen Bedingungen zu testen und herauszufinden, ob es stimmte. Und wir sind zu dem Schluß gekommen...«

»Lassen Sie mich zitieren«, sagte Reardon, »aus Ihrem eigenen Bericht. ›Das Flugzeug ist, was die grundlegende Stabilisierung angeht, auf Computer angewiesen.‹«

»Ja«, sagte sie. »Alle modernen Flugzeuge verwenden...«

»›Das Flugzeug zeigt bei Höhenveränderungen eine deutlich empfindliche Reaktion auf manuelle Steuerung.‹«

Casey sah jetzt die Seiten an und folgte seinen Zitaten. »Ja, aber wenn Sie den Rest des Satzes lesen, werden Sie...«

Reardon unterbrach sie. »›Piloten berichten, daß die Maschine nicht kontrolliert werden kann.‹«

»Aber Sie reißen das alles aus dem Kontext.«

»Tue ich das?« Die Augenbrauen stiegen in die Höhe. »Das sind alles Aussagen aus *Ihrem* Bericht. Einem geheimen Norton-Bericht.«

»Ich dachte, Sie wollten hören, was ich zu sagen habe.« Allmählich wurde sie wütend, und sie wußte, daß man es sah. Es war ihr egal.

Reardon lehnte sich zurück und breitete die Hände aus. Die Vernunft in Person. »Aber ich bitte Sie, Ms. Singleton.«

»Dann lassen Sie mich erklären. Diese Studie wurde durchgeführt, um herauszufinden, ob die N-22 ein Stabilitätsproblem hatte. Wir sind zu dem Schluß gekommen, daß dem nicht so war, und...«

»Sagen *Sie*.«

»Ich dachte, Sie wollten mich erklären lassen.«

»Natürlich.«

»Dann lassen Sie mich Ihre Zitate wieder in den richtigen Kontext stellen«, sagte Casey. »In dem Bericht heißt es, daß die N-22 auf Computer angewiesen ist. Alle modernen Flugzeuge sind auf Computer angewiesen. Der Grund dafür ist aber nicht, daß sie von Piloten nicht geflogen werden könnten. Das können sie nämlich. Das ist nicht das Problem. Aber die Fluggesellschaften wollen heute extrem treibstoffeffiziente Maschinen. Und maximale Treibstoffeffizienz kommt durch minimalen Strömungswiderstand während des Flugs zustande.«

Reardon wedelte mit der Hand, eine wegwerfende Geste. »Tut mir leid, aber das gehört nicht . . .«

»Um den Strömungswiderstand zu minimieren«, fuhr Casey fort, »muß das Flugzeug sehr präzise eine bestimmte Höhe oder Position in der Luft einhalten. Die effizienteste Position ist die mit der Nase leicht nach oben. Während eines normalen Flugs halten die Computer die Maschine in dieser Position. Daran ist nichts Ungewöhnliches.«

»Nichts Ungewöhnliches? *Fluginstabilitäten?*«

Er ließ sie nie zu Ende reden. »Dazu komme ich noch.«

»Wir freuen uns schon darauf.« Offener Sarkasmus.

Sie bemühte sich, die Fassung zu wahren. Wie schlimm die Lage jetzt auch war, sie würde noch schlimmer werden, wenn Sie die Beherrschung verlor. »Sie haben zuvor einen Satz vorgelesen«, sagte sie. »Lassen Sie mich ihn beenden. ›Das Flugzeug zeigt bei Höhenveränderungen eine deutlich empfindliche Reaktion auf manuelle Steuerung, *aber diese Empfindlichkeit überschreitet nie die Konstruktionsvorgaben und stellt für entsprechend trainierte Piloten kein Problem dar.*‹ Das ist der Rest des Satzes.«

»Aber Sie haben doch zugegeben, daß es empfindliche Reaktionen bei der Handhabung gibt. Ist denn das nicht nur ein anderes Wort für Instabilität?«

»Nein«, sagte sie. »Empfindlich heißt nicht instabil.«

»Die Maschine kann nicht kontrolliert werden«, sagte Reardon mit einem Kopfschütteln.

»Sie kann es.«

»Sie haben eine Studie gemacht, weil Sie besorgt waren.«

»Wir haben eine Studie gemacht, weil es unsere Aufgabe ist, das Flugzeug sicher zu machen«, sagte sie. »Und wir wissen: Es ist sicher.«

»Eine geheime Studie.«

»Sie war nicht geheim.«

»Nie verbreitet. Nie veröffentlicht...«

»Es war eine interne Studie«, sagte sie.

»Sie haben nichts zu verbergen?«

»Nein«, sagte sie.

»Warum haben Sie uns dann nicht die Wahrheit über Flug 545 gesagt?«

»Die Wahrheit?«

»Man hat uns gesagt, daß Ihrem Untersuchungsteam ein vorläufiges Ergebnis in bezug auf die wahrscheinliche Ursache des Unfalls *bereits vorliegt*. Stimmt das nicht?«

»Wir sind nahe dran«, sagte sie.

»Nahe dran... Ms. Singleton, haben Sie ein Ergebnis oder nicht?«

Casey starrte Reardon an. Die Frage stand in der Luft.

»Tut mir leid«, sagte der Kameramann hinter ihr. »Aber wir müssen eine neue Kassette einlegen.«

»Neue Kassette!«

Reardon sah aus, als hätte man ihn geschlagen. Aber er faßte sich fast sofort wieder. »Fortsetzung folgt«, sagte er und lächelte Casey an. Er war entspannt; er wußte, daß er sie geschlagen hatte. Er stand auf und wandte ihr den Rücken zu. Die grellen Scheinwerfer wurden ausgemacht, das Zimmer wirkte plötzlich beinahe dunkel. Jemand schaltete die Klimaanlage wieder ein.

Casey stand ebenfalls auf. Sie riß sich den Sender ihres Funkmikros vom Rockbund. Die Maskenbildnerin kam mit der Puderquaste zu ihr gelaufen. Casey hob die Hand. »Gleich«, sagte sie.

Als die Scheinwerfer ausgeschaltet wurden, hatte sie Richman gesehen, der zur Tür lief.

Casey eilte hinter ihm her.

GEBÄUDE 64 — 15 *Uhr 01*

Sie holte ihn im Gang ein, packte ihn am Arm und riß ihn herum. »Sie Schwein!«

»He«, sagte Richman. »Immer mit der Ruhe.« Er lächelte und nickte an ihr vorbei nach hinten. Als sie sich umdrehte, sah sie den Tontechniker und einen der Kameramänner auf den Gang treten. Wütend gab sie Richman einen Schubs und stieß ihn rückwärts durch die Tür zur Damentoilette. Richman fing an zu lachen. »Mein Gott, Casey, ich wußte ja gar nicht, daß Sie scharf auf . . .«

Dann standen sie im Waschraum. Sie stieß ihn gegen ein Waschbecken. »Sie kleiner Mistkerl«, fauchte sie. »Ich weiß nicht, was Sie vorhaben, aber Sie haben diesen Bericht rausgegeben, und ich werde . . .«

»Sie werden gar nichts tun«, sagte Richman, und seine Stimme klang plötzlich kalt. Er stieß ihre Hände weg. »Sie verstehen es immer noch nicht, was? Es ist vorbei, Casey. Sie haben eben das China-Geschäft vermasselt. Sie sind erledigt.«

Sie starrte ihn verständnislos an. Er war stark, selbstbewußt – ein ganz anderer Mensch.

»Edgarton ist erledigt. Das China-Geschäft ist erledigt. Sie sind erledigt.« Er grinste. »So wie John gesagt hat, daß es passieren würde.«

Marder, dachte sie. Marder steckte dahinter. »Wenn das China-Geschäft den Bach runtergeht, dann geht Marder ebenfalls. Edgarton wird dafür sorgen.«

Richman schüttelte mitleidig den Kopf. »Nein, das wird er nicht. Edgarton sitzt in Hongkong fest, der weiß überhaupt nicht, wie ihm geschieht. Sonntag mittag wird Marder der neue Präsident von Norton Aircraft sein. Den Aufsichtsrat hat er in zehn Minuten auf seiner Seite. Weil wir nämlich ein viel größeres Geschäft mit Korea abgeschlossen haben. Einhundertzehn Maschinen fest und eine Option auf weitere fünfunddreißig. Sechzehn Milliarden Dollar. Der Aufsichtsrat wird begeistert sein.«

»Korea«, sagte Casey, die das Ganze zu begreifen versuchte. Denn das war ein gigantischer Auftrag, der größte in der Geschichte der Firma. »Aber warum würde ...«

»Weil wir ihnen den Flügel gegeben haben«, sagte Richman. »Und als Gegenleistung kaufen sie uns mit Freuden einhundertzehn Flugzeuge ab. Die sensationsgeile amerikanische Presse ist ihnen egal. Sie wissen, daß die Maschine sicher ist.«

»Er gibt ihnen den *Flügel*?«

»Klar. Es ist ein Bombengeschäft.«

»Ja«, sagte Casey. »Es bombt die Firma vom Markt.«

»Wirtschaftliche Globalisierung«, sagte Richman. »Man muß mit der Zeit gehen.«

»Aber Sie vernichten die Firma«, sagte sie.

»Sechzehn Milliarden Dollar«, sagte Richman. »In dem Augenblick, da das bekannt wird, geht der Norton-Kurs durch die Decke. Alle profitieren davon.«

Alle außer den Leuten in der Firma, dachte sie.

»Das Geschäft ist perfekt«, sagte Richman. »Wir haben nur noch jemanden gebraucht, der die N-22 öffentlich schlechtmacht. Und das haben Sie eben für uns getan.«

Casey seufzte und ließ die Schultern sinken.

Über Richmans Schulter hinweg sah sie sich selbst im Spiegel. Ihr Hals war mit Make-up zugekleistert, das jetzt bereits Risse bekam. Ihre Augen waren dunkel. Sie sah abgekämpft, erschöpft aus. Geschlagen.

»Deshalb würde ich vorschlagen«, sagte Richman, »daß Sie mich jetzt sehr höflich fragen, was Sie tun sollen. Weil das das einzige ist, was Sie jetzt noch tun können: Befehle zu befolgen. Tun Sie, was man Ihnen sagt, seien Sie ein braves Mädchen, dann gibt John Ihnen vielleicht eine Abfindung. Sagen wir, drei Monate. Ansonsten stehen Sie auf der Straße.«

Er beugte sich zu ihr. »Verstehen Sie, was ich sage?«

»Ja«, sagte Casey.

»Ich warte. Fragen Sie mich höflich.«

Trotz ihrer Erschöpfung raste ihr Verstand, überlegte Alternativen, suchte einen Ausweg. Aber sie sah keinen Ausweg. *Newsline* würde die Story bringen. Marders Rechnung würde aufgehen. Sie hatte verloren. Sie hatte schon von Anfang an verloren gehabt. Von dem Tag an, als Richman auftauchte.

»Ich warte«, sagte Richman.

Sie betrachtete sein glattes Gesicht, roch sein Rasierwasser. Der kleine Mistkerl genoß die Situation. Und nach einem Augenblick der Wut, der äußersten Empörung, sah sie einen Ausweg.

Von Anfang an hatte sie versucht, das Richtige zu tun, um das Problem 545 zu lösen. Sie war ehrlich und aufrichtig gewesen, und es hatte sie nur in Schwierigkeiten gebracht.

Aber hatte es das wirklich?

»Sie müssen sich den Tatsachen stellen«, sagte Richman. »Es ist vorbei. Sie können nichts mehr tun.«

Sie stieß sich vom Waschbecken ab.

»Schauen Sie mir zu«, sagte sie.

Und marschierte aus der Toilette.

War Room — 15 Uhr 15

Casey setzte sich wieder auf ihren Platz. Der Tontechniker kam zu ihr und klemmte ihr den Sender an den Bund. »Sagen Sie bitte ein paar Worte. Nur zum Aussteuern.«

»Test, Test, ich werde langsam müde«, sagte Casey.

»Sehr gut, vielen Dank.«

Sie sah Richman ins Zimmer kommen und sich mit dem Rücken an die Wand lehnen. Er hatte ein schwaches Lächeln auf dem Gesicht. Er sah ganz und gar nicht besorgt aus. Anscheinend war er sich sicher, daß sie nichts mehr ausrichten konnte. Marder hatte ein Riesengeschäft abgeschlossen, er lagerte den Flügel aus, er vernichtete die Firma, und er hatte Casey als Werkzeug benutzt.

Reardon ließ sich auf seinen Stuhl ihr gegenüber fallen, zog die Schultern hoch und nestelte an seiner Krawatte. Er lächelte sie an. »Wie steht's?«

»Alles okay.«

»Heiß hier drin, nicht?« sagte er und sah auf die Uhr. »Wir sind fast fertig.«

Malone kam herüber und flüsterte Reardon etwas ins Ohr. Das Geflüster dauerte eine Weile. »Wirklich?« fragte Reardon und hob die Augenbrauen. Dann nickte er ein paarmal. Schließlich sagte er: »Verstanden.« Er blätterte in den Papieren, die vor ihm lagen.

Malone sagte: »Jungs? Sind wir soweit?«

»Kamera eins bereit.«

»Kamera zwei bereit.«

»Ton bereit.«

»Und ab«, sagte sie.

Also los, dachte Casey. Sie atmete tief durch und sah Reardon erwartungsvoll an.

Reardon lächelte ihr zu.

»Sie sind Managerin bei Norton Aircraft.«
»Ja.«
»Sie sind seit fünf Jahren bei der Firma.«
»Ja.«
»Und bekleiden hier eine ranghohe, verantwortungsvolle Position.«

Sie nickte. Wenn er nur wüßte.

»Nun gab es da einen Vorfall, Flug 545. Mit einem Flugzeug, von dem Sie sagen, daß es vollkommen sicher ist.«

»Richtig.«

»Und doch kamen drei Menschen um, mehr als fünfzig wurden verletzt.«

»Ja.«

»Die Bilder, die wir alle gesehen haben, sind entsetzlich. Ihr Untersuchungsteam arbeitet rund um die Uhr. Und jetzt haben wir gehört, daß Sie zu einem Ergebnis gekommen sind.«

»Ja«, sagte sie.

»Sie wissen, was auf diesem Flug passiert ist.«

Vorsicht.

Sie mußte jetzt wirklich sehr, sehr vorsichtig vorgehen. Denn in Wahrheit wußte sie es nicht, sie hatte nur einen starken Verdacht. Noch mußten sie die Ereignissequenz rekonstruieren, um nachzuweisen, daß alles in einer gewissen Reihenfolge passiert war: die Kausalkette. Sicher wußten sie es noch nicht.

»Wir stehen kurz vor einem Ergebnis.«

»Es erübrigt sich wohl zu sagen, daß wir sehr gespannt darauf sind.«

»Wir werden es morgen bekanntgeben«, sagte Casey.

Hinter den Scheinwerfern sah sie Richmans überraschte Reaktion. Das hatte er nicht erwartet. Der kleine Mistkerl versuchte herauszufinden, was sie vorhatte.

Soll er's doch versuchen.

Reardon drehte den Kopf zur Seite, und Malone flüsterte ihm etwas ins Ohr. Reardon nickte und wandte sich wieder Casey zu.

»Ms. Singleton, wenn Sie es jetzt schon wissen, warum warten Sie dann?«

»Weil es ein ernster Unfall war, wie Sie selbst gesagt haben. Es gab bereits zu viele ungerechtfertigte Spekulationen aus vielen Quellen.

Norton Aircraft hält es für wichtig, verantwortungsbewußt zu handeln. Bevor wir mit irgend etwas an die Öffentlichkeit gehen, möchten wir unsere Befunde bei einem Testflug bestätigen, und zwar mit der Maschine, die in den Unfall verwickelt war.«

»Wann wird dieser Testflug sein?«

»Morgen früh.«

»Ah.« Reardon seufzte bedauernd. »Aber das ist zu spät für unsere Sendung. Sie begreifen wohl, daß Sie damit Ihrer Firma die Möglichkeit nehmen, auf diese ernsten Vorwürfe zu reagieren.«

Casey hatte ihre Antwort parat. »Der Testflug ist für fünf Uhr morgens angesetzt«, sagte sie. »Direkt im Anschluß halten wir eine Pressekonferenz ab – morgen 12 Uhr mittags.«

»Mittags«, sagte Reardon.

Seine Miene verriet nichts, aber sie wußte, daß er es sich ausrechnete. Mittag in LA war 15 Uhr in New York. Genügend Zeit, um es in die Abendnachrichten sowohl in New York als auch in Los Angeles zu schaffen. Sowohl lokale wie landesweite Sender würden über die Ergebnisse der Norton-Untersuchung berichten. Und *Newsline*, das um 22 Uhr auf Sendung ging, wäre dann nicht auf der Höhe der Ereignisse. Je nachdem, was bei der Pressekonferenz herauskam, konnte der bereits am Abend zuvor geschnittene *Newsline*-Beitrag schon ein uralter Hut sein. Es könnte ziemlich peinlich werden.

Reardon seufzte. »Andererseits«, sagte er, »wollen wir Ihnen gegenüber fair sein.«

»Natürlich«, sagte Casey.

VERWALTUNGSGEBÄUDE   *16 Uhr 15*

»Die dumme Kuh«, sagte Marder zu Richman. »Es ist doch egal, was sie jetzt macht.«

»Aber wenn Sie einen Testflug ansetzt . . .«

»Na und?« sagte Marder.

»Ich glaube, sie will ihn von dem Nachrichtenteam filmen lassen. Die sind schon ganz heiß auf die Story.«

»Und? Was soll das bringen? Ein Testflug macht die Geschichte nur noch schlimmer. Sie hat doch keine Ahnung, was den Unfall verursacht hat. Sie kann nur spekulieren. Und sie hat keine Ahnung, was passiert, wenn sie mit der TransPacific-Maschine in die Luft geht. Wahrscheinlich können sie das Ereignis nicht reproduzieren. Und vielleicht gibt es auch Probleme, von denen noch keiner was weiß.«

»Zum Beispiel?«

»Die Maschine hat stärkste Andruckkräfte überstehen müssen«, sagte Marder. »Vielleicht hat sie noch unentdeckte strukturelle Schäden. Alles mögliche kann passieren, wenn sie mit diesem Flugzeug jetzt in die Luft gehen.« Marder machte eine wegwerfende Handbewegung.

»Das ändert nichts. *Newsline* geht Samstag abend von zehn bis elf auf Sendung. Am frühen Samstagabend werde ich den Aufsichtsrat davon in Kenntnis setzen, daß wir schlechte Publicity zu erwarten haben und daß wir für Sonntag morgen eine Sondersitzung einberufen müssen. Hal kann dafür mit Sicherheit nicht rechtzeitig aus Hongkong zurück sein. Und seine Freunde im Aufsichtsrat werden ihn fallenlassen wie eine heiße Kartoffel, wenn sie von dem Sechzehn-Milliarden-Dollar-Geschäft erfahren. Die haben doch alle Aktien. Die wissen, was diese Ankündigung für ihre Anteile bedeutet. Ich bin der nächste Präsident der Firma, und niemand kann irgendwas dagegen tun. Hal Edgarton nicht. Und auf keinen Fall unsere liebe Casey Singleton.«

»Ich weiß nicht«, sagte Richman. »Ich glaube, sie hat etwas vor. Sie ist ziemlich gerissen, John.«

»Nicht gerissen genug«, sagte Marder.

War Room   *16 Uhr 20*

Die Kameras wurden abgebaut, die Kartons von der Decke geholt, die Mikros abgeklemmt, die Schaltkästen und Kamerakoffer hinausgetragen. Aber die Verhandlungen gingen weiter. Ed Fuller, der schlaksige Chef der Rechtsabteilung, war dabei, ebenso Teddy Rawley, der Pilot, dazu zwei Ingenieure, die den Testflug vorbereiteten, um etwaige technische Fragen zu beantworten.

Für *Newsline* redete jetzt nur Malone. Reardon ging im Hintergrund auf und ab und blieb nur hin und wieder stehen, um ihr etwas ins Ohr zu flüstern. Seine Autorität schien mit den hellen Lichtern verschwunden zu sein, er wirkte jetzt müde, gereizt und ungeduldig.

Malone begann mit dem Hinweis, daß, da *Newsline* einen ganzen Beitrag nur über die Norton N-22 machte, es doch im Interesse der Firma sei, *Newsline* den Testflug filmen zu lassen.

Casey erwiderte, das sei kein Problem. Testflüge würden mit Dutzenden von Videokameras dokumentiert, sowohl innerhalb als auch außerhalb des Flugzeugs, das *Newsline*-Team könne den ganzen Flug auf Monitoren auf dem Boden verfolgen. Außerdem könnten sie das Material anschließend für die Sendung haben.

Nein, sagte Malone, das reiche nicht. Das *Newsline*-Team müsse tatsächlich in der Maschine sein.

Casey entgegnete, das sei unmöglich, kein Flugzeughersteller haben je ein Außenteam auf einen Testflug mitgenommen. Sie mache ihnen, sagte sie, bereits ein Zugeständnis, indem sie sie die Aufnahmen auf dem Boden sehen lasse.

»Nicht gut genug«, sagte Malone.

Ed Fuller mischte sich ein und erklärte, es sei ein Problem der Haftung. Norton könne einfach keine unversicherten Nichtangestellten zu dem Test zulassen. »Sie werden einsehen, daß bei einem Testflug ein Risiko besteht. Das ist unvermeidlich.«

Malone sagte, daß *Newsline* jedes Risiko auf sich nehmen und eine Verzichtserklärung zur Aufhebung der Firmenhaftung unterzeichnen würde.

Ed Fuller meinte, daß er eine solche Verzichtserklärung aufsetzen könne, daß aber die *Newsline*-Anwälte sie erst gutheißen müßten und dazu nicht genug Zeit sei.

Malone sagte, sie könne von den *Newsline*-Anwälten innerhalb einer Stunde Bescheid bekommen. Zu jeder Tages- und Nachtzeit.

Fuller schwenkte nun um. Wenn Norton *Newsline* den Testflug mitmachen lasse, sagte er, wolle er sicher sein, daß dieser Test auch zutreffend dargestellt werde. Er wolle den geschnittenen Film sehen.

Malone sagte, das widerspreche journalistischer Ethik, und außerdem sei dafür nicht genug Zeit. Wenn der Testflug gegen Mittag ende, müsse sie den Film im Ü-Wagen schneiden und sofort nach New York übermitteln.

Fuller entgegnete, das ändere nichts am Problem der Firma. Er wolle eine zutreffende Darstellung des Testflugs.

So ging es hin und her. Schließlich sagte Malone, sie werde dreißig Sekunden ungeschnittenen Kommentars über den Test von einem Norton-Sprecher einfügen. Aus der Pressekonferenz.

Fuller verlangte eine Minute.

Sie einigten sich auf vierzig Sekunden.

»Wir haben noch ein Problem«, sagte Fuller. »Wenn wir Sie den Testflug filmen lassen, wollen wir, daß Sie das Band, das Sie heute erhalten haben und das den Unfall zeigt, nicht benutzen.«

Auf keinen Fall, sagte Malone. Das Band werde gesendet.

»Nach Ihren Angaben haben Sie das Band von einer Norton-Angestellten erhalten«, sagte Fuller. »Das stimmt nicht. Wir wollen, daß Sie genau sagen, woher das Band stammt.«

»Nun, wir haben es auf jeden Fall von jemandem, der für Norton arbeitet.«

»Nein«, sagte Fuller, »das stimmt nicht.«

»Die Firma ist doch einer Ihrer Subunternehmer.«

»Nein, ist sie nicht. Ich kann Ihnen die amtliche Definition eines Subunternehmers zukommen lassen, wenn Sie wollen.«

»Das ist Haarspalterei ...«

»Wir haben bereits eine beeidigte Aussage von der Empfangsdame,

Christine Barron. Sie ist keine Angestellte von Norton Aircraft. Sie ist nicht einmal Angestellte von Video Imaging Systems. Sie ist eine Leihkraft von einer Zeitarbeitsfirma.«

»Und was soll das?«

»Wir wollen, daß Sie die Fakten präzise darstellen: daß das Band von einer Quelle außerhalb Nortons stammt.«

Malone zuckte die Achseln, »Wie gesagt, das ist Haarspalterei.«

»Wo liegt dann das Problem?«

Malone dachte kurz nach. »Okay«, sagte sie.

Fuller schob ihr ein Blatt Papier zu. »Dieses kurze Dokument bestätigt unsere Abmachung. Unterzeichnen Sie es.«

Malone sah Reardon an. Reardon zuckte die Achseln.

Malone unterschrieb. »Ich verstehe nicht, was das alles soll.« Sie schob Fuller das Blatt wieder hin, hielt es dann aber noch einmal zurück.

»Zwei Filmteams in der Maschine während des Testflugs. Ist das unsere Abmachung?«

»Nein«, sagte Fuller. »Das war nie abgemacht. Ihre Teams werden den Test vom Boden aus beobachten.«

»Das genügt uns nicht.«

Casey sagte, die *Newsline*-Teams dürften aufs Testgebiet, sie könnten die Vorbereitungen, den Start und die Landung filmen. Aber sie könnten während des Flugs nicht an Bord der Maschine sein.

»Tut mir leid«, sagte Malone.

Teddy Rawley räusperte sich. »Ich glaube, Sie begreifen nicht so recht, worum es hier geht, Ms. Malone«, sagte er. »Sie können während eines Testflugs nicht in der Maschine herumlaufen und filmen. Jeder an Bord muß mit Vier-Punkt-Gurten festgeschnallt sein. Sie können nicht einmal aufstehen, um pinkeln zu gehen. Und Sie können keine Scheinwerfer oder Batterien verwenden, weil sie Magnetfelder erzeugen, die unsere Meßergebnisse verfälschen könnten.«

»Wir brauchen keine Scheinwerfer«, sagte Malone. »Wir können mit dem vorhandenen Licht filmen.«

»Sie verstehen mich nicht«, sagte Rawley. »Es kann da oben ziemlich haarig werden.«

»Deswegen müssen wir ja dabeisein«, sagte Malone.

Nun räusperte sich Ed Fuller. »Lassen Sie mich eins klarstellen, Ms. Malone«, sagte er. »Unter keinen Umständen werden wir Ihr Filmteam an Bord der Maschine lassen. Das kommt überhaupt nicht in Frage.«

Malones Miene war unbewegt.

»Ma'am«, sagte Rawley. »Sie müssen erkennen, daß es einen Grund gibt, warum wir über der Wüste testen. Über einem großen, unbewohnten Gebiet.«

»Sie meinen, die Maschine könnte abstürzen.«

»Wir wissen nicht, was passiert. Glauben Sie mir: Sie werden lieber auf dem Boden sein wollen.«

Malone schüttelte den Kopf. »Nein, wir müssen unsere Teams an Bord haben.«

»Ma'am, es werden starke Andruckkräfte auf die Maschine einwirken ...«

Casey sagte: »Es werden dreißig Kameras überall im Flugzeug verteilt sein. Sie werden jeden möglichen Blickwinkel abdecken – Cockpit, Flügel, Passagierkabine, alles. Sie bekommen die Exklusivrechte für den Film. Niemand wird wissen, daß die Aufnahmen nicht von Ihren Kameras stammen.«

Malone machte ein finsteres Gesicht, aber Casey wußte, daß sie diese Runde gewonnen hatte. Für diese Frau zählte nur Bildmaterial.

»Ich will die Kameras plazieren«, sagte sie.

»Okay«, sagte Rawley.

»Ich muß sagen können, daß unsere Kameras an Bord sind«, sagte Malone. »Ich muß das sagen können.«

Am Ende hatte Casey einen Kompromiß zusammengezimmert. *Newsline* durfte zwei Kameras nach Belieben im Flugzeug plazieren, um den Testflug zu dokumentieren. Zusätzlich durften sie das Bildmaterial der anderen Kameras verwenden. Und schließlich wurde *Newsline* gestattet, einen Reardon-Kommentar vor dem Gebäude 64, der Produktionshalle, zu drehen.

Norton würde die *Newsline*-Teams noch im Laufe dieses Tages zum Testgelände nach Arizona transportieren, sie in einem Motel in der Nähe unterbringen, sie am Morgen zum Startplatz fahren und am Nachmittag nach Los Angeles zurückbringen.

Malone schob Fuller das Papier zu. »Abgemacht«, sagte sie.

Reardon sah gereizt auf die Uhr, als er mit Malone davonging, um seinen Kommentar abzudrehen. Casey blieb mit Fuller und Rawley im War Room zurück.

Fuller seufzte. »Ich hoffe, wir haben die richtige Entscheidung getroffen.« Er wandte sich an Casey. »Ich habe getan, was sie verlangt haben, als Sie mich vorher aus der Videofirma anriefen.«

»Ja, Ed«, sagte sie. »Sie waren perfekt.«

»Aber ich habe das Band gesehen«, sagte er. »Es ist furchtbar. Egal, was der Testflug ergibt, ich fürchte, dieses Band wird das einzige sein, woran die Leute sich erinnern.«

Casey sagte: »Falls dieses Band überhaupt jemand sieht.«

»Meine Sorge ist«, sagte Fuller, »daß *Newsline* dieses Band bringen wird, ganz gleich, was auch passiert.«

»Das glaube ich nicht«, erwiderte Casey. »Nicht, wenn wir mit ihnen fertig sind.«

Fuller seufzte. »Ich hoffe, Sie haben recht. Es steht viel auf dem Spiel.«

»Ja«, sagte sie. »Es steht viel auf dem Spiel.«

Teddy sagte: »Du solltest ihnen lieber sagen, daß sie warme Kleidung mitnehmen sollen. Und du auch, Babe. Und noch eins: Ich habe diese Frau beobachtet. Sie glaubt, daß sie morgen mitfliegen wird.«

»Ja, vermutlich.«

»Und du auch, nicht?« fragte Teddy.

»Kann sein«, erwiderte Casey.

»Das solltest du dir aber wirklich gut überlegen«, sagte Teddy. »Du hast das QAR-Video doch gesehen, Casey. Die Maschine hat die zulässige Andruck-Belastungsgrenze um einhundertsechzig Prozent überschritten. Der Kerl hat das Gehäuse Kräften ausgesetzt, für die es nie gebaut wurde. Und morgen werde ich damit in die Luft gehen und es wieder tun.«

Sie zuckte die Achseln. »Doherty hat den Rumpf überprüft«, sagte sie, »sie haben ihn geröntgt und . . .«

»Ja, er hat ihn überprüft«, sagte Teddy. »Aber nicht gründlich. Normalerweise nehmen wir uns den Rumpf einen Monat lang vor, bevor wir ihn wieder in Dienst stellen. Wir röntgen jede Verbindungsstelle der Maschine. Das wurde nicht getan.«

»Was willst du damit sagen?«

»Ich will damit sagen«, erwiderte Teddy, »daß dieses Gehäuse, wenn ich es noch einmal denselben Andruck-Belastungen unterziehe, auseinanderbrechen kann.«

»Willst du mir Angst machen?«

»Nein, ich sag's dir nur. Das ist der Ernstfall. Das ist die Realität. Es könnte passieren.«

VOR GEBÄUDE 64 　　　　　　　　　*16 Uhr 55*

»Kein Flugzeughersteller in der Geschichte«, sagte Reardon, »hat je einem Fernsehteam gestattet, bei einem Testflug dabeizusein. Aber dieser Test ist so wichtig für die Zukunft von Norton Aircraft, und die Firma ist so zuversichtlich, was seinen Ausgang angeht, daß sie unseren Teams gestattet, ihn zu filmen. Heute werden wir also zum erstenmal Bilder aus dem Flugzeug sehen, in dem es während Flug 545 zu diesem schrecklichen Unfall kam, aus der umstrittenen Norton N-22. Kritiker sagen, er ist eine Todesfalle. Die Firma sagt, er ist sicher. Der Testflug wird zeigen, wer recht hat.«

Reardon hielt inne.

»Erledigt«, sagte Jennifer.

»Brauchen Sie noch was für den Schnitt?«

»Ja.«

»Wo findet der Test überhaupt statt?«

»Yuma.«

»Okay«, sagte Reardon.

Dann stand er in der Nachmittagssonne vor Gebäude 64, sah auf seine Füße hinab und sagte mit leiser, vertraulicher Stimme. »Wir sind hier auf dem Norton-Testgelände in Yuma, Arizona. Es ist fünf Uhr morgens, und das Norton-Team trifft eben letzte Vorbereitungen für den Start von Flug 545.« Er hob den Kopf.

»Wann ist dort eigentlich Tagesanbruch?«

»Keine Ahnung«, sagte Jennifer. »Decken Sie alle Möglichkeiten ab.«

»Okay«, sagte Reardon. Er sah wieder auf seine Füße hinab und verkündete: »In den frühen Stunden vor Tagesanbruch steigt die Spannung. In der Dunkelheit kurz vor Tagesanbruch steigt die Spannung. Der Tag bricht herein, und die Spannung steigt.«

»Das sollte reichen«, sagte Jennifer.

»Wie soll ich das Resümee machen?«

»Wir müssen beide Möglichkeiten abdecken, Marty.«

»Ich meine, gewinnen wir, oder was?«

»Machen Sie sicherheitshalber beide Möglichkeiten.«

Reardon sah wieder auf seine Füße hinab. »Während die Maschine zur Landung ansetzt, bricht im Team Jubel aus. Überall glückliche Gesichter. Der Flug ist erfolgreich verlaufen. Norton hat sich gegen seine Kritiker durchgesetzt. Zumindest für den Augenblick.« Er atmete einmal tief durch. »Die Stimmung im Team ist gedämpft, während das Flugzeug zur Landung ansetzt. Norton ist vernichtet. Die tödliche Kontroverse um die N-22 geht weiter.« Er hob den Kopf. »Genug?«

Sie sagte: »Vielleicht noch einen On-Kommentar zu ›Die tödliche Kontroverse geht weiter‹. Als Abschluß.«

»Gute Idee.«

Marty fand es immer eine gute Idee, wenn er vor der Kamera auftreten durfte. Er stellte sich aufrecht hin, schob das Kinn vor und sah in die Kamera.

»Hier, in diesem Gebäude, wo die N-22 gebaut wird, nein . . . Hinter mir ist das Gebäude, wo . . . nein. Moment mal.« Er schüttelte den Kopf und sah dann wieder in die Kamera.

»Und dennoch wird die erbitterte Kontroverse um die N-22 nicht verstummen. Hier in diesem Gebäude, wo das Flugzeug gebaut wird, sind die Arbeiter überzeugt, daß es ein sicheres, verläßliches Flugzeug ist. Aber die Kritiker teilen diese Meinung nicht. Wird der Tod in den Lüften wieder zuschlagen? Das kann uns nur die Zeit zeigen. Das war Martin Reardon, für *Newsline* aus Burbank, Kalifornien.«

Er zwinkerte.

»Zu abgedroschen? Zu direkt?«

»Super, Marty.«

Er zog sich bereits das Mikro vom Revers, den Sender vom Gürtel. Er kniff Jennifer in die Wange. »Ich bin weg«, sagte er und lief zu seinem wartenden Auto.

Jennifer wandte sich an ihre Crew. »Zusammenpacken, Jungs«, sagte sie. »Auf nach Arizona.«

Samstag

NORTON-TESTGELÄNDE
YUMA, ARIZONA

4 Uhr 45

Ein dünner roter Streifen zeigte sich hinter der flachen Hügelkette der Gila Mountains im Osten. Der Himmel über ihnen war von einem tiefen Indigo, ein paar Sterne waren noch zu sehen. Die Luft war sehr kalt; Casey konnte ihren Atem sehen. Sie zog den Reißverschluß ihrer Windjacke hoch und stampfte mit den Füßen, um warm zu bleiben.

Auf der Rollbahn erhellten Scheinwerfer den TransPacific-Großraumjet, während das Testflug-Team die Videokameras installierte. Auf den Flügeln, bei den Triebwerken und am Fahrwerk waren Männer zu sehen.

Das *Newsline*-Team war bereits vor Ort und filmte die Vorbereitungen. Malone stand neben Casey und sah ihnen zu. »Mein Gott, ist das kalt«, sagte sie.

Casey ging in die Testflug-Kontrollstation, einen niedrigen Bungalow im spanischen Stil neben dem Tower. Der Raum war vollgepackt mit Monitoren, von denen jeder das Bild einer Kamera an Bord zeigte. Die meisten Kameras waren auf ganz bestimmte Teile gerichtet – sie entdeckte das Bild des rechten Haltestifts –, so daß der Raum ziemlich nüchtern und technisch wirkte. Es war nicht sehr aufregend.

»Das ist ganz anders, als ich es erwartet habe«, sagte Malone.

Casey deutete auf die verschiedenen Monitore. »Da ist das Cockpit, von oben. Cockpit, von vorne auf den Piloten. Hier sehen Sie Rawley in seinem Sessel. Die Kabine, Blick nach hinten. Kabine, Blick nach vorn. Blick hinaus auf den rechten Flügel. Auf den linken Flügel. Das sind die wichtigsten Innenkameras. Außerdem haben wir noch das Verfolgerflugzeug.«

»Verfolgerflugzeug?«

»Eine F-14 folgt dem Großraumjet während des ganzen Flugs, so daß wir auch noch die Bilder von diesen Kameras haben.«

Malone runzelte die Stirn. »Ich weiß nicht«, sagte sie enttäuscht. »Ich habe mir gedacht, es sei irgendwie, Sie wissen schon, es würde mehr hermachen.«

»Wir sind ja noch auf dem Boden.«

Malone machte noch immer kein sehr glückliches Gesicht. »Diese Blickwinkel in die Kabine«, sagte sie. »Wer wird denn da drin sein, während des Flugs?«

»Niemand.«

»Sie meinen, die Sitze werden leer sein?«

»Genau. Das ist ein Testflug.«

»Das wird nicht sehr gut aussehen«, sagte Malone.

»Aber so ist das bei einem Testflug«, sagte Casey. »Das läuft eben so.«

»Aber es sieht nicht gut aus« sagte Malone. »Das hat keinen Reiz. In den Reihen sollten Leute sitzen. Zumindest ein paar. Können wir nicht ein paar Leute reinsetzen? Kann ich an Bord gehen?«

Casey schüttelte den Kopf. »Es ist ein gefährlicher Flug«, sagte sie. »Das Gehäuse war während des Flugs starken Belastungen unterworfen. Wir wissen nicht, was passiert.«

Malone schnaubte. »Ach, kommen Sie. Es sind keine Anwälte in der Nähe. Wie wär's damit?«

Casey sah sie nur an. Diese Malone war ein dummes Kind, das nichts von der Welt wußte, das nur daran interessiert war, wie etwas *aussah*, das nur auf Wirkung bedacht war und immer an der Oberfläche entlangschrammte. Sie wußte, eigentlich sollte sie es ablehnen.

Statt dessen hörte sie sich sagen: »Es wird Ihnen nicht gefallen.«

»Wollen Sie damit sagen, daß es nicht sicher ist?«

»Ich sage nur, daß es Ihnen nicht gefallen wird.«

»Ich gehe an Bord«, sagte Malone. Sie sah Casey an, und in ihrer Miene lag eine offene Herausforderung. »Und, was ist mit Ihnen?«

Casey konnte sich sehr gut vorstellen, wie Marty Reardons Kommentar klingen würde: *Trotz ihrer wiederholten Beteuerung, daß die N-22 sicher sei, weigerte sich die Sprecherin von Norton, Casey Singleton, für den Testflug an Bord der Maschine zu gehen. Sie sagte, der Grund, warum sie nicht fliege, sei* ...

Was?

Casey fand keine Antwort darauf, zumindest keine, die im Fernsehen wirken würde. Keine Antwort, die etwas *hermachen* würde. Und plötzlich ließen die Tage der Überlastung – die Anstrengungen bei dem Versuch, den Vorfall aufzuklären, die Anstrengungen, einen fernsehgerechten Auftritt zu liefern, die Anstrengungen, kein Wort zu sagen, das aus dem Kontext gerissen werden konnte, die Verzerrung ihres ganzen Lebens nur wegen dieser ungerechtfertigten Einmischung des Fernsehens – die Wut in ihr hochsteigen. Sie wußte genau, was kommen würde. Malone hatte die Videos gesehen, aber sie begriff nicht, daß sie real waren.

»Okay«, sagte Casey. »Gehen wir.«

Sie gingen hinaus zum Flugzeug.

An Bord von TPA 545   5 Uhr 05

Jennifer fröstelte. Es war kalt in dem Flugzeug, und in der Neonbeleuchtung ließen die Reihen leerer Sitze und die langen Gänge es noch kälter erscheinen. Sie war leicht schockiert, als sie an einigen Stellen die Schäden wiedererkannte, die sie auf dem Videoband gesehen hatte. Hier ist es also passiert, dachte sie. Das ist also das Flugzeug. Es waren noch immer blutige Fußabdrücke an der Decke. Aufgeplatzte Gepäckfächer. Eingedrückte Fiberglasvertäfelungen. Ein schwacher Geruch hing noch in der Luft. Und schlimmer noch, an einigen Stellen war die Plastikabdeckung zwischen den Fenstern abgenommen worden, so daß man das silbrige Isoliermaterial sehen konnte. Plötzlich war ihr allzu klar, daß sie sich in einer großen, metallenen Maschine befand. Sie fragte sich, ob sie einen Fehler gemacht hatte, aber nun wies Singleton ihr bereits einen Platz in der vordersten Reihe der Mittelkabine zu, direkt unter einer festgeschraubten Kamera.

Jennifer setzte sich neben Singleton und wartete, während ein Norton-Techniker, ein Mann im Overall, ihr den Sicherheitsgurt festzurrte. Es war eins der Gurtsysteme, wie Stewardessen sie bei regulären Flügen benutzen. Zwei grüne Leinengurte spannten sich über die Schultern und trafen sich vor dem Bauch. Ein dritter breiter Gurt umspannte ihre Schenkel. Eine schwere Metallschnalle verband die Gurte. Es sah alles sehr ernst aus.

Der Mann im Overall zog die Gurte straff.

»Mein Gott«, sagte Jennifer. »Muß das so eng sein?«

»Ma'am, es muß so eng sein, wie Sie es gerade noch ertragen können«, sagte der Mann. »Wenn Sie noch atmen können, ist es zu locker. Spüren Sie, wie es jetzt ist?«

»Ja«, sagte sie.

»Genau so muß es sein, wenn Sie sich nachher wieder anschnallen.

Und damit öffnen Sie den Gurt ...« Er zeigte es ihr. »Ziehen Sie daran.«

»Warum muß ich wissen, wie ...«

»Für den Notfall. Bitte ziehen Sie daran.«

Sie zog an dem Hebel. Die Gurte lösten sich von ihrem Körper, der Druck ließ nach.

»Und jetzt schnallen Sie sich bitte selbst wieder an.«

Jennifer steckte die Teile wieder zusammen, so wie er es zuvor getan hatte. Es war nicht schwer. Daß diese Leute aus jeder Mücke einen Elefanten machen mußten.

»Und jetzt straffen Sie ihn bitte, Ma'am.«

Sie zog an den Gurten.

»Straffer.«

»Wenn ich ihn straffer brauche, werde ich ihn später straffziehen.«

»Ma'am«, sagte er, »bis Sie merken, daß Sie ihn straffer brauchen, ist es schon zu spät. Tun Sie es jetzt, bitte.«

Neben ihr legte Singleton seelenruhig den Gurt an und zog ihn brutal fest. Die Gurte schnitten ihr in die Schenkel, drückten ihr auf die Schultern, Singleton seufzte und lehnte sich zurück.

»Ladies, ich glaube, Sie sind jetzt soweit«, sagte der Mann. »Einen angenehmen Flug.«

Er drehte sich um und ging zur Tür hinaus. Der Pilot, dieser Rawley, kam kopfschüttelnd aus dem Cockpit.

»Ladies«, sagte er. »Ich möchte Ihnen dringend raten, es nicht zu tun.« Er sah vorwiegend Singleton an. Er schien beinahe wütend auf sie zu sein.

Singleton sagte: »Ab ins Cockpit, Teddy.«

»Ist das dein letztes Wort?«

»Das allerletzte.«

Er verschwand. Die Gegensprechanlage klickte. »Vorbereiten zum Türenschließen, bitte.« Die Türen schlossen sich, schnappten ein. *Klack, klack.* Die Luft war noch immer kalt. Jennifer fröstelte in ihrem Gurt.

Sie drehte den Kopf zu den leeren Sitzreihen. Dann sah sie Singleton an.

Singleton starrte geradeaus.

Jennifer hörte das Aufjaulen der Turbinen beim Anlassen, zuerst ein dumpfes Grummeln, das immer höher und schriller wurde. Die Funkanlage klickte. Sie hörte den Piloten sagen: »Tower, hier Norton Null Eins, erbitte Freigabe für TF-Stationscheck.«

Klick. »Roger, Null Eins rollen Sie auf Bahn zwei links, rufen Sie Punkt sechs.«

Klick. »Roger Tower.«

Das Flugzeug setzte sich in Bewegung. Durch die Fenster sah sie den Himmel hell werden. Nach wenigen Augenblicken blieb die Maschine wieder stehen.

»Was passiert jetzt?« fragte Jennifer.

»Das Flugzeug wird gewogen«, sagte Casey. »Es wird vorher und nachher gewogen, um sicherzustellen, daß wir die damaligen Flugbedingungen auch wirklich simuliert haben.«

»Auf einer Art Waage?«

»Die in die Betonbahn eingelassen ist.«

Klick. »Teddy, noch einen halben Meter nach vorn.«

Klick. »Moment.«

Die Turbinen jaulten wieder auf, Jennifer spürte, daß die Maschine sich zentimeterweise vorwärts bewegte. Und dann wieder stehenblieb.

Klick. »Danke. Das war's. Sind bei siebenundfünfzig-zwei-sieben Startgewicht, und Schwerpunkt ist zweiunddreißig Prozent MAC. Genau wie's sein soll.«

Klick. »Bis dann, Jungs.« *Klick.* »Tower Null Eins, erbitte Startfreigabe.«

Klick. »Freigabe Rollbahn drei, rufen Sie Bodenpunkt sechs-drei nach Verlassen der Rollbahn.«

Klick. »Roger.«

Dann begann die Maschine vorwärts zu rollen, aus dem Jaulen der Turbinen wurde ein tiefes Dröhnen, das anschwoll, bis es für Jennifer lauter klang als jedes Triebwerk, das sie je gehört hatte. Sie spürte, wie die Räder über Risse in der Bahn holperten. Und plötzlich hoben sie ab, die Maschine stieg in die Höhe, und der Himmel leuchtete blau durch die Fenster.

Sie waren in der Luft.

Klick. »Okay, Ladies, wir steigen jetzt auf Flughöhe drei-sieben-null, das sind siebenunddreißigtausend Fuß, und wir werden dort für die Dauer dieses Flugs zwischen Yuma Station und Carstairs, Nevada, kreisen. Haben Sie es bequem? Wenn Sie links schauen, sehen Sie unser Verfolgerflugzeug, das eben längsseits kommt.«

Jennifer schaute zum Fenster hinaus und sah einen Jagdflieger, der im Morgenlicht silbern glänzte. Er war sehr nahe an ihrer Maschine, so nahe, daß sie den Piloten erkennen konnte. Dann fiel er plötzlich zurück.

Klick. »Ähm, viel mehr werden Sie nicht von ihm sehen, er wird über und hinter uns bleiben, weg von unserem Nachstrom, weil es so am sichersten für ihn ist. Im Augenblick erreichen wir zwölftausend Fuß, und vielleicht sollten Sie schlucken, Ms. Malone, wir kriechen nämlich nicht langsam hoch wie die Linienflieger.«

Jennifer schluckte, sie spürte den Druck in ihren Ohren. »Warum steigen wir so schnell?« fragte sie.

»Er will schnell Höhe gewinnen, um die Maschine kaltzutauchen.«

»Kalttauchen?«

»Auf siebenunddreißigtausend Fuß beträgt die Außentemperatur minus fünfzig Grad. Die Maschine ist im Augenblick viel wärmer, und die verschiedenen Teile werden unterschiedlich schnell abkühlen, aber bei einem langen Flug – einer Pazifiküberquerung zum Beispiel – erreichen alle Teile der Maschine irgendwann diese Temperatur. Eine der Fragen des IRT lautet, ob die Verkabelung bei Kälte verschieden reagiert. Kalttauchen bedeutet, die Maschine auf Höhe zu bringen und dort so lange zu halten, bis sie abgekühlt ist. Erst dann beginnt der Test.«

»Von wie lange reden wir?« fragte Jennifer.

»Die übliche Kalttauch-Zeit ist zwei Stunden.«

»Wir sitzen zwei Stunden nur herum?«

Singleton sah sie an. »Sie wollten doch mitkommen.«

»Soll das heißen, wir vertrödeln zwei Stunden mit Nichtstun?«

Klick. »Oh, wir werden uns Mühe geben, Ihnen die Zeit zu vertreiben, Ms. Malone«, sagte der Pilot. »Wir sind jetzt bei zweiundzwanzigtausend Fuß und steigen. Noch ein paar Minuten bis zur Reisehöhe. Wir sind bei zwei-siebenundachtzig KIAS und gehen bis drei-vierzig KIAS, das ist null Komma acht Mach, achtzig Prozent der

Schallgeschwindigkeit. Das ist die normale Reisegeschwindigkeit für Zivilflugzeuge. Haben Sie es noch bequem?«

Jennifer fragte: »Können Sie uns hören?«

»Ich kann Sie hören und sehen. Und wenn Sie nach rechts schauen, können Sie mich sehen.«

Ein Monitor in der Kabine vor ihnen sprang an. Jennifer sah die Schulter des Piloten, seinen Kopf, die Instrumente vor ihm. Helles Licht durch die Fenster.

Jetzt waren sie so hoch, daß volles Sonnenlicht hereinströmte. Aber in der Kabine war es immer noch kalt.

Jennifer sah Singleton an. Singleton lächelte.

Klick. »Ah, okay, wir sind jetzt auf Flughöhe drei-sieben-null, Doppler klar, keine Turbulenzen, ein wunderschöner Tag in der Nachbarschaft. Wenn die Damen bitte ihre Sicherheitsgurte abnehmen und zu mir ins Cockpit kommen würden.«

Was, dachte Jennifer. Aber Singleton nahm ihren bereits ab und stand auf.

»Ich dachte, wir dürfen nicht herumgehen.«

»Im Augenblick ist es okay«, sagte Singleton.

Jennifer schälte sich aus ihrem Gurt und ging mit Singleton durch die erste Klasse ins Cockpit. Sie spürte die schwache Vibration der Maschine unter ihren Füßen. Aber sie lag ziemlich stabil. Die Tür zum Cockpit war offen. Sie sah Rawley und einen zweiten Mann, den er nicht vorstellte, sowie einen dritten, der mit einigen Instrumenten beschäftigt war. Jennifer stand mit Singleton vor dem Cockpit und sah hinein.

»Nun, Ms. Malone«, sagte Rawley. »Sie haben Mr. Barker interviewt, nicht?«

»Ja.«

»Was hat er gesagt, sei die Ursache des Unfalls gewesen?«

»Er sagte, die Slats seien ausgefahren worden.«

»Aha. Bitte schauen Sie jetzt aufmerksam zu. Das da ist der Klappen/Slats-Hebel. Wir fliegen mit Reisegeschwindigkeit auf Reisehöhe. Ich werde jetzt die Slats ausfahren.« Er streckte die Hand nach dem Ding zwischen den Sitzen aus.

»Moment mal. Ich will mich erst wieder anschnallen.«

»Sie sind vollkommen sicher, Ms. Malone.«

»Ich will mich wenigstens hinsetzen.«

»Dann setzen Sie sich.«

Jennifer kehrte um, merkte aber dann, daß Singleton vor der Cockpittür stehenblieb. Da sie sich nun blöd vorkam, ging sie zurück und stellte sich wieder neben Singleton.

»Fahre jetzt die Slats aus.«

Rawley drückte den Hebel nach unten. Sie hörte ein schwaches Humpeln, das einige Sekunden dauerte. Sonst nichts. Die Nase kippte ein wenig, richtete sich dann wieder aus.

»Slats sind ausgefahren.« Rawley deutete auf die Instrumententafel. »Sehen Sie die Geschwindigkeit? Sehen Sie die Höhe? Und sehen Sie diese Anzeige, auf der SLATS aufleuchtet? Wir haben eben genau den Zustand rekonstruiert, der nach Mr. Barkers Behauptung auf dieser Maschine den Tod von drei Menschen verursacht hat. Und wie Sie sehen können, ist nichts passiert. Der Neigungswinkel ist absolut stabil. Wollen Sie es noch einmal probieren?«

»Ja«, sagte sie, weil sie nicht wußte, was sie sonst sagen sollte.

»Okay. Slats werden eingefahren. Vielleicht wollen sie es diesmal selber machen, Ms. Malone. Oder vielleicht wollen Sie zu den Mittelfenstern gehen und sich die Flügel anschauen, damit Sie sehen, was passiert, wenn die Slats ausgefahren werden. Ist irgendwie ganz nett.«

Rawley drückte einen Knopf. »Ah, Norton Station, hier Null Eins, kann ich eine Monitorkontrolle haben, bitte?« Er hörte einen Augenblick zu. »Okay, gut. Ms. Malone, kommen Sie ein Stück vor, damit Ihre Freunde Sie auf dieser Kamera da oben sehen können.« Er deutete zur Cockpitdecke. »Winken Sie mal.«

Jennifer winkte, auch wenn sie sich albern dabei vorkam.

»Ms. Malone, wie oft sollen wir für Sie die Slats aus- und einfahren, damit Ihre Kameras auch alles mitbekommen?«

»Na ja, ich weiß auch nicht . . .« Sie kam sich von Minute zu Minute blöder vor. Der Testflug sah allmählich wie eine Falle aus. Das Bildmaterial würde Barker als Trottel hinstellen. Es würde aus dem ganzen Beitrag eine Lachnummer machen. Es würde –

»Wir können das den ganzen Tag lang machen, wenn Sie wollen« sagte Rawley eben. »Um das geht's ja. Es ist für die N-22 kein Problem, wenn die Slats bei Reisegeschwindigkeit ausgefahren werden. Die Maschine hat das im Griff.«

»Versuchen Sie es noch einmal«, sagte sie mit verkniffenen Lippen.

»Es ist dieser Hebel da. Klappen Sie einfach die Metallabdeckung hoch und ziehen Sie den Hebel ungefähr zwei Zentimeter nach unten.«

Sie wußte, was er vorhatte. Er wollte sie vorführen.

»Ich glaube, es ist besser, wenn Sie es tun.«

»Ja, Ma'am. Wie Sie meinen.«

Rawley drückte den Hebel nach unten. Wieder rumpelte es. Die Nase ging leicht nach oben. Genau wie zuvor.

»Unser Verfolgerflugzeug«, sagte Rawley, »nimmt jetzt auf, wie die Slats ausgefahren werden, damit Sie auch von außen genau sehen können, was alles passiert. Okay? Slats werden eingefahren.«

Sie sah ungeduldig zu. »Na gut«, sagte sie. »Wenn die Slats den Unfall nicht verursacht haben, was dann?«

Nun sagte Singleton zum erstenmal etwas. »Wie lange, Teddy?«

»Wir sind jetzt dreiundzwanzig Minuten oben.«

»Ist das schon lang genug?«

»Vielleicht. Könnte jetzt jeden Augenblick passieren.«

»Was könnte passieren?« fragte Jennifer.

»Der erste Teil der Sequenz«, sagte Singleton, »die den Unfall verursacht hat.«

»Der erste Teil der Sequenz?«

»Ja«, sagte Singleton. »Fast alle Flugzeugunfälle sind die Folge einer Sequenz von Ereignissen. Wir nennen das eine Kaskade. Es ist nie nur eine Sache, sondern eine Ereigniskette, eins nach dem anderen. Wir glauben, daß bei dieser Maschine das auslösende Ereignis eine falsche Störungsmeldung war, hervorgerufen durch ein schlechtes Teil.«

Jennifer beschlich ein ungutes Gefühl. »*Ein schlechtes Teil?*«

Im Geiste schnitt sie das Band bereits zurecht. Sie mußte diesen heiklen Punkt umgehen. Singleton hatte gesagt, dies sei das auslösende Ereignis gewesen. Das mußte ja nicht unbedingt betont werden, vor allem, da es nur ein Glied in einer Kette von Ereignissen war. Das nächste Glied der Kette war ähnlich wichtig – wahrscheinlich sogar wichtiger. Schließlich war das, was bei 545 passiert war, furchteinflößend und spektakulär, es betraf das gesamte Flugzeug, und es war mit Sicherheit unsinnig, dafür nur einem *schlechten Teil* die Schuld zu geben.

»Sie haben gesagt, es gab eine Ereigniskette...«

»Richtig«, sagte Singleton. »Verschiedene Ereignisse in einer Sequenz, die unserer Ansicht nach letztlich zum Unfall führte.«

Jennifer ließ die Schultern sinken.

Sie warteten.

Nichts passierte.

Fünf Minuten vergingen. Jennifer fror. Immer wieder sah sie auf ihre Uhr. »Worauf genau warten wir?«

»Geduld«, sagte Singleton.

Plötzlich war ein elektronisches *Pling* zu hören, und auf der Instrumententafel sah sie eine bernsteinfarbene Schrift aufleuchten: SLATS DISAGREE. Eine Nichtübereinstimmung der Slats.

»Da ist es«, sagte Rawley.

»Da ist *was*?«

»Ein Hinweis, daß der Datenrecorder glaubt, daß die Slats nicht da sind, wo sie sein sollten. Wie Sie sehen, ist der Slats-Hebel oben, die Slats sollten also eingefahren sein. Und wir wissen, daß sie es sind. Aber die Maschine empfängt eine Meldung, daß die Slats nicht eingefahren sind. In vorliegenden Fall wissen wir, daß die Warnung von einem defekten Näherungssensor im rechten Flügel kommt. Der Näherungssensor sollte die Anwesenheit der eingefahrenen Slats registrieren. Aber dieser Sensor wurde beschädigt. Und wenn der Sensor kalt wird, verhält er sich unberechenbar. Sagt zum Beispiel dem Piloten, daß die Slats ausgefahren sind, obwohl sie es nicht sind.«

Jennifer schüttelte den Kopf. »Näherungssensor...Ich kann Ihnen nicht folgen. Was hat das mit Flug 545 zu tun?«

Singleton sagte: »Bei 545 erhielt das Cockpit eine Warnung, daß mit den Slats etwas nicht stimmte. Zu solchen Warnungen kommt es relativ häufig. Der Pilot weiß nicht, ob wirklich etwas nicht stimmt oder ob einfach nur der Sensor spinnt. Also versucht der Pilot, die

Warnung zum Verlöschen zu bringen; er fährt die Slats aus und wieder ein.«

»Der Pilot von 545 hat also die Slats ausgefahren, damit diese Meldung da ausgeht?«

»Ja.«

»Aber das Ausfahren der Slats hat den Unfall nicht verursacht...«

»Nein. Das haben wir ja eben demonstriert.«

»Was dann?«

Rawley sagte: »Ladies, wenn Sie jetzt bitte wieder ihre Plätze einnehmen. Wir werden jetzt versuchen, den Vorfall zu reproduzieren.«

AN BORD VON TPA 545 6 Uhr 25

In der Passagierkabine zog Casey sich die Gurte über die Schultern und zurrte sie fest. Sie sah zu Malone hinüber, die blaß war und schwitzte.

»Fester«, sagte Casey.

»Ich hab's doch schon ...«

Casey packte Malones Hüftgurt und zog so fest daran, wie sie konnte.

Malone ächzte. »He, was soll ...«

»Ich mag Sie nicht sehr«, sagte Casey. »Aber ich will nicht, daß Ihnen was passiert, wenn ich dabei bin.«

Malone wischte sich mit dem Handrücken über die Stirn. Sie schwitzte, obwohl es noch immer kalt war in der Kabine.

Casey zog eine weiße Papiertüte heraus und schob sie Malone unter den Schenkel. »Und ich will nicht, daß Sie mich vollkotzen«, sagte sie.

»Glauben Sie, wir brauchen die?«

»Das kann ich Ihnen garantieren«, sagte Casey.

Malones Augen huschten hin und her. »Hören Sie«, sagte sie, »vielleicht sollten wir die Sache abblasen.«

»Das Programm wechseln?«

»Hören Sie«, sagte sie. »Vielleicht habe ich einen Fehler gemacht.«

»Inwiefern?«

»Wir hätten nicht an Bord gehen sollen. Wir hätten einfach nur zusehen sollen.«

»Dafür ist es jetzt zu spät.«

Casey wußte, daß sie barsch mit Malone umsprang, weil sie selber Angst hatte. Sie glaubte nicht, daß Teddy das mit dem Auseinanderbrechen ernst gemeint hatte; sie glaubte nicht, daß er so dumm war, mit einem Flugzeug in die Luft zu gehen, das nicht gründlich kontrolliert worden war. Er war bei jeder Minute der Tests dabeigewesen, bei der Strukturüberprüfung, dem CET, weil er wußte, daß er die Maschine in wenigen Tagen würde fliegen müssen. Teddy war nicht dumm.

Aber er ist Testpilot, dachte sie.

Und alle Testpiloten waren verrückt.

Klick. »Okay, Ladies, wir beginnen jetzt mit der Sequenz. Alle angeschnallt?«

»Ja«, sagte Casey.

Malone sagte nichts. Ihr Mund bewegte sich, aber es kam nichts heraus.

Klick. »Ah, Verfolger Alpha, hier Null Eins, beginne mit Oszillationen.«

Klick. »Roger, Null Eins. Wir haben Sie. Beginnen auf Ihr Zeichen.«

Klick. »Norton Boden, hier Null Eins. Monitorkontrolle.«

Klick. »Kontrolle okay. Eins bis dreißig.«

Klick. »Achtung, Jungs. Und los.«

Casey betrachtete den Monitor, auf dem Teddy im Cockpit zu sehen war. Seine Bewegungen waren ruhig und sicher, seine Stimme entspannt.

Klick. »Ladies, ich habe die Slats-disagree-Warnung erhalten und fahre jetzt die Slats aus, um die Warnung zu löschen. Slats sind ausgefahren. Ich fliege jetzt ohne Autopilot. Nase geht hoch, Geschwindigkeit nimmt ab ... und jetzt kriege ich die Sackflugmeldung ...«

Casey hörte das schrille elektronische Signal, das immer wieder aufjaulte. Dann die Stimme vom Band, flach und beharrlich: »*Stall ... Stall ... Stall ...*«

Klick. »Ich ziehe jetzt die Nase nach unten, um den Sackflug zu vermeiden ...«

Die Maschine kippte nach unten und ging in Sturzflug über.

Es war, als würden sie senkrecht nach unten sausen.

Das Brüllen der Triebwerke wurde zu einem Kreischen. Caseys Körper wurde gegen die Gurte gedrückt. Jennifer Malone neben ihr fing an zu schreien, aus dem aufgerissenen Mund drang ein langer, gleichbleibender Schrei, der sich mit dem Turbinenlärm vermischte.

Casey wurde schwindlig. Sie versuchte zu zählen, wie lange es dauerte. Fünf...sechs...sieben...acht Sekunden...Wie lange hatte es bei Flug 545 gedauert?

Stück für Stück richtete das Flugzeug sich wieder aus. Das Kreischen der Triebwerke ließ nach, wechselte in eine tiefere Tonlage. Casey spürte ihren Körper schwer werden, dann noch schwerer, dann erstaunlich schwer, ihre Wangen sackten ab, ihre Arme wurden auf die Lehnen gepreßt. Die Andruckkräfte. Es waren mehr als zwei g. Casey wog jetzt zweihundertfünfzig Pfund. Wie von einer Riesenhand wurde sie in den Sitz gedrückt.

Jennifer neben ihr hatte aufgehört zu schreien und gab nur noch ein langes, tiefes Stöhnen von sich.

Das Gefühl der Schwere ließ nach, als das Flugzeug zu steigen anfing. Zuerst war der Anstieg erträglich, dann unangenehm – und dann schien es senkrecht in die Höhe zu gehen. Die Triebwerke schrien. Jennifer schrie. Casey versuchte die Sekunden zu zählen, konnte es aber nicht. Sie hatte nicht die Energie, sich zu konzentrieren.

Und plötzlich spürte sie, wie sich ihr Magen hob, Übelkeit meldete sich, und sie sah, wie der von Gurten gehaltene Monitor kurz vom Boden abhob. Die Schwerelosigkeit am Scheitelpunkt des Anstiegs. Jennifer hielt sich die Hand vor den Mund. Dann kippte die Maschine wieder...und ging nach unten.

Klick. »Zweite Oszillation...«

Wieder ein Sturzflug.

Jennifer nahm die Hand vom Mund und schrie, viel lauter als vorher. Casey versuchte, sich an den Armlehnen festzuhalten, sich abzulenken. Sie hatte vergessen zu zählen, hatte vergessen zu

Wieder das Gewicht.

Das Absacken. Der Druck.

Tief in den Sitz.

Casey konnte sich nicht rühren. Sie konnte den Kopf nicht drehen.

Sie stiegen wieder, steiler als zuvor, das Kreischen der Triebwerke laut in ihren Ohren, und sie sah, daß Jennifer nach ihr griff, ihren Arm faßte. Casey drehte sich zu ihr um, und Jennifer, blaß und mit weitaufgerissenen Augen, schrie:

»Aufhören! Aufhören! *Aufhören!*«

Die Maschine erreichte den Scheitelpunkt des Anstiegs. Der Magen hob sich, die Übelkeit. Jennifers entsetzte Blicke, die Hand vor dem Mund. Erbrochenes spritzte ihr zwischen den Fingern hervor.

Das Flugzeug kippte wieder.

Der nächste Sturzflug.

Klick. »Öffne jetzt die Gepäckfächer. Um Ihnen einen Eindruck zu geben, wie es war.«

Zu beiden Seiten sprangen die Gepäckfächer über den Sitzen auf, und weiße Blöcke von etwa einem halben Meter Kantenlänge quollen heraus. Es war nur harmloses Styropor, aber sie wirbelten durcheinander wie in einem dichten Schneesturm. Casey spürte sie an ihrem Gesicht, auf ihren Händen.

Jennifer würgte wieder und versuchte, die Tüte unter ihrem Schenkel hervorzuziehen. Die Blöcke flogen nach vorne, die Kabine entlang zum Cockpit. Sie versperrten die Sicht auf allen Seiten, bis sie, einer nach dem anderen, zu Boden sanken, ein Stückchen rollten und dann liegenblieben. Das Motorengeräusch veränderte sich.

Die Last des zusätzlichen Gewichts.

Die Maschine stieg wieder.

Der Pilot der F-14-Verfolgermaschine sah zu, wie der Norton-Großraumjet in einem Winkel von einundzwanzig Grad steil durch die Wolken stieg.

»Teddy«, sagte er über Funk. »Was zum Teufel soll das?«

»Ich reproduziere nur das, was auf dem Flugschreiber war.«

»Mein Gott«, sagte der Pilot.

Der riesige Passagierjet raste in die Höhe und brach bei einunddreißigtausend Fuß durch die Wolkendecke. Und stieg noch einmal

tausend Fuß, bevor er an Geschwindigkeit verlor. Sich der Sackfluggrenze näherte.
Und dann wieder nach unten kippte.

Jennifer erbrach sich explosionsartig in die Tüte. Es quoll ihr über die Hände, tropfte ihr auf den Schoß. Als sie sich Casey zudrehte, sah ihr Gesicht grün, krank, verzerrt aus.
»Aufhören, *bitte* . . .«
Die Maschine hatte den Scheitelpunkt wieder überschritten. Und raste in die Tiefe.
Casey sah sie an. »Wollen Sie nicht den ganzen Vorfall für Ihre Kameras reproduzieren? Großartige Bilder. Noch zwei Zyklen.«
»Nein! *Nein* . . .«
Die Maschine befand sich jetzt wieder im Sturzflug. Ohne den Blick von Jennifer zu nehmen, sagte Casey: »Teddy! Teddy, Hände weg vom Steuer!«
Jennifer riß entsetzt die Augen auf.
Klick. »Roger. Nehme jetzt die Hände vom Steuer.«
Sofort richtete sich die Maschine wieder aus. Stetig und sanft. Aus dem Kreischen der Triebwerke wurde ein gleichmäßiges Dröhnen. Die Styroporblöcke rollten ein paarmal umher und rührten sich dann nicht mehr.
Horizontaler Flug.
Sonnenlicht strömte durch die Fenster.
Jennifer wischte sich mit dem Handrücken Erbrochenes von den Lippen. Benommen sah sie sich in der Kabine um. »Was . . . was ist passiert?«
»Der Pilot hat den Steuerknüppel losgelassen.«
Jennifer schüttelte verständnislos den Kopf. Ihre Augen waren glasig. Mit schwacher Stimme sagte sie: »Er hat ihn losgelassen?«
Casey nickte. »Richtig.«
»Ja, aber . . .«
»Der Autopilot fliegt die Maschine.«
Malone ließ sich in den Sitz sinken und legte den Kopf an die Lehne. Schloß die Augen. »Ich verstehe nicht«, sagte sie.
»Um den Vorfall bei Flug 545 zu beenden, hätte der Pilot nur die

Hände vom Steuerknüppel zu nehmen brauchen. Wenn er losgelassen hätte, wäre alles sofort zu Ende gewesen.«

Jennifer seufzte. »Warum hat er es dann nicht getan?«

Casey antwortete ihr nicht. Sie wandte sich zum Monitor. »Teddy«, sagte sie, »fliegen wir zurück.«

Yuma / Teststation   *9 Uhr 45*

Zurück auf dem Boden, ging Casey durch den Hauptraum der Testflugstation ins Pilotenzimmer. Es war ein alter, holzgetäfelter Aufenthaltsraum für Testpiloten, der noch aus den Tagen stammte, als Norton Militärflugzeuge baute. Eine durchgesessene grüne Couch, vom Sonnenlicht ausgebleicht. Ein paar Flugzeugsitze aus Metall um einen zerkratzten Resopaltisch. Das einzig Neue in dem Zimmer war ein kleiner Fernseher mit eingebautem Videorecorder. Er stand neben einem zerbeulten Cola-Automaten, auf dem ein Schild verkündete: Ausser Betrieb. Im Fenster ein knirschender Ventilator. Draußen auf dem Flugplatzgelände war es bereits sengend heiß, und das Zimmer war unangenehm warm.

Casey sah durchs Fenster dem *Newsline*-Team zu, das Flug 545 umschwirrte und abfilmte. Die Maschine glänzte im Sonnenlicht. Das Team wirkte verloren, als wisse es nicht, was es tun solle. Sie richteten ihre Kameras auf etwas, als wollten sie es filmen, ließen sie aber gleich wieder sinken. Sie schienen zu warten.

Casey öffnete den braunen Schnellhefter, den sie mitgebracht hatte, und ging die Papiere darin durch. Die Farbkopien, die sie Norma hatte machen lassen, waren ziemlich gut geworden. Und die Faxe waren befriedigend. Alles war in Ordnung.

Sie ging zum Fernseher, den sie hier hatte aufstellen lassen, schob eine Kassette in den Recorder und wartete.

Wartete auf Malone.

Casey war müde. Doch dann erinnerte sie sich daran, worum es hier ging. Sie krempelte den Ärmel hoch und zog die vier runden Pflaster ab, die in einer Reihe auf ihrem Arm klebten. Scopolamine-Pflaster gegen Luftkrankheit. Deshalb hatte sie sich in der Maschine nicht übergeben müssen. Sie hatte gewußt, was ihr bevorstand. Malone nicht.

Casey hatte kein Mitleid mit ihr. Sie wollte jetzt einfach nur fertig werden. Was jetzt noch bevorstand, würde der letzte Schritt sein. Damit wäre die Sache abgeschlossen.

Der einzige Mensch bei Norton, der wirklich wußte, was sie tat, war Fuller. Fuller hatte sofort verstanden, als sie ihn von Video Imaging Systems aus anrief. Fuller erkannte sofort, was passieren würde, wenn das Band an *Newsline* weitergegeben wurde. Er sah, wozu sie das verleiten würde und wie man sie überrumpeln konnte.

Der Testflug hatte das besorgt.

Casey wartete auf Malone.

Fünf Minuten später kam Jennifer Malone herein und knallte die Tür hinter sich zu. Sie trug einen Flieger-Overall. Sie hatte sich das Gesicht gewaschen, die Haare gekämmt.

Und sie war sehr wütend.

»Ich weiß nicht, was Sie da oben beweisen wollten«, sagte sie. »Sie hatten Ihren Spaß. Haben mir eine Todesangst eingejagt. Ich hoffe, es hat Ihnen gefallen, aber an unserer Geschichte wird das keinen verdammten Strich ändern. Barker hat recht. Ihr Flugzeug hat Probleme mit den Slats. Das einzige, was er nicht berücksichtigt, ist, daß das Problem nur auftritt, wenn der Autopilot abgeschaltet ist. Das ist alles, was Ihre kleine Übung heute bewiesen hat. Aber an unserer Story ändert das nichts. Ihr Flugzeug ist eine Todesfalle. Und wenn wir mit unserer Story auf Sendung gehen, können Sie diese Maschinen nicht einmal mehr auf dem Mars verkaufen. Wir werden Ihre beschissene Maschine beerdigen, und wir werden Sie beerdigen.«

Casey sagte nichts. Sie dachte: Sie ist jung. Jung und dumm. Die Härte ihres eigenen Urteils überraschte sie. Vielleicht hatte sie etwas von den abgebrühten älteren Männern in der Firma gelernt. Männer, die wußten, was Macht bedeutete, Macht im Gegensatz zu Angabe und Show.

Sie ließ Malone noch eine Weile schwadronieren und sagte dann: »Ich glaube, Sie werden gar nichts in der Richtung tun.«

»Dann sehen sie mir zu.«

»Das einzige, worüber Sie berichten können, ist das, was bei Flug 545 tatsächlich passiert ist. Und das werden Sie vielleicht nicht tun wollen.«

»Warten Sie's ab«, fauchte Malone. »Warten Sie's nur ab. Die Maschine ist eine gottverdammte Todesfalle.«

Casey seufzte. »Setzen Sie sich.«

»Einen Scheißdreck werde ich ...«

»Haben Sie sich eigentlich je gefragt«, sagte Casey, »wie eine Sekretärin einer Videofirma wissen konnte, daß Sie eine Reportage über Norton machen? Warum sie Ihre Handynummer hatte und wußte, daß sie Sie anrufen muß?«

Malone schwieg.

»Haben Sie sich je gefragt«, sagte Casey, »wie Nortons Anwalt so schnell herausfinden konnte, daß Sie das Band haben? Wie er so schnell zu einer eidesstattlichen Erklärung dieser Empfangsdame kam, daß sie es Ihnen gegeben hat?«

Malone schwieg.

»Ed Fuller ging bei Video Imaging Systems durch die Tür, kaum daß Sie draußen waren, Ms. Malone. Er hatte fast Angst, daß er Ihnen über den Weg läuft.«

Malone runzelte die Stirn. »Was soll das?«

»Haben Sie sich je gefragt«, sagte Casey, »warum Ed Fuller unbedingt darauf bestand, von Ihnen die schriftliche Versicherung zu erhalten, daß Sie das Band nicht von einem Norton-Angestellten bekommen haben?«

»Das ist offensichtlich. Das Band ist belastend. Er wollte nicht, daß man es der Firma in die Schuhe schiebt.«

»*Wer* sollte das tun?«

»Na ja ... ich weiß nicht. Die Öffentlichkeit.«

»Sie sollten sich wirklich setzen«, sagte Casey und öffnete den Schnellhefter.

Langsam setzte sich Malone.

Sie runzelte die Stirn.

»Moment mal«, sagte sie. »Wollen Sie damit sagen, daß es nicht die Sekretärin war, die mich wegen des Bands angerufen hat?«

Casey sah sie nur an.

»Wer war es dann?«

Casey sagte nichts.

»Waren *Sie* es?«

Casey nickte.

»Sie *wollten*, daß ich das Band bekomme?«

»Ja.«

»*Warum?*«

Casey lächelte.

Casey gab Malone das erste Blatt. »Das ist ein Teileinspektionsbericht, abgestempelt gestern bei der FAA von einem Vertreter des Originalteilherstellers, und zwar über den Näherungssensor der zweiten Innenslat von Flug 545. Hier wird festgestellt, daß das Teil einen Riß hat und defekt ist. Der Riß ist alt.«

»Ich mache keine Teile-Story.«

»Nein«, sagte Casey. »Machen Sie nicht. Weil nämlich der Testflug Ihnen bewiesen hat, daß jeder fähige Pilot die von diesem defekten Teil ausgelöste Slats-Warnung problemlos hätte bewältigen können. Der Pilot hätte die Maschine nur dem Autopilot zu überlassen brauchen. Aber auf Flug 545 hat er das nicht getan.«

Malone sagte: »Das haben wir bereits nachgeprüft. Der Kapitän von 545 war ein herausragender Pilot.«

»Das stimmt«, sagte Casey.

Sie gab ihr das nächste Blatt.

»Das ist die Mannschaftsliste, die am Tag des Abflugs von Flug 545 zusammen mit dem Flugplan bei der FAA eingereicht wurde.«

John Zhen Chang, Kapitän	7/5/51	M
Lu Zan Ping, Erster Offizier	11/3/59	M
Richard Yong, Erster Offizier	9/9/61	M
Gerhard Reimann, Erster Offizier	23/7/49	M
Thomas Chang, Erster Offizier	29/6/70	M
Henri Marchand, Techniker	25/4/69	M
Robert Sheng, Techniker	13/6/62	M

Malone warf einen flüchtigen Blick auf das Blatt und schob es beiseite.

»Und das ist die Mannschaftsliste, die wir am Tag nach dem Unfall von TransPacific bekamen.«

JOHN ZHEN CHANG, KAPITÄN	7/5/51
LU ZAN PING, ERSTER OFFIZIER	11/3/59
RICHARD YONG, ERSTER OFFIZIER	9/9/61
GERHARD REIMANN, ERSTER OFFIZIER	23/7/49
HANRI MARCHAND, TECHNIKER	25/4/69
THOMAS CHANG, TECHNIKER	29/6/70
ROBERT SHENG, TECHNIKER	13/6/62

Malone überflog sie und zuckte die Achseln. »Es ist dieselbe.«

»Nein, ist es nicht. In der einen wird Thomas Chang als Erster Offizier aufgeführt, in der zweiten erscheint er als Techniker.«

»Ein Schreibfehler«, sagte Malone.

Casey schüttelte den Kopf. »Nein.«

Sie gab ihr das nächste Blatt.

»Das ist eine Seite aus dem Bordmagazin von TransPacific, die Captain John Chang und seine Familie zeigt. Sie wurde uns von einer TPA-Flugbegleiterin geschickt, die wollte, daß wir die wahre Geschichte erfahren. Sie werden bemerken, daß seine Kinder Erica und Thomas Chang sind. Thomas Chang ist der Sohn des Piloten. Er gehörte zur Flugcrew von Flug 545.«

Malone runzelte die Stirn.

»Die Changs sind eine Pilotenfamilie. Thomas Chang ist Pilot, mit Flugerlaubnis für verschiedene Kurzstreckenmaschinen. Er hat keine Lizenz für die N-22.«

»Ich glaub das einfach nicht«, sagte Malone.

»Zur Zeit des Unfalls«, fuhr Casey fort. »hatte der Kapitän, John Chang, das Cockpit verlassen und war ins Heck der Maschine gegangen, um einen Kaffee zu trinken. Er befand sich im Heck, als es zu dem Unfall kam, und er wurde schwer verletzt. Vor zwei Tagen mußte er sich in Vancouver einer Gehirnoperation unterziehen. Das Krankenhaus hielt ihn für den Ersten Offizier, aber inzwischen wurde bestätigt, daß es sich bei ihm um John Zhen Chang handelt.«

Malone schüttelte den Kopf.

Casey gab ihr ein Memo.

Von: S. Nieto, FSR Vanc
An: C. Singleton, Yuma Test GEL

Höchst vertraulich

Behörden bestätigen postmortale Identifikation des verletzten Crewmitglieds im Krankenhaus Vancouver als John Zhen Chang den Kapitän von Transpacific Flug 545.

»John Chang war nicht im Cockpit«, sagte Casey. »Er war hinten im Flugzeug. Jemand anders saß im Pilotensessel, als der Unfall passierte.«

Casey schaltete den Fernseher ein und startete das Band. »Das sind die letzten Sekunden des Videobands, das Sie von der Empfangsdame erhalten haben. Sie sehen, daß die Kamera nach vorne trudelt und schließlich unter der Cockpittür hängenbleibt. Aber bevor sie das tut . . .« Sie schaltete auf Standbild. »Sie können das Cockpit sehen.«

»Viel kann ich nicht sehen«, sagte Malone. »Sie haben beide das Gesicht abgewandt.«

»Sie können sehen, daß der Pilot extrem kurze Haare hat«, sagte Casey. »Sehen Sie sich das Bild an. Thomas Chang hat einen Bürstenschnitt.«

Malone schüttelte jetzt heftiger den Kopf. »Ich glaube das einfach nicht. Das Bild ist nicht gut genug, Sie haben nichts als ein Dreiviertelprofil, das identifiziert niemanden, das hat nichts zu sagen.«

»Thomas Chang hat einen kleinen Knopf im Ohr. Das können Sie auf diesem Foto sehen. Und auf dem Video können Sie sehen, daß ein solcher Knopf das Licht reflektiert. Da.«

Malone schwieg.

Casey schob ihr das nächste Blatt zu.

»Das ist eine Übersetzung der chinesischen Unterhaltung im Cockpit, die auf dem Band, das Sie haben, aufgezeichnet ist. Ein Großteil ist unverständlich wegen der Alarmsignale im Cockpit. Aber die relevante Passage ist für Sie markiert.«

0544:59	ALM	stall stall stall
0545:00	E/O	was (unverständlich) du
0545:01	KAP	will die (unverständlich) korrigieren
0545:02	ALM	stall stall stall
0545:03	E/O	tom loslassen (unverständlich)
0545:04	KAP	was tun (unverständlich) es
0545:11	E/O	tommy (unverständlich) wenn (unverständlich) muß (unverständlich) den

Casey nahm das Blatt wieder an sich. »Das dürfen Sie weder behalten, noch in der Sendung verwenden. Aber es stützt die Indizien auf dem Band, das sich in Ihrem Besitz befindet.«

Mit Verblüffung in der Stimme sagte Malone: »*Er hat seinen Jungen die Maschine fliegen lassen?*«

»Ja«, sagte Casey, »John Chang hat einen Piloten ans Steuer gelassen, der keine Lizenz für die N-22 hatte. Als Folge davon wurden fünfundsechzig Personen verletzt und vier Personen getötet – darunter John Chang selbst. Wir glauben, daß die Maschine vom Autopiloten geflogen wurde und Chang seinem Sohn kurzfristig die Kontrolle überließ. Zu diesem Zeitpunkt kam es zu der Slats-Warnung, und der Sohn fuhr die Slats aus, um die Meldung zu löschen. Aber er geriet in Panik, überreagierte und setzte damit dieses heftige Auf und Ab des Flugzeugs in Gang. Wir glauben, daß Thomas Chang aufgrund der extremen Bewegungen der Maschine irgendwann ohnmächtig wurde und der Autopilot wieder die Steuerung übernahm.«

Malone sagte: »In einer vollbesetzten Passagiermaschine läßt so ein Kerl seinen verdammten Jungen ans Steuer?«

»Ja.«

»*Das* ist die Geschichte?«

»Ja«, sagte Casey. »Und Sie haben das Band, das es beweist, in Ihrem Besitz. Sie sind sich also der Tatsachen bewußt. Mr. Reardon hat vor der Kamera angegeben, daß sowohl er als auch seine Kollegen in New York das Band ganz gesehen haben. Sie haben also auch diese Aufnahme des Cockpits gesehen. Ich habe Sie eben darüber informiert, was diese Aufnahme darstellt. Wir haben Ihnen Material vorgelegt, das die Indizien dieses Bandes stützt – nicht alles Material, es gibt noch mehr. Wir haben darüber hinaus beim Testflug bewiesen, daß mit der Maschine selbst alles in Ordnung ist.«

»Nicht jeder ist dieser Meinung ...«, begann sie.

»Hier geht es nicht mehr um Meinungen, Ms. Malone. Hier geht es um Fakten. Und Sie sind unbestreitbar im Besitz dieser Fakten. Wenn *Newsline* diese Fakten, von denen Sie jetzt Kenntnis haben, in seiner Berichterstattung nicht berücksichtigt und, ausgehend von diesem Vorfall, eine wie auch immer geartete Andeutung macht, daß mit der N-22 irgend etwas nicht stimmen könnte, werden wir Sie wegen fahrlässiger Nichtbeachtung und böswilliger Absicht verklagen. Ed Fuller ist sehr konservativ, aber er glaubt, daß wir auf jeden Fall gewinnen werden. Weil Sie das Band in Ihrem Besitz haben, das unsere Argumentation beweist. Nun, wäre es Ihnen lieber, wenn Mr. Fuller bei Mr. Shenk anruft und die Situation erklärt, oder wollen Sie es tun?«

Malone schwieg.

»Ms. Malone?«

»Wo ist ein Telefon?« fragte sie.

»Da drüben in der Ecke ist eins.«

Malone stand auf und ging zum Telefon. Casey ging zur Tür.

»Mein Gott«, sagte Malone kopfschüttelnd. »Der Kerl läßt seinen Jungen eine Maschine voller Leute fliegen? Ich meine, wie kann so etwas passieren?«

Casey zuckte die Achseln. »Er liebt seinen Sohn. Wir glauben, daß er ihn auch schon bei anderen Gelegenheiten hat fliegen lassen. Aber es gibt einen Grund dafür, warum Piloten in der Zivilluftfahrt, um eine Lizenz für einen bestimmten Flugzeugtyp zu erhalten, ein umfangreiches Training auf ebendiesem Typ absolvieren müssen. Er wußte nicht, was er tat, und es hat ihn kalt erwischt.«

Casey schloß die Tür und dachte: *Und dich auch.*

YUMA *10 Uhr 05*

»Gottverdammte Scheiße«, sagte Dick Shenk. »Ich habe ein Loch in der Sendung so groß wie Afghanistan, und Sie erzählen mir, Sie haben eine Story über *schlechte Teile*? Mit schlitzäugigen Bruchpiloten als Hauptdarstellern? Ist das alles, was Sie haben, Jennifer? Das kommt mir nämlich nicht in die Sendung. Da laß ich mich lieber umbringen. Ich mach mich doch nicht zum Pat Buchanan des Äthers. Hören Sie auf mit diesem Quark.«

»Dick«, sagte sie. »Die Sache läuft doch ganz anders. Es ist eine Familientragödie; der Kerl liebt seinen Sohn, und ...«

»Aber ich kann's nicht verwenden«, sagte Shenk. »Er ist *Chinese*. Laß die Finger davon, heißt das.«

»Der Junge hat vier Menschen getötet und fünfundsechzig verletzt ...«

»Na und? Ich bin enttäuscht von Ihnen, Jennifer«, sagte er. »Sehr, sehr enttäuscht. Wissen Sie, was das bedeutet? Das bedeutet, daß ich statt des rasanten Sturzflugknüllers diese lahme Rollstuhlbasketball-Story bringen muß.«

»Dick«, sagte sie. »Ich habe den Unfall nicht verursacht, ich berichte nur über ...«

»Moment mal. Was soll denn diese Unverschämtheit?«

»Dick, ich ...«

»Sie berichten über Ihre eigene Unfähigkeit, nichts anderes«, sagte Shenk. »Sie haben es verbockt, Jennifer. Sie hatten eine heiße Story, eine Story, die ich wollte, eine Story über ein beschissenes amerikanisches Produkt, und zwei Tage später kommen Sie mir mit 'nem Haufen Quark über irgendeinen Spinner. Es ist nicht das Flugzeug, es ist der Pilot. Und Wartung. Und *schlechte Teile*. Schlechte Teile können wir aber nicht gebrauchen, Jennifer.«

»Dick ...«

»Ich habe Sie gewarnt. Ich wollte keine schlechten Teile. Das haben Sie vermasselt, Jennifer. Wir reden am Montag.«
Er legte auf.

GLENDALE   *23 Uhr 00*

Im Fernsehen lief eben der Abspann von *Newsline*, als Caseys Telefon klingelte. Eine fremde, barsche Stimme sagte: »Casey Singleton?«

»Am Apparat.«

»Hal Edgarton hier.«

»Wie geht es Ihnen, Sir?«

»Ich bin in Hongkong und habe eben von einem Mitglied meines Aufsichtsrats erfahren, daß *Newsline* heute abend keine Norton-Story gebracht hat.«

»Das stimmt, Sir.«

»Das freut mich sehr«, sagte er. »Ich frage mich, warum sie den Bericht wohl nicht gebracht haben.«

»Ich habe keine Ahnung«, sagte Casey.

»Nun, was Sie auch gemacht haben, es war offensichtlich effektiv«, sagte Edgarton. »Ich fliege in wenigen Stunden nach Peking, um den Verkaufsvertrag zu unterzeichnen. John Marder sollte mich eigentlich dort treffen, aber ich habe gehört, daß er aus irgendeinem Grund Kalifornien noch nicht verlassen hat.«

»Darüber weiß ich nichts«, sagte sie.

»Gut«, sagte Edgarton. »Freut mich, das zu hören. Wir werden in den nächsten Tagen bei Norton einige Änderungen veranlassen. Unterdessen wollte ich Ihnen erst einmal gratulieren, Casey. Sie haben sehr unter Druck gestanden. Und Sie haben hervorragende Arbeit geleistet.«

»Vielen Dank, Sir.«

»Hal.«

»Danke, Hal.«

»Meine Sekretärin wird einen Termin für ein Mittagessen ausmachen, wenn ich zurück bin«, sagte er. »Machen Sie weiter so.«

Edgarton legte auf, und gleich darauf kamen weitere Anrufe. Von

Mike Lee, der ihr, mit zurückhaltenden Worten, gratulierte, und sie fragte, wie sie es geschafft habe, die Story zu verhindern. Sie sagte, sie habe nichts damit zu tun, *Newsline* habe wohl aus irgendeinem Grund beschlossen, sie nicht zu bringen.

Dann riefen Doherty und Burne und Ron Smith an. Und Norma, die sagte: »Kleine, ich bin stolz auf Sie.«

Und schließlich Teddy Rawley, der meinte, er sei zufällig in der Nachbarschaft, und wissen wollte, was sie tue.

»Ich bin wirklich müde«, sagte Casey. »Ein andermal, okay?«

»Ach, komm, Babe. Es war ein großartiger Tag. Dein Tag.«

»Ja, Teddy, aber ich bin wirklich müde.«

Sie stöpselte das Telefon aus und ging ins Bett.

GLENDALE *Sonntag, 17 Uhr 45*

Es war ein klarer Abend. Casey stand im Zwielicht vor ihrem Bungalow, als Amos mit seinem Hund daherkam. Der Hund leckte ihr die Hand.

»Na«, sagte Amos. »Sind wohl 'ner Kugel ausgewichen.«

»Ja«, sagte sie. »Sieht so aus.«

»Der ganze Betrieb redet. Alle sagen, Sie haben Marder Paroli geboten. Wollten kein Lügen über den 545er verbreiten. Stimmt das?«

»Mehr oder weniger.«

»Dann waren Sie dumm«, sagte Amos. »Sie hätten lügen sollen. *Die* lügen. Es ist nur die Frage, wessen Lügen gesendet werden.«

»Amos . . .«

»Ihr Vater war Journalist, und Sie glauben, daß es noch immer um die Wahrheit geht. Geht's aber nicht. Seit Jahren nicht mehr. Ich hab diesen Abschaum bei der Aloha-Geschichte erlebt. Alles, was die wissen wollten, waren die grausigen Details. Stewardeß wird aus der Maschine geschleudert, war sie schon tot, als sie auf dem Wasser aufkam? Oder lebte sie noch? Das war alles, was die wissen wollten.«

»Amos«, sagte sie. Sie wollte, daß er aufhörte.

»Ich weiß«, sagte er. »Das ist alles nur Unterhaltung. Aber ich sag' Ihnen eins, Casey. Diesmal hatten Sie Glück. Beim nächstenmal haben Sie vielleicht keins mehr. Also machen Sie es sich nicht zur Gewohnheit. Vergessen Sie nicht: *Die* bestimmen die Regeln. Und das Spiel hat nichts mit Genauigkeit oder den Tatsachen oder der Wirklichkeit zu tun. Es ist nur ein Zirkus.«

Sie wollte nicht mit ihm diskutieren. Sie streichelte schweigend den Hund.

»Tatsache ist«, sagte Amos, »daß alles sich verändert. Früher – in alten Zeiten – entsprach das Bild in den Medien noch so ungefähr der Wirklichkeit. Jetzt ist alles andersherum. Das Medienbild ist die

Wirklichkeit, und im Vergleich dazu ist der Alltag ziemlich langweilig. Also ist der Alltag falsch, und das Medienbild ist richtig. Manchmal sehe ich mich in meinem Wohnzimmer um, und das Realste darin ist der Fernseher. Er ist bunt und lebendig, und der Rest meines Lebens sieht düster und fad aus. Also schalte ich das verdammte Ding ab. Das funktioniert jedesmal. So krieg ich mein Leben zurück.«

Casey streichelte weiter den Hund. In der hereinbrechenden Nacht sah sie Scheinwerfer um die Ecke biegen und auf sie zukommen. Sie ging zum Bordstein.

»Ich weiß«, sagte Amos. »Ich rede mal wieder dummes Zeug.«

»Gute Nacht, Amos«, sagte sie.

Das Auto hielt an. Die Tür schwang auf.

»Mom!«

Ihre Tochter sprang ihr in die Arme und umklammerte sie mit den Beinen. »O Mom, du hast mir soo gefehlt!«

»Du mir auch, Liebling«, sagte sie. »Du mir auch.«

Jim stieg aus und gab Casey den Rucksack. In der Dämmerung konnte sie sein Gesicht kaum erkennen.

»Gute Nacht«, sagte er zu ihr.

»Gute Nacht, Jim«, sagte sie.

Ihre Tochter nahm sie bei der Hand. Gemeinsam gingen sie zum Haus zurück. Es wurde dunkel, die Luft war kühl. Als sie den Kopf hob, sah sie den geraden Kondensstreifen eines Passagierjets. Er war so hoch oben, daß er noch von der Sonne beleuchtet wurde, ein dünner weißer Streifen, der sich über den dunkel werdenden Himmel spannte.

POSTSKRIPTUM

5. ARTIKEL/EBENE 1, gedruckt in VOLLFORMAT
COPYRIGHT TELEGRAPH-STAR, INC.

SCHLAGZEILE: NORTON VERKAUFT 50 GROSSRAUMJETS AN CHINA

LEITWERK SOLL IN SHANGHAI PRODUZIERT WERDEN
NEUE LIQUIDITÄT UNTERSTÜTZT ENTWICKLUNG KÜNF-
TIGER JETS

GEWERKSCHAFT KRITISIERT VERLUST VON ARBEITS-
PLÄTZEN

AUTOR: JACK ROGERS

TEXT:
Norton Aircraft gab heute den Verkauf von fünfzig N-22-Großraumjets an die Volksrepublik China zum Preis von acht Milliarden Dollar bekannt. Nach Angaben des Norton-Präsidenten Harold Edgarton verlangt die gestern in Peking unterzeichnete Vereinbarung die Lieferung der Jets in den nächsten vier Jahren. Zu den Bedingungen dieses Vertrags gehört auch eine sogenannte »Auslagerung« von Arbeiten nach China, was bedeutet, daß das Leitwerk der N-22 in einem Betrieb in Shanghai hergestellt wird.

Der Verkauf ist ein Bravourstück für den in Bedrängnis geratenen Burbanker Hersteller und eine bittere Niederlage für das Airbus-Konsortium, das sowohl in Peking als auch in Washington mit großem Aufwand für sein Flugzeug geworben hatte. Nach Edgartons Angaben sichern die fünfzig nach China verkauften Jets zusammen mit zwölf weiteren N-22, die TransPacific Airlines orderten, die Liquidität für die weitere Entwicklung des N-XX-Großraumjets, Nortons Hoffnung für das einundzwanzigste Jahrhundert.

Die Nachricht über die Auslagerungsvereinbarung sorgte für Verärgerung in gewissen Bereichen der Burbanker Firma. Der Ortsgruppenleiter der Metallarbeitergewerkschaft, Don Brull, kritisierte die Auslagerung mit den Worten: »Wir verlieren jedes Jahr Tausende von Arbeitsplätzen. Norton exportiert die Jobs von amerikanischen Arbeitern, um seine Verkäufe ins Ausland zu sichern. Ich glaube nicht, daß das gut für unsere Zukunft ist.«

Auf den Arbeitsplatzverlust angesprochen, entgegnete Edgarton, daß »Auslagerung in unserer Industrie seit vielen Jahren eine unbestreitbare Tatsache ist. Wenn wir diese Vereinbarung nicht getroffen hätten, dann hätten Boeing oder Airbus es getan. Ich halte es für wichtig, in die Zukunft zu schauen, und dort sehe ich die neuen Arbeitsplätze, die der N-XX-Großraumjet schaffen wird.«

Edgarton betonte, daß China eine Kaufoption auf dreißig weitere Jets unterzeichnet habe. Der Betrieb in Shanghai werde im Januar nächsten Jahres die Arbeit aufnehmen.

Die Nachricht über den Verkauf beendet die Spekulationen, daß die Vorfälle mit der N-22, die in letzter Zeit Schlagzeilen machten, das China-Geschäft verhindern könnten. Edgarton bemerkte: »Die N-22 ist ein bewährtes Flugzeug mit einem hervorragenden Ruf, was die Sicherheit angeht. Ich glaube, der Vertrag mit China ist ein Tribut an diesen Ruf.«

DOKUMENT ID: C\LEX 40\DL\NORTON

TRANSPACIFIC KAUFT NORTON-JETS
TransPacific Airlines, die in Hongkong beheimatete Fluggesellschaft, hat heute zwölf Norton-N-22-Großraumjets geordert und damit erneut bewiesen, daß Asien *der* Wachstumsmarkt für die Flugzeugindustrie ist.

EXPERTE BEISST HAND, DIE IHN NICHT FÜTTERTE
Der umstrittene Luftfahrtexperte Frederick »Fred« Barker verklagte Bradley King wegen Nichtzahlung vereinbarter »Interimshonorare« für seine erwarteten Auftritte als Gutachter vor Gericht. Von King war keine Stellungnahme zu erhalten.

AIRBUS ERWÄGT PARTNERSCHAFT MIT KOREA
Songking Industries, der Industriekonzern mit Sitz in Seoul, gab bekannt, man verhandle mit Airbus Industrie, Toulouse, über die Produktion wichtiger Subkomponenten der neuen A-340B Langversion. Songkings anhaltende Bemühungen, als Luftfahrtgröße auf den Weltmärkten Fuß zu fassen, hatten in jüngster Zeit Anlaß zu Spekulationen geliefert, vor allem, nachdem die lange kolportierten Geheimverhandlungen mit Norton Aircraft in Burbank offensichtlich im Sande verlaufen sind.

SHENK VON MENSCHENFREUNDEN AUSGEZEICHNET
Richard Shenk, der Produzent von »Newsline«, wurde vom Amerikanischen Ökumenischen Rat mit dem Titel »Menschenfreundlichster Produzent des Jahres« ausgezeichnet. Der Rat setzt sich für die »Förderung menschlichen Verständnisses zwischen den Völkern dieser Erde« in den zeitgenössischen Medien ein. Shenk, dessen »herausragendes lebenslanges Engagement für die Toleranz« gewürdigt wurde, wird die Auszeichnung bei einem Bankett am 10. Juni im *Waldorf Astoria* erhalten. Ein hochkarätiges Publikum aus Industrie und Wirtschaft wird erwartet.

MARDER ÜBERNIMMT BERATERSTELLE
Völlig überraschend hat John Marder, 46, Norton Aircraft verlassen, um die Leitung des Aviation Institute zu übernehmen, einer Luftfahrt-Beratungsfirma mit engen Verbindungen zu europäischen Fluggesellschaften. Marder wird sein neues Amt sofort antreten. Kollegen bei Norton rühmten Marder als »Führungspersönlichkeit von hoher Integrität«.

DER EXPORT AMERIKANISCHER ARBEITSPLÄTZE – EIN BEÄNGSTIGENDER TREND?
In Reaktion auf den Verkauf von fünfzig Norton-Jets an China behauptete William Campbell, daß amerikanische Flugzeugfirmen in den nächsten fünf Jahren 250 000 Arbeitsplätze exportieren werden. Da dieser Export vorwiegend von der dem Handelsministerium unterstellten Ex-Im-Bank finanziert wird, sagt er: »Es ist gewissenlos. Die amerikanischen Arbeiter zahlen doch nicht Steuern, damit die Regierung amerikanischen Firmen hilft, Amerikanern ihre Ar-

beit wegzunehmen.« Campbell führt an, daß japanische Konzerne sich ganz anders um ihre Arbeiter kümmern als amerikanische Multis.

RICHMAN IN SINGAPUR VERHAFTET
Ein junger Angehöriger des Norton-Clans wurde gestern von der Polizei in Singapur wegen Drogenbesitzes verhaftet. Bob Richman, 28, wird gegenwärtig zu den Vorwürfen vernommen. Falls es zu einer Anklage kommt und er gemäß den drakonischen Drogengesetzen des Landes verurteilt wird, erwartet ihn die Todesstrafe.

SINGLETON WIRD DIREKTORIN
Harold Edgarton beförderte heute Katherine C. Singleton zur Direktorin und ernannte sie gleichzeitig zur Leiterin der PR-Abteilung von Norton Aircraft. Singleton war zuvor Vizedirektorin für die Qualitätssicherung in Nortons Zentrale in Burbank.

MALONE GEHT ZU »HARD COPY«
Die erfahrene Nachrichtenproduzentin Jennifer Malone, 29, verläßt nach vier Jahren *Newsline* und geht zu *Hard Copy*, wie heute bekannt wurde. Malones Ausscheiden wurde mit vertraglichen Differenzen begründet. Malone sagte: »*Hard Copy* hat wirklich den Finger am Puls der Zeit, und ich bin stolz darauf, zu diesem Team zu gehören.«

FLUGZEUG-VORFALL-BERICHT
VERTRAULICH – NUR FÜR INTERNE VERWENDUNG

BERICHT-NR.: IRT-96-42   HEUTIGES DATUM: 18. April
MODELL: N-22   DATUM/VORFALL: 08. April
BETREIBER: TransPacific   RUMPF-NR. 271
BERICHT VON: R. Rakoski FSR HK   ORT: Pazifik
BEZUG: a) AVN-SVC-08764/AAC

BETREFF: HEFTIGE OSZILLATIONEN WÄHREND DES FLUGS.

Beschreibung des Vorfalls:

Berichten zufolge leuchtete während des Flugs im Cockpit die SLAT-DISAGREE-Warnung auf, und ein Mitglied der Flugcrew fuhr die Klappen aus, um die Warnung zu löschen. In der Folge kam es zu heftigen Oszillationen, und das Flugzeug verlor sechstausend Fuß Höhe, bevor der Autopilot die Kontrolle übernahm. Vier Personen starben, fünfundsechzig wurden verletzt.

Ergriffene Maßnahmen:

Die Inspektion des Flugzeugs ergab folgende Schäden:
1. Die Kabine wurde erheblich beschädigt.
2. Der Näherungssensor der Innenslat Nr. 2 war defekt.
3. Der Haltestift der Innenslat Nr. 2 war kein Originalteil.
4. Die Schubumkehrklappe der Turbine Nr. 1 war kein Originalteil.
5. Darüber hinaus wurden diverse andere Komponenten gefunden, die nicht von den Originalteilherstellern stammten und ersetzt werden müssen.

Überprüfung menschlicher Faktoren ergab folgendes:

1. Prozeduren im Cockpit erfordern stärkere Überwachung durch die Fluggesellschaft.
2. Reparaturprozeduren im Ausland erfordern stärkere Überwachung durch die Fluggesellschaft.

Das Flugzeug wird gegenwärtig repariert. Interne Prozeduren werden von der Fluggesellschaft überprüft.

David Levine
Technische Integration
Produktunterstützung
Norton Aircraft Company
Burbank, CA

GLOSSAR

Die wichtigsten Abkürzungen:

AD	*Airthworthiness Directive*; Lufttauglichkeitsdirektive
ATC	*Air Traffic Control*; Flugverkehrskontrolle
CET	*Cycle Electrical Test*; zyklischer Test aller elektrischen Komponenten eines Flugzeugs
COO	*Chief Operating Officer*; entspricht etwa einem Betriebsleiter
CVR	*Cockpit Voice Recorder*; Recorder, der die Cockpitunterhaltung aufnimmt
DFDR	*Digital Flight Data Recorder*; digitaler Flugdatenrecorder
FAA	*Federal Aviation Association*; Nationale Flugaufsichtsbehörde in den USA
FDAU	*Flight Data Acquisition Unit*; ein Recorder, der Flugdaten und Störungen während des Flugs aufzeichnet
FDR	*Flight Data Recorder*; ein Flugschreiber
FSDO	*Flight Standards District Office*; regionale Flugaufsichtsbehörde
FSR, Fizer	*Flight Service Representative*; Vertreter des Herstellers bei den Fluggesellschaften
IRT	*Incident Review Team*; ein Team bei Norton, das Unfälle untersucht
JAA	*Joint Aviation Association*; europäische Flugaufsichtsbehörde
LAX	Der internationale Flughafen von Los Angeles
NAIL	*Norton Acoustic Interpretation Lab*; Labor bei Norton zur Interpretation akustischer Signale

NTSB	*National Transportation Safety Board*; Nationale Transportsicherheitsbehörde in den USA
NVM	*Non Volatile Memory*; nichtflüchtiger Flugdatenspeicher
OEM	*Original Equipment Manufacturer*; Originalteilhersteller
QA	*Quality Assurance*; Abteilung für Qualitätssicherung
QAR	*Quick Access Recorder*; ein Datenrecorder, der schnellen Zugriff ermöglicht
RAMS-Team	*Recovery and Maintenance Services Team*; schnelle Einsatztruppe zur Bergung und Wartung havarierter Flugzeuge
TCAS	Bordsystem zur Kollisionsvermeidung

Wichtige fremdsprachliche Fachausdrücke:

Slat	Ausfahrbarer Vorflügel; eine Klappe an der Flügelvorderkante zur Strömungsregulierung bei Start und Landung
Slats disagree	Eine Meldung im Cockpit, die anzeigt, daß die Bordsysteme eine Nichtübereinstimmung der Slatspositionen an den beiden Flügeln registrieren
Stall	Sackflug, bzw. die Warnung, daß Sackflug bevorsteht
Uncommanded slats deployment	Das Ausfahren der Slats ohne Steuerbefehl vom Piloten